불모지대

FUMO CHITAI (Vol ④) by TOYOKO YAMASAKI

Copyright ⓒ 1978 by TOYOKO YAMASAKI
Original Japanese edition published by Shincho-Sha Co., Ltd.
Korean translation rights arranged with Shincho-Sha Co., Ltd.
through Shinwon Agency Co.
Korean translaton copy rights ⓒ 2010 by CHUNGJOSA publishing Co.

불모지대

 암투

야마사키 도요코 / 박재희 옮김

청조사

국립중앙도서관 출판시도서목록(CIP)

불모지대 : 야마사키 도요코 대하소설. 4, 암투 / 야마사키 도요코 [지음]
; 박재희 옮김. -- 서울 : 청조사, 2010
    p. ;   cm

원표제: 不毛地帶
원저자명: 山崎豊子
일본어 원작을 한국어로 번역
ISBN 978-89-7322-316-9 048300 :₩12800

일본 현대소설[日本現代小說]
833.6-KDC5
895.635-DDC21   CIP2010004482

원작 _ 야마사키 도요코(山崎豊子)
　　　일본 오사카 출생 / 교토여자전문학교 졸업
　　　마이니치(毎日) 신문사 학예부 입사
　　　「상막」으로 문단에 데뷔 이후「지참금」「꽃상막」등을 발표
　　　나오키상(直木賞) 받음
　　　주요 작품 :「하얀거탑」「화려한 일족」「大地의 아들」등이 있음

번역 _ 박재희(朴在姬)
　　　대구에서 출생
　　　경북여고, 만주 신경여자사범대학 일본문학과 수학
　　　주요 번역서 :「하얀거탑」「화려한 일족」「大地의 아들」「설국」「대망」등이 있음

불모지대 ❹

초판 발행일 | 1983년 1월 10일
개정3판 2쇄 발행일 | 2013년 5월 10일

원작 | 야마사키 도요코
번역 | 박재희
펴낸이 | 송성헌
주소 | 서울 성북구 안암동 4가 41-3
등록 | 1976년 9월 27일 (제 1-419호)

전화 | 02.922.3931~5
팩스 | 02.926.7264
이메일 | chungjosa@hanmail.net
홈페이지 | www.chungjosa.co.kr

* 값은 커버에 표시되어 있습니다.
* 잘못 만들어진 책은 구입한 서점에서 바꾸어 드립니다.

이 작품은 국제 저작권법에 의해 보호받으므로
어떤 형태로든 전재 · 복제 · 표절할 수 없습니다.

차례

줄다리기 007
암행조사단 045
재회 074
인샬라 128
제3인자 190
열사의 암투 259
그날 317
모략전 368

주요 등장인물

이키 다다시 전 대본영 작전참모. 시베리아 귀환 포로. 다이몬 이치조에게 픽업되어 깅키상사에 들어가 제2의 인생을 시작.

다이몬 이치조 깅키상사의 사장. 과감한 결단력과 투지의 소유자.

사토이 깅키상사의 부사장. 천부적인 상재(商才)를 지님.

효도 싱이치로 일본 육사 출신의 깅키상사 사원. 이키의 심복.

가이베 가나메 깅키상사 사원.

하나와 시로 깅키상사 사원.

다부치 석유 이권에 개입된 자유당 간사장.

우에스기 이쓰비시상사 테헤란 주재원. 깅키상사와 석유 개발권에 경합.

요시코 이키의 아내.

나오코 이키의 딸. 사메지마 아들과 결혼

마코토 이키의 아들.

아키츠 지사토 전 육군장성의 딸. 이키를 사모하는 여성 도예가.

아키츠 세이키 지사토의 오빠. 종전 후 군기를 불태우고 입산.

하마다 교코 전 대장의 딸. 클럽 르보아의 주인.

후아 베니코 교코의 딸. 인도네시아 화교 재벌의 둘째 부인.

사메지마 다쓰조 도쿄상사의 상무. 이카의 라이벌.

사메지마 도모아쓰 사메지마 상무의 아들. 나오코의 남편.

줄다리기

아키츠 지사토는 로스앤젤레스에 있는 일본계 3세 조지 오카의 작업장을 방문하고 있었다. 조지 오카는 안채에서 떨어진 뜰에서 자기 키와 같은 도토(陶土)의 오브제 둘레에 내화벽돌을 쌓아 가마를 만들고 프로판가스로 하루 종일 1천 도의 열을 가해 작품을 구워내고 있었다.

지사토는 스웨터와 판탈롱 차림으로 조지 오카의 말을 고개를 끄덕이며 듣고 있었다.

"놀라워요, 작품에 맞춰 가마를 만들다니……"

"1주일 전에 구운 것은 유감스럽게도 실패였습니다. 저것 보세요, 저쪽에서 조수들이 가마를 부수고 있지 않습니까?"

10미터쯤 떨어진 곳을 보니 가마가 있는데, 조수들이 망치로 부순 가마에는 직경 2미터 정도의 구체가 있었다. 백, 적, 청색의 줄무늬가 추상적으로 구체의 표면에 그려져 있었다.

"저것은 월세계를 상징하는 작품입니다."

"네, 달을요?"

"지금은 달에도 미국 국기가 꽂히는 시대이므로 구체에 국기를 상징하는 선을 그린 것인데, 그것도 제대로 되지 않는군요."

지사토로선 상상도 할 수 없는 착상이었다. 달을 보고 신비감만을 느끼는 자기와, 같은 일본인의 피가 흐르고 일본어를 능숙하게 말하면서도 미국에서 태어나 자란 오카의 감각 차이가 강렬하게 가슴에 와닿는 것이었다.

미국의 도예는 차라리 흙을 소재로 한 조각이라고 느껴졌다.

"그럼 지금 굽고 계신 것은?"

"바닷빛 소파에 인체를 상징하는 덩어리를 놓은 오브제로 제대로 구워지면 그 덩어리에 새털을 하나하나 붙여 흙과 이질적인 대조의 묘를 살리려고 합니다. 어떻습니까, 새로운 발상이지요?"

조지 오카는 의기양양하게 말하고 나서,

"미스 아키츠는 청자의 도기만 제작하는 모양인데, 청자의 발색법은 몹시 어려운 모양이더군요. 어떻게 발색시킵니까?"

하고 물었다.

"한마디로 말씀드릴 수 없군요. 청자유약은 회유(灰釉)의 일종으로 토회나 목회에다 장석과 규석을 섞은 다음 철분을 1, 2퍼센트 비율로 넣고 환원염으로 굽지요. 철분의 양과 불의 온도가 조금만 달라도 미묘한 차이가 생겨, 의도한 색깔이 나오는 것은 열 번에 한 번 정도라고 말씀드리고 싶지만, 아직은 그런 경지까지도……"

"그렇다면 이번에 일본에 가면 당신의 작업장을 직접 보고 싶군요. 댁의 스승인 미스터 가노우의 작품도 '현대일본도기전집'에서 봐서 알고 있습니다. 일본의 전통미를 살린 훌륭한 작품이라고 생각합니다."

조지 오카는 흥미롭다는 듯 말했다.

"미스 아키츠, 전화 받으세요."

30미터쯤 떨어진 집 쪽에서 조지 부인의 목소리가 들렸다. 지사토는 급히 집안으로 뛰어갔다. 거의 매일 밖으로 나다니는 지사토는 호텔 프런트에다 행선지를 메모해 놓았다.

"여보세요, 지사토입니다······"

"갑작스럽게 전화 드려 죄송합니다. 저는 뉴욕 깅키상사의 하나와 시로입니다. 지금 이곳에 출장 중인데, 이키 씨가 지사토 양의 근황을 알아오라고 말씀하셨거든요. 혹시 무슨 불편한 점은 없으신지요?"

"네, 덕분에 없어요. 이곳에는 소개해 주신 도예 관계의 분이 계셔서 여러모로 친절히 대해 줍니다."

"그렇습니까? 오늘 회사일을 마치고 20시 40분 비행기로 뉴욕에 돌아갈 예정인데, 만일 시간이 있으시다면, 오후 4시경 그쪽으로 가서 어디든지 안내해드리고 싶습니다만······"

지사토는 자기와 관련이 없는 초면의 사람과 시간을 보내는 것이 귀찮았으나, 이키의 소식이 궁금하기도 했다.

"그때쯤이면 이쪽 일도 끝나니까 말씀대로 하겠습니다."

이어 조지 오카의 집 위치를 설명하려고 하자 하나와는,

"로스앤젤레스는 잘 알고 있습니다. 그럼 4시에 모시러 가겠습니다."

하고 전화를 끊었다.

하나와는 양복을 말끔히 차려 입고 자동차를 몰고 왔다.

"여러 손님을 안내했습니다만 도예가를 모시기는 처음입니다. 어디든 좋아하시는 곳을 말씀해 주십시오."

"이곳에 사는 일본분들이 시내관광이나 디즈니랜드 등을 구경시켜 주셨어요."

이 말에 하나와는 잠시 생각하더니 물었다.

"그럼 바닷가에는 가보셨습니까?"

"아직……"

"그렇다면 산타모니카 곶에 가보시지요. 40분 정도 차로 달리면 됩니다. 아마 지금 가면 아름다운 황혼을 볼 수 있을 겁니다."

그는 즉시 차의 스피드를 올렸다.

"지사토 씨의 아버님은 군인으로 이키 씨의 상관이셨다고 하더군요."

"네, 그러나 오래 전에 돌아가셨어요."

지사토는 짧게 대답한 후, 차창 밖을 내다보았다.

해변으로 나오자 갖가지 오락시설이 늘어서 있었다. 하나와는 그 앞을 지나쳐 인적이 드문 모래밭 끝에 우뚝 서 있는 레스토랑 앞에 차를 세웠다.

"12년 전쯤 바로 이 근처에서 나는 이키 씨와 처음으로 이야기를 나눴습니다. 그때는 레스토랑이 없어서 모래밭에 앉아 이야기했습니다만, 지금은 아직 쌀쌀하니 밖은 무리입니다."

하나와는 레스토랑을 들어가며 말했다. 거기서는 흰 모래밭에 이어지는 에메랄드빛 바다와 멀리 떠나가는 요트가 한눈에 들어왔다.

"여기서 이키 씨와 무슨 이야기를 하셨어요?"

하나와는 새우요리를 주문한 뒤 단정하면서도 어딘지 그늘이 있는 얼굴에 쓴웃음을 띠면서 대답했다.

"당시 저는 멕시코 국경 근처의 엘파소의 원맨 오피스에 2년 동안 유배되었다가 로스앤젤레스 지사로 막 돌아왔을 때라 무절제한 생활을 했죠. 그 무렵 항공기 관계로 이곳에 오신 이키 씨를 만났지요. 그때 이키 씨에게 지금까지 누구한테도 말하지 않은 남자의 속을 이 모래밭에서 털어놓았지요. 이키 씨는 가만히 듣고만 계셨지만 괴팍했던 제가 초면의 이키 씨에게 왜 그런 이야기를 했는지 모르겠습니다. 아마 아수라장 같은 곳에서 살아 돌아온 사람의 강인성과 따뜻한 포용력이 전달되었던 것 같아요. 그 뒤 버뱅크의 항공기제작회사와 미 공군기지를 안내해드렸지요. 일본으로 귀국하실 때, 기대하고 있겠다는 말씀이 나를 바른 사람으로 만들었지요."

하나와는 당당히 말했으나, 지사토는 당시의 하나와가 꽤 나쁜 상태에 있었으며 이키를 만남으로써 바로잡혔음을 느낄 수 있었다.

"그렇게 존경하시는 이키 씨와 함께 일하시게 되었으니, 정말 다행이군요."

지사토는 새우요리에 손을 대며 말했다.

"물론입니다. 이키 씨가 아메리카 깅키상사의 사장이 되어 뉴욕에 부임하고 그 밑에서 내가 일하게 되다니, 인생이란 참으로 이상한 인연으로 가득 차 있는 것 같아요. 다만 그 인연이 이키 씨 부인의 갑작스러운 죽음 때문에 생긴 것이라 슬프지만 말입니다. 아키츠 씨는 이키 부인을 잘 아십니까?"

지사토는 낭패감을 느끼며 조용히 포크를 놓았다.

"뵌 적은 있어요. 상냥하시면서도 의지가 굳은 나무랄 데 없는 분이셨어요."

그러고 보니 하나와는 지사토가 이키를 옛 군대관계로만 알고 있다고 생각하는 모양이었다.

"군인 가정에서 자라신 지사토 씨가 보셔도 그렇습니까? 실은 부인이 돌아가시기 조금 전에 이키 씨가 미국에 출장차 오신다는 텔렉스가 들어와서 그리운 나머지 이키 씨 댁으로, '이제는 두 아이의 어엿한 아버지가 되었습니다'라는 편지를 올렸더니 부인이 손수 두 아이를 위해 목욕용 가운을 지어 띠와 신발까지 갖추어 보내주셨습니다. 제 처는 미국인이거든요. 이제와 생각해 보니 그것이 도착했을 때 부인은 불의의 사고로 세상을 떠나셨으니, 마치 유품처럼 되었습니다. 그래서 지금도 소중히 여겨 애들이 크면 동료 부인에게 부탁해서 옷을 늘려 입히고 있습니다."

남편 부하의 혼혈아를 위해 손수 욕의를 지어 보내는 이키 아내의 모습이 지사토의 눈앞에 선명하게 떠올라 가슴이 아려왔으나 무심한 하나와는 말을 계속했다.

"이키 씨와 같이 부임한 가이베 선배는, 이키 씨가 이제는 재혼하실 때가 되었다며 적극 권하면서도 돌아가신 부인을 대신할 만한 사람을 찾지 못해서 골치를 앓고 있지요. 지금 뉴욕의 일본인 사회에는 이키 씨의 부인이 될 만한 사람이 없습니다."

차 속에서 과묵하던 하나와가 이키 이야기가 나오자 마치 자기 가족처럼 말이 많았다.

"이키 씨 자신은 재혼할 뜻이 있으신가요?"

지사토는 숨을 죽인 채 하나와의 대답을 기다렸다.

"글쎄요. 그런 이야기는 일절 하지 않는 분이라 잘 알 수 없지만, 아마 이키 씨라면 쓸쓸하다거나 불편하다고 해서 재혼할 분은 아닐 겁니다. 아키츠 씨는 어떻게 생각하십니까?"

"글쎄요, 짐작할 수가 없군요. 하나와 씨처럼 가까이 모시고 있지 않으니까요."

"이런 이야기를 나눈 줄 알면 이키 씨한테 꾸중들을 겁니다. 뉴욕에서는 보살펴드리지도 못하고 실례가 많았으니 사과도 할 겸 곤란한 일이 있으면 도와드리라고만 말씀하셨거든요."

하나와는 조용히 미소 지었다. 나이트클럽에서 어깨를 껴안고 춤을

춘 것도, 이키의 아파트에서 하룻밤을 보낸 것도 사람들에게 알려지지 않은 것일까? 어째서 보살펴주지 않았다고 말했을까? 이키의 마음을 헤아릴 수 없어 지사토는 아득한 수평선에 빨갛게 불타오르는 화살과 같은 빛을 내면서 저무는 석양을 쓸쓸한 마음으로 바라보았다.

깅키상사의 도쿄 본사 사장실에서 다이몬 사장은 아침부터 비서과장에게 의학책을 가져오도록 지시했다.

두꺼운 의학전서를 책상 위에 갖다놓자, 다이몬은 '협심증' 항목을 찾았다. 원인, 유인(誘因), 증상, 치료의 차례로 읽어 내려갔다. 특히 유인부분은 되풀이해서 읽었다.

다이몬은 다 읽고 나서 팔짱을 끼었다. 정신적 스트레스, 과로, 야근이 없는 규칙적인 생활, 어느 하나도 상사의 중역에게는 피할 수 없는 일들이었다. 게다가 갑자기 발작이 일어난다면 외국출장이 잦은 비즈니스맨에게는 치명적이다. 이인자로 촉망받던 사토이가 상사원으로서 많은 제약을 받는 병에 걸린 이상, 마침 이키의 뉴욕 주재 임기가 2년이나 지났으니 사토이를 자극하지 않는 방법으로 일본에 귀임시켜야겠다고 생각했다.

이때 오사카 본사의 섬유담당인 이치마루 부사장이 들어왔다. 다이몬은 급히 의학서적 위에다 서류를 펼쳐놓았다.

이치마루 부사장은 들어오자마자 탐색하는 것처럼 물었다.

"사장님께서 줄곧 도쿄에만 계시므로 오사카에서 사장님께서 참석하셔야 할 회합에 대리출석하느라고 정신이 없었습니다. 이곳에 무슨 중요한 일이라도 있습니까?"

"그 홋카이도 토지개발 건 때문에 여기에 머물고 있는 걸세. 자네 언제 도쿄에 왔지?"

"오늘 아침 비행기로 왔습니다. 사토이 부사장에게 연락할 일이 있는데, 비서에게 물어보니 귀국이 늦어질 모양이더군요."

"으음, 아까 그런 보고를 받았네. 자네가 사토이에게 연락할 일이란 뭔가?"

"방적협회의 아베 회장이 뉴욕으로 출발하는 날짜가 갑자기 내일로 변경되었습니다. 섬유 교섭차 출장하는 것이니, 사토이 씨가 그쪽에서 정중히 접대해 주었으면 합니다."

"그거 안됐군. 사토이는 어젯밤부터 감기에 걸려 누워 있다네."

다이몬은 약간 당황한 기색으로 말했다.

"그렇지만 감기 정도라면 하룻밤쯤 접대할 수 있지 않겠습니까?"

"그런데 열이 39도나 되어 그곳 의사의 진찰을 받아본 결과, 무리하면 폐렴이 될 염려가 있으니 호텔에서 안정하라는 지시를 받았다는군."

"저런, 감기라고요? 갈 때는 멀쩡하더니, 중요할 때 아프다니."

이치마루는 짜증스럽게 말했다.

"하지만 의사가 그렇게 말하는데 무리할 수는 없지. 아베 회장의 일은 내가 뉴욕에 알릴 테니, 자네는 전화 걸지 않아도 되네."

다이몬은 불쾌한 표정을 지으면서도 모두 떠맡아주었다. 이치마루는 사장실을 나와 중역실로 가면서 평소에는 대범한 다이몬이 뉴욕에 전화하는 것까지 떠맡다니 이상하다고 고개를 갸웃거렸다.

자기 방에 들어가자, 이치마루는 업무본부의 후와 슈우사쿠를 전화로 불러냈다. 뉴욕의 이키와 직접 닿아 있는 후와라면 무언가 알고 있을지도 모르기 때문이었다.

"나 이치마루인데, 미안하지만 틈이 있으면 잠깐 와주겠나?"

잠시 후 후와는 언제나처럼 무표정에 가까운 얼굴로 이치마루 앞에 섰다.

"자네 부의 쓰노다 상무는 언제 돌아오는가?"

"예정보다 앞당겨서 내일 돌아오십니다."

"아니, 사토이 부사장의 비서처럼 붙어 다니던 쓰노다 군이 사토이 부사장보다 먼저 돌아온다고?"

이치마루는 의아스럽다는 듯이 말했다.

사토이의 귀국예정 연기, 쓰노다 업무본부장의 조급한 귀국, 다이몬 사장의 여느 때보다도 긴 도쿄 체류, 이런 모든 움직임이 이치마루의 의구심을 불러일으켰다.

"사토이 부사장 일행이 일정을 변경한 것은 업무상 차질이 생겨서인가?"

"아닙니다. 그런 말은 못 들었습니다. 부사장님께 무슨 일이 일어났습니까?"

넓은 이마와 둥근 얼굴에 검은 안경을 쓴 후와는 교묘하게 반문했다.

"아니, 모르니까 자네에게 묻는 게 아닌가."

"부사장님께서도 역시…… 실은 시카고와 로스앤젤레스 지사로부터 사토이 부사장님의 감기는 정말이냐고 극비로 문의전화가 와서 궁금해 하던 중입니다."

후와는 이상하다는 듯이 말했다.

이치마루는 코를 크게 벌름거리면서 다그쳤다.

"지금 그 말 정말인가? 이키 군한테서 전화라도 왔었나?"

"아닙니다. 아무 연락이 없어 걱정이 돼서……"

무엇인가 숨기는 듯한 희미한 말투가 사토이를 라이벌로 여기는 이치마루의 의구심을 더욱 부채질했다.

"자네, 이 전화로 당장 이키 군에게 연락해 보게."

이치마루는 후와 앞으로 전화기를 밀어놓았다.

"하지만 저쪽은 한밤중이니, 내일 쓰노다 본부장님이 귀국하면 직접 물어보시는 편이……"

후와가 딴청을 부리자, 이치마루는 불만스러운 듯 잠자코 있다가 퉁명스럽게 말했다.

"그러면 업무본부에 이키 군으로부터 전화가 오면 나한테도 전화를 하라고 전하게."

"알았습니다. 어제 도모토 전무님도 뉴욕의 사토이 부사장님께 전화를 하셨으나 연락이 되지 않아, 도대체 어떻게 된 건지 저쪽에서 전화가 오면 연결해 달라고 말씀하셨습니다."

이치마루의 의구심을 더욱 돋우고는 후와는 방을 나갔다.

업무본부로 돌아가려고 시계를 보니 12시 50분이었다. 후와는 그대로 엘리베이터로 지하로 내려가 직원식당으로 들어갔다. 식당은 갑자기 썰물 때가 된 것처럼 사람들이 빠져나가 조용했다.

그때 우연히 효도의 뒷모습이 눈에 띄었다. 후와는 말없이 효도 옆에 앉았다. 돈까스 점심을 먹고 있던 효도는 후와의 얼굴을 반갑다는 표정으로 쳐다보았다.

"효도 씨, 곧 중근동으로 출장가신다면서요. 몸조심하십시오."

"아니, 느닷없이 그게 무슨 소리야?"

"실은 사토이 부사장이 뉴욕 호텔에서 심장발작을 일으켜 이키 씨가 구급차로 병원으로 이송해서 간신히 위기를 면했다고 합니다."

젓가락질을 하던 효도의 손이 멈췄다.

"음, 심장발작이라니, 놀랍군."

"5분만 늦었어도 위험할 뻔했답니다. 다행히 세계적인 심장전문병원에 옮겨져서 1주일 정도의 입원으로 되는 모양입니다만, 회사에서는 협심증이라는 병명을 숨기고 감기로 폐렴 발병의 위험이 있어 호텔에서 정양 중이라고 해두라는 이키 씨의 지시입니다. 가이베가 몰래 알려주더군요."

목소리를 낮추어 말하자, 효도는 차를 벌컥 마시고는 대꾸했다.

"비즈니스맨은 누구든지 한두 가지 병은 갖고 있어. 말하자면 무인에게 있어서 칼 맞은 상처와 같은 거야."

"그러나 대체로 십이지장궤양이나 위궤양, 당뇨병, 간장병 등이고, 언제 발작이 일어날지 모를 협심증은 상사원용이 아닌 것 같은데, 그렇지 않습니까?"

후와가 미묘한 웃음을 띠며 말하고 있는데, 기계본부장이 옆으로 지나가다가 후와를 보고 물었다.

"여보게, 사토이 부사장이 뉴욕에서 병에 걸렸다는 게 사실인가?"

"아니, 본부장님은 어디서 들으셨습니까?"

"비밀이지만 조금 전에 이치마루 부사장한테서 듣고 사토이 부사장 비서에게 확인하니 건강하시다고 하던데, 어느 쪽이 정말인가?"

"내일 쓰노다 본부장님께서 예정을 앞당겨 돌아오시니까 직접 물어보십시오."

어금니에 뭐가 낀 듯한 대답을 하는데 곡물부장이 들어와서 끼어들었다.

"후와 군, 사토이 부사장이 병으로 쓰러진 것 같던데, 업무부에 어떤 연락이 왔나?"

"글쎄, 저도 그것을 잘 몰라서……"

후와는 몹시 곤혹을 느끼는 듯이 말을 더듬었다. 기계본부장과 곡물부장이 이마를 맞대고 이야기하며 저쪽으로 가버리자, 효도가 대뜸

캐물었다.
 "아무래도 진원지는 자네 같군. 자네가 이치마루 부사장에게 이 이야기를 흘렸지?"
 후와는 못 들은 척하고 새우 튀김을 먹기 시작했다.
 사토이가 병으로 쓰러졌다는 소문은 쓰노다 업무본부장이 귀국하기 전에 이미 온 회사 안에 퍼져버렸다.

 사토이가 입원한 지 꼭 3일이 지났다.
 구겐하임 파빌리온은 일반병동과 달라서, 주로 저명한 의사의 개인환자가 들어가는 특별병동이므로 병실에는 융단이 깔리고 침대도 철제가 아니라 따뜻한 느낌을 주는 목재로 되어 있었다. 병실은 호텔방처럼 호화스러웠으나, 통증이 사라진 사토이는 지루해서 견딜 수 없었다.
 문을 여는 소리가 나서 간호사인가 했는데, 가이베의 아내가 언제나처럼 저녁을 싼 보자기와 함께 커다란 종이백을 들고 왔다.
 "늦었습니다. 오늘 갈아입으실 파자마와 내의를 사왔습니다만 마음에 드실지……"
 종이백에서 파자마와 이집트 면내의를 꺼냈다. 파자마는 베이지색에 연분홍 스트라이프가 든 비단이었다. 사토이는 벗어놓았던 무테안경을 쓰고 옷을 집어 들었다.
 "메디슨 가의 브룩스 브라더스의 파자마와 속옷이군요."
 뉴욕 최고급 신사용품 상점의 물건인 데에 사토이는 만족스러운 듯했다.
 "가이베는 행운아군. 이렇게 가려운 데를 잘 알아서 긁어주는 부인이 있으니. 이렇게 해주면 남자가 바람을 피우지 못할 겁니다."

"천만의 말씀입니다. 그래도 젊었을 때에는 금발 미인하고 별별 구실을 다 대며 데이트를 했습니다만, 이키 씨와 함께 두 번째로 와서는 일, 일하며 데이트는 고사하고 집에도 제대로……"

약간 불만스러운 듯이 말하자 사토이가 얼른 받았다.

"이키 군 말이 났으니 하는 말인데, 도대체 어떻게 된 사람이길래 3년 동안이나 혼자 지내면서 뜬소문 하나 없지요?"

"남편 말에 의하면, 시베리아에서 11년 동안이나 억류생활을 견뎌 낸 사람이니 만큼 여느 사람과는 다르다고 합니다. 요컨대 일을 취미로 삼는 분이지요."

"그런데 들리는 말로는 이키 집의 일본인 하녀가 마치 안주인 행세를 하고 있다던데요."

누구한테서 들었는지 사토이는 노골적으로 물었다.

"그런 말을 하는 사람들도 있지만, 전에 군인이었던 분들은 계급의식이 강해서 잘못되더라도 하녀하고는 그러지 않아요. 그보다는 인도네시아의 화교인 후앙 씨의 둘째 부인인 베니코 씨가 소문에 오르내리지만 점잖게 대하고 계신 것 같아요."

가이베 부인은 보자기를 또 하나 풀어 소형 보온통에 넣어온 쌀밥과 국을 식기에 덜고 살구장아찌와 김을 쟁반에 올려 침대의 식기대에 얌전히 차려놓았다.

가이베의 아내는 미국에 두 번이나 체류한 경험을 살려 남편을 위한 일이라는 일념으로 정성껏 사토이 부사장의 식사시중과 주변일들을 돌보고 나서 어젯밤 꽂아놓은 장미꽃의 물을 갈아 넣었다. 그때 금테 안경을 쓴 가이베가 신문과 잡지를 옆구리에 끼고 들어왔다.

"실례합니다."

그는 아내 쪽을 힐끔 보고 사토이에게 말했다.

"부사장님, 오늘은 좀 어떠십니까?"

"으음, 몸이 아주 거뜬해져서 누워 있는 게 지루할 정도야. 이게 모두 자네 부인 덕분 아닌가."

"별말씀을 다 하십니다. 여기 석간과 오늘 나온 주간지입니다."

가이베는 사이드테이블에 신문과 주간지를 놓고 사토이가 좋아하는 '플레이보이'지도 같이 놓아두었다.

"아까 이키 씨가 디트로이트로 출발하기 직전에 전화를 걸어왔습니다. 이틀 동안 조른 보람이 있어 포크사의 일본조사단으로부터 1주일 연기하겠다는 회답을 받았답니다."

"그래, 1주일이나 연기해 주었단 말이지? 잘 됐군."

"저도 실은 제 귀를 의심했습니다. 이키 씨는 이곳에 닿는 대로 곧 병원으로 와서 자세히 말씀드리겠다고 했습니다."

사토이는 그 말을 듣고 안심이 되면서도 한편으로는 이키의 실력이 새삼스럽게 느껴졌다. 또 그런 이키의 조치에 편승해 한가하게 계속 입원이나 하고 있을 수는 없다는 강박관념이 들었다.

"이제는 마음 편히 입원하시게 되었으니 시키실 일이 있으면 무엇이든지 말씀하십시오. 부사장님을 모시는 게 저의 당연한 업무니까 24시간 대기하라는 명령을 이키 씨로부터 받았습니다."

"그래, 이키 군이 그런 식으로 말하던가?"

사토이는 이키의 조직 장악력을 깨닫고 더욱 강박감을 느꼈다.

"조금 있으면 CBC 텔레비전에서 키신저 보좌관의 인터뷰가 있습니다. 보시겠습니까?"

가이베는 조금이라도 사토이의 기분을 편하게 해주려고 애썼다.

"그건 꼭 봐야지. 그러나 그 전에 쓰노다 군에게 전화 좀 대주게. 좀 이르긴 하지만, 그 사람이라면 출근했을 거야."

가이베는 도쿄 본사의 쓰노다 업무본부장에게로 국제전화를 신청한 다음, 재빨리 눈치를 챈 듯이,

"그럼 부사장님, 곧 연결될 테니까 저희들은 이만 실례하겠습니다."

하고 식사 뒤처리를 하고 있는 아내를 독촉해서 병실을 나갔다.

이윽고 전화가 연결되었다.

"쓰노다인가. 나야, 사토이일세."

쓰노다는 몹시 놀란 듯했다.

"아니, 부사장님, 벌써 전화를 하실 만큼 좋아지셨습니까?"

"응, 아주 좋아져서 밥도 잘 먹고 있다네. 가능하다면 내일이라도 퇴원해서 귀국하고 싶네만, 그곳의 함구령은 틀림없겠지?"

"그 점은 걱정하지 마십시오. 모두들 부사장님께서는 감기로 열이 높아 요양 중인 걸로 알고 있습니다."

"자네 말을 들으니 안심이 되는군. 방금 가이베 군이 와서 포크사의 일본조사단 방문이 1주일 연기됐다고 하던데, 그쪽에서도 알고 있나?"

"네, 방금 텔렉스를 읽고 안심했습니다. 곧 지요다자동차에 연락하려던 참입니다."

"지요다측의 영접준비는 어떤가?"

"매사에 착오 없도록 준비위원회를 조직했습니다. 그러나 그것보다도 부사장님과 제가 제안한 신규 합자회사 설립안에 대해서는 저항이 꽤 커서 어려움이 많을 것 같습니다."

"그 점은 내가 돌아가 처리할 테니, 자네는 필요 이상 자극하지 말고 조사단의 영접준비에나 마음 쓰게. 귀국 비행기편은 나중에 알릴 테니 내 병에 대한 쓸데없는 소문이 나지 않도록 각별히 조심해."

사토이는 다이몬 사장 이하 이치마루 부사장, 도모토 전무 등 본사

중역의 얼굴을 한 사람씩 떠올리며 다짐을 받았다.

쓰노다는 도쿄 본사의 업무본부장실에서 수화기를 놓고 착잡한 생각에 잠겨 담배에 불을 붙였다.
 지금 뉴욕 병원에서 걸려온 전화의 목소리로 봐서는 입원 중인 환자라고는 생각할 수 없을 만큼 활력에 차 있어 곧 완쾌될 것 같아 보였다. 그러나 그 정도로 심한 발작을 일으키고도 사흘 만에 퇴원하여 귀국길에 오른다는 것은 너무 성급한 것 같았다.
 담배 한 대를 다 피우고 시계를 보니 9시 10분이었다. 비서과장에게 전화하여 다이몬 사장이 출근하면 사토이 부사장으로부터의 통화내용을 보고드리겠다고 하자 방금 출근했다는 대답이었다. 쓰노다는 업무본부장실을 나와 13층 중역실 맨 끝에 있는 사장실로 들어갔다.
 다이몬은 여비서가 가져온 일본 녹차로 천천히 목을 축이며 쓰노다에게 불쑥 물었다.
 "자네, 사토이의 일, 사토이 부인에게 알리지 말라고 했는데, 알리지 않았겠지?"
 "전화조차 하지 않았습니다."
 "그럼 누가 지껄였을까? 어젯밤 뉴오타니호텔로 저 말 많은 여장부한테서 전화가 왔더군. 주인이 뉴욕에서 쓰러졌다는 소문이 있는데 괜찮겠느냐고. 학을 뗄 만큼 꼬치꼬치 캐물어서 대답하느라고 진땀 흘렸네."
 "그럼 부인께서는 납득을 하시던가요?"
 "사토이 군의 기운찬 목소리로 전화를 걸게 하겠다고 하니까, 겨우 히스테리가 멎더군."
 "실은 저도 어제 도모토 전무님으로부터 같은 소리를 듣고 깜짝 놀랐습니다. 만일……"

"누군가 짚이는 사람이라도 있나?"

"아닙니다. 특정한 어느 한 사람이 아니라 혹시 우리 뉴욕 지사로부터가 아닐까 해서…… 물론 고의는 아니고, 이런 일은 새어 나오기 마련이어서……"

"그렇지만 이키 군이 통솔하고 있는 아메리카 깅키상사로부터 정보가 누설될 리는 없어. 그런데 자네 용건이 뭔가?"

"방금 사토이 부사장님이 직접 전화를 하셨는데, 건강이 회복되었으니 내일이라도 퇴원하고 그 길로 귀국하시겠답니다."

"저런, 너무 성급히 구는군. 그래, 그 세계적 권위를 갖고 있는 진료 담당 의사 프리드버그 박사가 응낙했다던가?"

"글쎄요, 그것은…… 사토이 부사장님이 양해를 구한 것 같습니다. 쓰러지셨을 때의 상태로 보아 이번에 좀 더 휴양하시는 게 좋다고 생각됩니다만, 도무지 들어주지 않으니 사장님께서 말씀해 보시는 게 좋을 것 같습니다. 포크 조사단이 일본에 오면 또 연일 분주해져서 재발이나 하지 않을까 걱정스러워……"

쓰노다는 자기의 경솔한 말에 깜짝 놀라 입을 다물었다.

"사토이 담당 박사가 앞으로도 재발이 있을 거라고 하던가?"

다이몬이 쓰노다를 쏘아보며 캐물었다.

"아닙니다. 언어가 잘 통하지 않아 진단은 모두 가이베가 들었습니다만, 가이베는 그런 말은 한마디도 비치지 않았습니다."

"모처럼 저명한 의사도 만났겠다, 포크사의 방일도 연기되었겠다, 왜 성급히 돌아오려고 하지? 이럴 때 인간의 본성이 나온다는데 사토이는 보기와 달리 속이 좁은 사람이군."

"그러나 해외에서 병이 나면 누구나 마음이 약해지고 초조해지지 않겠습니까."

변명 비슷하게 늘어놓자,

"하긴 그래. 정말 불운한 사람이야. 다른 병도 아니고 심장병에 걸리다니."

하고 다이몬은 혼잣말처럼 중얼거렸다. 그 순간, 쓰노다는 등이 써늘해지는 것을 느꼈다. '불안하다'는 다이몬 사장의 표현은 명실상부 제 이인자였던 인물에 대한 회의 때문에 나온 말일 것이다. 그렇다면 지금까지처럼 계속 '사토이 호'라는 배와 운명을 같이 할 것인가? 쓰노다는 가뜩이나 마른 몸을 바싹 긴장시켰다.

그 무렵, 마운트 시나이 병원의 병실에서는 디트로이트에서 돌아온 이키가 사토이와 이야기를 나누고 있었다. 사토이는 침대에서 몸을 일으키며 말했다.

"포크사 조사단의 일정을 연기하느라고 수고했네. 그런데 나는 지루해서 더 이상 입원생활을 못하겠네. 지금이라도 프리드버그 교수에게 퇴원신청을 할 테니, 내일 일본 가는 비행기편을 두 군데쯤 예약해 두게."

이키는 발작 후 겨우 4일 만에 비행기를 타는 것만은 어떻게든지 말려보려고 했다.

"부사장님, 꼭 돌아가시겠다고 하시면 어쩔 수 없지만, 내일 박사의 진찰이 있은 다음에 잘 말해서 오케이하면 비행기표를 예약하겠습니다. 어쨌든 박사의 허락이 떨어질 때까지는 참아주십시오. 그게 몸에 좋습니다. 식사도 지금부터는 좋아하시는 것도 잡수실 수 있습니다."

달래듯이 말하자 사토이는 미간에 주름을 잡고,

"자네도 참 끈질기군. 왜 이렇게 나를 병원에 잡아놓지 못해서 안달인가?"

하고 신경질적인 목소리로 말했다.

"안전을 기하기 위해서입니다. 이 병원 연구소에 계신 나니와 대학의 오타 선생의 말로는, 안정 상태에서의 심전도는 호전되었으나 아직 마음에 걸리는 점이 있다고 합니다."

"그런 식으로 한다면 완전한 사람이 어디 있겠나. 그것보다도 날 병원에 두려는 자네의 의도가 뭔가?"

"의도라뇨? 무슨 뜻으로 하신 말씀입니까?"

"모르겠거든 가슴에 손을 얹고 생각해 보게. 자네는 말끝마다 내 몸을 염려해서라지만, 사실은 내게 심장병 환자라는 딱지를 붙이고 싶은 거지?"

사토이는 자기 말에 스스로 흥분하여 목소리가 떨려 나왔다. 너무 지나친 말에 이키는 할 말을 잃고 사토이의 얼굴만 쳐다보았다.

"자네 정말 무서운 사람이군. 호텔에서 발작을 일으켰을 때 그대로 안정시키기만 했더라면 발작은 자연히 진정되고 이렇게 난리를 피우지 않아도 되는 거였어. 괜히 구급차 따위를 불러내 하룻밤 내내 생체실험실 같은 유리병실에 집어넣질 않았나. 게다가 세계적으로 권위 있는 의사를 데려와서는 억지로라도 심장병이라는 강한 인상을 남겨두려고 했어. 그것뿐이 아니지……"

사토이는 증오에 찬 시선으로 말을 계속하려 했다.

"부사장님, 그만두십시오. 흥분하면 또 발작을 일으킵니다."

이키는 단호한 목소리로 사토이의 말을 막았다.

"그럼 지시하신 대로 곧 비행기표를 예매하겠습니다. 내일 도쿄행 직행은 팬암 16시 20분 편과 일본항공 20시 30분 편이 있습니다. 예약해 두겠습니다."

이키는 이젠 모르겠다는 듯이 냉담한 어조로 말했다.

뉴욕 케네디 국제공항의 출발편 대합실 입구에서 아메리카 깅키상사의 부장 및 과장 몇 명이 16시 20분 발 팬암 비행기로 귀국하는 사토이 부사장을 배웅하기 위해 기다리고 있었다.
재무담당 이케다가 외설스럽게 웃으며 너스레를 떨었다.
"부사장이 감기에 걸렸다는 것은 정말로 수상한데. 뉴욕에서 밤을 맞더니 상당히 실력발휘를 한 모양이지. 블론드에게 악성 임질이라도 선물 받은 게 아닐까?"
"말조심하게, 이런 곳에서는."
장소를 잘 가리라는 뜻으로 기계부장이 말했다.
"그렇지만 문병도 가지 마라, 호텔로 맞으러가는 것도 그만둬라, 공항에서만 배웅을 하는데 그것도 몇몇 사람만 나오라고 하니 언제나 화려한 것을 좋아하는 사토이 부사장치고는 뭔가 좀 이상하지 않습니까?"
이케다는 고개를 갸웃거렸다. 다른 부장, 과장 등은 잠자코 있었으나 마음속으로는 모두 한결같이 감기 정도로 사토이가 얌전하게 호텔에 갇혀서 문병마저도 거절하며 철저히 대외비를 지킨 일을 기이하게 생각하고 있었다.
파란색의 워싱턴 콘티넨탈이 정문 가까이에 있는 주차장에서 비어 있는 자리를 찾는 듯하더니 겨우 자리를 발견하고 미끄러져 들어왔다.
차가 멎자 앞좌석에서 가이베가 내려 사토이가 앉아 있는 쪽의 차문을 열었다. 손을 잡아주려고 하자 사토이는 가볍게 고개를 흔들고 언제나처럼 깨끗한 차림으로 차에서 내렸다.

이어서 야쓰카가 운전하는 차가 뒤따라 멎고 가이베의 아내와 하나와가 내렸다.

사토이의 얼굴은 약간 창백했으나 이케다 등 부장, 과장들이 우르르 몰려가자,

"아, 모두에게 걱정을 끼쳐 미안하게 되었네. 잘 휴양한 덕택에 이렇게 말끔히 나왔으니 염려 말게."

하고 웃음을 머금은 채 여유있는 동작으로 한 사람 한 사람 일일이 악수를 했다.

환송 나온 부장, 과장들과 명랑하게 대화를 나누고 나오지도 않는 콧물을 닦아내듯 손수건을 코밑에 대고 있을 때 등 뒤에서 이키가,

"출발 안내방송입니다. 출입구 쪽으로 가시지요."

하고 서 있는 고통을 덜어 주려는 듯 말했다. 퇴원한지 얼마되지 않아 내심 힘들어 하던 사토이는 구원을 받은 듯한 기분이었다.

"그럼 그렇게 하지. 이키 군, 여러 가지로 폐 끼쳤네. 고마우이."

이키는 사토이의 귀에 입을 대고 나직이 말했다.

"아무래도 야쓰카 군을 동행시켜야 할 것 같습니다. 그도 그럴 작정으로 나왔으니까요."

그러나 사토이는 못 들은 척하고 가이베 부부 옆으로 갔다.

"자네 부부한테는 정말 신세 많이 졌네. 부인의 정성스러운 음식 덕분에 이렇게 빨리 나았지 뭔가. 그 성의는 잊지 않겠네."

사토이는 몸조심하라는 일동의 소리를 등 뒤로 들으며 출입문으로 들어갔다.

기내에 들어가자 사토이는 쓰러지듯이 좌석에 앉았다.

잠시후 기체는 긴 활주로를 향해 움직이기 시작했다. 속력을 냈구나

싶어, 창밖을 내다보니 어느 틈에 이륙하고 눈 아래로 맨해튼의 고층 빌딩이 보였다.

벨트착용 사인이 꺼지자, 스튜디어스를 불러 의자로 침대를 만들고 음식 서비스를 하지 말라고 이른 뒤 모포를 뒤집어쓰고 누웠다.

논스톱이라고 하지만 일본까지 13시간 40분이나 걸린다. 14시간 가까운 동안 여행해야 하는 사토이 귀에는 마운트 시나이 병원을 퇴원할 때 프리드버그 교수가 마지막으로 한 말이 계속 맴돌았다.

'당신이 사회인으로서의 입장 때문에 꼭 귀국해야 한다고 하고 입원 후 재발작이 한 번도 일어나지 않고 심전도에도 ST강하가 현저하지 않으므로 허가합니다. 단 하늘 높이 날아가는 제트기 기내에서는 산소가 부족하여 발작을 일으키기 쉬우므로 줄곧 누워 자고 만일 발작이 일어나면 니트로글리세린을 먹고 응급처치를 할 것, 따라서 반드시 동행자를 데리고 갈 것.' 이키는 동행자로서 포크사의 조사단을 안내할 야쓰카를 영접준비라는 명목으로 수행시키겠다고 했으나, 사토이는 단호하게 거절했다. 그렇다면 의사와의 약속을 어기는 것이라고 강경하게 항의하는 이키에게 사토이가 퇴원 후까지 자네 신세를 지고 싶지 않다고 하자, 그렇다면 마음대로 하십시오, 하며 이키는 단념했다.

스튜어디스가 야식을 서비스하러 다녔으나 사토이의 자리는 그냥 지나쳤다. 주위에는 일본 사람이 하나도 없는 것 같았다. 역시 일본항공을 피하기 잘했다고 생각했다. 그러나 만일 발작이 일어나면 어쩌나 하는 불안이 일어나 바지주머니에 넣어둔 니트로글리세린을 꼭 쥐어보았다.

발작이 일어나면 우선 니트로글리세린을 혀 밑에 물고, 그래도 숨이 답답하면 좌석 위에 있는 산소마스크를 쓰고 안정한다. 그래도 효과가 없을 때에는…… 생각지 않으려고 해도 혼자 있는 불안 탓인지 어느 틈에 최악의 상태만이 뇌리에 꽉 찼다.

그러나 혼자 일본에 도착하는 것이 회사 사람들에게 변명할 필요도 없고 구구한 억측을 하지 않게 하는 가장 좋은 방법이었다. 지금까지 체력, 두뇌, 경력면에서 타의 추종을 불허하던 자기가 앞으로 협심증이라는 핸드캡을 갖고서도 이인자의 자리를 고수하기 위해서는 이런 불안쯤에 져서는 안 된다고 스스로를 타일렀다.

시계를 보니 아직도 뉴욕을 떠난 지 2시간밖에 지나지 않았다. 남은 시간 불안과 싸우며 일본까지 가야 할 것을 생각하니, 사토이의 답답함과 무료함은 배가되었다.

이튿날 일본 시간으로 오후 4시 30분 사토이는 오사카 성의 기와지붕이 보이는 사장실에 활기찬 모습을 나타냈다.

"사장님, 방금 돌아왔습니다. 심려를 끼쳐드려서 죄송합니다."

깊이 고개를 숙이고 해외출장지에서 입원소동을 벌인 일을 사과했으나 손에 든 서류가방에는 팬암의 기내 수하물 딱지가 그대로 붙어 있었고 병원에 입원해 있던 몸으로 장시간 비행기 여행을 한 사람이라고는 생각되지 않을 만큼 몸 전체에 생기가 넘쳐났다. 다이몬은 그런 사토이의 모습을 놀라움과 안도가 뒤섞인 얼굴로 바라보며 타이르듯 말했다.

"무사히 돌아와서 무엇보다도 다행이네. 돌봐줄 사람을 물리치고 혼자 귀로에 올랐다는 이키 군의 보고를 받고는, 사토이 군이 뭐라고 하든 누구라도 함께 보냈어야 할 것이 아니냐고 야단쳤지. 하여튼 도쿄에 무사히 도착할 때까지는 안절부절 못했어. 겨우 도착연락을 받고 한숨 돌리니 하네다로 마중나간 쓰노다가 '사토이 부사장님은 화물만 넘겨주고 그 길로 오사카행 비행기를 타고 갔습니다' 하는 보고를 들었을 때에는 간이 다 서늘했다네. 너무 걱정시키지 말게."

다이몬은 뜻밖에 건강한 사토이를 보자 엿새 동안의 근심거리가 한꺼번에 사라진 듯하여 사토이의 어깨를 두드렸다.

"거듭 걱정을 끼쳐드려서 죄송합니다. 뉴욕을 출발할 때 사장님께 전화를 드렸으면 좋았을 텐데, 일본 시간으로는 한밤중이라서……"

"긴 여행이어서 피곤할 걸세. 자, 앉아서 이야기하지."

다이몬은 걱정스러운 듯 소파를 권하고, 다시 한 번 정색을 하며 사토이를 바라보았다.

"하여튼 아무 일 없었으니 다행이야. 발작이 일어났을 때 구급차가 5분만 늦었어도 위험했다고 하더군."

사토이는 가볍게 고개를 저었다.

"아닙니다. 그 정도로 대단한 것은 아니었습니다. 어쨌든 포크사와의 교섭을 성공적으로 마친 다음이어서 다행이었습니다. 교섭경위, 조사단의 방일 건에 대해서는 업무본부장에게 자세한 보고서를 제출하도록 지시했었는데, 보셨습니까?"

"으음, 출자비율 50퍼센트부터 한걸음도 물러서지 않을 포크사의 고자세와 충돌만 없다면, 포크와 지요다는 물론 가장 귀찮은 통산성도 정면으로 반대는 못할 걸세. 하여튼 신규 합자회사 설립이라는 묘한 돌파구를 발견해 단숨에 조사단 방일까지 끌고 간 자네 수완에는 감탄했네. 다음은 저쪽 조사단이 와서 지요다자동차의 좋지 않은 실태를 캐냈을 때 포크사의 태도가 문제야. 자네 심장을 악화시킨 책임의 반은 자네 한 사람에게 지나치게 기대한 데 있으므로, 앞으로의 교섭은 우리측에 쓰노다 이외에 철강담당 도모토 전무를 넣는 한편, 미국에 있는 이키를 좀 더 이용할 생각이네. 자세한 것은 내주에 내가 다시 도쿄로 갔을 때 이야기하기로 하고, 오늘은 곧 호텔로 가서 푹 쉬게. 로얄호텔에 방을 예약해 두었네."

따뜻하게 위로하자, 사토이는 억지로 태연한 척했다.

"천만의 말씀입니다. 저는 사장님께 인사나 드리고 곧 도쿄로 돌아갈 생각이었습니다."

다이몬이 어처구니가 없어서,

"지금부터 도쿄로? 아무래도 그건 무리야. 간신히 진정시켰는데 또 발작이 일어나면 어떻게 하려고 그러나? 협심증 발작이 되풀이되면 심근경색이 되어 돌이킬 수 없는 사태가 된다네."

하고 말하자, 사토이의 안경이 번쩍 빛나며 용서할 수 없다는 표정으로 말했다.

"아까부터 말씀을 듣고 있노라니, 사장님께서는 제가 쓰러졌을 때 구급차가 5분만 늦게 왔어도 위험했다느니, 포크와 지요다의 교섭이 너무 부담이 되었다느니, 저를 위독한 심장병 환자로 취급하시는데, 이키 군이 그렇게 과장된 이야기를 하던가요?"

"뭐가 마음에 걸려서 그토록 흥분하는지는 몰라도 이키 군이 한 말은 아니야."

"그럼……"

"그렇게 범인을 찾듯 신경을 곤두세울 필요는 없어. 내가 의학서적을 읽고 자네를 위해 걱정해서 하는 소리일 뿐이야. 자네는 지독한 애연가인데 흡연도 절대금물이라고 씌어 있더군."

다이몬은 대수롭지 않다는 듯이 말했으나, 사토이는 가슴이 뜨끔했다. 무리하게 퇴원을 재촉하고 뉴욕에서 일본에 도착해 그길로 다이몬에게 오는 동안 다이몬은 이미 자기의 병을 조사하고 차기 사장 후보를 다른사람으로 바꾸었을지도 모른다. 이키라는 놈! 자기가 그렇게 말렸음에도 제멋대로 구급차 따위를 불러서 나중에 오진이었다고 핑계를 댈 수 없도록 세계적인 큰 병원으로 옮겨간 것도 이런 사태를 미리 생각해서였는지도 모른다. 강한 의혹이 떠올랐으나 사토이는 무사히 귀국한 이상 철저하게 정상적인 사람으로 밀고 나가기로 결심했다.

"사장님께서 거기까지 걱정해 주시니 정말 감사할 따름입니다. 최악의 경우를 생각한다면야 협심증의 경우에 국한되지 않고 어느 병에나 위험이 따르지 않습니까? 저는 고기를 좋아해서 콜레스테롤 때문에 발작을 일으킨 데 지나지 않습니다. 그런데 제가 쓰러지자 대단한 일이 아니라고 그렇게 말했는데도 불구하고 평소에는 침착하고 냉정하기만 하던 이키 군이 왜 그렇게 난리를 피우며 구급차를 부른다, 심장병으로는 미국 제일의 권위를 자랑하는 마운트 시나이 병원에 입원시킨다, 했는지 하여튼 지금 생각해도 이상합니다. 하기야 그 덕분에 저명한 의사의 진찰을 받게 되어 귀중한 경험을 하기는 했습니다만."

하고 웃어넘기듯이 말했다.

"프리드버그 교수라는 사람이었지? 그 교수에게 앞으로 주의할 점을 들은 게 있나?"

"있습니다. 심전도검사를 정기적으로 받을 것, 식이요법을 할 것, 해외출장 시에는 만약을 위해 니트로글리세린을 갖고 다닐 것, 정도입니다."

사실은 정신적 압력을 받는 지금의 자리에서 물러나는 게 좋다는 권고를 받았으면서도 사토이는 태연한 얼굴이었다.

"그렇다면, 앞으로도 해외출장을 해도 괜찮은가?"

"물론입니다. 혈관에 콜레스테롤이 쌓이기 시작하는 것은 50세가 지나면 누구에게나 일어나는 현상이므로 주의만 하면 사회생활에는 아무런 지장이 없습니다."

얼버무리는 듯한 사토이의 말을 들으며 다이몬은 고혈압 증세가 있는 자신의 건강을 걱정했다.

그때 비서과장이 들어와 알렸다.

"방금 이치마루 부사장님이 비서과로 오셔서 사토이 부사장님이 계시면 문병인사나 하고 싶다고 하십니다만."

다이몬은 사토이를 보며 말했다.

"여전히 소문은 빠르군. 그러나 사토이 군은 피곤할 테니 문병 따위는 오히려 귀찮을 거야. 지금 중요한 상담을 하고 있다고 전하게."

"아닙니다. 저는 괜찮습니다. 이치마루 군에게는 어디까지나 감기로 얘기해 두었겠지?"

사토이는 비서과장에게 다짐하듯이 물었다.

"그 점은 걱정 마십시오."

"그럼 잠시 만나기로 하지. 그 뒤에 도쿄로 돌아갈 테니, 가능한 한 가장 빠른 비행기표를 예약해 주게."

말을 끝내자마자 이치마루가 들어왔다.

"사토이 씨, 돌아오셨군요. 감기로 누웠다는 말을 듣고 걱정했는데, 좀 어떻습니까?"

이치마루는 검은 얼굴에 다정한 웃음을 띠며 다이몬 옆에 앉았다. 사토이는 살피듯이 자신을 바라보는 이치마루의 시선을 당당히 되받으며 태연히 말했다.

"여러분께 염려를 끼쳤지만, 호텔에 누워 있어서 그런지 보시다시피 아주 건강합니다. 나중에 들으니, 방직협회 아베 회장이 뉴욕으로의 여정을 앞당겨 가셨다고요? 나한테 직접 연락했더라면 칵테일 정도는 대접했을 텐데."

"그렇군요. 처음에는 호텔에만 누워 있다고 하길래 전화쯤 해도 괜찮겠지 했지요. 근데 막상 전화를 걸려고 하자, 뭐 열이 38도 8부나 된다느니, 편도선이 부어서 목소리가 나오지 않는다느니 해서 전화를 못했습니다. 게다가 분위기도 묘해서……"

이치마루는 일부러 아깝다는 듯이 말했다. 그러자 다이몬은 이야기를 중지시키려는 듯 헛기침을 했다.

"그런 건 아무래도 상관없지 않은가. 아베 회장한테는 내가 잘 말해 두겠네."

그러자 이치마루가 코를 벌름거리며 사토이가 도미하게 된 진짜 용무를 냄새 맡으려는 듯이 물었다.

"뉴욕에서 무슨 큰 상담이라도 있었던 건 아닌지?"

아직 포크사와 지요다의 제휴교섭 건은 중역회의에서도 거론되지 않았기 때문에 사토이는 얼른 둘러댔다.

"오스트레일리아 서쪽의 광산개발 건으로……"

"아, 그래서 도모토 전무가 부사장님한테 연락하려고 했군요. 그건 그렇고, 한국의 지하철 입찰 건에 이쓰비시상사, 이쓰이물산 게다가 도쿄상사까지도 움직임이 상당한 것 같아요. 요전에 합섬 플랜트 건으로 서울에 가보니 서울 지사장 야마모토 군이 마음 졸이고 있더군요."

그 말을 들으니, 사토이는 포크·지요다 제휴 건에 얽매여 서울행을 자꾸 연기하고 있었던 게 생각났다.

"저는 내주 초에 다시 합섬 플랜트 건으로 서울에 갈 예정인데 웬만하면 사토이 씨도 함께 갑시다. 이키 군이 겨우 연줄을 대서 연결된 정부 사람을 만나고 싶지만, 중요한 지하철 입찰이다 보니 내 담당도 아닌 처지에 뭐라고 말할 수 없으니까요."

"그렇겠군요. 어떻게든 스케줄을 짜서 가도록 해봅시다."

사토이는 대답을 하면서도 서울까지의 거리가 비록 오사카와 홋카이도 정도의 거리밖에 안되지만 아직도 추울 것이라는 생각이 들자 심장이 따끔따끔 아파오는 기분이었다.

뎅엥조후의 사토이의 집 침실 창문은 정오가 지났는데도 덧문이 닫힌 채였다.

어젯밤 돌아온 사토이는 식사는 물론 목욕도 하지 않고 잠옷만 간신히 갈아입은 채 침대에 들자, 내일은 늦게까지 잘 테니 깨우지 말라고 이르고는 계속 잠만 잤다.

정오까지는 별다르게 여기지 않았지만 1시가 지나고 2시가 지나자 가쓰에는 아무 소리도 나지 않는 침실에 신경이 쓰이기 시작했다.

뉴욕에서 무슨 일이 있었던 게 아닐까? 가쓰에는 물고기의 지느러미처럼 나온 턱을 긴장시키며 생각에 잠겼다. 남편, 다이몬 사장, 그리고 어젯밤 하네다 공항에서 집으로 남편을 모시고 온 비서까지도 서로 짜기나 한 듯이 뉴욕에서 감기에 걸려 나흘쯤 누워 있었다고 말했지만, 아무래도 뭔가 이상했다.

문손잡이를 살짝 돌리고 안으로 들어가 잠든 남편의 얼굴을 들여다보았다. 덧문 틈으로 햇살이 스며들어 왔지만 남편은 깊은 숨을 내쉬며 계속 자고 있었다. 아이가 없는 탓인지 아니면 본디 멋쟁이인 탓인지 유달리 맵시에 신경을 쓰는 남편이기에 58세라는 나이보다는 훨씬 젊어 보이지만, 수염이 자라고 두 볼이 핼쑥한 얼굴에 늙은 징조가 나타나기 시작한 걸 보자 가쓰에는 깜짝 놀라 침실에서 나왔다.

거실로 나오자 가쓰에는 화가 난 얼굴로 전화기를 끌어당겨 남편 비서에게 직통전화를 걸었다.

"네, 긴키상사입니다."

기노시타 미노루 비서의 목소리가 들렸다.

"기노시타 씨지요? 나예요. 어젯밤에 주인을 잘 모셔다주어서 고마워요."

거만한 말투로 치하했다.

"괜찮습니다, 사모님. 부사장님께서는 푹 주무셨습니까?"

"아직도 자고 있어요. 그래서 이렇게 전화하는 거예요. 주인이 뉴욕에서 처방받은 감기약이 슈트케이스를 뒤져도 보이지 않아요. 혹시 어디에다 넣어두었는지 아세요?"

"글쎄요, 저도 모르겠습니다만 슈트케이스보다는 서류가방에 있지 않을까요? 기내에서도 드셨을 테니까요."

"그렇지 않아도 다 찾아봤어요. 그러나 감기약 같은 것은 없었어요."

"그러면 호주머니 속에……"

"기노시타 씨, 주인이 뉴욕에서 정말 감기를 앓았나요? 주인은 감기에 걸리면 우선 목이 부어 한동안은 콧소리가 없어지지 않는데, 알다시피 주인 목소리는 여느 때와 다름이 없잖아요."

"그런 말씀을 듣고 보니 과연 여느 때와 다름없는 것 같았습니다. 그러나……"

"그것 봐요, 감기라는 것은 공연한 소리지. 하여튼 주인이 이렇게 지쳐서 돌아왔는데, 당신은 비서이면서도 그런 눈치를 못 챈단 말이에요? 좋아요, 알았어요…… 이만 전화 끊을 테니까 쓰노다 업무본부장에게 틈나는 대로 전화해 달라고 전해 줘요. 꼭 부탁해요."

전화를 끊으려 할 때, 등 뒤에서 손이 나와 수화기를 잡았다.

"아니, 당신……"

언제 나왔는지 가운을 입은 남편이 옆에 서 있었다. 사토이는 아내를 흘겨보면서 수화기를 들었다.

"여보세요, 나야. 집사람이 쓰노다에게 전화하도록 한 모양인데 그럴 필요 없네. 푹 잤더니 몸이 거뜬한 것 같아. 다른 사항은 없나."

"전화가 열두서너 통 왔습니다만, 급한 일이 아니니 출근하신 후에 보고드리겠습니다. 그런데 사모님께서는 감기가 아니라 무언가 다른 병이 아니었느냐고 말씀하시는데, 괜찮으십니까? 종합진단을 받도록 병원을 수배해 둘까요?"

하고 걱정스러운 듯이 말했다. 사토이는 자기 비서한테도 감기에 걸렸을 뿐이라고 했던 것이다.

"그럴 필요 없네. 집사람은 개가 2, 3일만 밥을 안 먹어도 회충이다 말라리아다 하고 법석을 떨며 수의사를 부르는 사람이니 걱정 말고 긴급한 연락은 언제든지 하게."

사토이는 억지로 활달한 목소리로 말하고 나서 전화를 끊었다.

"기노시타 씨에게 나를 그렇게까지 말씀하실 필요는 없잖아요."

뾰족한 턱을 내밀며 부아가 나서 항의하자, 사토이는 비서와 얘기하고 있을 때와는 달리 불쾌한 말투가 되었다.

"회사에 쓸데없는 전화는 삼가도록 해요. 내가 창피해져."

"창피라구요? 아내가 남편의 건강을 걱정하는 게 왜 창피해요? 감기라고 하는데 약은 어디에도 보이지 않고, 사람은 계속해서 잠만 자는 판에 걱정 않는 사람이 어디 있어요?"

"잠만 잤다니, 화장실에도 갔다 오지 않았소? 게다가 뉴욕에서 처방한 감기약은 너무 많이 먹은 탓인지 위가 아파서 비행기 시트주머니에 넣어두고 왔어요. 그런 일이나 꼬치꼬치 캐지 말고 빨리 식사준비나 해요."

사토이는 화제를 바꾸듯이 식사를 재촉했다.
"어머나, 미안해요. 당신 좋아하는 버섯 포타쥬를 만들었어요. 곧 데워올 게요. 그때까지 포도나 들고 계세요."
가쓰에는 앞치마를 두르고 부엌으로 갔다.
사토이는 일광욕실처럼 햇빛이 잘 드는 거실의 의자에 앉아 초록빛 싹이 트기 시작한 잔디를 멍하니 바라보았다. 콜리종 애견이 힘껏 꼬리를 치며 거실의 유리문을 코끝과 앞발로 교묘하게 열고 사토이에게 뛰어 들어왔다.
"그래, 그래. 줄리야, 한동안 못 보았구나."
커다란 몸을 비벼대며 아양을 떠는 줄리를 쓰다듬어 주면서, 지금 자기가 마음 터놓고 이야기할 수 있는 상대는 이 개뿐이라고 생각하니 흔들림 없이 탄탄대로를 달리던 자기의 인생에 미국 출장을 계기로 갑자기 어두운 그림자가 드리운 듯한 느낌이었다.
포도를 갖고 온 가쓰에는,
"저런, 줄리 좀 봐. 아빠가 돌아오신 게 그렇게 기쁘니?"
하고 귀여운 듯이 눈을 가늘게 뜨고 말했다
"개에게 아빠라고 하지 말아요."
가스에는 핀잔을 받고도 못들은 척 화제를 바꾸었다.
"저 말예요, 당신이 너무 늦게 일어나 걱정하고 있는 동안 왠지 쓸쓸한 생각이 들었어요. 우리는 애가 없으니까, 다른 집처럼 애들 교육에 신경 쓰지 않고 해외주재생활을 즐겼지만, 예순을 눈앞에 두고 당신이 병이라도 들면 어떻게 하나 생각하니 왠지……"
"갑자기 무슨 쓸데없는 말을. 당신이 혼자 남는다 하더라도 불편 없을 만큼 준비가 되어 있잖소."
대수롭지 않게 말했으나 기분은 더욱 가라앉을 뿐이었다. 중역사원에게 큰 핸디캡인 심장병에 걸렸다는 사실보다는 이키에게 그런 약점을 잡혔다는 게 못마땅했다.

줄리가 뜰 쪽으로 귀를 세우고 사납게 짖으며 달려 나가자 사토이는 유리문을 꼭 닫았다. 그러나 어쩐지 초조해져 가만히 있을 수 없어 지요다자동차의 무라야마 전무에게 회사에서 돌아오는 길에 자기 집에 들러 달라고 할 셈으로 전화 다이얼을 돌렸다.

무라야마가 사토이의 집을 찾아온 것은 밤 8시가 넘어서였다. 무라야마는 자기 집처럼 훤히 알고 있는 사토이의 침실로 쑥 들어왔다.
"도저히 빠져나올 수 없는 파티 때문에 이렇게 늦었네. 미안하이."
"나야말로 무리하게 말해서 미안하네. 아무리 그렇더라도 여기서야, 응접실로 나가지."
침대에서 일어나 가운을 입으려고 하자,
"괜찮으니 신경 쓰지 말게."
하고 무라야마는 학생시절처럼 말했다.
"사업상 얘기도 있고 하니 아무래도 일어나야지. 응접실의 소파가 편하니까."
사토이는 가운만 입고 응접실에서 무라야마와 마주 앉았다.
"뉴욕에서 감기에 걸려 자리에 누웠다더니, 출장에 익숙한 자네로서는 이상한 일이로군. 단순한 감기인가, 아니면 어디 다른 데가 나쁜가?"
무라야마가 묻자 사토이는 한순간 섬뜩했다.
"아닐세. 디트로이트에서 감기에 걸렸는데 뉴욕에 오니 열이 39도나 되더군. 무리를 하면 폐렴이 된다고 해서……"
"그렇다면야 괜찮지만. 요전에 긴자 술집에서 고교 동창인 도쿄성인병센터의 내과 부장 이치카와를 만났더니, 자네가 뉴욕으로 가기 전에 전화를 걸어 문의를 했다면서? 그래 자기가 정밀검사를 받으라고 했다더군. 뭔가 마음에 짚이는 것이라도 있었나?"

"으음, 이번 일로 몹시 피곤해서 그런지 갑자기 구토가 나고 명치가 아파서."

"구토가 나고 명치가 아프다? 그러면 정밀검사를 받는 게 좋아. 어쨌든 늘 긴장하고 있는 게 병의 가장 큰 원인이니까."

무라야마는 위암을 걱정하는 듯했다.

"아니야, 위쪽은 아닌 것 같아."

사토이는 무라야마한테만은 사실대로 말하고 싶은 충동을 느꼈다. 그동안 다이몬 사장은 물론 아내에게까지도 협심증을 숨기느라 계속되었던 긴장이 한꺼번에 무너져, 지푸라기에라도 매달리고 싶을 만큼 마음이 약해졌다.

"무라야마……"

말을 꺼내자마자 복도에 발소리가 들리며 문이 열렸다. 아내 가쓰에가 브랜디와 캐비어를 가지고 들어왔다.

"무라야마 씨, 무리하지 말라고 주인 좀 타일러주세요. 뉴욕에서 나흘 동안이나 자리에 누워 있었다면서 하네다에 닿자마자 오사카로 달려가 사장님께 인사를 하지 않나, 너무 무리를 해요. 더구나 그쪽 의사가 처방해 준 감기약을 위를 상하게 한다며 비행기 안에 버리고 왔다니, 어처구니가 없어요."

글라스에 브랜디를 따르면서 가쓰에가 말하자, 무라야마도 한마디 거들었다.

"그러면 안되지. 나는 걱정이 되어 당뇨병 테스트 테이프, 하루치 다이어비니즈, 프로헤발, 비타노진 등 세 종류 약을 날마다 갖고 다니며 건강유지에 노력하고 있다네."

무라야마는 윗주머니에서 세 종류의 약이 든 플라스틱 담배 케이스 같은 것을 꺼내 보였다.

사토이는 그러한 무라야마의 정직성이 부러웠다. 자신의 지병을 공개하고 약을 넣은 케이스를 보여줄 수 있을 만큼 회사 분위기가 좋은 무라야마에 비하면 진짜 병명을 필사적으로 숨기려 하고 또 숨겨야만 하는 자신의 처지가 말할 수 없이 처량해졌다.

"왜 그러나, 좀 추운가?"

"아닐세, 자네나 나나 이젠 늙었다고 생각하는 중일세……"

사토이는 말하고 싶은 충동을 가까스로 억눌렀다.

"자네나 나나 건강이 제일일세. 그런데 아까 전화로 말한 건……"

그러자 가쓰에는 눈치를 채고 자리에서 일어났다. 무라야마는 브랜디 잔을 테이블 위에 내려놓았다.

"자네 회사의 쓰노다 상무한테서 들었네만, 포크와 지요다가 50퍼센트씩 출자해서 신규 합자회사를 만들자는 건 설마 진심이 아니겠지?"

무라야마는 이해가 가지 않는 투였다. 사토이는 소파에 편안히 몸을 묻고 무테안경을 번득이며 말했다.

"전혀 불가능한 이야기는 아닐세. 어쨌든 포크측은 막무가내로 50퍼센트의 지주비율을 주장하고, 간신히 최하한선, 즉 최소한 발언권을 확보할 수 있는 3분의 1 이상, 곧 33.4퍼센트까지 양보할 기미는 보였지만, 지요다자동차의 본사가 33.4퍼센트를 먹히면 다음 해에는 어떻게 변할지 보장할 길이 없네. 우리야 상사니까, 솔직히 말해서 포크측 지주비율이 50퍼센트든 33.4퍼센트든 상관이 없지만 상대가 포크이기 때문에 경계하는 걸세. 따라서 50 대 50으로 출자해서 신규 합자회사를 따로 설립하면 만일 저쪽이 깊이 들어온다 할지라도 지요다 본체에는 손을 대지 못할 것이 아닌가."

"그렇지만 실제적인 문제로서 아무리 10만여 평의 유휴지가 있다 하더라도 아쓰키 공장 옆에 신규 합자공장이 세워지면 모두 가만 있지 않을 거야. 무엇보다도 기술자를 모으기가 간단하지 않을 걸. 현실적으로는 아쓰키 공장에서 충당해야 하는데, 기술담당 오마키 상무를 비롯하여 기술, 현장 관계에서는 아마 한 사람도 내놓지 않을 걸세. 신규 합자회사 설립은 자네들의 청사진에 지나지 않아. 그러니 어떻게 해서라도 자네 힘으로 처음 제안대로 트럭 부문을 제외한 아쓰키 공장과의 제휴로만 국한하고, 포크측의 지주비율을 가능한 한 낮춰주게나."

"물론 자네 회사나 통산성을 생각한다면야 자네 의견이 온당하지만, 그래서는 포크측이 절대로 상담에 응하지 않네. 그렇게 되면 닛신자동차에 투항하거나, 아니면 도산하거나 둘 중의 하나밖에 없네."

"설마 우리가 도산이야 하겠나!"

무라야마는 벌컥 짜증을 내듯이 말했다.

"자기네가 3대 자동차회사라는 바로 그 의식이 위험한 거야. 만일의 경우 야마산 증권 때처럼 은행의 특별융자를 기대하고 있다면 큰 오산이야. 철이나 증권회사는 정치가와 밀착되어 영향력이 있지만, 이런 면에서는 전후산업인 자동차업계의 미약한 정치력으로는 구조선을 기대할 수 없을걸세."

사토이는 타이르듯이 말했다.

"무라야마, 이번에는 더욱 근본적인 것을 생각해야 하네. 이것도 싫다, 저것도 싫다 배부른 소리를 할 처지가 아냐. 자네들 우두머리의 잘못으로 파산이라는 사태에 이르게 된다면, 기간산업이니만큼 사회적으로 큰 물의가 일게 되네."

"사토이, 그것은 너무 지나치지 않은가. 설마 우리 회사가 그렇게까지야……"

무라야마가 말끝을 흐리자, 사토이는 소파에 푹 기대었던 몸을 일으키며 말을 받았다.

"자네도 내가 잠시 일본을 비운 동안 1주일마다 의견이 달라지는 우유부단한 모리 사장에게 세뇌당한 게 아닌가. 내가 디트로이트로 교섭차 떠날 때는 모리 사장이 이번 기말에 퇴진하고 자네가 차기 사장으로 내정되었기 때문에 자네라면 과감하게 결단을 내리리라 생각하고 한몫 거들려고 당당하게 포크와 교섭하고 왔는데, 지금같이 자네가 달콤한 생각만 하고 있다면 이야기가 안 되네."

사업 이야기를 하자, 사토이는 아까까지의 침울한 기분은 사라지고 언제나처럼 머리가 재빠르게 회전하고 왕성한 패기가 용솟음쳐 오르는 듯했다.

무라야마는 그러한 사토이에게 압도당한 듯이,

"이번에 방일하는 포크사의 조사단은 판매, 기술, 재무의 베테랑이라고 하던데, 우리 회사의 실태를 어느 정도까지 파악할까?"

하고 근심스러운 표정으로 물었다.

"저쪽의 회계검사는 대단히 엄격하네. 내 생각으로는 포크가 하는 일이니까, 조사단이 오기 전에 뉴욕 자문회사의 일본 사무실이나 일본에 진출한 아메리카 은행의 일본 지점을 활용해 상당한 사전조사를 할 걸세. 그렇지만 오랫동안 거래하고 있는 우리 회사에서도 좀처럼 지요다의 진짜 내막을 알 수 없으니……"

"비꼬는 건가?"

"포크를 상대로 홀랑 벗을 거야 없지 않은가. 하지만 자네 쪽에서 드러나면 곤란해지는 게 어떤 사항인가?"

"판매망일세. 이건 철저하게 조사당하면 꼼짝 못하지. 더욱이 판매 조직이라는 게 어느 회사나 다 마찬가지겠지만, 걸핏하면 메이커를 험담하는 버릇이 있거든. 자동차가 팔리지 않는 건 차체의 디자인이 나빠서라느니, 심지어는 이윤이 적어서 그렇다고 지껄여댈 테니, 포크사와의 제휴는 비밀로 하고 포크 조사원이 왔을 때 적당히 말해 주도록 방법을 강구해야 되네. 이 점이 가장 어려울 걸세. 자네네 아메리카 깅키에서 조사단의 안내를 맡을 야쓰카와 우리 담당자가 만나 미리 잘 타협해 두도록 했으면 좋겠는데, 언제 올 예정인가?"

"포크보다 이틀 전쯤일 거야."

"좀 더 빨리 귀국해서 포크 조사단 다루는 법을 좀 가르쳐주었으면 좋겠네."

무라야마는 사토이와 이야기하고 있는 동안 차츰 포크사에 대한 협상의 중요성을 느낀 듯 초조한 기색이었다. 사토이는 자기가 쓰러졌을 때 같이 있던 야쓰카를 만나게 되는 것이 싫었지만, 아직도 결단을 못 내리고 꾸물거리는 지요다자동차의 상태를 생각하면 야쓰카를 빨리 불러올 필요가 있다고 생각했다.

암행조사단

4월 초순, 포크사의 암행조사단은 밤의 어둠을 타고 비밀리에 하네다 공항에 닿았다.

일행 4명은 일본 매스컴을 피하기 위해 누가 보아도 텍사스쯤에서 온 시골뜨기 관광객처럼 위장하였다.

출영나간 깅키상사의 야쓰카와 지요다의 하야자카도 관광객을 맞이하는 여행사 직원처럼 재빨리 짐꾼을 불러 짐을 나르게 하고 택시정류장으로 일행을 안내하자, 자동차 두 대가 조용히 다가왔다.

모든 절차가 자연스럽고도 신속하게 진행되었다. 자동차가 달리자 선도차의 앞좌석에 앉아 있던 야쓰카가 조사단의 대표인 기술담당 매니저 토머스를 돌아보며 말했다.

"정말 완벽한 비밀행차시군요."

야쓰카는 감탄한 듯이 말했으나, 자신도 사토이 부사장 명령으로 4일 전에 일본에 와 본사에 출근하지 않은 것은 물론 도쿄에 있는 부모집에도 묵지 않고 호텔방 하나를 얻어 사무실로 쓰며 조사단 영접준비를 하고 있었다.

"요청하신 대로 이쪽 준비는 다 되어 있습니다만, 조사단이 원래 다섯 분이셨는데 한 분이 줄었군요. 예정에 변동이 있었습니까?"

야쓰카가 의아한 듯이 묻자,

"아, 한 사람은 출발 직전에 오스트레일리아 포크에 급한 일이 생겨 불가피하게 멜버른으로 갔지요. 4명이지만 일본에서 조사활동을 하는 데에는 지장이 없습니다."

토머스는 대수롭지 않게 대답했다.

자동차가 뉴오타니 호텔에 닿자 야쓰카는 토머스 일행이나 경제신문기자에게 탐색당할지도 모르니 지요다의 하야자카와 동정을 살피고 오겠다고 차에서 내렸다.

두 사람은 로비 안을 조심스럽게 둘러보았다. 소파에는 12, 3쌍의 남녀들이 보였는데, 엘리베이터 가까이에 앉아 있는 사람이 특히 시선을 끌었다.

외국인과 마주 앉아 이야기하고 있는 일본인은 비록 등을 돌리고는 있었으나, 흐왓흐왓, 기묘하게 웃는 소리며 일본인답지 않게 세련된 차림이 뉴욕에도 자주 나타나는 도쿄상사의 사메지마 상무였다.

야쓰카는 얼른 하야자카의 소매 끝을 잡아끌며 속삭였다.

"저기 엘리베이터 앞에 있는 키 큰 사내 말인데요, 저 사람이 도쿄상사의 사메지마 상무입니다."

하야자카는 깜짝 놀랐다.

"뭐, 도쿄상사요? 설마 잠복해 있는 건 아니겠죠."

"그럴 리야 없겠죠. 그러나 도쿄상사 사람이 있으면 곤란하니, 얼굴이 알려지지 않은 제가 일괄적으로 체크인하고 열쇠를 받아 가지고 가겠습니다. 하야자카 씨는 일행을 데리고 지하주차장으로 해서 10층까지 가십시오."

하야자카는 곧 호텔 밖으로 나갔다. 로비에 남은 야쓰카는 기둥 뒤에 서서 사메지마의 움직임을 지켜보았다. 사메지마는 외국인과 함께 15층 스카이룸 전용 엘리베이터를 탔다.

야쓰카는 사메지마가 탄 엘리베이터의 층수 표시판을 지켜보았다. 엘리베이터는 곧장 15층으로 올라갔다. 그것을 확인하고 나서야 야쓰카는 프런트에서 네 사람을 접수시키고 10층으로 올라갔다. 그곳에는 하야자카의 안내로 먼저 올라온 포크사의 조사단 일행이 그를 기다리고 있었다.

"정말 놀랐습니다. 바로 자동변속기 관계로 포크사와 계약을 맺고 있는 도쿄상사의 사메지마 씨였습니다."

야쓰카가 말하자, 사메지마를 알고 있는 토머스는 어깨를 으쓱했다. 야쓰카에게 방 열쇠를 건네받은 네 사람은 곧장 자기 방으로 뿔뿔이 흩어졌다.

30분 후에 지요다의 무라야마 전무, 오마키 상무, 깅키상사의 사토이 부사장, 쓰노다 업무본부장이 등이 대기하고 있는 별실에서 환영을 겸한 인사교환의 모임을 가졌다.

이튿날 아침 8시, 포크 일행은 아침식사를 끝내고 회의실로 쓰려고 예약한 스위트룸에서 큰 테이블에 둘러앉아 그날부터 시작될 조사 스케줄을 짜고 있었다.

일행의 대표인 기술담당 토머스가 말을 꺼냈다.

"우리 네 사람 중에서 기술담당인 나와 미스터 리커는 아쓰키 공장의 설계 및 기계배치, 소요시간 등 가동률 외에도 부품을 만드는 부품 메이커까지 견학하고 싶습니다."

토머스의 엔지니어다운 흥미에 재무담당인 워렌은,

"우리들에게 와 있는 지요다자동차의 재무제표는 회사를 일괄할 재무보고인데 쓰키지 본사, 승용차와 소형 트럭의 아쓰키 공장, 대형 트럭의 오쓰바마(追浜)공장, 엔진의 가와자키 공장 등 공장의 대차대조표도 검토하고 싶으니 그 자료를 지급으로 제출해 주셨으면 좋겠습니다."

미리 예측은 하고 있었지만, 재무조사는 상당히 세밀한 데까지 할 속셈인 모양이었다.

"알았습니다. 그러면 판매 쪽은 이 일람표대로면 되겠죠?"

야쓰카는 하야자카와 둘이서 추려놓은 대리점 일람표를 판매담당인 래디에게 보여주었다. 전국의 약 220개 판매대리점 중에서 도쿄, 요코하마, 나고야, 오사카, 고베, 교토, 후쿠오카 등 7대 도시 중에서 지요다의 대리점으로서 실적을 올리고 또한 점포 및 입지조건이 양호한 곳을 뽑은 것이었다.

판매 베테랑인 래디는 일람표를 뚫어지게 보더니,

"아니, 내가 만들어온 이 표대로 대리점을 돌아보고 싶습니다."

하며 자기 서류가방에서 대리점일람표를 한 장 꺼냈다. 이 일람표에는 지요다의 판매점 중에서도 가장 실적이 저조해 일부러 빼놓은 대리점들도 꽤 들어 있었다.

하야자카는 낭패한 듯했으나 야쓰카는 태연하게 물었다.

"래디, 일본측에서 고른 대리점이 마음에 안 드십니까?"

래디는 두 손을 벌리며 대꾸했다.

"당신들이 선택한 대리점은 문제점이 없는 곳입니다. 내가 조사하려는 곳은 문제가 있는 판매처입니다."

"하지만 문제점이 있다 없다는 무엇을 근거로 결정한 것인지 우리들은 통 이해할 수가 없군요."

야쓰카가 묻자,

"우리의 독자적인 정보망에 의해서지요."

하고 대답했다. 야스카와 하야자카는 흠칫 놀라고, 래디의 목소리에는 더욱 힘이 실렸다.

"그리고 조사항목에 대해서도 희망사항이 있소. 여기에 첨부된 자료에는 각 대리점의 규모에 대한 매상과 판매효율만 나와 있는데, 나는 자금조달방법, 생산자와의 관계에 대해서도 알고 싶소."

하고 요구했다. 대리점의 자금조달방법까지 알려는 철저한 조사는 포크측의 주안점이 지요다의 가장 큰 약점인 대리점에 있음을 말해주고 있었다.

사태가 이렇게 되자 배짱이 두둑한 야쓰카도 낭패한 빛을 보이지 않을 수 없었다.

"좋습니다. 그것은 대리점을 돌아보면서 래디 씨가 직접 눈으로 확인하시고 그동안에 지요다 본사에 자료를 요청합시다."

그러면서 은근히,

"그러나 지금부터 돌아보게 될 각 지방 대리점에게는 포크 조사단이라는 신분을 숨겨야 하므로 행동도 그럴듯하게 하고 질문도 의심받지 않도록 각별히 조심해 주십시오."

하고 래디의 움직임을 견제했다.

지요다자동차의 도쿄 본사 중역실에서는 무라야마 전무가 아까부터 연달아 각 지방 판매점에 전화를 걸고 있었다. 여섯 번째 전화는 오사카의 지요다오토 사카이의 다나카 사장에게 거는 것이었다.

"여보세요, 여보세요, 다나카 씨, 지요다의 무라야마입니다. 언제나 신세만 지고 있습니다. 도쿄는 4월에도 꽃샘추위 때문에 상당히 추워요. 간사이는 따뜻하겠군요."

무라야마는 여느 때와는 달리 부드러운 목소리로 날씨에 대해 장황히 늘어놓았다. 지요다 본사의 전무로부터 직접 전화가 걸려오는 일은 없던 터라 다나카 사장은 다소 놀란 듯했다.

"아니, 이거 어느 분인가 했더니 무라야마 전무님이시군요. 전무님께서 직접 전화를 거신 적이 좀처럼 없던 터라……"

"그런 말씀을 하시니 낯이 뜨겁군요. 보통 때는 무심했다고 하시는 것 같아서…… 언제나 뭔가 모자라는 점이 있다고 생각합니다만, 우리 자동차의 움직임은 어떻습니까?"

부드럽게 묻자,

"전무님, 아무리 지요다의 새 차를 사라고 권해도 손님들로부터 값이 비싸다, 차를 타면 편하지 못하다, 고장이 잦다는 등 불평뿐이라 골치를 앓고 있어요. 세일즈맨들도 팔기 쉬운 차를 만들어내지 않으면 방법이 없다고 성화랍니다. 어쨌든 잘 팔릴 만한 차를 만들고 마진을 늘려주지 않으면 세일즈맨은 계속 떠날 겁니다. 적자가 늘어나기만 해서 사장인 나도 아이치나 닛신의 판매점으로 바꾸지 않는 한 지요다사와 함께 침몰하는게 아닌가 싶어 밤잠을 못 이룬답니다."

하고 다나카는 때를 만났다는 듯 평상시의 불만을 털어놓았다. 무라야마는 꾹 참고 끝까지 듣고는 사정하듯 말했다.

"잘 알았습니다. 대리점 여러분의 의견이 무엇보다도 회사발전을 위해 도움이 됩니다만 잠시만 더 참아주십시오."

무라야마는 쓰디쓴 얼굴을 하면서도 전화 목소리만은 부드러웠다.

"그런데 급한 말씀을 드려 매우 죄송합니다만, 오스트레일리아에서 우리 회사의 수입대리점이 되어줄 사람이 며칠 내로 그곳에 갈 테니까 수고스럽더라도 잘 설명해 주시기 바랍니다."

다나카는 판매독촉 전화가 아닌 것을 알자 갑자기 불평을 멈췄다.

"아, 그런 일이라면 간단하지요. 판매점의 개설로부터 자동차 판매 자금조달, 뭐든지 내가 아는 것을 솔직히 가르쳐드리지요. 어쨌든 나는 이 길에 들어선 지 36년으로, 오사카 지요다의 대리점으로는 최고 고참이니까요."

그 목소리로 보아 뭐든지 가리지 않고, 심지어는 지요다 판매점의 불리한 점까지 말하지 않을까 걱정스러워 무라야마는 다짐을 하듯 말했다.

"다나카 씨, 그 얘기 말입니다. 오스트레일리아에 대량수출할 것을 생각하고 있는 때이니만큼, 지금까지 대리점 여러분들에게 폐를 많이 끼치고 불평도 들었지만, 이번만 눈감아 주시고 그 외국인에게 좋은 이야기만 해주십시오."

"아, 알았습니다. 나야 그 방면의 베테랑 아닙니까. 판매 쪽은 나에게 맡기십시오."

다나카는 알아들었다는 듯이 승낙하고 전화를 끊었다.

무라야마는 수화기를 놓고 손바닥에 밴 땀을 손수건으로 닦으며 아까부터 책상 앞에 서 있는 영업부장에게,

"방금 들은 대로야. 일단 짚이는 곳은 내가 전화를 해놓을 테니까 자네가 나서서 포크사가 둘러볼 대리점에 먼저 가서 잘 일러둬야 하네. 그 중에는 아이치나 닛신으로 거래를 돌리려고 하는 대리점도 있을지 모르니 이번에 새 차의 이윤문제를 검토할 거라든가 하는 미끼를 던지는 거야. 그러나 포크사와의 이야기는 극비사항이니까 절대로 말이 새어 나가지 않도록 주의해 주게, 알았나?"

하고 다짐했다.

영업부장은 긴장이 되어 또렷한 목소리로 대답했다.

"알았습니다. 지금부터 저도 각 판매점으로 달려가서 이쪽에 마이

너스가 될 만한 이야기는 피하도록 이르고 오겠습니다."

그러나 그 말과는 달리 영업부장의 곤혹스러운 표정은 꽤나 복잡해 보였다.

포크사의 총판매담당 매니저인 래디가 지요다오토 사카이 영업소에 들른 것은 도쿄, 요코하마, 오사카의 각 판매회사와 그 산하 영업소를 돌아보고 난 3일 후였다.

택시가 난카이 전차의 사카이 역을 5, 6백 미터 정도 지나가자, 국도 26호선 양쪽에 아이치, 닛신을 비롯하여 이쓰비시, 도와, 기다모터의 영업소가 줄을 이어 서로 경쟁하듯이 각자 멋을 낸 큰 간판이나 만국기로 장식되어 있었다.

그 한구석에 있는 지요다오토 사카이 앞에서 택시를 내리자, 같이 온 야쓰카는 일단 외형으로는 큰 건물에 신차 전시용 쇼룸으로 보나, 중고차전시장, 서비스공장을 포함한 7, 8백 평의 부지로 보나 마주 보고 있는 아이치 카로나의 난카이 영업소와 비교하여 조금도 손색 없이 규모가 당당한 것을 보고 안심했다. 그러나 영업 내용상으로는 지요다의 판매조직 중에서 실적이 아주 나쁜 곳이어서 래디를 돌아보며 재빨리 주의를 주었다.

"지요다 본사의 이야기로는 이 영업소 사장은 완고하다고 하니 자세한 질문을 할 때는 각별히 조심하시기 바랍니다."

래디는 마치 관광차 일본에 왔다가 일본의 자동차대리점을 둘러보러 온 사람처럼 화려한 체크무늬 윗도리에 캐논 카메라를 멘 차림이었다.

래디는 각 차종을 둘러보는 체하면서 조용한 상점 안을 날카로운 눈으로 관찰했다. 사전에 지요다 본사로부터 틀림없이 전화가 왔었을 텐데 아무도 응접하러 나오지 않자 야쓰카는 은근히 화가 나는 한편 초조해졌다. 그때, 밖에서 돌아온 젊은 세일즈맨이 다가왔다.

"오, 웰컴, 하우 두 유 두? 그리고 저…… 그래그래, 아 유 프롬 아메리카 오아 유럽?"

그는 알고 있는 단어를 모두 짜내듯이 더듬거리며 말했다.

"아니, 이분은 오스트레일리아에서 온 분인데, 댁의 사장님과 만나고 싶다는 뜻을 지요다 본사에서 연락했을 겁니다."

야쓰카가 말하자,

"아, 사장님이 말씀하시던 외국인이 이 사람입니까? 곧 사장님을 불러오죠."

하고 안쪽의 사무실로 들어갔다. 잠시 후, 과연 실적이 부진하여 악전고투하고 있는 사람답게 비쩍 마른 55, 6세의 남자가 나왔다.

"어서 오십시오, 제가 이 영업소의 사장 다나카입니다."

남자가 자기소개를 했다. 그러자 야쓰카는,

"이쪽은 시드니에서 다양한 품목의 판매점을 갖고 있는 미스터 챈트리입니다. 요즘 지요다의 차를 오스트레일리아에 수입하고 싶어 대리점계약을 체결하기 전에 일본 국내에서의 지요다 차의 평판, 실태를 알려고 아쓰키 공장을 시찰하고 판매점 실정을 살피러 왔습니다. 잘 부탁드립니다."

하고 적당히 소개했다.

"처음 뵙겠습니다. 저는 몇 년 전에 지요다 트럭을 취급한 적이 있는데, 평이 대단히 좋아 이번에는 승용차도 취급해 볼 생각입니다."

래디도 상냥하게 자기소개를 하고 나서 손을 내밀었다. 다나카 사장은 주저없이 악수를 교환하더니,

"그럼 당신은 본사 사람입니까?"

하고 흰자위가 많은 눈으로 야쓰카를 흘끔 바라보았다.

"아닙니다. 저는 통역일 뿐입니다."

"아, 통역이군요. 이 외국인은 일본에 220개나 되는 지요다 대리점 중에서 왜 하필이면 우리 집을 보겠다고 이런 사카이까지 왔지요? 오사카 시내에도 많은데."

다나카가 이상하다는 듯 말했다.

"글쎄요. 저는 3일 전, 도쿄에서 챈트리 씨와 계약한 통역 겸 안내원이기 때문에 챈트리 씨의 사업에 대해서는 깊이 알지 못합니다만 교토 구경차 관서지방에 왔던 길에 판매점이 이곳에도 있다는 것을 알고 들른 것 같습니다."

야쓰카는 시치미를 뚝 떼고 말했다.

래디는 쇼룸 중앙에서 찬연히 빛나는 타이거의 어프화이트와 브라운스톤의 차체에 손을 대며 말했다.

"나는 세계 각국의 차를 취급하고 있지만 이렇게 꼼꼼하게 도장한 차는 별로 보지 못했어요. 스타일도 스포티하고 품위가 있어서 일본에서도 인기가 있을 겁니다. 이 훌륭한 차들은 한 달에 몇 대나 팔립니까?"

외국인다운 교묘한 칭찬에 다나카 사장은 기뻐하기는커녕 입을 씰룩거렸다.

"훌륭하긴 뭐가 훌륭해. 8개월 전에 억지로 떠맡겨서 쇼룸에 놓아둔 뒤로 한 대도 안 나갔는데."

다나카 사장은 작은 소리로 중얼거린 뒤 에헴, 하고 헛기침을 했다.

"과연 각국의 차를 보신 분이라 안목이 높군요. 이 타이거는 이탈리아의 유명한 디자이너가 설계한 것으로, 작년에 일본 명차상을 받았습니다. 하지만 값이 270만 엔이나 되어서 의사나 변호사, 연예인, 스포츠 선수 등 한정된 층만 사용하기 때문에 이 근처에서는 한 달에 한 대 팔리면 잘 팔리는 셈이지요."

야쓰카가 뒷부분의 말만 래디에게 전하자, 래디는 과연 그렇다며 고개를 끄덕인 다음 레베카로 시선을 돌렸다.

"레베카는 표준형이 90만이지요. 이 차의 월간 판매대수는 얼마나 됩니까?"

"평균 50대쯤 됩니다."

"세일즈맨의 수는?"

"20명 있습니다."

"월 50대의 차를 20명의 세일즈맨이 판다면 1인당 2.5대인데, 저쪽의 아이치 카로나 난카이 영업소는 월간 판매 125대, 세일즈맨 수 25명, 1인당 매상은 5대라고 들었습니다. 같은 지역에서 2배나 매상차이가 나는 것은 세일즈맨의 능력, 마진, 또는 자동차 자체가 인기가 없다든지 하는 것 중에서 어느 것이 가장 큰 문제점입니까?"

아이치 카로나 난카이 영업소의 숫자를 어떤 방법으로 입수했는지, 래디는 주저없이 물었다. 다나카 사장은 야쓰카의 통역을 다 듣고 나서 깡마른 얼굴에 엷은 미소를 띠었다.

"저쪽이 한 달에 몇 대를 파는지는 모르지만, 세일즈맨의 능력이라는 것도 같은 인간이 하는 것이니 별로 차이가 없을 것이고, 마진도 10퍼센트로 비슷할 겁니다. 차도 메이커 별로 조금씩 특징이 있다고는 하나 스포츠카는 별로 다를 게 없습니다. 있다면 아이치는 억척같은 채산제일주의의 나고야 상술에다가 자사의 차체 선전보다는 타사의 차를 어떻게 잘 헐뜯느냐 하는 것으로 파는 이미지메이킹에 능란한 회사랍니다. 이런 점으로 볼 때 지요다는 전부터 트럭, 지프의 군수산업으로 발전해 온 회사이기 때문에 사용제일주의로 어떻게 하면

한 대라도 더 팔리는 차를 만드느냐 하는 생각은 별로 없는 회사랍니다. 이것이 지요다 대리점의 안타까운 점입니다만, 저쪽처럼 본사로부터 판매실적! 판매실적! 하면서 내내 들볶이고 참새 눈물만큼 자본을 대주고 경영까지 간섭해서 결국 수입을 모두 본사에 바치는 것도 바보 같은 이야기죠."

저쪽의 아이치 카로나 난카이 영업소에 대한 선망의 소리가 목구멍까지 나오는 것을 꾹 참고 신랄한 비판을 했다. 래디는 다나카 사장의 이야기를 말없이 흘려듣고, 쇼룸을 한 바퀴 둘러보고 나서 물었다.

"그렇다 해도 아까부터 손님이 전혀 보이지 않는군요. 오전중은 손님이 적을 때입니까?"

"글쎄, 그렇기도 하지만 일본에서는 손님이 점포로 나와서 사는 경우는 전체의 2할 정도고 나머지는 세일즈맨이 직접 고객의 집을 한 집 한 집 찾아 판매하는 도어 투 도어 방식으로 팝니다. 우리뿐만 아니라 어떤 대리점이든지 손님의 출입은 많지 않습니다. 저쪽에 손님이 들어가는 건, 차가 목적이 아니라 인기 절정인 CF의 초미니 차림 포스터를 얻으러 가는 호색한 운전사들입니다."

오사카에서는 상점에서의 거래가 다른 지역보다 많아 3, 4할을 차지하는 판매점도 있었으나, 다나카 사장은 시치미를 떼고 가볍게 받아넘겼다. 야쓰카가 쓴웃음을 지으며 그 뜻을 래디에게 통역했다.

"초미니 모델의 포스터라니 멋있겠군. 나도 일본에 온 기념으로 한 장 얻어가고 싶군요."

래디는 쇼룸으로부터 재빨리 밖의 중고차전시장으로 나갔다.

"잠깐 잠깐, 통역 양반, 저 외국인이 중고차까지 보러 갑니까?"

지금까지 대수롭지 않게 응대하던 다나카 사장이 갑자기 당황한 듯이 말했다.

"왜…… 중고차를 보이면 곤란한 일이라도 있습니까?"

다나카가 당황해 하는 것을 보고 야쓰카가 놀라 물었다.

"아니, 그런 것은 아니지만, 어쨌든 거기는 지저분해서……"

말끝을 흐린 뒤, 중고차전시장에 놓여 있는 차의 대수를 한 대 한 대 세듯이 둘러보고 있는 래디 쪽으로 허겁지겁 달려갔다.

국도변의 사람 눈에 띄기 쉬운 곳에 진열되어 있는 중고차는 새 차로 착각할 만큼 깨끗했다. 그리고 뒤쪽으로 갈수록 낡아 쇼룸 건물 뒤쪽이나 부품창고의 주위에는 번호판이 녹슬거나 차체가 우그러져 폐차와 다름없는 차들이 꽤 많이 숨겨놓은 듯이 놓여 있었다. 래디는 자세히 살피며 돌아다니다가 다나카 사장을 돌아보며 말했다.

"중고차를 상당히 많이 사셨군요. 전부 60대쯤 되는군요."

"60대는 안 되고요, 54대의 재고품이 있지요."

여섯 대의 차이를 정색하며 정정했다.

"그러나 아까 다나카 씨는 영업소의 새 차 판매는 월 50대라고 하였는데, 50대의 신차 판매량에 대해 중고차가 54대라는 비율은 지요다 오토 사카이에만 해당되는 겁니까, 아니면 지요다 대리점 전반에 걸친 평균치입니까?"

래디가 따지듯이 묻자, 다나카 사장은 말이 막혀서 어물어물하다 말했다.

"그것은 우리만이 아니라 어느 메이커의 대리점이나 비슷하지요. 왜냐하면 새 차 판매경쟁은 점점 치열해지고 2년이나 3년 정도 사용한 차도 반드시 되사주지 않으면 손님이 다른 회사로 가버리기 때문입니다."

참으로 교묘하게 빠져나갔으나 새 차의 월간 판매량에 대해 중고차의 재고가 거의 같다는 것은 이 차가 시중에서 인기를 잃고 다른 차로 기호가 바뀌고 있어 어려움을 겪고 있다는 위험신호였다.

래디는 이런 사정을 아는지 모르는지 일절 내색 않고 야쓰카의 통역을 듣더니,

"그래도 이상하군요. 자동차 교체는 다나카 씨가 말한 것처럼 적어도 2, 3년 정도 타고 바꾸는 게 보통인데, 이 중고차 전시장에 놓여 있는 차는 거의 새 차와 같은 게 2대나 되는가 하면, 도저히 달리지도 못할 듯한 5, 6년 지난 폐차나 다름없는 것도 18대나 있군요."

하고 지적했다.

용의주도한 다나카 사장도 대답이 궁해서 입을 다물어버리자, 래디는 크림색 레베카 앞에서 발을 멈추었다. 앞창 유리에는 44만이라고 매직펜으로 휘갈겨 쓴 가격표와 검사필증이 붙어 있었다.

"2년 지나서 44만이라면 너무 싸군요. 일본에서 중고차를 감정할 때는 새 차의 6할이라고 들었는데, 그러면 54만이어야 할 텐데…… 이것을 10만이나 싸게 팔면 이 10만의 손해는 재무면에서 어떻게 처리합니까?"

래디의 목적은 중고차를 통해 지요다오토 사카이의 내막을 파악하는 데 있는 것 같았다. 다나카 사장은 표정이 굳어져 야쓰카에게 따지듯 물었다.

"이 외국인, 중고차에 굉장히 흥미가 있군요. 정말 오스트레일리아에서 지요다 차를 수입하기 위해 견학온 겁니까?"

"나는 통역이라 잘 모르지만, 외국인들은 까다로워서 직접 관계가 없는 일이라도 이해가 될 때까지 캐묻지 않고는 마음에 차지 않나 봅니다. 이 정도로 그치도록 해보지요."

그러고는 즉시,

"다나카 씨는 당신이 왜 중고차에 대해 꼬치꼬치 묻는지 이상하게

생각하고 있어요. 눈치가 빠른 것 같으니 돌아가기로 합시다."

하고 래디에게 전했다. 래디는 고개를 끄덕인 뒤,

"끝으로 한 가지만 더 물읍시다. 이 판매점의 월간 총판매고는 얼마 정도입니까?"

하고 물었다. 다나카 사장은 래디를 힐끗 보고 대답했다.

"약 8천만쯤 됩니다."

"내역을 듣고 싶은데요."

"새 차 판매 6할, 나머지 4할은 중고차, 부품, 서비스수리 매상입니다만, 당신 혹시 뭔가 다른 목적으로 조사하고 있는 게 아니오?"

더욱 의심이 드는 듯 다나카가 다그쳐 물었다. 야쓰카가 질문을 중단하게 하자 래디는,

"다나카 씨, 여러 가지로 유익한 말씀을 들려주셔서 감사합니다. 시드니에 대리점을 열게 되면 서로 형제나 다름없으니 오스트레일리아를 방문하실 때는 꼭 우리 사무실에 들러주십시오. 충심으로 환영하겠습니다."

하며 다나카 사장의 손을 굳게 잡고 인사를 했다.

밖으로 나와 빈 택시를 타자 야쓰카는 비로소 안도의 숨을 쉬었다.

오사카 지역의 대리점들을 둘러본 래디와 야쓰카는 그날 오후 교토를 향해 메이신 고속도로를 택시로 달리고 있었다. 야마자키 가도 주변에 이르자, 신록에 덮인 대나무숲이 계속되고 농가도 드문드문 보였다.

"드디어 교토로군요. 래디 씨도 교토에서는 긴장을 좀 풀어야 하지 않을까요?"

자동차업계에는 아직 서투른 야쓰카조차도 지요다의 판매점을 둘러

보면 볼수록 생각 이상으로 형편이 어려운 것을 알 수 있었기 때문에 이쯤에서 래디의 기분을 풀어줄 필요를 느끼고 있었다.

래디는 좁은 차 안에서 답답한 듯이 다리를 모으며 말했다.

"일을 끝내고 기온의 기생들과 놀고 싶군요. 그리고 신비한 절과 정원들도 둘러보고 싶구요. 와이프에게 일본 기모노 천을 사다주고도 싶고……"

"만들어진 기모노가 아니라 옷감을 선물합니까?"

"그렇습니다. 내 친구 부인이 기모노 천으로 아주 이국적인 파티 드레스를 만들었기 때문에 와이프에게 일본에 가면 사다주겠다고 약속을 했거든요."

이렇게 말하고 담뱃불을 붙인 다음,

"당신네 보스인 이키는 어떤 사람입니까? 미국에서 출발하기 전에 우리 조사단은 식사초대를 받았는데, 묘하게 조용한 사업가로 전에 군인이었다고는 생각되지 않더군요."

하고 이키에 관해 물었다.

"왜 갑자기 이키 씨의 일을? 이키 씨는 지금 당신이 말한 것과 같은 사람입니다."

"그러나 그는 시베리아에서 돌아온 사람으로 11년 동안이나 붉은 툰드라지대에 억류당했다고 하는데, 사상적으로는 어떤지요?"

래디는 공산주의를 싫어하는 전형적인 미국인인 것 같았다.

"문제가 있을 리 없지요. 일본 4대 상사 중 하나인 깅키상사의 요직에 있는 분인데요."

야쓰카는 웃어넘겼다.

"그러나 깅키상사가 소련과의 무역에 깊숙이 관련된 것은 이키 씨가 막후에서 연결했기 때문이라는 소문을 들었어요."

"천만에, 그것은 완전히 잘못된 정보입니다. 이키 씨는 오해받는 것이 싫어서 깅키상사의 대소(對蘇)무역에는 일절 관계하지 않았어요. 시베리아의 억류생활에 대해서는 전혀 이야기하지 않기 때문에 이키 씨의 대소관(對蘇觀)은 모르겠지만, 도쿄 본사에 계실 때에도 유럽 출장 때에는 모스크바 경유 노선이 가장 빠른데도 언제나 2, 3시간이 더 걸리는 앵커리지 경유 노선으로 가신다는 사실만으로 모든 걸 알 수 있을 것입니다."

그제서야 래디는 씩 웃으며,

"그런가요? 그렇다면 마음 놓았습니다."

하고는 장난기 띤 얼굴로 물었다.

"그런데 이키 씨는 독신이라던데, 우리 플래트 집행 부사장처럼 일에 몰두하다가 부인에게 이혼당한 케이스인가요?"

미국의 대기업 중역들은 가정을 돌볼 시간이 없을 만큼 바빠서 아내로부터 이혼청구를 당하는 경우가 많았다.

"그렇지 않아요. 이키 씨의 부인은 교통사고로 돌아가셨어요."

"교통사고라, 그랬었군…… 모르고 한 말이니 언짢게 생각지 마십시오."

래디는 입을 다물었다. 자동차가 많은 미국에서는 교통사고에 의한 비극이 자주 일어나는 터라 크게 동정하는 듯했다.

이윽고 자동차가 아즈마 인터체인지로부터 산조 거리로 내려와 미야코호텔에 닿았다.

오후 4시가 지났는데도 래디는 호텔에 접수를 마치자 가라스마루 판매점에 가보자고 우겼다.

야쓰카는 지요다오토 사카이의 재판(再版)이 벌어질 것 같아 이를 방지하고자 도쿄의 지요다 본사와 연락을 취하고 싶었지만, 래디는 지금 당장 시찰을 가자고 주장했다. 어쩔 수 없이 승낙을 하고 날카로워진 래디의 기분을 풀어주기 위해 포크사의 차종을 지적하여 전세차를 불렀다. 그러나 래디는 택시정류장에서 손님을 기다리고 있는 빈 차를 보더니,

"마침 저기에 지요다의 레베카가 있으니 저 차를 타고 갑시다. 택시 운전사의 의견도 들어 두고 싶군요."

하고는 전세차를 취소시키고 택시에 올라탔다.

택시가 달리기 시작하자, 래디는 운전사의 의견을 물어봐 달라고 요구했다.

"어떻습니까, 지요다의 레베카 성능이?"

"어떻고 저떻고 할 게 없어요, 디젤 엔진은 연료비가 3분의 1이나 덜 먹는다고 하지만, 이렇게 진동이 심하면 하루 종일 전기 안마를 받고 있는 것과 같아서요."

하고 씹어뱉듯이 말했다.

"그러나 택시로서 연료비가 3분의 1만 든다는 것은 큰 매력이 아닙니까?"

야쓰카가 달래듯이 말하자, 운전사는 백미러로 야쓰카의 얼굴을 힐끗 보았다.

"물론 택시회사 사장이야 그만큼 비용이 적게 드니 좋겠지만, 매일 차를 모는 우리들은 죽을 지경입니다. 하루 종일 이 차를 몰고 다니다 집에 가서 텔레비전이라도 보려고 하면 몸뚱이가 부들부들 떨리면서 머리가 이상하고 몸도 피곤하고, 도대체 견딜 수가 없어요. 다른 택시회사에서는 승차거부를 한 곳도 있어요."

운전사는 침이 튈 정도로 떠벌이더니, 횡단보도 앞에서 정지신호에 따라 차를 멈추었다.

"이것 보세요. 정지를 하면 진동과 소음이 더 심해져요. 털털쾅쾅 털털쾅쾅."

운전사의 불평은 점점 더 심해졌다. 야쓰카는 울고 싶은 심정으로 진동에 몸을 맡기고 침묵을 지켰다.

"운전사가 뭐라고 합니까?"

래디가 통역을 재촉했다.

"디젤 엔진이므로 마력이 좋고 고속으로 달리기도 좋으며, 연료비가 절약되어 좋다고 합니다."

하는 수 없이 모기 소리만하게 말하자,

"야쓰카 씨, 거짓으로 통역하면 못써요."

하고 돌연 래디가 일본어로 말했다. 야쓰카가 소스라치게 놀라 래디의 얼굴을 보았다.

"나 어릴 때 고베에서 자라 일본말 조금 압니다."

지금 타고 있는 레베카처럼 야쓰카의 가슴이 마구 고동쳤다.

관개용 수로가의 작은 길을 조금 들어간 교토 사쿠라기 거리의 아키츠 지사토 집에는 가마를 만들기 위해 목수와 가마 쌓는 직공이 와 있었다.

대지 80평에 30평의 단층집으로, 봉당을 헐어 녹로를 돌리는 작업장을 만들어 놓았으나, 이번에는 작업장 옆에 가마를 만들기 위한 공사였다.

작업장에 인접하여 3평 정도의 건물을 짓고 거기에 길이 1.5미터 너비 60센티미터, 깊이 1미터의 내화벽돌을 쌓은 전기가마를 설치하기로 한 것이다.

공사는 니시징의 숙부집에 드나드는 목수가 하고 있었으나, 가마는 요공이라 불리는 도자기용 가마 전문 직공이 와서 내화벽돌로 쌓고 있었다. 요공은 상당히 괴짜로, 다른 사람은 쓰지 않고 혼자서 시간을 들여 벽돌을 쌓고 마무리를 하면서, 그동안에는 목수가 말을 걸어도 제대로 대답도 하지 않았다.

사흘 걸려 겨우 벽돌을 다 쌓고는, 바지차림으로 지켜보고 있는 지사토에게,

"안의 카본 받침대는 어느 정도 크기면 될까요?"

하고 물었다. 작품의 크기, 수에 따라 받침대의 조립법이 달라지는 것이다.

"글쎄요, 미국에서 엄청나게 큰 가마며 작품을 보고 온 탓인지, 나도 앞으로는 큰 작품에 손을 댈 수 있도록 크게 해주세요."

"미국의 가마가 크다면 어느 정도로 큽니까?"

흥미롭다는 듯 물었다.

"우리 것과는 도저히 비교가 안 돼요. 야외에서 등신대만큼 큰 작품을 만든 다음에 그 둘레에 내화벽돌을 쌓아서 가마를 만들고 나서 프로판가스 화덕을 아궁이 몇 군데에 배치해 굽고, 그것이 끝나면 다시 헐어내고 새 작품을 만든 다음, 거기에 맞추어 또 가마를 만들고 하니까요. 물론 전위적인 작품을 하고 있는 사람들의 이야기죠."

요공은 놀란 듯이 말했다.

"실제로 보기 전에는 짐작이 안 가는데요."

"저도 직접 보기 전까지는 상상도 못했어요. 캘리포니아 교외의 한없이 넓은 곳에다 작업장을 차려놓고 가마도 작업장과 몇백 미터나 떨어져 있어서 자동차로 왕래하고 있어요."

로스앤젤레스 교외에 있는 조지 오카의 작업장을 방문했을 때를 상기하면서 말하는데, 등 뒤에서 말소리가 들렸다.

"아니, 아직도 안 끝났나?"

니시징에서 직물공장을 경영하는 숙부 노리쓰구가 찾아온 것이다.

요공은 무뚝뚝한 표정을 지었으나, 목수는 곧 숙부 쪽으로 다가가서 인사를 했다.

"어르신네, 어떻게 친히 찾아오시고……"

"꼼꼼한 여자가 하는 말 다 듣다가는 한이 없으니까 목수 양반이 알아서 빨리빨리 마쳐요. 돈을 내는 사람은 나니까."

"숙부님은 어쩌면 그런 말씀을…… 그렇지만 할 수 없지요, 뭐. 말씀하신 대로니까."

숙부 노리쓰구는 부모 대신 여러모로 돌봐주던 지사토가 단아미류의 종가집 차남인 단아미 야스오와 파혼했을 때 이제부터는 의절이라고 화를 내며 지사토의 출입을 금지했다. 그러나 개인전을 열 때마다 호평받는 지사토에게 어느 사이에 다시 가족으로 대해주는 아량을 베풀어 전부터 가마를 갖고 싶어 하던 그녀에게 원조를 해준 터였다.

"숙부님, 차 드시겠어요? 마침 저도 한 잔 마시려던 참이에요."

지사토가 바지에 묻은 흙을 털어버리고 마루로 해서 다실로 들어가 단정히 앉아 차를 내놓자, 숙부는 맛있게 마시며 말을 꺼냈다.

"지난 번 미국 여행 때에도 단아미 야스오에게 대단히 신세진 모양인데, 도대체 그 사람과는 어떤 사이냐?"

"어떤 사이라뇨? 별다른 관계가 아니에요. 지금까지와 마찬가지로 그저 소꿉친구예요. 왜 그러세요?"

"그렇다면 좋지만…… 실은 엊그제 그 종가에 손질을 부탁받은 가면극 의상을 갖다주러 갔을 때, 종가댁 마님이 웃는 말로 지사토와 야스오가 변함없이 친하게 지낸다고 우리 며느리가 질투한다고 말하더라. 집안의 농담으로 그칠 때는 괜찮지만, 세상 사람들 입에 오르내리지 않도록 자중해라."

이렇게 말하고 가마 공사에 여념이 없는 목수와 요공을 바라보았다.

"이렇게 가마까지 만들었으니, 너도 마침내는 독신으로 이 일에만 전념할 각오겠지. 나도 야스오와 혼담이 깨졌을 때에는 너에게 의절이라고까지 말했지만, 그 정도로 각오가 단단하다면야 할 수 없지, 하고 너를 도와주는 거야. 무슨 일이든지 외길로 정진해 나간다는 것은 훌륭한 일이야."

숙부는 감탄한 듯이 말한 뒤, 지사토가 내놓은 차를 한모금 더 마시고,

"목수 양반, 나는 볼일이 있어 가야 하니 일을 잘 부탁하네."

하고 마당을 가로질러 갔다.

숙부가 돌아가자, 지사토의 귀에 '마침내는 독신으로 이 일에만 전념할 각오겠지' 하던 숙부의 말이 떠나지 않고 귓가에 맴돌았다. 그리고 뉴욕에서 있은 이키와의 일이 생각났다.

귀국하자 곧 이키에게 편지를 썼지만 아무 소식도 없다가, 오늘 아침에야 겨우 답신을 받았다. 지사토는 문갑 서랍에서 항공 봉투를 꺼냈다.

편지 받아보았습니다. 건강하게 무사히 귀국하신 것 같아 다행이군요. 얼마 전, 우연히 뉴욕 서점에서 중국 미술품의 정수만을 모아놓은 프릭미술관의 사진집을 발견했습니다. 당신이 홀린 듯 넋을 놓고 보던 '자주요백지, 모란당초문 편'도 수록되어 있어서 샀습니다. 따로 보냅니다. 정진을 빕니다.

이키 다다시

이렇게만 적혀 있을 뿐이었다. 프릭미술관은 이키와 함께 워싱턴의 앨링턴 묘지로 가기 전에 둘러본 곳이었다. 이키가 프릭미술관의 사진집을 보내주는 것은 지사토가 그 중국 도자기에 매혹된 것 같아서인지, 또는 그날 밤 뉴욕에 돌아와 이키의 아파트에서 맺어진 두 사람만의 밤을 기념하기 위해서인지 지나치게 간결한 편지로는 짐작할 수가 없었다.

그러나 지금의 지사토로서는 곧 도착할 한 권의 책에서도 이키의 마음을 확인하고 그의 마음을 느끼고 싶었다. 로스앤젤레스에서 일본으로 돌아오기 전날, 뜻밖에 걸려온 이키의 전화를 다시금 곰곰 되살려 보았다.

그것은 뉴욕 깅키상사의 하나와가 로스앤젤레스에 출장온 길에 들러서 '뭔가 불편한 점이 없는지 알아보고 오라고 하셨습니다' 하면서 해변의 레스토랑에서 함께 저녁을 먹던 날 밤의 일이었다. 비버리힐스호텔에 혼자 돌아와서 같은 미국에 있으면서 전화로라도 이야기를 못하는가 하며 서운해 하고 있을 때, 이키가 출장지인 디트로이트로부터 전화를 걸어왔다.

"이키 씨의 아파트로 전화 걸 때마다 안 계시더군요."

지사토는 생각했던 이상으로 바쁜 이키의 생활에 놀라면서 비난하듯이 말했다.

"요즈음 특히 바빠서…… 지금 뭘 하고 있소?"

자신의 바쁜 일에 대해서는 일절 말하지 않고 미소 짓듯 말했.

목욕을 막 끝낸 참이라 가운밖에는 아무것도 입지 않은 지사토의 뺨이 발그레해졌다. 이키의 서재에서 처음으로 입술을 맞대고 이키의 부드러운 애무를 받으며 연모의 정이 불꽃처럼 타오르고 현기증 나는 흥분 속에서 맺어진 일이 생각났다.

"하나와 군의 이야기로는 로스앤젤레스 도예가의 작업장에서 공부하고 있다고 하던데, 어떻게 된 거요? 객지에서 그렇게 열중하다가는 지쳐요."

"……아니에요. 그것보다도 5월 말 주주총회 때는 꼭 돌아오시겠지요?"

"그것만은 변경이 없소. 도쿄에 닿으면 곧 연락하겠소. 그럼."

이키는 전화를 끊으려고 했다.

"잠깐만요."

"왜?"

"일본에 돌아가기 전에 제게 뭔가 말씀해주세요……"

이키를 향한 깊은 사모의 마음으로 물었다. 이키는 잠시 말이 없었다.

"당신 기분은 알고 있소. 단 하루의 일이지만, 지금부터 시작이오. 잘 자요……"

그때 이키는 처음으로 몸을 섞은 사내다운 정감으로 말했고, 지사토는 그 말을 가슴에 담고 일본으로 돌아왔던 것이다.

'지금부터 시작이오' 이 말은 남이 아닌 내 남자의 목소리로 지금도 지사토의 가슴속으로 촉촉이 스며들었다. 그러나 남자인 이키는 '모든 것은 지금부터 시작이오' 하고는 계속 마음을 흐트러뜨리지 않고 일에 열중하며 몰두하고 있는 듯했지만, 지사토는 걸핏하면 이키를 향한 마음을 억누르지 못해 일에 소홀하기가 일쑤였다.

지사토는 일어나 안방으로 들어가 오래간만에 일본 옷을 입기 위해 장롱문을 열고 서랍에서 연녹색 기모노를 꺼냈다.

아키츠 지사토는 오쓰의 사카모토에서 히에이 산으로 오르는 케이블카를 타고 근본중당에서 내려 오래된 삼나무와 회나무가 빽빽이 들어선 인적없는 길을 혼자 걷고 있었다.

무도 사 골짜기에 있는 오빠 아키츠 세이키를 찾아 암자로 가는 것이었다.

3년 전, 오빠가 결핵에 걸렸다는 소식을 듣고 숙부인 노리쓰구와 함께 가서 산에서 내려가자고 권했으나, 오빠는 농산비구로 12년의 수행을 계속하는 동안에는 어떤 일이 있어도 하산하지 않겠다고 완강하게 버티었다. 그때 돌아가선 아버지의 최후를 지켜본 사람이라는 인연으로 이키에게 오빠가 하산하도록 설득해 달라고 부탁해, 이 좁은 언덕길을 이키와 함께 무도 사 골짜기를 향해 걸었던 것이다.

그 후 지사토는 오빠의 건강을 걱정하는 편지를 보냈지만 회답은 없었고, 때때로 산을 내려오는 수행승에게 염려할 필요 없다는 짧은 전갈을 보낼 뿐이었다. 지사토는 미국으로 떠나기 전에 오빠의 근황을 알아볼 겸 찾아보려고 생각하면서도 출발 직전까지 일에 쫓겨 편지로만 알리고 말았던 것이다.

오직 둘만 남은 오누이면서도 패전 후 히에이 산에 입산하여 승적에 들었고, 어머니가 돌아가셨을 때도 산에서 조상하러 내려오지 않던 오빠를 생각할 때, 지사토는 피를 나눈 오빠가 있으면서도 혼자인 듯한 고독을 느꼈다.

갑자기 인기척이 느껴져 언덕 아래를 굽어보니, 잡목림의 좁은 오솔길에 흰 행의를 걸친 수도승이 천천히 언덕길로 해서 무도사 골짜기로 내려가고 있는 모습이 보였다. 뒷모습이 오빠 같아서 지사토는 기모노 앞자락을 올려 잡고 종종걸음으로 달려갔다. 앞에서 걸어가는 중은 지사토의 발소리를 듣고서도 돌아보지 않고 조용한 걸음걸이로 천천히 걸어갔다. 바로 등 뒤까지 다가가서 보니, 역시 오빠 세이키였다.

"오빠!"

그 소리에 흰 행의에 짚신을 신은 세이키도 놀란 것 같았다.

"갑자기 웬일이야? 무슨 일이 있었니?"

"아녜요, 오빠의 건강이 궁금해서요. 게다가 갑자기 보고도 싶고."

말끝을 맺지 못하자, 세이키는 걸음을 멈추고 지사토의 얼굴을 바라보았다. 준엄한 가운데서도 애정을 담은 너그러운 눈빛이었다. 지사토는 자기도 모르게 시선을 피했다. 뉴욕의 이키를 생각하며 혼자서 기다려야 하는 쓰라림을 견뎌내기 어려워 오빠를 만나러 온 것이 지사토의 본심이었기 때문이었다. 세이키는 그런 누이동생의 모습을 의아스럽게 보더니,

"산은 아직 추울 거야. 암자에 가서 따끈한 차라도 끓여 주마."

하고는 앞서서 말없이 걸어갔다.

메이오 당 뒤에 있는 암자는 다다미 4조 반의 방 하나에 부엌이 하나, 그리고 측간이 있을 뿐이었다.

지사토는 부엌으로 가 풍로에 불을 피운 다음 물병에서 물을 따라 주전자에 넣어 끓이고, 선물로 갖고 온 우지(宇治)의 차와 후카만두를 꺼냈다.

"허어, 이건 제일 좋은 선물이구나. 오랜만에 맛있는 차와 달콤한 과자를 맛보게 됐구나."

세이키는 후카만두와 차를 음미하듯이 천천히 들었다. 입산수도 중인 수도승에게는 맛좋은 차와 단 과자가 환영받는다는 것을 지사토는 어느 틈엔가 알게 된 것이다.

"오빠, 그 후 몸은 어떠세요?"

"하쿠인선사께서 가슴의 병을 앓으실 적에 '아제륜이하기해단전(我臍輪以下氣海丹田)이며 요각족심(腰脚足心)이라. 이는 곧 기심(己心)이며 미타(彌陀)'라고 하시며, 배에 힘을 주어 대기를 뿜어내는 대기요법(大氣療法)으로 병을 고치신 이야기를 듣고 나도 날마다 새벽녘에 맑은 대기를 마시며 배에 힘을 주어 한껏 마시고는 토해내는 대기요법을 계속한 덕택에 지금은 깨끗이 나은 것 같다."

말을 듣고 보니 여위었던 얼굴에 살이 붙고 혈색이 돌아온 것 같았다.

"어땠니? 미국에 갔다 온 모양이던데."

"여러 가지 공부를 했어요. 그쪽 도예가의 엄청난 발상, 만드는 법 등, 역시 직접 보지 않고서는 알 수 없는 것들뿐이었어요."

"그러나 별로 잘 아는 사람도 없이 여자 혼자서 여행을 하다니 제법이구나. 너도 보기와 달리 여장부로구나."

믿음직하다는 듯이 말했다.

"아니에요. 아무래도 초행길이라 그곳에서 전위적인 도예공부를 하고 있는 일본 미대생이나 일본에 도예공부하러 오셨던 미국인의 도움을 받는 여행이었어요. 게다가 아메리카 깅키상사의 사장으로 계신 이키 씨에게도 신세 많이 졌어요."

"그래, 이키 씨는 지금 미국에서 일을 하시나?"

세이키는 일찍이 대본영 참모이던 이키가 이제는 미국을 무대로 활약하고 있다는 사실에 속세의 변화를 느낀 듯 말했다.

"몹시 바쁘셔서 내가 뉴욕에 머물 때에는 못 뵙고 워싱턴의 도예가 집에 가 있을 때, 일요일에 워싱턴을 안내해 주셨어요. 덕분에 많은 군인들이 묻혀 있는 앨링턴 묘지를 볼 수 있었어요. 우연히 그날 새로 세운 대리석 묘비에 Lieutenant General(육군중장)이라고 적혀 있는 것을 보았을 때 자결하신 아버님 생각이 났어요. 이키 씨도 같은 생각이었는지 걸음을 멈추고 그 묘비를 보셨어요."

지사토는 북받쳐 오르는 이키에 대한 사모의 정을 억누르듯 말했으나 세이키는 조용한 표정으로,

"이키 씨의 경우에는 우리 아버님만이 아니라 아마도 태평양전쟁에서 산화한 많은 전우, 부하들의 죽음을 생각하셨을 게다."

하고 행의 소매 속에서 염주를 굴리며 입속으로 염불을 외듯 나직이 말했다.

"돌아가신 아버님과의 인연이라고는 하나, 이키 씨에게 3년 전 히에이 산까지 내 병을 염려하여 오시게 하고, 네가 미국에서 신세를 지는 등 무척 폐를 끼쳤는데, 그 호의를 생각해서라도 부인에게까지 걱정을 끼치지 않도록 조심해라."

"부인은 이키 씨가 미국에 부임하기 조금 전에 돌아가셨어요."

"허어, 부인이 돌아가셨단 말이냐?"

이키가 아내를 잃은 사실을 처음으로 알게 된 세이키는 누이동생이 이키를 마음의 지주로 삼고 있는 것을 느낄 수 있었다.

"오늘은 내 몸을 걱정해서 산까지 왔다고 하지만, 보다시피 난 건강하고…… 갑자기 내가 만나고 싶었다는 것은 뭔가 의논할 일이 있는 게 아니냐?"

"아니에요, 다만 오래간만에 오빠의 얼굴을 보고 싶어서……"

지사토는 엇갈리는 생각을 감추듯 입을 다물었다.

"그렇다면 내가 이야기를 하나 하겠다. 전부터 하고 있던 일본 천태종의 보살도에 관한 연구는 지지부진하지만, 불자로서 절실히 느끼는 것은, 불교의 근본을 한마디로 알기 쉽게 말하면 공생의 정신이라는 것이다. 자기만을 위한 삶이 아니라 자기의 삶이 다른 사람에게도 감

화를 주어 행복을 주는, 자타가 모두 사는 공생의 마음가짐이 있어야 한다. 따라서 자신의 집착, 집념만으로 움직이면 자기를 속박하게 되는 동시에 상대도 속박하게 되고 공생의 세계를 상실하여 수라세계로 떨어지게 된다. 몇만 권의 어려운 경전도 요약하면 그 근본은 여기에 있다고 생각한다."

세이키는 불전을 빌어 누이동생이 이키에게 집착하게 되어 그 집착이 누이는 물론 이키까지도 속박함으로써 불행해질 경우를 은연중에 암시하듯 말했다. 지사토는 꼼짝도 않고 오빠의 말을 듣더니 조용히 말했다.

"오빠가 저에게 불교 이야기를 해주시는 건 처음이네요."

"네가 일부러 맛있는 차와 과자를 갖고 산까지 찾아왔는데도 내가 너에게 줄 수 있는 것이라고는 뭔가 마음의 의지가 될 만한 말밖에 없다. 그러나 네가 하는 일이니, 아버님의 영혼을 부끄럽게 하는 일 없이 살기만 한다면 그것으로 되는 거다."

담담하게 말하는 세이키의 말에는 누이동생에 대한 깊은 자애가 담겨 있었다.

재회

　뉴욕 이스트 강변에 있는 이키의 아파트에서 가이베는 늦은 조반을 들고 있는 가운 차림의 이키와 이야기를 나누고 있었다.
　토요일이어서 사무실은 쉬지만, 가이베는 5일 전부터 미국 5대 곡물회사 중 하나인 후크 인더스트리의 사료담당 부장을 따라서 미국 곡창지대를 돌아보고 오늘 뉴욕에 닿자마자 이키의 아파트로 찾아온 것이다.
　가이베는 금년 작황에 대한 정보를 모두 보고한 다음,
　"그런데 포크 조사단 일은 제대로 진행되고 있습니까?"
　하고 가정부 하루에가 준비한 커피를 포트에서 또 한 잔 따르면서 물었다.
　욕실 쪽에서 세탁기 도는 소리가 희미하게 들리고, 옆의 서재에서는 진공청소기 소리가 들려왔다.
　"야쓰카 군한테서 매일 한 번씩 전화가 오는데, 판매망에서 상당히 아픈 곳을 찔리고 있는 모양일세. 포크 측은 역시 사전조사를 상당히 했는지, 지요다측에서 제시한 판매망의 시찰은 거들떠보지도 않고 독자적으로 조사한 리스트에 따라 돌고 있는 모양이야. 게다가 어제는 교토에서 택시운전사에게까지 레베차의 성능을 묻고, 운전사가 전기안마를 받는 것 같다고 혹평을 하길래 야쓰카가 적당히 통역을 하자, 판매담당 매니저인 래디가 '야쓰카 씨, 거짓으로 통역하면 못써요' 라고 일본말로 일격을 가한 모양일세."

"그러니까 래디는 일본말을 할 줄 안다는 말이군요?"

"그런 것 같아. 그의 아버지가 무역상을 하셨고 그는 고베에서 나고 자라서 관서지방의 사투리를 상당히 아는 모양이야."

이키의 말에 가이베는 금테안경을 쓴 얼굴을 찡그렸다.

"그래서 나는 쓰노다 업무본부장에게 여기서는 포크 조사단원의 경력을 전부 조사할 테니, 그쪽에서는 포크가 일본에서 어떤 컨설팅을 통해 지요다자동차에 대해 사전조사를 하고 있는지 알아보면 어떻겠느냐고 말씀드렸던 것입니다. 그런데도 일본의 자동차 판매망은 미국과는 형태가 다르니까, 한 번 둘러보아서는 좀처럼 알 수가 없다고…… 요컨대 포크와 지요다의 제휴교섭은 아메리카 깅키상사로부터 도쿄 본사의 사토이 부사장 라인으로 이관되었으니까 일일이 간섭하지 말라는 거예요. 하도 어처구니가 없어 조사단원의 경력을 조회하던 야쓰카 군에게 그만두라고 했어요."

"평소의 자네답지 않게 도량이 좁았군. 쓰노다가 뭐라고 하든 이것은 회사의 총우두머리인 다이몬 사장이 결재한 사업이야."

이키는 나무라듯 한마디로 잘라말했다.

"아무리 그래도 저쪽이 거절하니 어쩔 수가 없었어요. 게다가 지금까지 말씀은 드리지 않았지만, 사토이 부사장의 귀국 후 태도는 어떻습니까? 이키 씨를 비롯하여 나와 하나와, 야쓰카, 게다가 제 처까지 마운트 시나이 병원에서 그렇게 정성껏 간호하고, 더구나 비상식적인 퇴원을 할 때도 프리드버그 교수의 기분을 상하지 않게 원만히 퇴원하는 방향으로 도와주었는데도 한 줄의 인사장조차 보내지 않는 것은 너무 지나칩니다."

가이베는 화가 난 듯 사토이의 불성실을 비난했다.

"무소식이 희소식이라는 말도 있으니까 그리 까다롭게 굴지 말게. 게다가 뉴욕에 있는 우리들 이외에는 철저하게 감기로 믿고 있는 형편이니까, 지난번에는…… 하는 투로 편지 쓰기가 어려울지도 모르지."

"물론, 지난번 심장발작으로 입원했을 때에…… 하는 문구는 증거가 되어서 싫다는 이야기 같은데, 그렇게까지 해서 이인자의 자리에 매달리고 싶을까요?"

가이베는 역겹다는 듯이 말을 계속했다.

"글쎄, 회사 사람들에게는 괜찮다고 하더라도, 매일 몸소 병실을 찾아주시고 비상식적인 퇴원 때도 프리드버그 교수와의 사이에서 무난히 해결되도록 힘써 주신 오타 선생께는 얼굴을 들 수가 없어요."

"그건 분명히 잘못한 일이야. 기분이 상하지 않으시도록 자네가 정중히 인사를 드렸지?"

"물론 사토이 부사장의 개인문제가 아니라 깅키상사의 체면에 대한 문제라서, 오지도 않은 사토이 부사장의 전갈을 만들어서 전했어요. 그러나 일본에서는 어느 병원에서 정밀검사를 받았느냐고 물으실 때, 대답이 막혔지요. 나도 그게 궁금해서 부사장이 일본에 돌아간 뒤 한참만에 비서과장에게 물었더니, 웬걸요, 뉴욕에서 도쿄에 닿은 그 길로 다이몬 사장에게로 가서 인사를 하고 또 그날 밤에 비행기로 도쿄로 되돌아가서 병원에는 가지도 않은 모양이에요. 재발작이 일어나면 어쩔 셈인지……"

가이베의 목소리가 한 옥타브 높아졌다.

"그렇게 톤을 높이지 말게, 하루에가 들으면 곤란해."

"괜찮아요. 저렇게 물을 콸콸 틀어놓고 있으니 안 들릴 거예요."

가이베는 하루에가 일하고 있는 욕실을 바라보며 말을 이었다.

"게다가 사토이 부사장은 이번 입원을 계기로 이키 사장님에 대해 지금까지보다도 더 경계한다고나 할까, 솔직히 말하면 남자의 질투심을 일으켰다고 생각합니다. 이것이 포크사와의 제휴교섭에 대해서 아메리카 깅키는 더 이상 간섭하지 말라는 거부반응으로 나타난 것 같아요."

"사토이 부사장이 질투할 만큼 내가 상사원으로서 유능하지는 않아. 착각도 그 정도면 곤란해."

이키가 그 말에 대해 부정하듯이 웃자 가이베는 정색을 하며 말을 받았다.

"그렇게 생각지 않습니다. 상사가 이웃에 상품을 팔던 시대는 벌써 지났고 이제는 국제전략의 시대에 들어섰어요. 세계열강을 상대로 2차 대전 때 싸운 대본영의 작전참모인 이키 씨의 경력은 영어를 잘한다거나 상술이 능란한 상사원보다는 중요하고 커다란 존재로 부각되고 있으니까요. 사토이 부사장이 이키 사장님을 시기하는 심리를 충분히 이해할 만합니다."

그의 열띤 말이 끝나자 가정부 하루에가 주방에 들어와 식탁을 치우면서 말했다.

"가이베 씨, 곧 정오가 돼요. 아침에 뉴욕에 도착했는데 점심시간까지 집으로 돌아가시지 않으면 마님한테 혼나요."

가이베는 황급히 의자에서 일어났다.

가이베가 돌아가자 아파트 안은 갑자기 조용해졌다. 이키는 옷을 갈아입기 위해 서재로 갔다. 전에는 늘 하루에가 옷 갈아입는 것을 거들었으나 오늘은 뒷모습만 힐끗 바라볼 뿐이었다.

하루에는 아침식사 후 설거지를 마치고 오늘밤과 일요일의 식사를 만들기 시작했으나 세심하게 메뉴를 고르던 예전의 마음은 이미 사라진 터였다.

저녁은 크림스튜, 내일은 전기레인지 위에 올려놓으면 곧 먹을 수 있는 영계 와인찜을 준비해 놓고 스튜 냄비를 레인지에 올려놓는데,

"하루에 씨, 하루에 씨……"

하고 서재에서 부르는 소리가 들렸다. 그러나 하루에는 못 들은 체하고 오븐과 냉장고를 닦기 시작했다. 이키가 부르는 소리는 더 이상 들리지 않았다. 원래 깔끔한 성격인 하루에는 냉장고 손잡이를 번쩍번쩍 빛나게 닦으며, 아까 욕실을 청소할 때 거울 앞에 즐비하게 놓인 헤어 토닉이며 면도용 크림 사이에 남성용 오데콜론의 멋진 병이 놓여 있던 것을 생각해 냈다.

오데콜론 따위는 사업상 선물을 받더라도 사용하지 않고 모두 가이베에게 주어 보냈었다. 그런데도 불구하고 그 나머지인지, 또는 손수 산 것인지는 몰라도 오데콜론 병이 갑자기 욕실에 놓이게 된 것이다.

'그날 이후 이키는 변했다' 하루에는 마음속으로 중얼거리다가 1개월 전쯤 이키의 서재를 청소하다가 침대 밑에서 긴 검은 머리칼이 감긴 헤어밴드를 발견했을 때의 섬뜩하던 기분이 되살아났다. 더구나 전에 없이 겨우 이틀 전에 갈아놓은 침대 시트가 벗겨져 세탁실에 있었다. 하루에는 우선 후앙 베니코를 떠올렸다가 베니코의 머리칼은 짧은 갈색이었다는 것이 생각났다.

베니코가 아니라면 이키의 침대에서 밤을 보낸 여성이 누구인지 짐작도 가지 않았으나 남달리 성인군자인 척하면서 호텔이라면 몰라도

아파트 서재로 여자를 끌어들여 정사의 흔적이 남은 시트를 몰래 처리하는 이키가 추하게 여겨졌다. 그날 이후로 이키에게 품고 있었던 존경심이 무너졌다.

"하루에 씨, 하루에 씨."

다시 부르는 소리가 들리는가 했더니, 스웨터로 갈아입은 이키의 모습이 주방의 둥근 창에 나타났다.

"어머, 무슨 일이세요?"

가이베들이 있는 앞에서는 애써 이전과 다름없이 행동하려고 조심했으나, 이키와 단둘이 있게 되면 자기도 모르게 퉁명스런 목소리가 되었다.

"오랜만에 맛있는 차를 마시고 싶군. 일을 방해해서 미안하지만, 끓여주겠소?"

"알았습니다. 어디로 가져갈까요?"

하루에는 무뚝뚝한 표정으로 물었다.

"식탁에서도 괜찮아요. 하루에 씨도 같이 들지?"

이키는 이렇게 말하고 깨끗이 치운 식탁에 앉았다.

하루에가 알맞게 끓인 차를 갖다놓고 곧 되돌아서서 가려 하자,

"그렇게 일만 하지 말고 한 모금 마시는 게 어때요?"

하고 이키는 건너편 의자를 가리키며 말했다. 하루에가 주전자와 찻잔이 놓인 쟁반을 내려놓고 말없이 앉자 이키는 한 모금 한 모금 맛있게 마시며 칭찬했다.

"하루에 씨의 차 끓이는 솜씨는 정말 대단해요. 쓰지도 옅지도 않아 입에 꼭 맞아요."

그러나 하루에는 미소를 짓지 않았다.

"정말로 고마운 말씀입니다. 저어, 오늘은 제가 도쿄 은행 지점장

댁에 들러야 할 날이어서 차를 마시고 있을 틈이 없습니다……"

말씨는 깍듯했으나 무뚝뚝한 대답이었다.

"아직 시간은 충분해요, 하루에 씨. 그런데 요즘 태도가 조금 이상해진 것 같아요? 만일 대우 때문에 불만이 있다면 솔직히 말해 줘요. 남자인 나로서는 미처 눈치 채지 못하는 일이 많을 테니까."

이키는 찻잔을 놓고 조심스럽게 말했다.

"아닙니다. 저는 대우 따위엔 불만이 없습니다. 그보다는 저의 어떤 점이 변했는지 오히려 여쭤보고 싶군요."

하루에는 힐끗 바라보며 따지듯이 말했다.

"어떤 점이냐고 물으면 대답하기 곤란하지만, 요즈음은 왠지 서먹서먹한 기분이 드는군. 이전처럼 가족 얘기도 전혀 들려주지 않았잖소?"

"그렇게 말씀하셔도 새삼스럽게 드릴 얘기는 없습니다. 서먹서먹해졌다고 말씀하셨는데, 언제부터 그렇게 느끼셨습니까?"

"글쎄, 언제부터인지 기억이 분명하지는 않지만…… 하여튼 대우나 나에 대한 불만이 없다고 하니 안심이 되는군. 아마 내가 잘못 생각한 것이겠지요."

"잘못 생각하셨다니, 요즈음 제가 이키 씨에게 별로 좋지 않은 감정을 갖고 있다고 말씀하시는 것 같군요."

"아니, 그런 뜻으로 한 말은 아니오. 그보다도 지난주에 부탁한 실내복을 빨리 사다주었으면 좋겠소."

"저런, 그렇게 말씀하시니 부탁받은 것이 생각납니다만, 요즈음 이키 씨의 취향이 까다로워진 것 같아서 저는 마음에 들 만한 것을 고를 자신이 없으니, 다른 분에게 부탁하시는 게 어떨까요?"

"실내복쯤은 하루에 씨가 좋다고 생각하는 것이면 돼요."

이키는 약간 언짢아진 기분으로 말했다.

"그렇습니까. 넥타이나 와이셔츠만 해도 요즘은 이전보다 젊고 화려한 색만 고르는 것 같아 실내복쯤이야 하시지만 망설이게 되는군요. 그래도 맡겨주신다면 곧 사다드리겠습니다."

하루에는 곧장 주방으로 돌아가 앞치마를 벗고 돌아갈 준비를 마치고 나왔다.

"그럼 오늘은 이만 실례하겠습니다. 오늘밤은 레인지에 올려놓은 크림스튜를 데워 드세요. 내일 메뉴는 냉장고 위에 메모해 놓았습니다."

하루에는 사무적인 투로 말한 뒤 가방을 들고 돌아갔다.

혼자 남게 되자, 이키는 등이 식은땀으로 흠뻑 젖어 있는 것을 문득 느꼈다.

요즘의 하루에의 태도는 말투에서 자기의 일상을 보살펴주는 것까지 이전과는 손바닥을 뒤집은 듯이 다르게 서먹서먹하다.

그 시기로 미루어보아, 아키츠 지사토와 지낸 하룻밤의 일을 눈치 챈 게 아닐까 해서 오늘 그 점을 일부러 물어보았으나, 심술궂게 굴면서 감을 잡을 수 없게 대답할 뿐이었다.

'하루에의 태도로 보아 그날 지사토가 묵은 것을 눈치 챈 듯하지만 누구라고 이름까지는 모를 것이다. 그렇지만 앞으로는 지사토에게 오는 항공우편 같은 것은 주의해서 하루에의 눈에 띄지 않는 곳에 간수해 두어야겠다'고 마음먹었다.

아내 요시코가 죽은 지 이미 3년이 지나, 딸 나오코는 결혼해서 한 아이의 어머니가 되었고, 아들 마코토도 이쓰이물산의 사원이 되어 인도네시아에 주재하며 독자적인 인생을 시작했음에도 불구하고 이키는 지사토와의 관계를 알리는 것이 왠지 망설여졌다.

5월 하순이 되면, 자기는 도쿄 본사의 중역회의에 참석하기 위해 일본에 일시 귀국한다. 지사토가 그날을 어떤 마음으로 기다리고 있는가는 그동안에 온 편지의 한 줄 한 줄마다 역력히 나타나 있고, 자기도 그에 못지않게 지사토를 원하고 있다. 아까 하루에가 '요즘은 젊고 화려한 색만 고른다' 라고 빈정대듯 말했으나, 그 말을 듣고 보니 지금까지는 선물로 받아도 거들떠보지도 않던 오데콜론을 사용하고 있는 것이다.

조심하지 않으면 안 된다. 이키는 자신에게 주의를 주면서, 순간 사토이의 얼굴을 떠올리고 있었다.

"여보, 이제 일어날 시간이에요."

사토이는 아내의 목소리에 잠이 깼다.

"음, 일어날게."

대답은 했으나, 등이 침대에 착 달라붙은 듯 가라앉아 도저히 일어날 수가 없었다.

"여보, 오늘 아침 일찍 회의가 있다고 하셨지요? 곧 차가 모시러 올 거예요."

아내의 높은 목소리가 또 들리자 사토이는 간신히 일어나 파자마 위에 가운을 걸치고 세면대의 거울 앞에 섰다. 안색이 창백하고 형편없다. 연일 포크사 조사단 일행의 좋지 않은 보고를 듣고 그때마다 대응책을 강구했으며 밤이면 밤마다 조사단원의 접대 때문에 피로와 스트레스가 겹치고 잠을 이룰 수 없어 수면부족이 계속되고 있었다. 그러나 이렇게 바쁜 것도 앞으로 이틀, 포크 조사단의 조사가 끝날 때까지만이다. 사토이는 자신을 타이르며 전기면도기의 스위치를 넣었다. 갑자기 어깨부터 가슴까지 뜨거운 것이 치밀며 마비되는 듯한 감각이

닥쳤다. 발작이 일어나는구나 하고 느끼는 순간 쿵쿵하는 맥박과 찢어지는 듯한 아픔이 흉부에서 퍼져나갔다. 사토이는 전기면도기를 떨어뜨리고 쓰러지듯이 그 자리에 엎드렸다.

"여보, 어떻게 된 거예요……"

부엌에서 달려온 가쓰에가 등을 쓸기 시작했다.

"거, 건드리지 마……"

조금만 건드려도 몸뚱이를 옥죄는 듯한 통증이 밀어닥쳤다.

"여보, 곧 의사를……"

"아니야. 야, 약을…… 니트로글리세린……"

"뭐요? 니트로…… 뭐라구요?"

"니, 니트로글리세린…… 침실의 옷장 제일 밑 서랍에……"

"여보, 그게 무슨 약이에요?"

"빨리, 니트로…… 글리세린, 그것만 먹으면 괜찮아……"

얼굴을 찡그리며 신음하듯이 말했다. 가쓰에는 침실로 달려갔으나 좀처럼 돌아오지 않았다.

"어서 빨리……"

사토이는 쥐어짜듯이 말했다.

"여보, 없어요. 보이지 않아요."

사토이는 더 이상 아내를 기다릴 수가 없었다. 가슴을 쥐어뜯는 듯한 격심한 통증으로 신음하며 복도를 기어가다가 힘이 떨어졌는지 마룻바닥을 손톱으로 할퀴며 침실의 옷장 앞까지 이르렀다.

"아니, 여보……"

가쓰에는 처참한 모습에 숨도 못 쉬고 있다가 남편의 손이 제일 밑의 서랍에 닿자, 서랍째 꺼내어 그의 눈앞에 놓았다. 사토이는 낡은 편지, 수첩 등의 사이를 뒤져 만년필 케이스를 집어 들고 뚜껑을 열었다. 안에 들어 있는 하얀 포장을 이로 찢어내고 한 알을 꺼내어 재빨리 삼켰다.

10초, 20초…… 1분 후에 쥐어뜯는 듯한 가슴의 통증은 멎었으나 호흡은 아직도 가빴다. 사토이는 온몸이 땀에 젖은 채로 침대 가에 몸을 기댔다.

"여보, 누우시는 게……"

가쓰에가 바닥에 웅크리고 있는 남편의 몸을 일으키려 하자, 사토이는 몸을 굽힌 채로 머리를 흔들었다. 침대에 눕는 게 더 괴로웠다.

"이대로 담요를 덮어주고 이치카와 군에게 전화를 걸어 이리로 곧 오라고 해."

이치카와는 사토이와 고등학교 동창으로 같은 오타구 미나미센조쿠에 살고 있는 도쿄성인병센터의 내과부장이다.

가쓰에는 전화번호부가 있는 거실로 가서, 이치카와의 집으로 전화를 걸었다. 8시가 조금 지났으니 아직 집에 있을 것이다.

이치카와가 나오자, 가쓰에는 다급하게 말했다.

"우리 집 그이가 이상합니다. 면도를 하시다가 갑자기 가슴을 쥐어뜯으며 괴로워하기 시작하고……"

"그래서 지금의 상태는?"

이치카와가 재빨리 상태를 물었다.

"뭐라든가…… 하얀 알약을 하나 먹고 고통이 가신 듯한데, 니트로글리세린이라고 한 것 같아요."

"니트로글리세린…… 그렇다면 심장발작, 협심증 발작이로군요."

"네? 시, 심장…… 그럼 우리 주인은……"

"부인, 발작이 진정되면 그대로 본인이 편하다는 자세로 안정시키고 따뜻하게 해주세요. 곧 가겠습니다. 다행히 오늘은 병원에서 외래

환자를 안 보는 날이니까요."

이치카와는 가쓰에를 안심시키고 전화를 끊었으나, 수화기를 든 가쓰에의 손은 바르르 떨렸다. 협심증 발작이라고 한 이치카와의 말에 대한 놀라움과 함께, 혹시 미국에서 감기라고 한 것은 거짓말이고 심장발작이 아니었을까 의심이 생겼다.

생각이 여기에 미치자, 가쓰에는 곧 쓰노다의 집 전화번호를 돌렸다. 전화를 먼저 받은 쓰노다 아내의 정중한 인사에는 대꾸도 하지 않고 거만하게 말했다.

"주인양반을 빨리 좀 대주세요."

놀란 듯한 쓰노다의 목소리가 나왔다.

"쓰노다 씨, 당신 나에게 주인이 뉴욕에서 감기에 걸렸다고 거짓말을 했군요, 주인이 심장발작을 일으켜서 지금 막 의사한테 연락을 했어요."

가쓰에는 책망하듯이 단숨에 쏘아붙였다.

쓰노다는 한순간 말을 잇지 못하다가,

"부, 부사장님의 용태는…… 구, 구급차는 곧 온답니까?"

하고 당황한 목소리로 물었다.

"뭐라구요? 구급차요…… 그럼 뉴욕에서도 구급차로 병원에 실려갔단 말이군요."

쓰노다는 말문이 막혔다.

"쓰노다 씨, 나는 그이의 아내예요. 그런 나에게 뉴욕에서 일어난 일을 숨기려고 하다니, 도대체 무슨 속셈이에요?"

"무슨 속셈이 있는 게 아니고 사실은 부사장님의 엄한 명령으로 지금까지 말씀드리지 못한 것입니다만. 부사장님께서는 뉴욕의 호텔에서 갑자기 발작을 일으켜 이키 씨가 구급차를 불러 심장병에 대해 세계적으로 권위있는 마운트 시나이 병원에 입원시켜 무사하셨습니다."

"저런, 이키 씨가…… 주인을 구급차로 실어가면서도 나에게는 전화 한 통 없다니, 만약의 일이라도 생겼으면 어쩔 셈이었지요…… 당신들, 짜고서 나를 속였군요……"

가쓰에는 분노로 몸을 떨었다.

"속이다니, 천만의 말씀입니다. 사모님, 제발 침착하세요. 사토이 부사장님은 깅키상사의 이인자입니다. 다이몬 사장님께서 회사 내외에 미칠 영향을 고려해서 부사장님 희망대로 함구령을 내린 겁니다."

쓰노다가 쩔쩔매듯 해명하자 장차 사장부인이 될 희망을 갖고 있는 가쓰에는,

"그렇다면 더욱 나에게 알려줬어야 했어요. 그럼 오늘과 같이 놀라지는 않았을 거예요. 곧 주인의 친구인 의사가 진찰하러 오시는데 어쩌면 병원으로 가게 될지도 몰라요."

하고 말했다.

"사모님, 그게 가장 급한 일입니다. 일찍이 다이몬 사장님도 빨리 병원에 가서 진찰을 받으라고 말씀하셨고 저도 기회 있을 때마다 말씀 드렸지만 받아들이시지 않으셨어요. 그러니 이 기회에 정밀검사를 받도록 하십시오. 부사장님께서 쉬시는 이유며 그 밖의 모든 일은 제가 손을 쓰겠습니다."

"잘 부탁해요. 그런 일에는 쓰노다 씨가 가장 믿음직한 분이니까요."

처음과는 달리 부드러운 목소리로 말하고 전화를 끊었다. 가쓰에가 침실로 돌아오자, 사토이는 간신히 가슴의 통증이 멎은 듯 침대에 축 늘어져 있었다.

"여보, 이치카와 선생이 곧 오실 거예요. 쓰노다 씨에게도 연락해서

쉬게 될지도 모른다고 말해 두었으니까 안심하고 주무세요."

흐트러진 서랍을 치우고 실내를 정돈하고 있을 때 자동차 멈추는 소리가 들리고 차임벨이 울렸다. 이치카와가 온 것이다.

이치카와는 침실에 들어오자마자 청진기를 대고 맥을 짚었다.

"증세는 전화로 부인한테 들었네. 오늘은 아무 소리 말고 내 말을 듣게."

친구답게 말하고 뉴욕에서의 일을 묻자, 사토이는 발작이 일어난 때부터 입원하기까지의 일을 순순히 이야기했다.

"그래서 출장가기 전에 검사를 받으러 오라고 하지 않았나. 게다가 그런 일이 있었으면서도 귀국해서 진찰을 받지 않은 것은 너무 무모해. 상식이 있는 사람의 처신이 아닐세."

꾸짖듯 말하고는 다시 말을 이었다.

"조반을 하지 않았다니 마침 잘 됐군. 곧 우리 병원의 순환기 담당 부장에게 진찰받도록 수배하겠는데, 마운트 시나이 병원에서 찍은 심전도가 있겠지만, 그런 식으로 일을 처리했으니 얻어오지도 못했겠군."

"아니, 사본을 얻어 왔네."

가느다란 목소리로 사토이가 말했다. 일본으로 돌아가면 곧 병원에서 진찰을 받겠다고 약속하고, 이키가 프리드버그 교수에게 각별히 부탁해서 발작 시의 심전도 사본을 얻어냈던 것이다.

"여보, 당신은 그런 것까지 갖고 왔으면서 나한테 숨겼군요……"

이치카와는 가쓰에의 예민한 반응을 막듯이 얼른 말했다.

"부인, 지금 그런 일보다는 사토이 군을 곧 병원으로 데려가는 게 급합니다. 자동차 뒷좌석에 눕힐 테니까 모포를 준비해 주세요."

그러자 사토이는 사정하듯 말했다.

"뭐, 지금 당장? 병원에는 꼭 갈 테니 앞으로 이틀만 기다려 주게."

포크 조사단이 모레 귀국하기로 되어 있어 사토이는 그들을 전송할 때까지는 쉴 수 없었다.

"이 지경이 되어서까지도 그런 소리를 하다니! 오늘은 나한테 맡겨 두게."

이치카와는 소리치듯 말했다.

도쿄성인병센터로 실려간 사토이는 이치카와의 지시로 휠체어에 태워져 지하에 있는 채혈실, 2층의 심전도실, 흉부 X 선실 등 여러 검사실을 거쳤다.

오전중의 병원은 어디에나 환자가 득실거려 휠체어조차 제대로 다닐 수 없었다. 서투른 솜씨로 휠체어를 밀고 있는 가쓰에가,

"미안합니다. 좀 지나가겠습니다……"

하고 목소리를 높일 때마다 동정인지 연민인지 분간하기 어려운 시선이 사토이에게 집중되어 견딜 수 없는 기분이었다.

흉부 X선 사진을 촬영하고 '지급현상'을 기다리는 동안, 가쓰에는 환자들이 북적거리는 복도를 빠져나와 사람이 없는 복도 쪽으로 휠체어를 밀고 가 창가에 세우고, 지친 표정으로 옆에 있는 긴 의자에 앉았다. 사토이도 말없이 창밖을 바라보다가, 착잡한 심정으로 시선을 무릎에 떨구자, 손목시계는 벌써 12시를 가리키고 있었다. 회사에서는 쓰노다가 일을 잘 처리해 줄 것으로 믿지만, 분·초단위로 짜여 있는 부사장의 일정이 갑자기 취소되어 주위의 의혹을 사지 않을까 생각하니, 손목시계의 초침만 보아도 심장이 덜컹덜컹 뛰었다.

20분 후, 사토이는 이치카와를 따라서 니무라 순환기부장의 방으로 들어갔다. 책상 위에는 최초 발작 직후에 찍은 심전도 사본과 오늘 아침 찍은 심전도가 놓여 있고 사진걸이에는 방금 지급으로 현상된 네

장의 흉부 X선 사진이 클립에 끼워져 있었다.

"어느 정도야. 많이 나쁜가?"

동료의식을 갖고 이치카와는 니무라에게 솔직하게 물었다. 니무라는 진찰복 주머니에 두 손을 찌른 채,

"오늘 찍은 심전도는 발작 후 니트로글리세린을 먹은 다음 두 시간이 경과한 때의 것이니까 정확한 병태를 파악하기 힘들지만, 두 시간이 지났는데도 여전히 V3·V4·V5·V6에 ST강하가 보이는군."

하고 말했다.

V3에서 V6로 ST강하현상이 있다는 것은 심장 앞벽에서 옆벽에 걸쳐 관상동맥(冠狀動服)이 경화를 일으키고 있다는 것을 의미한다.

이치카와는 니무라의 말에 고개를 끄덕이고 책상 위의 사진걸이에 끼워놓은 넉 장의 사진을 가리키며,

"조금 비대해진 것 같군."

하고 말했다.

"음, 심폐비(心肺比)는 55퍼센트이고 좌심실이 비대한 것 같아. 심전도에서도 V4·V5·V6에, R파가 높네."

하고 대답한 뒤 니무라는 사토이를 보며 지시했다.

"청진과 혈압을 재봅시다. 자, 누우세요."

옆에 있는 진찰용 침대에 눕게 한 다음, 면밀히 청진을 하고 혈압을 쟀다. 심장의 박동소리와 정맥에 이상은 없고, 혈압이 165/100으로 약간 높아 심장비대를 뒷받침하고 있었다.

진찰이 끝나자 니무라가 물었다.

"뉴욕에서의 발작에 대해서는 대충 이치카와 선생한테서 들었습니다만, 오늘 아침의 발작은 전번과 비교해서 어땠습니까?"

"곧 니트로글리세린을 먹은 탓인지 이전보다는 훨씬 가벼운 것 같

았습니다."

 니트로글리세린을 찾아내기까지 가슴을 후벼내며 빨갛게 단 인두로 지지는 것같이 격렬하게 아팠던 것과, 뉴욕에서의 발작 때보다 더욱 심했던 공포감 등을 사토이는 일절 말하지 않고 가벼운 발작임을 강조했다.

 "그렇습니까? 그러나 현재 자료를 종합해 보면 오늘 아침의 발작은 뉴욕에서와 같은 정도인 것 같습니다. 곧 입원하십시오."

 온건하면서도 단호한 목소리로 말했다.

 "뭐요? 입원이라구요? 그것도 오늘 당장……"

 "네, 독실은 없습니다만 일단 아무데나 침대가 비어 있는 방에 들었다가 독실이 비면 옮기기로 하지요."

 니무라 부장의 말에 이치카와도 거들었다.

 "사토이, 어느 병실이든 당일로 입원되는 것은 상당히 편의를 봐주는 걸세, 당장 입원하도록 하게."

 "아니야. 나는 다른 사람이 옆에 있으면 잠을 자지 못하고 무엇보다도 지금 회사에 일이 있으니, 어쨌든 이틀만 기다려주게."

 가쓰에는 초조한 얼굴로 듣고 있다가,

 "선생님, 주인은 신경이 아주 예민해서 독실이 아니면 주무시지 못하니까 가능하다면 독실에 입원할 수는 없을까요?"

 하고 공동병실 따위는 생각할 수도 없는 일이라는 듯이 남편의 말에 동조했다.

 "여기는 병원입니다. 입원결정은 의사가 내리는 것입니다. 이 심전도에 의할 것 같으면 다시 발작이 일어날 가능성이 충분히 있어요. 그때는 어떻게 하시겠습니까?"

 니무라 부장은 단호하게 말했다.

사토이는 이틀 후에 있을 포크 조사단과의 최종회의를 앞두고 암담한 생각이 들었으나, 그때는 다시 니트로글리세린을 먹고 미봉책에 불과할지라도 발작을 억제할 도리밖에 없다고 침통하게 결심했다.

그 무렵 쓰노다 업무본부장은 평소와 다름없이 본부장 자리에 앉아 있었으나, 마음속은 초조하고 불안한 상태였다.
혹시나 하고 염려하고 있던 사토이 부사장의 재발작이 너무나 일찍 닥쳤기 때문이다. 병원에서의 검사결과가 어떻게 나왔는지 마치 자기의 검사결과를 기다리는 듯한 심정이었다. 쓰노다의 입장에서 보면 50세로 이사, 53세에 이키의 후임으로 업무본부장에 임명된 것은 오로지 사토이의 강력한 지원 덕택이었다. 그는 사토이를 위해서는 물불을 가리지 않고 공사를 막론하고 봉사해 왔으며, 사토이가 이인자로서 지위가 강화됨에 따라 자신의 지위도 확고해진 것이다. 그런데 희망을 주던 사토이가 만일 다시 발작을 일으켜 치명적인 핸디캡을 갖게 된다면…… 생각만 해도 눈앞이 캄캄해졌다.
"본부장님 시간이 됐습니다만……"
업무본부에서 정보기획을 담당하고 있는 후와 슈우사쿠가 책상 앞에서 서류철을 끼고 서 있었다. 그 말을 들으니, 오늘 오전 중에 사토이와 함께 다나카무역의 전망에 대해서 동아동문서원 출신의 중국통인 후와 슈우사쿠에게 강의를 들을 예정이었다는 게 생각났다.
갑자기 좋은 구실이 생각나지 않았으나,
"아, 오늘 아침엔 시간적으로 형편이 좋지 않게 되었으니 다른 날로 연기하도록 하지."
하고 둘러댔다. 그러나 후와 슈우사쿠는 쓰노다의 초조함을 알아차리기라도 한 듯 물었다.

"부사장님께 무슨 일이라도 있습니까?"

"아닐세. 급히 통산성 관계로 가야 하기 때문이야."

"통산성 관계라고 하면……"

후와는 예민하게 반응했다.

"부사장님이 아니면 안 될 일이 생겼기 때문일세."

"그럼 언제로 할까요?"

"글쎄. 2, 3일 뒤 아니면 1주일 뒤로 할까? 어쨌든 부사장님의 일정에 맞춰서 정하기로 하세."

쓰노다는 큰 목소리로 잘라말했다.

후와가 책상 앞에서 물러나자 쓰노다는 미간을 찌푸리고 품의서를 보는 척하며, 도쿄에 머무르고 있는 다이몬 사장에게 사토이의 일을 보고할 것인지 그만둘 것인지 자기에게 더 유리한 쪽을 몇 번이나 생각하고 망설인 끝에 마침내 의자에서 일어났다.

사장실에 들어가니 사장은 면화와 면사의 가격표를 보고 있었다.

"실은 사토이 부사장님께서 오늘 아침 자택에서 발작을 일으켜……"

쓰노다가 어렵게 말을 꺼냈다.

"뭐, 또 발작! 괜찮겠나?"

다이몬은 몹시 놀란 듯했다. 쓰노다는 허겁지겁,

"아닙니다, 대단치는 않습니다. 가벼운 발작이라고 합니다."

하고 다이몬을 가라앉힌 다음 말을 계속했다.

"요즘 매일 밤낮으로 포크 조사단의 보고를 듣고 이에 대한 대응책을 마련하랴, 접대를 하랴 피로가 겹쳐서 가벼운 발작을 일으킨 것 같습니다. 그런데 아시다시피 부인이 공연히 떠들며 어쨌든 병원으로 모시고 간다고 우겨서 도쿄성인병센터로 갔습니다. 회사 내부의 회합은 적당한 이유를 붙여서 덮어두었습니다만, 사장님께만은 말씀드리는 게 좋을 것 같아서…… 그러나 대단치는 않습니다."

쓰노다가 가벼운 증상처럼 얼버무리자, 다이몬은 기름진 턱을 쳐들고 힐끗 그를 바라보며 못마땅한 듯 말했다.

"자네가 병원에 따라가 본 것도 아닌데 대단한지 않은지 알 리가 없지 않은가. 게다가 사내외에는 적당한 이유로 무마시켰다고 하는데, 도대체 어떤 이유를 달았나?"

"우선 오늘 낮엔 일본 상공회의소의 고오리야마 부회장 아드님 결혼피로연이 있습니다만, 병 때문이라 하면 좋은 일에 불길하므로, 갑자기 해외거래처의 VIP가 일본에 오기 때문에 긴급한 회의를 열게 되었다고 정중하게 사과하고 양해를 구했습니다. 그리고 오후 4시부터 열릴 관련회사 다쿠보공업의 재건대책위원회와, 밤에 사장님과 함께 참석하실 외무성 경제국장과의 회식도 고오리야마 부회장님께 말씀드린 것과 같은 이유라고 말씀을 전했습니다…… 물론 비서에게 맡기지 않고 제가 직접 전화를 걸어서 양해를 구했습니다."

사토이처럼 중요한 위치에 있는 사람에게 병이 있다는 사실은 상대방에게 불안감을 주는 요인이 될 수 있다는 뜻을 강력히 암시하며 말했다. 다이몬은 불쾌한 얼굴이 되어 혀를 찼다.

"아무리 꾸며대도 구실은 구실이야. 갑자기 당일에 와서 빠지게 되면 상대방이 기분 좋을 리가 없지. 게다가 더 큰 문제는 오늘 밤 외무성 경제국장과의 회합은 유럽의 자주방위문제를 둘러싸고 앞으로 경제면에서 어떤 변화가 일어날지에 대해 쌍방의 정보교환이 주요 목적인데, 사토이 군은 자기가 경제국장과는 절친한 사이인데다 세계의 안전보장의 균형에 대해서도 공부하고 있다면서 사장은 얼굴만 내밀어달라며 모두 떠맡아놓고서는 이 꼴이야."

"그렇다면 사정에 밝은 사람을 급히 차출하면 잘 해결될 것이라고 믿습니다만……"

"자네, 그렇게 쉽게 말하면 곤란해. 경제국장에게 일부러 시간을 내달라고 하고서는 지금까지 일의 진척사항도 모르고, 게다가 사토이 군과 달리 평소에 친하지도 않은 사람이 불쑥 핀치히터로 나섰다고 해서 어떤 정보를 끌어낼 수 있겠나? 나도 그런 군사나 경제분야에 대해서는 그저 평범하고 상식적인 말밖에는 할 수 없어. 하여튼 사토이라는 약골 탓에 창피를 당하게 됐네."

다이몬은 화풀이라도 하는 듯이 짜증스럽게 투덜댔다.

"게다가 모레는 포크 조사단과 최종타협을 위한 미팅이 있을 예정이야. 당장 뉴욕에 있는 이키를 이곳으로 불러들여야겠네."

"사장님, 그것은 사토이 부사장님의 검사결과를 듣고 나서도 늦지 않다고 생각합니다."

쓰노다는 정중하게 막았다.

"만일 사토이 부사장님의 병이 출근할 수 없을 정도일 경우에는 제가 부사장님의 의견을 자세히 들어 아무런 유감이 없도록 해보겠습니다. 지금 여기서 당장 이키 씨를 부르게 되면 사토이 부사장에게 쇼크를 주게 되어 발작이 악화될 우려가 있습니다."

다이몬은 잠시 생각하듯이 입을 다물었다가, 이윽고 단호하게 결정을 내렸다.

"자네가 하는 말의 뜻은 잘 알았네. 그러나 만일 사토이 군이 출근하지 못할 때에는 포크사 사람들의 속마음을 꿰뚫을 이키 군이 있는 편이 회사를 위해서는 플러스가 아닌가. 사토이 군에게는 내가 나중에 잘 말하겠네. 이키 군도 여러 가지 예정이 있을 테니까, 시간에 맞도록 곧 뉴욕에 전화를 하겠네."

"그러면 제가 전화를 걸겠습니다."

"아니, 어째서 자네가 전화를 거나?"

"별다른 뜻은 없습니다만, 이 기회에 이쪽의 보고도 드릴 게 있어서 겸사겸사……"

저지할 수만 있다면 그보다 더 좋은 일은 없겠지만, 만일 사토이의 병이 중하여 오래갈 경우 자신의 노선을 생각해 보면, 이럴 때 자기가 전화를 걸어두는 것이 좋다고 생각한 것이다.

"아니야. 그런 일을 자네한테 맡길 수는 없어! 그러나 사토이 군에게는 이키 군을 부른다는 말은 하지 말게. 병이 악화되면 안 되니까."

다이몬은 이렇게 말하고 비서에게 뉴욕 전화를 지시했다.

포크 조사단의 기술담당인 토머스와 리커는 일본에 온 이후 줄곧 지요다자동차의 아쓰키 공장에 나가 있었다.

공장은 35만 평의 부지에 주조, 프레스, 부품, 보디, 조립 등 각 부품의 생산공장이 늘어서 있으며, 각 생산공장을 연결하는 도로는 비행장의 활주로처럼 넓고 가장자리에는 은행나무가 심어져 있었다.

오늘은 레베카, 엠페러, 타이거의 새 차종이 시주하는 날이다.

토머스와 리커는 본관 3층의 공장장 응접실에서 공장 커피 맛은 형편없다며 호텔에서 가져온 커피를 마신 다음 눈 아래 펼쳐지는 광대한 부지를 내려다보았다.

"정말로 대단해. 이렇게 넓으면 새로운 합자회사 공장을 세우기에 충분해. 게다가 하네다 공항으로부터 헬리콥터도 사용할 수 있겠는데."

토머스가 말을 꺼내자 리커도 거들었다.

"그렇기는 해도 주력차인 레베카가 겨우 월 생산 2천 대라는 것은 대단한 결점입니다. 하지만 우리가 와서 조립라인을 수정하면, 신규 합자회사의 하청공장으로 충분히 활용할 수 있겠어요."

입맛을 다시면서 광대한 공장부지와 조립공장 등을 바라보고 있는 이 두 사람을 아쓰키 공장장인 오마키 상무는 날카로운 시선으로 바라보았다.

"당신들이 말하는 그 신규 합자회사라는 안은 영업면에서는 모르겠지만 우리 기술진은 절대로 받아들일 수 없소."

분명하게 잘라말하는 오마키 상무의 말에 분위기가 어색해지자 기술개발실장인 아다치가 말했다.

"오늘 예정한 시주를 시작합시다. 테스트 코스는 모든 준비가 끝났고 사람의 접근도 금지시켜 놓았습니다."

그러자 토머스는,

"아니오, 어제 한번 달려보았으니까 시주는 필요 없어요."

하고 퉁명스럽게 거절했다.

"엠페러도 시주해 보시라고 준비를 다 끝냈는데……"

아다치가 말하자, 토머스보다 나이가 아래지만 수완가인 리커는,

"레베차든 엠페러든 우리들에게는 마찬가지입니다. 요컨대 우리는 신규 합자회사에서 그따위 차를 만들지는 않을 테니까요. 그 대신 부품공장을 보고 싶습니다."

하고 오만한 투로 말했다. 나흘 동안 두 사람의 언동은 매사에 지요다측의 체면을 깎아내렸다.

오마키는 치밀어 오르는 화를 누르며 말했다.

"그럼 부품공장으로 안내하겠습니다. 실은 어제 조립과정에서 타이어를 조립하는 공장의 작업시간을 리커 씨가 스톱워치로 재고 있는 것을 작업원들이 보고, 견학자들이 왜 저런 일까지 하느냐고 문제를

일으키고 있으니 조심하시기 바랍니다."

토머스와 리커는 오케이라고 끄덕이고, 아다치 기술개발실장의 안내로 부품공장으로 향했다.

선반, 프레스, 톱니절삭반, 연삭반 등이 늘어서 있는 가운데서 토머스들은 리어 액셀 샤프트의 절삭을 유심히 지켜보았다. 둥근 쇠막대기를 대충 깎아내기 위해 선반이 고속으로 회전하고 있었다.

토머스와 리커가 기술개발실장 아다치 쪽을 돌아보며 물었다.

"이 리어 액셀 샤프트를 깎는 작업은 한 사람당 평균 몇 대를 맡기고 있습니까?"

"평균 3, 4대 움직입니다."

아다치가 대답하자 토머스는 어깨를 으쓱했다. 아이치, 닛신자동차는 1인당 5, 6대를 맡고 있다는 것을 알고 있었던 것이다. 그는 다시 선반작업을 자세히 살피고 나서 물었다.

"이 선반의 회전속도는 느린 것 같지 않습니까?"

"아뇨, 그것이 보통 속도입니다."

"그런가요? 전에 아이치를 견학한 일이 있는데, 연기를 낼 정도로 고속회전하고 있더군요."

"우리는 약간 시간이 걸리더라도 품질 좋은 것을 만들자는 것이 모토이므로, 아이치처럼 무엇이든 채산성 우선으로 일하지는 않습니다."

아다치 기술개발실장이 말하자, 이번에는 리커가 절삭이 끝난 리어 액셀 샤프트를 들고 질문했다.

"이 리어 액셀 샤프트 하나를 만들어내는데 시간당 가격이 얼마입니까?"

"나는 기술관계에 대해서는 대답할 수 있지만, 가격에 대해서는 모럽니다."

"그럼 엔지니어인 당신에게 항상 가격을 계산하는 코스트 스태프가 붙어 있습니까?"

"별도의 스태프가 있는 건 아니고 현장에 있는 제조과장에게 물어보면 압니다."

이어 제조과장이 부름을 받고 곧 달려왔다.

"무슨 일이 있습니까?"

신경을 날카롭게 곤두세우며 물었다.

"아니, 여기 게린슨의 기사분들이 리어 액셀 샤프트를 제작하는데 드는 시간당 가격을 알고 싶다는군."

"시간당 평균 1천 5백 엔 정도입니다."

"그렇다면 1시간 20분에 2천 엔 되는 것을 생산성을 높여서 40분에 만들면 코스트는 1천 엔이 되니까 2달러 78센트가 싸지지 않습니까?"

리키가 다그치듯 묻자 갑자기 등 뒤에서 험악한 목소리가 들렸다.

"개발실장님! 도대체 이 외국인들은 어떤 사람들입니까?"

뒤를 돌아보니, 조립공장에서 타이어를 조립하던 젊은 반장이었다.

"자네가 어떻게 여기에?"

"이 사람들, 좀 이상하지 않습니까? 어제는 조립과정에서 타이어 조립시간을 1분 20초니, 1분 30초니 하며 스톱워치로 재고, 오늘은 또 여기서 시간당 가격까지 물으니, 도대체 뭐하는 사람들입니까?"

"톱니바퀴 생산과정을 증설할 계획이 있어서 사전 협의차 온 게린슨 회사의 기사들이야."

"게린슨 사람들 같지는 않은데요. 꼬치꼬치 캐묻는 걸 보니 외자침략의 앞잡이 같지 않습니까?"

흥분한 목소리로 떠들어대자 작업원들의 시선이 일제히 그에게 집중되었다.

"뭐, 외자침입……"

부품표를 체크하고 있던 작업원들이 모여들어 리커와 토머스를 둘러쌌다. 경영부실로 회사가 외자와 제휴할지도 모른다는 소문에 불안감을 느끼고 작업원들의 표정이 점차 험악해졌다.

"실장님, 정말 이 사람들이 외자침입의 하수인들이 아닙니까?"

제조과장이 따지고 들었다. 아다치 기술개발실장은 한순간 당황했으나 이내 냉정을 되찾은 얼굴이 되었다.

"결코 그렇지 않아. 게린슨의 기사들이야. 우리는 어디까지나 일본에서도 가장 전통 있는 자동차 메이커로서 자주적인 길을 걸을 테니까 안심하기 바라네."

험악한 사태를 극복하기 위해 시치미를 뗐다. 그러나 젊은 반장은 믿을 수 없다는 듯이 다시 말했다.

"아니야, 역시 이 두 사람은 수상해. 어제도 오늘도 스톱워치까지 들고 돌아다니며 우리 작업에 대해 잔소리를 하지 않는가."

그러자 꼬리를 물고 여기저기에서 술렁거리기 시작했다.

"침입이 아니라면 게린슨의 신분증을 제시해라!"

어떤 중년의 직장(職長)은 달려들 듯 따졌다.

"그렇다! 뭐라고 대답하라!"

"닥쳐!"

리커는 얼굴이 새빨개지며 순간적으로 소리쳤다.

"닥쳐가 뭐야! 이 양코배기!"

중년의 직장은 불끈 화를 내며 팔을 휘둘렀다. 아다치는 위험을 느끼고 재빨리 일동을 제지시켰다.

"자, 여러분, 감정을 가라앉히고 이성을 되찾기 바랍니다. 이래서는

재회 99

외부 손님에게 이만저만 실례가 아닙니다. 납득하지 못하는 사람에게는 내가 나중에 설명하겠습니다. 그러니 제발 진정하십시오."

아다치는 일단 일동을 진정시킨 다음, 토머스와 리커를 재촉해서 서둘러 부품공장에서 나왔다.

밖으로 나오자마자 리커는 얼굴이 새빨개지며 격노했다.

"나는 지금 신변의 위험을 느꼈습니다. 나를 떠민 작업원의 이름이 뭡니까? 그런 놈들은 당장 잘라버려야 합니다."

평소에는 온화한 편인 토머스도 얼굴빛이 달라졌다.

"이 공장에 극렬 좌익분자가 있는 게 아닙니까? 우리는 극단적인 노동조합원이 있는 곳에는 쟁의가 일어날 위험이 크므로 제휴문제를 원활하게 추진할 수 없습니다. 우리 포크사 및 포크사장은 미국에서도 가장 강력한 반공정신을 갖고 있습니다."

"정말로 유감스러운 실례를 범했지만 그들은 요즘 회사의 장래에 대해 위기의식을 느끼고 있는 때여서 흥분했을 뿐, 당신들이 말하는 극단적인 노동조합원이 결코 아닙니다."

아다치는 연신 고개를 숙이며 사과했다.

"아니오! 우리들을 '양코배기'라고 모욕하고 폭력을 휘두르려고 한 자가 극렬분자가 아니면 무엇이란 말입니까? 놈들을 자르겠다고 약속하지 않는다면 우리는 사장에게 좋은 보고를 하지 않을 것입니다."

리커는 강경하게 위협하듯 말했다.

그로부터 이틀이 지난 날 아침, 이키는 뉴욕으로부터 하네다 공항에 도착, 포크 조사단이 묵고 있는 뉴오타니호텔로 직행했다. 거기서 우선 지요다자동차의 오마키 상무와 만나기로 약속되어 있었던 것이다. 회의실에서 만난 오마키는 굳은 표정이었다.

"귀국하는 길이라 피로하시리라 생각합니다만, 오늘밤 포크 조사단과의 회합 전에 어떻게 해서든지 깅키상사의 진의를 들어야할 일이 있어서."

"우리 회사의 진의라니, 무슨 일입니까?"

야쓰카의 보고로 대강 짐작은 하고 있었으나 침착한 목소리로 되묻자 오마키는 이키의 시선을 정면으로 받으며 말을 이었다.

"자본제휴의 형태에 대해서입니다. 포크사는 지주비율이 50퍼센트가 아니면 본사끼리의 제휴를 포기하고 아쓰키 공장의 유휴지에 승용차용 합자회사를 설립할 생각을 하고 있는 것 같습니다. 그리고 귀사는 통산성 교섭에 나섰다고 하는데, 어떻습니까?"

"통산성과의 교섭이야 둘째 문제이고, 우리 회사 안에 분명히 신규 합자회사 설립안을 강력하게 미는 사람이 있긴 있습니다."

이키가 고개를 끄덕여 긍정했다.

"마치 남의 일 말하듯 하시는군요. 우리가 어떤 의도로 포크사와의 제휴를 추진해 주십사고 부탁드렸는가를 잊으셨습니까?"

"아닙니다. 잊을 리가 있나요."

"알고 계시면서도 아쓰키 공장을 신규 합자회사의 부품 하청회사 취급을 하는 포크사의 일방적인 제휴안을 묵인하고, 오늘밤에 포크 조사단과 연회에 참석하기 위해 일부러 뉴욕에서 오셨습니까? 이런 문제를 중개해 주시는 이상, 상사 나름대로 고충이 있는 것은 당연하다고 생각합니다만, 이키 씨만은 우리 지요다 사람들의 심정을 이해해주시리라 믿었습니다."

오마키는 분노에 찬 목소리로 말했다.

"합자회사 설립안에 대한 오마키 상무님을 비롯한 기술담당 분야의 불만은 야쓰카로부터 자세히 보고를 받고 가슴 아프게 생각했습니다만 3차 회담 이후로 발족한 프로젝트 수행팀에 아메리카 깅키상사는 옵서버 형식으로만 참여하고 있어서, 나로서는 사토이 부사장에게 의견을 건의하는 데 그치고 있습니다."

"옵서버에 지나지 않는 이키 씨가 오늘밤 회합을 위해 급히 귀국하신 것은 디트로이트의 상황에 어떤 변동이 있기 때문이겠지요."

분노하면서도 한가닥 희망을 걸고 있는 듯 했다. 그리고 사토이가 건강상 이유로 오늘밤 회합에 참석 못한다는 사실은 모르는 것 같았다.

"아닙니다. 디트로이트에 어떤 변화가 있는 것은 아닙니다."

이키의 해명에 오마키는 한숨을 내쉬더니 또렷한 목소리로 말했다.

"솔직히 말씀해 주시는 게 하나도 없군요. 그러나 이키 씨, 포크가 지요다와 50 대 50으로 하지 않으면 신규 합자회사 설립이라는 방법 밖에 없다는 폭거를 우리는 절대로 양해할 수 없습니다. 우리가 의도하는 바와 전혀 다른 방향에서 제휴안이 추진되고 있는 이상, 깅키상사의 중재는 사절할 수밖에 없다고 생각합니다."

"그것은 모리 사장이나 무라야마 전무의 의견도 포함된 지요다의 결정입니까?"

이키는 흥분을 억누르며 물었다.

"모리 사장님은 이번을 끝으로 퇴진하시고 이미 결재의 힘을 상실했습니다. 차기 사장인 무라야마 씨는 귀사의 사토이 부사장과 절친한 사이기 때문에 이미 합자회사 설립안을 내락했을지도 모릅니다. 그러나 아쓰키 공장의 우리들은 저런 오만하고 건방진 포크 따위는 한걸음도 못 들여놓게 하겠습니다."

포크 측의 조사방법에 상당히 모욕을 느낀 듯 오마키는 강한 의지를 나타내며 잘라말했다. 이키는 야쓰카에게서 들은 부품공장에서의 마찰을 떠올렸다.

"샤프트 절삭공장에서 포크사의 조사단이 의심을 받고 외자침입을 위한 조사가 아니냐고 사람들에게 포위당했던 모양이더군요. 어떻게 해서 그런 일이 일어났습니까?"

"그들의 행동을 지금에 와서 일일이 열거할 생각은 없습니다. 단지 우리 공장에서 내놓은 커피가 맛이 없다하더라도 호텔에서 커피를 가져오게 하는 일 따위는 하지 말고 말없이 함께 마셔주는 배려, 모든 일에서 이런 배려가 아쉬웠습니다."

오마키는 잠시 입을 다물었다가 말을 이었다.

"3년 전이었던가요. 이키 씨와 처음으로 만났을 때, 나는 해군 기술장교로서 제로센(태평양전쟁 말기에 쓰였던 일본의 전투기)의 설계에 참가했었다고 말씀을 드렸지요. 패전으로 인해 나라는 망했지만 산천은 남아 있구나 하는 감정이 남달리 강했던 나였지만, 외자 제휴에 대한 저항감은 이상하리만큼 전혀 없었습니다. 사는 방식은 종래와 같고, 극단적으로 말해서 자본이 어떻든, 경영권이 어디로 넘어가든 내가 하고 싶은 일을 계속할 수 있고 아쓰키 공장이 승용차 공장으로서 계속 생명을 유지하고 그것이 사회 공헌과 연결된다면 그로써 좋지 않은가, '기술자의 바보스러움'이라고 말한다면 할 수 없는 일이지만, 그렇게 생각해 왔습니다. 그러나 이렇게 모든 것을 양보할 각오를 가진 기술자의 심정을 같은 기술자가 흙발로 짓밟는 이상, 파트너로서 함께 일할 수는 없습니다."

격렬한 분노가 사라진 듯 오마키는 평소와 마찬가지로 한마디 한마디를 씹어뱉듯이 말했다.

"기분은 잘 알겠습니다. 사실은 내 쪽에서도 꼭 오마키 씨를 만나고 싶어 한 것은, 아쓰키 공장의 장래에 대해 그만큼 확고한 신념을 갖고 계시다면, 이번만은 잠시 이 상태를 묵인해 달라고 말씀드리기 위해서였습니다."

"이키 씨는 일이 이렇게까지 되었는데도 애매하게 달래기만 하실 겁니까?"

오마키는 정색을 하고 따지듯이 말했다.

"달래려는 것이 아닙니다. 지금 포크사와의 제휴교섭을 파기하면 다이산은행도 손을 뗍니다."

이 한마디로 오마키의 표정이 싹 변했다. 주력은행인 다이산이 손을 뗀다는 것은 3백억 내지 4백억이라는 방대한 누적적자를 안고 있는 지요다자동차의 파산을 의미하는 것이다.

"게다가 또 한 가지 문제는, 이번의 포크 조사단의 멤버 때문에 마음에 걸리는 게 있다는 겁니다. 원래 디트로이트를 출발할 때에는 5명이었던 단원들이 하네다에 내렸을 때에는 4명으로 줄었습니다. 포크 측의 설명으로는 오스트레일리아 포크에 긴급한 일이 생겨 한 사람은 호놀룰루에서 멜버른 행으로 바꿔 탔다지만 우리 회사의 시드니와 멜버른 두 지사를 통해 은밀히 조사시켰더니 그 인물, 곧 디트로이트 본사의 해외기획담당 매니저 앨리크맨은 오스트레일리아 포크에 나타나지 않은 것 같아요."

"그렇지만 그것과 우리 쪽의 제휴문제와 어떤 관련이 있습니까?"

"우리 정보망에 나타나지 않았다고 해서 당장 앨리크맨이 오스트레일리아에 가지 않았다고 단언할 수는 없지만, 다른 네 명의 멤버와 함께 일본에 와 있을 가능성도 전혀 배제할 수는 없겠지요?

"도대체 무엇 때문에 그런 거짓말을 하고 별도의 행동을 취합니까."

고개를 갸우뚱하면서 오마키는 차츰 긴장하기 시작했다.

"앨리크맨이 독자적인 조사방법으로 지요다의 사업내용을 알아보고 다니는지, 또는 재계, 정부 등 자동차 자본의 자유화와 관계있는 곳을 다니며 자유화에 대한 의사를 탐색하는지 어떤지는 나로서도 짐작이 가지 않지만, 내가 가장 두려워하는 것은 지요다 이외의 다른 메이커와 접근하고 있지나 않나 하는 겁니다."

"설마, 아무리 안하무인격인 포크라도 그렇게까지……"

오마키는 말끝을 흐렸다.

"나의 지나친 생각으로 끝나면 괜찮겠습니다만, 어쨌든 그럴 경우도 있을 수 있다는 점을 염두에 두고 계십시오. 외자의 움직임은 우리 일본 기업의 방식으로는 이해할 수 없는 면이 많습니다."

이키는 단단히 다짐했다. 오마키는 그런 이키를 맑은 눈으로 말없이 바라보다가 매달리듯 말했다.

"일본측에서는 킹키상사 최고의 수완가라는 사토이 부사장이 담당하고 있으면서도 그렇게 중요한 어드바이스는 한 마디도 없었습니다. 특히 사토이 부사장은 해외의 주요 거래처에서 급히 VIP가 오는 바람에 이번 합동회의에는 참석하지 않는다고 해서 걱정스러웠습니다만, 이렇게 이키 씨와 말씀을 나누고보니 속이 후련합니다. 만사를 잘 부탁드립니다."

사토이는 아내로부터 수화기를 건네받자, 흥분한 목소리로 벌컥 쓰노다에게 소리쳤다.

"뭐라고! 이키가 내 대리로 오늘밤 포크사와의 회합에 참석하기 위해 뉴욕에서 돌아왔다고? 나에게는 한마디 상의도 없이 그런 건방진 짓을……"

"부사장님, 제발 그렇게 흥분하지 마십시오. 다이몬 사장님이 직접 뉴욕에 전화를 거셔서 포크사람들의 속마음을 잘 알고 있는 이키 씨에게 부사장님을 대행하도록 명령하셨습니다."

"다이몬 사장이 불렀다고? 사장이 전화를 건 게 언제야? 자네는 당연히 알고 있었겠지? 어째서 진작 나에게 보고하지 않았나!"

수화기를 든 사토이의 손이 부르르 떨렸다. 등 뒤에서 아내 가쓰에가 달래며 더 이상 흥분하지 않도록 수화기를 뺏으려 들자 사토이는 아내의 손을 뿌리쳤다.

"쓰노다 군, 대답하게. 왜 숨겼나?"

"그, 그것은…… 부사장님 병환에는 스트레스가 가장 나쁘기 때문에, 자택 요양 중에는 사업에 대해서는 일절 말씀드리지 말라고 다이몬 사장님이 주의를 주셨기 때문에……"

"변명은 집어치워! 포크 조사단의 행동을 낱낱이 보고받고 또 지시도 내렸는데 그것은 사업이 아닌가! 자네가 이키를 부르라고 건의한 건 아니겠지!"

사토이는 가슴이 심하게 뛰는 것을 느끼면서 다그쳐 물었다.

"천만에요. 오히려 저는 부사장님의 병세를 본 다음에 정 무리라면 저라도 대행하겠습니다, 라고 말씀드렸지만 거절당하고, 더 이상 부사장님이 무리를 하게 되면 자택에서 요양하는 의미가 없어지므로 이키 씨 건은 말하지 말라고 엄한 함구령이 내려져서 그만……"

장황하게 변명을 늘어놓으려 하자 사토이가 말했다.

"알겠네. 곧 이키 군에게 연락해서 참석할 필요가 없다고 말하더라고 전하게. 나는 지금 곧 출근할 테니 차를 보내도록, 알겠나!"

"부사장님 어떻게 그런 무리를! 만일 회합 자리에서 또 발작이 일어나면."

그러나 사토이는 철컥 전화를 끊고 가쓰에에게 출근준비를 시켰다.

"여보, 이틀 전에 도쿄성인병센터에서 들은 말을 생각해 보세요. 사실은 그때 곧 입원해야 할 몸이었어요. 제발 부탁이니 출근만은 그만 두세요!"

가쓰에가 매달리듯이 말했으나 사토이는 들은 척도 않고 양복을 입고 넥타이를 맨 뒤 발작에 대비해 곧 먹을 수 있도록 니트로글리세린을 넥타이 안쪽에 꽂아 넣고 얼마 후에 데리러 온 차에 탔다.

사토이는 회사에 닿자마자 쓰노다와 몇 분 동안 서서 이야기를 하고는 곧장 사장실로 갔다. 거기에는 이키도 와 있었다.

"아니, 이키 군, 어째서 이런 때 일본에?"

쓰노다에게 이키의 귀국소식을 듣고 이를 악물고 침대에서 일어난 일은 전혀 내색조차 하지 않았다.

"실은……"

이키가 입을 떼자마자 다이몬이 옆에서 그를 가로막았다.

"내가 불렀네. 자네가 만일 포크 조사단과의 회합에 나가지 못할 경우를 대비해서 포크사람들의 속셈을 누구보다도 잘 알고 있는 이키 군을 잠시 불러들인 거야. 자네는 무리하는 것이 가장 위험하니까."

"염려해 주셔서 고맙습니다만, 이것은 이키 군의 진언에 따른 것입니까, 아니면……"

"내 판단이야. 이키 군이 포크 조사단과의 회합에 참석하면 불편한 이유라도 있나?"

약간 불쾌한 다이몬의 말투에 사토이는 소파에 편안하게 다리를 포개고 앉아서 빈정거리듯이 받아넘겼다.

"그렇습니다. 왜냐하면 이번 포크와의 신규 합자회사 설립안에 대해 이키 군은 별로 적극적이지 못합니다. 회합에서 묘한 발언이라도 하면 모처럼 잘 돼가던 일이 마지막에 이르러 뒤집힐지도 모르기 때문입니다."

"그러나 지요다자동차는……"

이키는 몇 시간 전에 오마키 상무와 이야기한 공장 내부에서의 합자회사 반대안을 꺼내려 했다.

"이키 군, 포크와 지요다 제휴의 주체는 깅키상사라는 점을 잊으면 곤란하네. 지요다의 주력은행도 아닌 우리 회사가 많은 사원을 동원하고 변호사까지 새로 고용한 것은 무엇 때문인지 냉정하게 생각해 보게."

다이몬 앞에서 단호하게 이키를 나무란 뒤 사토이는,

"그런데 자네가 하는 일이니까 포크 조사단과의 회합에 참석하기 위해 귀국한 만큼 빈손으로 돌아오진 않았을 텐데, 어디 포크 조사단에 관해 입수한 정보가 있으면 들려주게."

하며 빈정거리는 투로 말했다. 다이몬 사장 앞이라는 것을 계산한 정면에서의 질책과 빈정거림 등 그지없는 교활성으로 보아 사토이는 이키가 생각한 만큼 지쳐 있지는 않았다.

"특별한 정보는 없습니다만. 한 가지 마음에 걸리는 것은 디트로이트를 출발할 때 5명이었던 단원들이 하네다에 닿았을 때는 해외기획 담당 매니저가 보이지 않고 4명으로 된 것입니다. 야쓰카의 보고로는 오스트레일리아 포크에 긴급한 사태가 발생해서 호놀룰루에서 멜버른 행으로 갈아탔다고 하는데, 사토이 부사장님께서는 이 일을 어떻게 생각하십니까?"

"포크사는 전 세계에 네트워크를 갖고 있네. 정말로 오스트레일리아로 갔는가 하는 것은 별문제로 하고, 그리 부자연스럽다고는 생각하지 않네."

사토이는 가볍게 일러주듯 말했다.

"그렇지만 발언권을 가진 정책담당자가 조사단을 뒤쫓아오지도 않고 연락도 없는 게 아무래도 마음에 걸립니다. 이런 사정은 좀 더 자세히 조사해 볼 필요가 있다고 생각합니다."

이키가 여전히 의문을 품자 사토이는,

"그럴 필요 없네. 그가 내일 일본에 도착한다는 연락이 방금 나한테 왔으니까. 오늘 포크사와의 회합은 다이몬 사장이 말씀하시는 일이니 참석해도 괜찮네. 그러나 자네 입장은 어디까지나 옵서버임을 잊어서는 안 되네."

하고 다이몬 사장 앞에서 다시 한 번 못을 박았다.

그날 밤 포크 조사단의 단원을 초대한 깅키상사의 연회는 아카사카에 있는 요정의 깊숙한 방에서 열렸다.

사토이는 래디의 술잔이 넘치도록 일본 술을 따르며,

"미스터 래디, 당신의 날카로운 직감력에 일본의 백전노장 대리점 사장들도 손을 들고, 지요다 본사의 영업담당 무라야마 전무까지 눈물을 흘린 모양이더군요."

치켜세우듯 말하며 어떻게든 조사결과를 알아내어 신속한 대응책을 세우기 위해 래디의 눈치를 살폈다.

래디는 단숨에 잔을 비우고,

"아닙니다. 내가 실제로 둘러본 것은 220개 점포 중에서 12개 점포이므로 정확한 실태는 파악하지 못했습니다."

하고 태연히 받아넘겼다.

"그렇기는 하더라도 판매망의 점검요소로 자금조달, 규모에 대한 판매효율, 숨은 재산 내지 숨긴 손실, 지요다 본사와 대리점의 자금상의 관계 등 포인트가 되는 요소들을 참으로 정확하게 조사한 모양이더군요."

사토이는 계속 물고 늘어졌다.

"그러나 조사기간이 너무 짧았어요. 예컨대 진짜 불량재고재산이 어느 정도인지는 판매점에서 한 열흘쯤 눌러앉아 조사하지 않고는 파악하지 못합니다. 하여튼 깅키상사를 통해 알고 있던 숫자와 현실의 지요다와는 너무나 차이가 있어서 오늘의 기분은 솔직히 말해서 깅키상사의 중개인들에게 속았다는 생각 뿐입니다."

래디는 앞뒤를 가리지 않고 말했다. 그 순간 화기애애하던 방 안의 공기가 이상해졌다.

기술담당 리커와 이야기를 나누고 있던 이키는 야쓰카에게서 사토이와 래디가 나눈 이야기를 대강 듣고 곧,

"래디 씨, 지요다의 판매망이 설사 빈약하더라도 제로에서 판매망 조직을 시작하는 것과 비교한다면 지요다의 판매망을 이용할 수 있다는 것은 커다란 메리트입니다. 무엇보다도 포크사가 일본에 상륙할 수 있다는 점에서 보는 경우, 그다지 심각할 것 같지는 않은 것 같습니다."

하고 끼어들었다. 그러자 일찍이 야쓰카로부터 말을 듣고 이키에게 흥미를 갖고 있던 래디는 곧 말을 받았다.

"이키 씨, 기업은 군대와 달라 목표지점에 상륙하여 점령하기만 하면 되는 것이 아닙니다. 자유경쟁 하에서 어떤 과정을 거쳐 얼마큼 이익을 올릴 수 있는가 이것이 문제입니다. 아쓰키 공장에서 아무리 훌륭한 차를 만들어낸다고 해도 그것이 우선 일본 국내시장에서 팔리지 않으면 아무 의미가 없습니다. 그 판매력은 첫째로 판매망의 강약에 따라 달라집니다."

판매의 일선 담당자인 래디의 말에 열이 오르기 시작하자 이키가 조용히 물었다.

"그럼 당신이 생각하고 있는 연간 판매 대수는 얼마입니까?"

"10만 대가 최저선입니다."

래디는 단호하게 말했다. 지요다자동차가 월 2천 대, 연 2만 4천 대인 데 비교하면 래디가 제시한 숫자는 너무나 현실과 동떨어진 것이지만, 아이치자동차의 1600cc 카로나 한 차종이 연간 판매대수 25만, 닛신자동차의 레드버드가 19만이라는 사실을 감안하면, 엄청나게 황당한 숫자라고만 할 수도 없었다.

"그렇다면 판매대리점 조직을 관리하는 총본부인 지요다 판매금융회사의 강화가 중요하다는 말이군요."

이키의 말에 래디는 고개를 끄덕였다.

"말씀 그대로입니다. 그러나 주거래은행인 다이산은행이 얼마나 뒤를 대줄지 모르겠군요."

쓰노다 업무본부장이 장담하듯이 말했다.

"그 점은 염려하지 마십시오. 일본 은행들은 외자도입을 대환영하므로 포크사와 신규 합자회사를 설립하는 것이 실현되면, 다이산은행이 지요다를 지원하는데 더욱 적극적이 될 것입니다."

"그러나 지금까지 지요다가 수지악화를 초래하게 된 데는 주거래은행의 책임도 있어요. 다른 나라에서라면 벌써 도산했거나 은행관리로 넘어갔을 만큼 엉망입니다."

재무담당인 워렌이 이의를 제기했다.

"더구나 이번 조사때 지요다 측의 비협조 때문에 공식적인 재무제표 밖에는 볼 수 없었지만, 장·단기 차입금이 3년 전에 7백억 엔이었던 데 비해 근래는 1천 7백억 엔으로 눈덩이처럼 불어나고 게다가 매상은 점점 떨어질 뿐이어서, 전기의 세금을 뺀 순이익이 21억 엔이었던 것으로 추정하면 요즈음 4개월 동안에는 더욱더 수지가 악화되었을 것으로 보입니다. 고도성장을 할 때라면 혹시 모르지만 안정기에 들어서면 자동차 사업은 대규모 회사에게 이길 수가 없어요. 특히 승용차 부문에서는 개발연구에 소요되는 불변비용과 선전비, 판매망 조직비 등 막대한 자금이 소요되기 때문에 작은 회사는 살아남지 못합니다. 이런 자동차 산업의 냉혹한 현실을 지요다자동차의 경영진은 전혀 모르고 있어요. 이번 우리 조사단에 대해 필사적으로 재무자료를 내놓지 않으려고 하는 태도는 우습다 못해 불쌍하다는 느낌을 갖게 하더군요."

이처럼 냉정하게 쏘아붙이는 바람에 분위기는 더욱 무거워졌다.

어지간한 사토이조차 할 말을 찾지 못하다가 겨우 한마디했다.

"그러나 그렇기 때문에 당신들 회사가 일본에 진출할 찬스가 있는 게 아닙니까?"

이 말이 끝나기도 전에 기술담당인 리커는,

"그러나 지요다자동차의 중역들과 이야기를 해보고 의외였던 것은 지금까지도 포크사의 자본 참가율이 50퍼센트가 안 된다면, 승용차전용 신규 합자회사를 설립하겠다는 우리 제안이 지요다 측 내부의 합의에 이르지 못한 것 같다는 점입니다. 특히 중요한 승용차 부문의 오마키 상무는 신규 합자회사 설립에는 절대반대라고 공공연히 말하고, 아쓰키 공장에서는 우리들에 대해 불온한 행동을 취하는 사태까지 벌어졌었습니다."

하고 감정적으로 말했다. 아쓰키 공장의 현장 작업원들이 외자침입이라고 항의하던 일이 떠올랐기 때문일 것이다.

"그것은 오해입니다. 오마키 상무는 지요다자동차 내부에서는 가장 적극적인 외자 제휴론자입니다."

이키가 리커의 생각을 돌리려는 듯이 말하자 사토이가 나섰다.

"천만에, 오마키 씨는 대단히 오만하고 음흉한 중역입니다. 외자추진을 가장하여 포크사를 이용하려는 기미까지 보입니다. 기회주의적인 외자제휴파입니다."

어지간히 비위에 거슬리는지 뱉듯이 말해놓고 떫은 표정으로 말석에 앉아 있는 야쓰카에게 눈짓을 했다.

야쓰카가 복도를 향해 크게 손뼉을 치자 사르륵 옷자락 끌리는 소리가 들리며 게이샤들이 화사하게 나타나서 포크사의 단원들 사이에 끼어 앉았다.

"오, 베리 뷰티플⋯⋯"

래디가 눈을 가늘게 뜨고 탄성을 올리자, 눈썹을 올리며 화를 내던 리커나 젊은 워렌도 신기한 듯, 예쁜 게이샤들의 분 냄새에 취한 듯 표정을 누그러뜨렸다.

가시 돋친 토론의 자리가 될 뻔한 자리는 게이샤들의 교성과 젓가락질을 못하는 네 사람에게 게이샤들이 젓가락으로 요리를 집어서 먹여주는 서비스에 갑자기 흥청거리기 시작했으나 이키는 어중간하게 끝난 회합이 불만스러웠다. 어떻게 해야 원래 제휴안으로 돌아갈 수 있을지 이키는 생각에 잠겼다.

이키는 긴자에 있는 르보아의 카운터에서 혼자 술을 마시며 효도 싱이치로가 나타나기를 기다렸다.

포크 조사단과 연회를 끝내고 일동은 2차로 나이트클럽으로 몰려갔으나, 이키는 효도와의 약속 때문에 남의 눈에 띄지 않게 빠져나온 것이다.

이키는 뉴욕으로 부임한 이후로 술이 세져서 계속 마셨다.

"효도 씨로부터 지금 전화가 왔는데 조금 늦는 모양이에요."

등 뒤에서 귀에 익은 목소리가 들리고, 마담 교토가 훈제 연어를 가져왔다.

"베니코 씨는 어떻게 지내고 있어요? 요전에는 뉴욕에 혼자 나타나서 놀랐습니다."

"글쎄 서른이 넘으면 조금 철이 들 줄 알았는데 후앙 씨가 너무 응석을 받아줘서인지……"

제멋대로 살고 있는 딸 베니코가 힘에 겹다는 듯이 말한 뒤 돌연 화제를 이키에게 돌렸다.

"이키 씨, 왠지 젊어진 것 같아요. 도저히 홀아비로는 볼 수 없겠는걸요. 누구 좋은 사람이라도 생긴 모양이죠?"

"천만의 말씀을. 일에 쫓기는 처지라 그렇게 사치한 신세가 못됩니다. 가끔 베니코 씨가 나타나서, 베니코 씨와 소문이 날 정도지요."

"저런, 저런, 정말 큰일 나겠군요. 이번에 도쿄에 오면 타일러야겠어요."

손님이 들어오고 마담이 접대하기 위해 그쪽으로 가자 이키는 전화 있는 쪽을 바라보며 아키츠 지사토에게 자기가 일본에 와 있다고 알릴 것인지, 아예 알리지도 만나지도 말고 뉴욕으로 돌아갈 것인지 망설였다. 지사토에 대한 애정은 확실하지만, 장차 어떻게 해나갈 것인지에 대해 이키는 결심을 못하고 있는 터였다. 그러나 혼자 마신 술이 지나치게 오르자, 자제심이 허물어져 교토의 아키츠 지사토의 전화번호를 돌렸다.

"여보세요, 여보세요."

남자 목소리가 들려왔다. 다이얼을 잘못 돌린 모양이었다. 다시 한 번 걸었을 때에도 역시 같은 남자 목소리였다.

"실례지만 아키츠 씨 댁이 아닙니까?"

"그렇습니다만, 누구신지요?"

"도쿄의 이키입니다."

의아스럽고도 불쾌해 전화를 끊으려고 하는데 저편에서 여자 목소리가 들렸다.

"여보세요, 여보세요. 지사토입니다만……"

순간, 그리움이 솟구쳤으나 이키는 조금 전의 남자 목소리에 대한 의아심이 풀리지 않아,

"이키입니다. 오늘 아침 긴급한 용건으로 이곳에 왔습니다."

하고 짧게 대답해 버렸다.

"어머나, 이키 씨…… 언제까지 계세요. 만나 뵙고 싶어요."

지사토의 다급한 목소리가 들렸다.

"모레 다시 뉴욕으로 돌아가야 하니까, 형편이 된다면 내일 밤 도쿄에서……"

"갈게요, 어디서 기다리면 될까요?"

"처리해야 할 일이 잔뜩 있어서 한가히 만나기는 어려워도 내일 오후 8시쯤 데이코쿠호텔에서…… 방은 내가 예약해 놓겠습니다."

이키는 이렇게 말하면서 데이코쿠호텔이라면 사람들의 출입이 잦은 곳이니 혹시 누구를 만나게 되더라도 회사 일로 사람을 만나러 온 것으로 둘러댈 수 있다고 생각했다.

"그럼 거기서 기다리겠어요."

"그럼 만나서 다시……"

전화를 끊고 나니 어느 틈에 왔는지 카운터 끝에 효도 싱이치로가 서 있었다.

"기다리시게 해서 죄송합니다. 오일맨은 마셨다 하면 밑 빠진 독이라서, 오늘밤은 모빌 석유 도쿄 지사장을 상대로 마셨는데, 대단 했어

요. 빠져나오느라고 혼났습니다. 그런데 같은 클럽에서 사토이 부사장이 포크사 사람들을 크게 접대하고 있었습니다. 그러다가 또 발작이 일어나 쓰러지지 않을까요? 후와 군 얘기로는 또 발작을 일으킨 모양이던데……"

"그러나 그 사람은 누가 뭐라고 해도 휴양을 하지 않아. 다이몬 사장이 사토이 씨를 걱정해서 나를 불러들인 것조차도 이해하지 못하고 화만 내고 있다네."

이키는 씁쓸하게 말하고,

"효도 군, 어쩌면 이번 5월에 도쿄로 귀임할지도 몰라."

하고 낮에 다이몬이 한 말을 생각하며 말했다.

"그래요, 마침내……"

효도는 때를 만났다는 듯이 말했다.

"그런데 자네 내일 중동으로 가지? 그곳에 좋은 광구라도 있나?"

"이란에서 육상광구를 판다는 정보를 입수해서, 원유구매도 할 겸 가보려고 합니다. 그런데 최근 산유국의 동태 말씀인데요, 북아프리카 리비아의 가다피 움직임은 앞으로 산유국의 움직임을 암시하는 것 같습니다. 이키 씨 생각은 어떻습니까?"

리비아에서는 국왕이 터키를 방문 중이었던 작년 9월, 석유 수입을 둘러싸고, 극도로 부패한 정권을 규탄하는 젊은 장교들에 의해 쿠데타가 일어나 가다피를 비상기구인 혁명평의회 의장으로 하는 혁명정부가 수립되었다.

"아랍제국 중에서 지금은 리비아가 가장 흥미로운 나라일세. 어쨌든 석유 메이저가 처음으로 골탕 먹은 곳이 이란이나 사우디아라비아 등 대산유국이 아니라 아랍 맨 끝에 있는 신흥 산유국이니까. 1967년 수에즈운하 봉쇄 이후 리비아의 석유는 수에즈운하 바로 앞에 있어서 유럽에 가장 가깝고 유황이 적은 양질의 석유라는 점에서 리비아의 입장이 강해지고 있네. 게다가 혁명가 가다피가 산유국의 가격인상에 선두를 달리니 뉴욕의 메이저들도 리비아산 석유 가격 인상요구가 쿠웨이트, 이란, 이라크, 알제리 등으로 확산되지 않을까 해서 리비아의 움직임을 주시하고 있지. 말하자면 리비아는 석유에 한해 태풍의 눈이라고 말할 수 있어."

이키가 말하자 효도는 몸을 앞으로 내밀며 말을 받았다.

"그 여세를 몰아 내년 초쯤에 다시 가다피가 앞장서서 OPEC 가맹국에 도전적인 무드를 더욱 부채질하지 않을까 생각됩니다. 어쨌든 유럽이 리비아의 석유에 의존하는 정도는 크니까, 유럽계의 독립회사나 메이저로부터 연쇄반응이 일어날 것은 확실해요. 이쯤에서 일본도 진지하게 석유문제를 다루어야 합니다. 기묘하게도 전후에 일본의 산업이 고도로 발전할 수 있었던 것은 싼 석유를 무제한으로 사들일 수 있었기 때문인데, 일본 경제의 명운을 쥐고 있는 에너지원의 70퍼센트를 차지하는 석유가 판매시장에서 치열하게 경쟁하고 있는데도 정부는 사태의 중요성을 깨닫지 못하고 있어요. 이키 씨, 일본의 연간 석유소비량이 얼마나 되리라 생각합니까?"

"분명히 2억 톤이 더 될 거야."

"그렇습니다. 게다가 앞으로 10년 안에 3배인 6억 톤이 될 전망이라고 하는데, 지금 일본에는 이에 대응할 만한 석유정책이 전무한 형편입니다. 석유확보가 앞으로의 외교에 있어서 기본방침이 되어야 하는데도, 산유국의 재외공판에 나가 있는 사람들을 보면 알 수 있듯이 단지 아랍어를 할 줄 안다는 것 하나만으로 나가는 경우가 얼마나 많습니까?"

효도의 목소리는 차츰 뜨겁게 열기를 띠기 시작했다.

"확실히 일본도 구미처럼 중동 각지에 유능한 대사를 상주시켜야 하지만 지금의 외교 감각으로는 실현될 가망이 거의 없네. 그래서 가장 위기를 느끼고 있는 우리들 상사가 원유확보에 도전해야 하네."

이키는 가슴 밑바닥으로부터 불쑥 솟아오르는 설렘을 느꼈다.

데이코쿠호텔에서 아키츠 지사토와 만날 약속을 했으면서도 철강부의 연회에 참석하고 난 뒤, 이키가 부랴부랴 호텔에 닿았을 때에는 2시간이나 늦어서였다.

다카라즈카극장과 나란히 있는 호텔의 북쪽 입구로 들어가 사람이 없는 엘리베이터 앞에서 버튼을 누르자 왼쪽 끝의 엘리베이터가 내려왔다.

이키는 누구와도 마주치지 않게 되기를 바라며 문을 열리기를 기다렸다. 안에서 화려한 차림의 남녀가 4, 5명 내렸으나 모르는 사람들뿐이었다. 마음속으로 안도의 숨을 쉬며 10층까지 탈 없이 올라가기를 바라는데 문이 열리고 옅은 선글라스를 쓴 차림이 단정한 42, 3세의 남자가 급히 타서는 6층 버튼을 눌렀다. 그 옆얼굴을 본 순간 이키는 가슴이 섬뜩했다. 농림장관의 비서관이었다. 그러나 저쪽은 이키를 알아보지 못하고 어쩐지 사람들을 피하는 듯한 눈치였다. 이키는 말을 걸까말까 망설이다가,

"요코지 씨가 아닙니까? 깅키상사의 이키입니다."

하고 상대를 똑바로 바라보며 깍듯이 인사했다. 그러자 비서관은 흠칫 놀라며 이키를 바라보았다.

"아, 이키 씨, 전혀 몰라 뵈었군요. 미안합니다."

평소의 깅키상사가 헌납하는 헌금을 의식했는지 요코지는 정중하게 인사를 받았다.

"하여튼 이런 곳에서 기묘하게 만났군요. 뉴욕에서 출장으로?"

"예, 3, 4일간의 예정으로 황급히…… 소·일 어업교섭에서 장관의 정력적인 활약상을 잘 듣고 있습니다만 요즘도 건강하신지요."

"염려해 주셔서, 지금 아오모리 선거구에 가 계십니다."

엘리베이터는 곧 6층에서 멎었다.

"지금부터 귀찮은 교섭이 있어서요. 날을 잡아 한 번 뵙고 싶군요."

정치가의 비서답게 깍듯이 말했다. 특별히 부탁할 일이 없어도 정치가를 만나면 그것만으로도 정기 상납금 외의 헌금을 하지 않으면 안 되지만 이키가 엘리베이터의 오픈 버튼을 누르면서,

"원하던 바입니다. 다음에 귀국할 때는 연락드리겠으니 선처 바랍니다."

하고 정중하게 인사를 하자 비서관은 서둘러 내렸다. 중요한 인물과 긴급한 용건이 있는지 이키가 여자를 만나러 가리라고는 생각지 않는 것 같았다. 그래도 혼자 남자 식은땀이 흐르는 것을 느꼈다. 장소를 데이코쿠호텔로 정하길 잘했다고 생각하며 예약해 놓은 방을 노크하자 급히 문이 열렸다.

재빨리 방안으로 들어가서 손을 뒤로 하여 문을 잠그는 이키의 모습을 지사토는 이상하다는 듯이 쳐다보았다.

"무슨 일이 있었어요?"

"아니, 별로. 당신을 너무 기다리게 해서 급히 왔소. 이렇게 늦어서 정말로 미안해요."

농림장관의 비서관과 같은 엘리베이터를 탄 일은 비치지도 않고 두 시간이나 늦은 것을 사과했다.

"상사의 일이라는 게 대단하군요. 하여튼 와주셔서 고마워요. 만일……"

"만일?"

"어쩌면 오늘밤은 못 오시지나 않나 생각하다가 그런 생각하기가 싫어서 낙서를 하면서 시간 보내고 있었어요."

지사토는 베드 위에 흩어져 있는 호텔의 편지지에 그린 5, 6개의 그림을 넣은 도자기의 데생을 급히 치웠다.

"여전하군. 동양란?"

이키가 데생에 손을 내밀자 지사토는 고개를 저었다.

"이건 틀렸어요. 우리 지방의 소고은행 창업 10주년 기념으로 나누어줄 그림이 든 접시를 그려 달라는 주문이지만 나처럼 잔재주가 없는 사람에게는 어려운 일이에요."

"쓸데없는 잔재주는 없는 게 좋아. 지금 그대로의 당신이……"

이키는 이렇게 말하고 지사토의 얼굴을 두 손으로 들어 올리며 입술을 찾았다. 부드러운 그녀의 입술이 이키를 기다렸다는 듯이 열리고 혀가 마주 닿는 순간, 헤어진 이후로 만나지 못했던 그리움이 넘쳐흘러 격렬하게 포옹했다.

지사토의 손에 들려 있던 그림접시의 데생이 두 사람의 발밑에 떨어져 지사토의 헐떡이는 듯한 숨결에 따라 어느새 하이힐에 밟혀 마치 지사토의 기쁨을 나타내듯 미세한 주름을 나타냈다.

이윽고 몸을 떼자 이키는,

"샤워하고 오겠소."

하며 욕실로 들어갔다.

입가에 묻어 있는 지사토의 루주를 씻고 재빨리 샤워를 하고 나오자 지사토는 원피스를 입은 채 소파에 앉아 있었다. 이키는 젖은 머리를 타월로 닦으면서 문득 전화에서의 젊은 남자 목소리를 생각해내고 물었다.

"어젯밤, 10시 넘어 교토의 당신 집에 전화했을 때 남자가 전화를 받았는데, 그 사람이 누구요?"

"아, 그 사람, 단아미 야스오 씨예요."

"허어, 당신의 전 약혼자는 언제까지나 열성이군."

"이키 씨까지도 그런 말을…… 단아미 유파의 마이쓰루 지부에 강습하고 오는 길에 와카사 도미를 구했다고 좀 나누어주러 왔었어요."

"단아미 군은 벌써 결혼을 해서 살림을 차렸지. 그런 남자가 밤늦게 여자 혼자 사는 곳에 들르다니 점잖지 못하군."

"그 사람, 괴짜인데다가 남을 잘 보살펴줘요. 요즈음 작업장에 설치한 가스 가마를 테스트하느라고 밤낮없이 뛰니까 내가 좋아하는 것을 갖다 주러 왔을 뿐이에요."

"그렇더라도 당신 집에는 식사를 돌봐주는 아주머니가 있지 않소. 나로서는 당신들 사이를 이해하기 어려워."

이키는 단아미의 존재에 대해 석연치 않음을 느꼈다.

"단아미 씨하고는 지금은 단순한 소꿉친구에 지나지 않아요. 그것보다도, 언제쯤 미국 주재에서 돌아오시게 되나요?"

지사토는 눈초리가 한껏 올라간 큼직한 눈으로 이키를 똑바로 쳐다보며 말했다.

"회사의 인사발령은 직전까지도 전혀 짐작할 수 없어요."

이키는 다이몬으로부터 받은 일본 귀임 암시를 얼버무렸다.

"그러면 앞으로도 계속 떨어져 살아야 하네요. 저, 이렇게 기다리는 게 너무 힘들어서…… 나도 할 일이 있지 않은가 하고 자신에게 타이르면서도 견딜 수 없을 때가 가끔은 있어요."

"로스앤젤레스에서 전화했을 때 약속하지 않았소. 당신과는 이제부터라고…… 그래서 오늘도 이렇게 틈을 내어 만나고 있잖소."

재회 121

몸을 잡아끌며 속삭이자 지사토는 끌려오며 낮게 말했다.

"오늘밤 집에 안 들어가셔도 되는 거예요?"

"그럼, 오늘밤은 함께 지내겠소."

아무 연락도 없이 집에 돌아가지 않으면 나오코가 이상하게 생각하겠지만 어쩔 수 없는 일이었다.

이키는 자기의 길을 개척해 도예가로서 일에 열중하고 있는 지사토를 자기 마음대로 상처 나게 해서는 안 된다고 자책하면서도 욕정에 휘말린 듯 그녀의 귀에서 귀걸이를 떼어내고 흰 목에서 목걸이를 벗겨냈다. 지사토는 이키가 하는 대로 가만히 있다가 침대로 끌어들이자 긴 머리를 뒤로 묶었던 끈을 스스로 풀었다.

활짝 풀린 머리 냄새와 슬립의 가슴께에서 올라오는 여체의 향기에 이키는 모든 것을 잊고 불을 껐다.

사토이는 월스트리트저널에서 눈을 떼고 천천히 회전의자를 돌려 이키를 돌아보았다. 짙은 잿빛 양복을 단정하게 입은 이키는 말쑥한 차림이었다.

"부사장님, 그러면 저녁때 JAL기로 샌프란시스코와 로스앤젤레스 지사를 들러서 뉴욕으로 돌아가겠습니다."

"그럼 포크사의 일행과는 다른 비행기로군. 같은 비행기로 돌아가게 되면 기내에서 다시 자네한테 덜미를 잡히는 게 아닌가 해서 걱정하던 중일세. 어쨌든 해외기획담당 매니저인 앨리크맨이 멜버른으로부터 와서 나하고 타협을 해 모든 일이 순조롭게 타결되려는 때니 말일세."

사토이는 지요다자동차의 무라야마 전무와 앨리크맨과 협의하는 자리에 이키를 부르지도 않고 앞으로의 방침을 결정해 버린 것이다.

말없이 서 있기만 하는 이키를 보며 사토이는 입을 뗐다.

"포크·지요다의 제휴는 역시 아쓰키 공장의 유휴지를 발판으로 한 신규 합자회사 설립으로 시작한다는 데에 앨리크맨도 동의했고, 취약한 지요다 판매망을 어떻게 뜯어고치느냐 하는 것이 앞으로 남은 문제인데, 여기까지 이야기가 진척된 이상 걱정할 것은 없어. 앞으로는 앨리크맨에게 디트로이트에 대한 설득공작을 일임해서 좋은 대답이 오기만을 기다리면 돼."

사토이는 낙관한 듯이 기분이 좋아 떠들다가,

"그건 그렇고, 자네 갑자기 귀국한 것치고는 매일 아침부터 밤늦게까지 줄줄이 약속이 잘도 이루어지더군. 종횡무진 정력적으로 활약하는 자네에게는 두 손 들었네."

하고 빈정거리듯 말했다. 이키는 지사토의 일을 눈치 채인 것 같아 찔끔했으나,

"저는 부사장님처럼 타자석에 서도 반드시 진루하는 경지까지는 이르지 못했습니다."

하고 진지하게 대답했다.

그러자 사토이는 여유 있게 고개를 끄덕여 보였다.

"하기야 자동차 외자제휴는 포크·지요다로 일단 마무리를 지었으니까, 자네는 그 이상의 큰 프로젝트를 생각해 보고 좋은 안이 있으면 보고해 주게. 자네의 영어도 곧 유창해질 테니 뉴욕에 착실히 눌러앉아 상사의 중역으로서의 자질을 닦도록 하게."

마치 다이몬 사장이 이키를 도쿄 본사로 귀임시키려는 것을 알아차리고 이를 견제하는 듯한 말투였다.

"물론 그럴 생각입니다. 그럼 부사장님, 건강에 유념하십시오."

"내 건강은 걱정할 필요가 없네. 이렇게 완전히 회복했으니까. 무슨

일이라도 생겨 사장이 호들갑스럽게 자네더러 오라고 해도 앞으로는 그럴 필요 조금도 없네."

사토이는 읽다 만 월스트리트저널을 천천히 손에 들었다.

저녁 무렵, 이키를 태운 차는 하네다 국제공항으로 들어섰다. 이키가 타고 갈 닛코(日航)기는 아직 시간이 남았으나 16시 30분에 팬암 편으로 떠날 포크 일행을 전송하기 위해 일찍 나온 것이다.

팬암의 카운터를 바라보니 포크사의 래디와 리커 일행이 수속 중이었고, 야쓰카가 눈에 띄지 않게 도와주고 있었다. 포크 일행은 열흘 전 밤에 하네다에 내렸을 때와 마찬가지로 화려한 양복차림 그대로 목에 카메라를 두 대나 걸침으로써 관광객으로 위장하거나 가죽코트를 걸쳐 자유업에 종사하는 사람같이 차려입었다. 누구에게 들킬지도 모르는 국제공항이므로 각별히 조심하는 듯했다. 그중에서 해외기획 담당 매니저인 앨리크맨의 모습은 보이지 않았다.

이키는 오늘 정오 조금 지나 앨리크맨의 숙소로 찾아가 이번 조사단의 눈치를 살폈다. 그는 깊이 들어갈수록 이번 포크의 지요다자동차에 대한 조사결과가 좋지 않다며, 자세한 것은 디트로이트 본사에서 검토한 후에 말하겠다고 대답을 회피했지만, 이키가 얻은 느낌은 낙관 적인 사토이와는 정반대였다. 게다가 해외기획담당 매니저라는, 조사단 중에서 가장 중요한 위치에 있는 앨리크맨이 조사단 합동회의가 끝난 다음 일본에 나타났다는 사실이 이키로 하여금 못내 찜찜한 느낌을 갖게 했다.

이키가 닛코 비행기에 출국수속을 하기 위해 카운터로 가자, 눈앞에 앨리크맨과 도쿄상사의 사메지마 다쓰조가 이야기를 하고 있었다. 이키는 자기도 모르게 걸음을 멈추었다.

"아니, 이키 씨가 아닙니까? 귀국하신 줄 몰랐습니다. 무슨 비밀용무라도?"

사메지마가 넉살좋게 떠들어댔다. 이키는 한순간 당황했으나 앨리크맨은,

"오! 이키 씨, 미국이 아닌 하네다에서 만나게 되리라고는 생각도 못했습니다. 나는 팬암으로 가는데 당신은?"

하며 낮에 만났는데도 능글맞게도 호들갑스러운 제스처를 써가며 악수를 청했다. 이키도 사메지마의 시선을 의식하며 오래간만에 만난 듯한 제스처로 악수를 하며 천연덕스럽게 맞받았다.

"유감입니다. 저는 닛코 편으로 가기 때문에 동행을 못 해드리겠군요. 하지만 디트로이트로 출장 가게 되면 찾아뵙지요."

"자, 벌써 출발시간이 됐으니 이만하기로 하지요. 사메지마 씨, 일부러 배웅까지 나와 주셔서 감사합니다. 도와자동차와 맺은 자동변속기의 계약경신에 대해서는 차후에 우리 회사의 법률담당 전문가를 파견하겠습니다."

앨리크맨은 사메지마의 용건이 자동변속기의 계약경신임을 이키에게 특별히 알리듯이 말했으나 이키는 앨리크맨이 깅키상사의 자기와 도쿄상사의 사메지마를 교묘하게 조종하고 있다는 것을 직감으로 알았다.

"닛코 2편이죠? 아직 시간이 충분하니 저기서 차나 한 잔 하십시다."

앨리크맨이 세관으로 가자, 사메지마는 이키의 윗주머니에 꽂힌 카드를 보더니 세관 앞에 있는 로비를 가리켰다. 이키는 사메지마와는 사돈관계이지만 가능하면 결코 만나고 싶지 않은 상대였다. 그러나 사메지마가 포크사의 앨리크맨을 공항까지 배웅하러 와서 출발 직전

까지 무슨 얘기를 했는지 알고 싶었다.

빈자리에 앉은 사메지마는 커피를 주문했다.

"이키 씨는 요즘 자주 귀국하시는 것 같은데 뉴욕·도쿄 사이를 왕복해야 할 용건은 무엇입니까?"

사메지마는 상어처럼 약간 치켜올라간 가느다란 눈을 빛내며 아무리 작은 일이라도 놓치지 않으려는 듯 물었다.

"특별한 용건은 없습니다. 가능한 한 도쿄 본사와 긴밀한 연락을 취하자는 것이 뉴욕 지사의 방침입니다."

"그것 좋은 일이군요. 그런데 귀사의 사토이 부사장이 요즘 건강이 좋지 않다면서요?"

"아니오, 전혀 그렇지 않습니다."

이키는 슬며시 부정했다.

"그래요, 며칠 전에 도쿄성인병센터에서 휠체어에 앉아 있는 사토이 씨를 본 사람이 있는데도요."

"다른 사람을 잘못 본 거겠지요."

"그런데 다른 사람 아닌 바로 그의 여장부 부인이 휠체어를 유모차처럼 밀면서 병원 복도를 돌아다니고 있었다니까, 사람을 잘못 본 것 같지는 않습니다."

이키는 말없이 커피만 마셨지만 사메지마는 둑이 터진 듯 계속 지껄여댔다.

"게다가 흥미로운 것은 병원에서 휠체어에 타고 있던 사토이 씨가 조금 지나자 아무 일도 없었다는 듯이 출근하더라는 것입니다. 그렇다면 뭔가 때때로 발작을 일으키는, 다시 말하면 심장병이 아니겠소이까?"

이키는 사메지마의 동물적인 직감력에 내심 무척 놀랐다.

"사메지마 씨, 누가 퍼뜨리고 다니는지는 몰라도 고의적인 루머입니다. 심장병이라면 사토이 씨는 낭패, 아니 깅키상사가 아주 곤란해지는 겁니다."

그렇게 분명히 잘라말하고는 말머리를 돌렸다.

"그것보다는 사메지마 씨, 당신의 신출귀몰한 활동에 놀랐어요. 당신이 직접 앨리크맨을 배웅하는 것을 보니 포크사와 무슨 일이 있는 것 같군요."

사메지마는 이 말에 커피 잔을 놓았다.

"그랬으면 좋겠소이다. 그러나 유감스럽게도 단순히 계약경신에 관한 이야기일 뿐입니다. 나는 원래 시간만 있으면 선물을 들고 배웅하는 게 취미라서요. 인도네시아의 후앙 씨 경우에도 그랬지요. 게다가 나는 지금 자동차에 대해서는 별로 흥미가 없습니다. 그게 아니라도 선박으로 돈을 잔뜩 벌고 있으니까요. 수에즈운하 봉쇄 후 유조선의 장기계약 시장이 넓어 7, 80에 지나지 않던 운임이 갑절로 뛰어오르고…… 이거야말로 정말 페르시아만 만세로소이다. 핫핫핫……"

사메지마는 늘 그랬듯이 야릇하게 너털웃음을 터뜨렸다. 페르시아만이라는 한마디가 이키의 귀를 때렸다.

페르시아만이라면 이란의 석유를 싣는 유조선을 말한다. 이키는 어제 중동으로 출발한 효도 싱이치로의 모습을 떠올렸다.

인샬라

 4월 하순의 이란의 수도 테헤란에는 거리의 플라타너스가 싱싱한 푸른 잎으로 덮여 있고, 북쪽으로 가까이 있는 에르부르즈산맥의 주봉 다마반드화산의 자갈로 덮인 정상이 페르시아의 푸른 하늘을 가를 듯이 솟아 있다.
 이쓰비시상사의 테헤란 주재원인 우에스기 다카시는 샤레자 거리 앞에 있는 사무실에서 오늘도 암담한 기분이 되어, 아직도 잔설이 덮인 해발 5,671미터의 다갈색 산꼭대기를 바라보고 있었다. 부임한 지 3개월이 지났는데도 목표로 삼고 온 이란 석유회사의 실력자인 닥터 키아를 아직 만나지도 못한 것이다.
 아직 38세밖에 안 됐지만, 입사 이래로 원유부에서만 잔뼈가 굵어온 우에스기가 테헤란 주재를 하게 된 것은 도쿄 본사의 연료담당인 가미오 전무가 직접 내린 특명 때문이었다. 일본은 1970년대에는 석유의 판매시장으로 바뀐다. 이런 상황 변화에 대응하려면 종래의 메이저(국제 석유 자본)가 주도권을 쥐고 있는 매매가 아니라 산유국 자체에 광구를 갖고 있어야 한다는 것이 가미오 전무를 주축으로 한 이쓰비시상사의 석유전략으로, 다른 회사보다 앞질러 작년 말에 이미 베이루트 전(前) 석유과장이 파견되고, 이어서 금년 1월, 이란의 제2차 5개년계획에 따른 정유소 건설계획을 수행하는 것이 바로 우에스기에게 부여된 특명사항이었다.

약간 검은 얼굴에 태어날 때부터 많던 귀밑털을 기르고 수염을 기른 우에스기는 이목구비가 뚜렷하고 170센티미터 정도의 다부진 체구로 멀리서 보면 이란인처럼 보인다. 수염을 기른 것은 이란인처럼 보이기 위한 것이 아니라 연륜이 있는 이란 전문가라는 인상을 과시하기 위한 사업용이었다.

이윽고 다마반드 산의 다갈색 산허리에 구름이 감기며 저녁때가 되자 영업 활동차 나갔던 주재원들이 돌아왔다. 현지 채용한 이란인 클라크가 홍차를 쟁반에 담아서 두루 돌리고 있었다.

"우에스기 씨, 차 드세요."

스무 살 남짓하지만 곱슬곱슬한 수염을 기른 클라크가 홍차를 유리컵에 담아 내왔다.

우에스기는 고맙다고 말하고 달고 미적지근한 홍차를 마시며 분위기를 살폈다. 섬유, 기계담당 영업사원이나 경리부 사원들이 홍차 컵을 한 손에 들고 분주히 텔렉스 문안을 만들고, 전화를 걸고, 찾아온 손님들을 접대하는 것이 부럽다고 생각했다. 자기는 다른 상사에는 없는 테헤란 주재의 유일한 석유담당자지만, 하루도 거르지 않고 이란 석유 공사를 찾아가는 것 이외에는 할 일도, 텔렉스를 칠 일도, 손님이 찾아올 일도 없다. 그뿐만 아니라, 외국의 석유 관계자는 비밀경찰의 기록부에 올라 있어서 일거일동을 다 체크당하는 한편, 이란석유공사에 줄을 대주겠다고 접근하는, 브로커라고도 할 수 없고 막후 인물이라고도 할 수 없는 정체불명의 '공작자'가 끊임없이 주위에서 어른거리기 때문에 24시간 내내 정신적인 중압감에서 헤어나올 수 없었다.
 테헤란 사무실에 출근한 첫날부터 우에스기에게는 이미 '공작자'의 그림자가 뻗쳐 있었다. 책상에 앉자마자, 누군지도 모르는 이란 사람한테서 전화가 걸려온 것이다.
 "당신은 석유 전문가로 도쿄에서 파견된 우에스기 씨죠? 나와 손을 잡지 않겠소?"
 놀란 우에스기가 자기를 어떻게 아느냐고 묻자,
 "나는 당신에 대해서 모든 걸 알고 있소."
 하며 우에스기가 도쿄에서 테헤란으로 타고 온 비행기편부터 슈트케이스의 개수, 복장까지도 정확하게 말하고,
 "나는 왕실과도 관련이 있는 이란 굴지의 컨설턴트로, 이란에서 석유관계의 일을 하고 싶으면 우리들과 손을 잡아야 하오. 그렇지 않으면 석유공사의 요인과도 절대로 만나지 못하오."
 하고 위협하듯이 말하고는 전화를 끊었다. 이때 섬뜩했던 기분은 지금도 강렬하게 남아 있을 정도지만, 첫 출근한 기백으로 이란 이쓰비시상사의 영문 명함을 안주머니에 넣고 혼자서 석유공사를 찾았다.
 우선 원유구입으로 석유공사 요인과 연결하리라 마음먹었지만, 가보니 원유판매부장과 미리 약속했음에도 불구하고 여비서는 두 달 뒤까지 스케줄이 꽉 짜여 있기 때문에 면회는 어렵다고 말하고, 이쓰비시상사가 무엇을 하는 회사냐고 의아하다는 듯이 물었다. 세계 어디를 가나 이쓰비시라고 하면 거의 통하는 회사 이름이 중동에 오니 가장 선진국이라고 하는 이란에서도 전혀 통하지 않는 것이다.
 우에스기에게는 커다란 충격이었다. 특히 가스, 석유 등 연료부문에서의 이쓰비시상사가 올린 실적은 둘째가라면 서러워할 정도로 막강한 것이다. 게다가 가미오 전무는 일본에서는 유일하게 7대 메이저와

대등하게 이야기할 수 있는 오일맨이라고 일컬어지는 만큼, 연료부문의 부원들은 과장, 계장급도 중요한 임무를 맡고 있어 으쓱하는 자부심을 가지고 있던 터였다.

그러나 충격에서 깨어나자, 그 다음부터 우에스기는 석유공사의 요인보다는 그 비서들에게 이쓰비시라는 회사와 우에스기의 얼굴을 기억시키기 위해, 도쿄에서 팬티스타킹이나 스카프, 콤팩트 등을 사들여서 철저한 선물공세를 폈다.

자신의 처지가 따분하기는 했으나, 효과는 1백 퍼센트여서, 한 달 후에는 여비서들과는 모두 알게 되어 찾아가는 곳마다 홍차대접을 받게 되었다. 그러나 꼭 만나야 할 사람의 방문은 쉽게 이루어지지 않았다. 비서들이 미스터 우에스기니까 하고 약속시간을 정해 주어도 실제로는 다섯 번에 한 번만 만나도 좋은 편이었다. 그리고는 나중에 온 프랑스인이나 미국인이 앞질러 들어가는 것이었다.

무료하게 홍차를 반쯤 마셨을 때, 눈앞에 있는 전화벨이 울렸다.

"헬로, 우에스기. 안녕하셨소?"

테헤란 부임 이후로 그를 미행하며 집요하게 파트너가 되자고 하는 '공작자'의 목소리였다.

"안녕하시오? 그런데 무슨 일이오?"

또 이 자로구나 생각하며 시큰둥하게 대꾸하자,

"우에스기, 오늘은 석유공사에서 4시간이나 기다렸어도 수석이사인 닥터 키아를 아직 못 만났지요? 동정합니다."

하고 약을 올리듯 위로의 말을 했다. 비웃는 것이 틀림없었다. 우에스기는 폭발하려는 분노를 억누르면서 대꾸했다.

"항상 친절하고 우정을 보여줘서 감사하오."

우에스기는 전화를 끊으려고 했다.

"내일 또 만나러 갈 모양인데, 비서나 말단직원의 '팔라(내일이면)' 라는 말만 믿고 있다가는 정유소건설계획 따위는 도저히 따낼 수 없소. 당신이 쓸데없는 고집을 부리고 있는 사이에 라이벌 상사는 석유나 가스의 사업을 점점 넓히고 있지 않소. 허송세월을 하면서도 모가지 안 잘리는 게 참 용하구려."

'공작자'는 차츰 불안으로 흔들리기 시작하는 우에스기의 심리를 교묘하게 포착한 듯 말했다. 더 설명할 필요도 없이, 이곳 이란에서는 석유 자체의 취급량은 말할 것도 없고, 전체적인 역량에서도 이쓰이물산이 강할 뿐만 아니라, 이란 남부 바다나 샤플에서 거대한 석유화학 콤비나트를 건설할 협상을 진행시키고 있었다. 또한 일찍이 섬유상사에 지나지 않던 깅키상사까지도 왕족을 이용하여 싼 석유를 마구 사들여 이제 석유부문의 매상고가 1위 이쓰비시상사의 연간 매상고 1,002억 엔의 반밖에 안 되지만, 이쓰이물산을 제치고 6대 상사 중 2위로 쫓아오고 있었다. 깅키를 이끌고 있는 사람은 업무부 출신으로 석유에 문외한이었던 효도 싱이치로라는 위협적인 존재다.

우에스기가 한동안 말이 없자 '공작자'가 입을 열었다.

"어쨌든 한번 만나봅시다. 당신이 석유공사에 타진하고 있는 정유소건설계획은 당신 회사만 있는 게 아니라는 걸 가르쳐줄 테니까."

우에스기의 심장을 찌르는 말이었다. 자기를 끌어들이기 위한 미끼라고 생각하면서도 우에스기는 오늘 닥터 키아의 비서가 펼친 방문예정표에 정유소 건설로 세계적인 명성을 떨치고 있는 뒤셀도르프사의 부사장이 들어 있던 것을 생각해냈다.

"그렇군, 그럼 한번 만나 봐도 괜찮겠지. 언제나 친절하게 내 뒤를 따라다니는 당신이 어떤 사람인가 알아두는 게 좋을 때도 됐으니까."

일대 결심을 하면서도 우에스기는 전화로는 어디까지나 태연한 척 대답했다.

"그렇다면 당장 오늘밤으로 합시다."

'공작자'는 재빨리 달라붙었다. 그 빈틈없는 접근에 우에스기는 순간 당황하면서도,

"OK, 7시 반에 인터콘티넨탈 호텔 로비에서 만나기로 합시다."

하고 주도권을 쥐듯이 장소를 지정했다.

"아니, 인터콘티넨탈에는 얼굴을 아는 왕족이나 해외 대기업의 비즈니스맨의 출입이 많아서 당신을 위해 좋지 않아. 7시 반에 이븐시나 거리의 세파사라르사원 정문 앞에 서 있어요. 회색의 메르세데스 벤츠로 모시러 갈 테니까."

그 순간, 우에스기는 이상한 느낌이 들어 '공작자'와의 접촉을 중지할까 하고 망설였으나 이렇게 된 바에는 맞부딪쳐서 이겨야겠다는 강한 신념이 솟아났다.

"좋아, 그러나 분명히 당신이라는 증거가 있어야 해. 회색 벤츠의 임자가 '인샬라'라는 말을 세 번 되풀이하면 그 차를 타기로 하지."

한 번만으로는 지금 이야기하고 있는 사람의 목소리인지 아닌지를 확인하기 어려우므로 이렇게 말하자,

"인샬라를 세 번이라. 당신은 언제 회교도로 개종했나? 그것도 아주 신앙심 깊은 회교도로……"

하고 목소리의 주인은 비웃듯이 말하고, 언제나처럼 그쪽에서 먼저 전화를 끊었다.

그날 밤 7시가 지나서 우에스기는 사무소장의 차를 직접 운전하고 이븐시나 거리의 세파사라르사원 정문이 보이는 어두운 골목길에 차를 세우고 기다리고 있었다.

정체를 모르는 상대를 기다리자니 입에서 저절로 '인샬라'라는 말이 나왔다. 제발 알라 신의 가호가 있기를…… 우에스기는 낮에 '공작자'에게서 전화가 왔을 때 갑자기 생각나는 대로 인샬라를 암호로 정했지만 그것은 단순한 우연이 아니라 방향도 모르는 채 눈을 감고 달려가는 사람이 지푸라기에라도 매달리려는 절박한 상황을 자신도 모르게 표현한 것이었다.

이란에서 장사를 시작하려면 대개의 경우 중개인이 나타나는 것은 석유에만 국한된 것이 아니라 섬유, 기계도 마찬가지였다. 현재 테헤란 지사에도 시장에 내보내는 섬유나 일반잡화 등에는 아예 일정한 리베이트(어떤 가격으로 상품을 판 뒤 일정비율의 금액을 산 사람에게 돌려주는 제도)를 정해 놓기도 하지만, 원래 메이커와 소비자의 중간에서 중개목적으로 존재하는 상사가 다시 중개인을 내세운다는 것은 우스울 뿐 아니라 잘못하면 스스로 무덤을 파게 되는 수도 있었다.

특히 원유의 경우엔 1배럴당 겨우 1센트의 마진밖에 없지만 몇백만 배럴이라는 대규모 거래이기 때문에 많은 이익을 남기는 것이므로, 중개인을 잘못 쓸 경우 자칫하면 상사의 이익이 모두 날아가 버리는 경우가 있다. 그것도 원유의 스파트 시장에서의 거래와 같이 짧은 기간 거래로 결판을 내는 경우라면 모르지만 1, 2년의 장기계약이나 우에스기가 받은 특명사항인 정부 상대의 프로젝트일 경우 많아야 2, 3명의 결재권을 가진 경영자와 직접 연결할 수 있는 줄이 아니면 아무런 의미도 없다.

이런저런 이유로 석유를 둘러싸고 모여드는 정체불명의 '공작자'를 배제하고 오늘날까지 버텨왔지만, 3개월이 지나도록 도쿄 본사의 특명사항에 대해 정보 하나 제대로 텔렉스를 보내지 못한 처지에 우에스기는 심리적으로 쫓기고 있었다.

갑자기 차창을 난폭하게 두드리는 사람이 있었다. 깜짝 놀라 보니 차창 밖에 경찰관이 서 있었다.

"거기서 뭘 하고 있소?"

그는 소리치며 내리라는 손짓을 했다. 테헤란의 거리에는 정, 사복의 경찰관이 전신주 수만큼이나 있고, 거리에 도둑이 적은 것은 그 때문이라고 야유하는 외국인도 있을 정도로 사방에서 경찰의 눈이 번득이고 있었다.

우에스기는 그 순간 시계를 보았다. 시계바늘은 벌써 7시 반으로 향하고 있었다. 인샬라! 우에스기는 마음속으로 이렇게 기도하고 차에서 내려, 언제나 갖고 다니는 여권과 회사의 신분증명서를 경찰관에게 제시했다. 그는 사원 정문에 대형 회색빛 벤츠가 천천히 와서 일단 멈추었다가 한 바퀴 빙 돌아서 사라져가는 것을 보았다.

효도 싱이치로는 테헤란의 멜하바드 공항에 내렸다.

세관에 들어서자, 여느 때와 마찬가지로 짐은 천천히 운반되었고 또 운반된 짐을 하나하나 검사하고 백묵으로 검사필 기호를 써넣는 세관원의 동작도 느렸다. 닛코 비행기가 1시간 연착해서 테헤란에 도착했기 때문에 모스크바로부터 온 이란 항공기와 시간이 겹쳐서 짐은 산더미 같이 쌓이고 통관 차례를 기다리는 승객이 몰려 언제 통관이 끝날지 알 수 없었다. 많은 승객들은 초조해 하고 있었으나, 효도는 팔짱을 끼고 잠시 세관 안을 둘러보다 자신의 대형 트렁크를 발견하고 발밑에 떨어져 있는 백묵을 집어서 트렁크에 재빨리 검사필의 기호를 적어 넣고 당당히 세관출구를 벗어났다.

"효도 씨, 여깁니다."

세관 앞에 출영객들이 콩나물시루처럼 **빽빽**하게 들어서 있는 뒤쪽에서 테헤란 사무소장이 발돋움을 하고 손을 흔들며 불렀다.

"참 빠르시군요. 이런 상태로는 통관하는 데만 1시간도 더 걸릴 것이라고 생각하고 있었습니다."

효도는 흰 이를 드러내며 싱긋 웃었다.

"내가 검사필을 했지. 옛날, 섬유관계로 테헤란에 장기출장 와 있을 때 중요한 고객을 각 상사가 경쟁적으로 출영할 경우 사용하던 수법이지. 세관이 오색 분필로 날마다 색을 바꾸어가며 체크한다는 것을 알았기 때문에, 분필을 다섯 개 넣고 와서 통관하는데 붐비면 그날의 분필색으로 손님의 짐에 검사필 기호를 쓰고 재빨리 손님의 짐을 들고 다른 회사를 따돌렸다네."

"그래요? 효도 씨에게도 그런 시절이 있었습니까? 상상하기 어려운 일이군요."

효도보다 3기 후배인 히가시야마 사무소장은 놀랐다는 듯이 말하고는 운전사에게 짐을 나르게 했다.

효도는 차에 타자 말을 꺼냈다.

"출장 올 때마다 석유공사와 약속을 부탁해서 정말 미안하네."

"사실은 그 일로 당장 의논드릴 게 있습니다. 우리 회사가 이용하고 있는 바그네자드, 그 사람이 공작비를 인상해 달라고 요구하고 있습니다."

바그네자드는 국왕의 이복누이의 아들로서 왕족의 끄트머리에 있었으나 정부요인과 지면이 있어 깅키상사가 이란산 석유를 취급할 때부터 여러 가지로 공작활동을 해온 인물이었다.

"얼마나 인상해 달라고 하던가?"

"그게…… 전과 마찬가지로 자기가 얼마다 하고 분명히 제시하지 않고 이쪽에서 제시하는 숫자에 덤을 붙이려고 합니다."

"보기 싫은 녀석이야. 그만큼 긁어내서 호화로운 생활을 하면서도 돈을 밝히니."

바그네자드는 테헤란의 산기슭에 왕궁 같은 호화로운 저택을 갖고 있고 베이루트에도 별장이 있으며 롤스로이스를 굴리고 다닌다. 효도는 그의 탐욕스러운 얼굴을 떠올렸다.

"싫긴 하지만, 우리처럼 섬유출신으로 늦게 출발한 종합상사의 경우 그런 녀석을 이용하지 않고서는 석유공사의 중역을 한 사람도 만나지 못하니까."

"그럼 인상액은 얼마쯤으로 할까요?"

효도는 잠시 말없이 생각하다가,

"그래, 내일 그와 만나기로 되어 있는데 자네가 인상은 어렵다, 꼭 인상해 달라고 하면 채널을 바꿔버릴 수도 있다고 암시하는 거야. 그래서 저쪽이 어떻게 나오는지 보고 그 다음에 이쪽의 태도를 정하는 작전을 쓰는 게 좋겠군. 그래야만 인상을 하더라도 최소한으로 줄일 수 있지. 그런 놈들과는 이해관계로 맺어져 있지만 부득이한 경우에는 잘라낼 각오도 하고 있어야 하네."

하고 단호하게 말했다.

깅키상사의 테헤란 사무실에서 타프테잠시드 거리에 있는 이란석유공사까지는 걸어서 6, 7분 걸리는 거리였다.

효도 싱이치로는 사무소장인 히가시야마와 나란히 걸으면서 길을 가는 사람들의 모습을 살펴보았다.

"요즘은 검은 베일을 쓰고 다니는 여자들이 많이 줄어들었군."

"바자르에 가면 아직도 많지만, 확실히 이쪽에는 적어져서 이란다운 정취가 줄어들었어요. 그러나 밤에 운전할 때 검은 베일을 쓰고 불쑥 나타나면 사고가 날 우려가 있었는데, 그런 걱정도 줄었지요."

"그거 잘된 일이군. 그건 그렇고, 이란인이 국기에 애착을 갖는 것은 대단해."

효도는 거리 모퉁이나 건물마다 휘날리고 있는 국기를 쳐다보며 말했다.

"이 나라의 강한 내셔널리즘을 나타내는 거지요. 요즈음은 어디를 가도 국기와 국왕의 사진이 없는 곳이 없어요. 저것 보세요, 정부관계의 공사인지는 몰라도 저런 건축현장에까지 국기를 달아놓았어요."

히가시야마는 한창 산기슭을 파헤치고 있는 몇 군데 건축공사현장을 가리켰다.

"음, 테헤란도 뉴욕이나 도쿄처럼 북으로 북으로 뻗어가는군."

테헤란의 중심지는 원래 바자르, 샤모스크, 고레스탄 궁정, 재무성, 재판소 등이 있는 남쪽 지역이었으나, 석유판매 수입으로 확장되어가는 이란석유공사를 비롯 가스공사, 석유화학공사는 북쪽의 큰길에 현대적인 빌딩을 세웠다.

남쪽에서 옮겨온 민간회사의 사무실이나 상점, 은행이 늘어서 있는 타프테잠시드 거리 중에서도 이란석유공사는 한층 두드러지는 15층 현대식 빌딩으로 단연 주위를 압도하고 있었다.

효도와 히가시야마는 경비원의 눈이 사방에서 번득이고 있는 정문으로 들어가서 소지품 검사를 받고 14층에 있는 원유 판매부장인 나시리의 방으로 올라갔다. 약속한 오전 9시 조금 전이었지만, 비서실 겸 대기실에는 이탈리아인인 듯한 일행이 면담을 기다리고 있었다. 건물 자체는 당당하지만, 석유광구나 원유의 매매에 대한 결재는 극소수의 요인만 결재권을 가지고 있으므로 일은 지지부진하고, 몇 주일 전에 미리 약속을 해놓아도 정확하게 그 시간에 만나는 일은 거의 없었다. 몇시간을 기다려도 내일 오라는 말을 듣게 되고, 그것이 3일

후, 5일 후가 되는 일도 있어 시간에 쫓기는 일본 상사의 직원일지라도 딱딱 정해진 일정으로는 제대로 일을 볼 수 없었다. 오늘도 '알라신의 가호'가 있으면 나시리 부장을 만나게 될 것이고, 만일 그렇지 않다면 내일이 될지, 모레가 될지 오직 알라신의 결정에 따를 수밖에 별도리가 없었다.

비서가 가져온 홍차를 마신 후 히가시야마는 서류가방을 열고 도쿄 본사로 보낼 보고서를 쓰기 시작했다. 효도는 팔짱을 끼고 벽에 걸려 있는 팔레비 국왕의 초상화를 쳐다보았다. 일개 기병대원으로 전란의 페르시아에서 싸워 이겨서 스스로 국왕의 자리에 오른 아버지의 피를 이어받은 당당함이 넘치고 있었다. 그러나 불과 22세 때 영국의 꼭두각시 정부의 왕위를 계승한 다음, 민족주의자 모사디크 수상이 주동된 쿠데타로 일시 해외망명하고 그 후에 미국의 비호를 받아 간신히 오늘날의 확고한 독재체제를 쌓아올린 국왕의 가슴속에는 사무치는 것이 있었다. 그리고 이란의 석유도 같은 과정을 함께 겪어온 것이다.

17년 전 모사디크의 혁명은 석유의 국유화로부터 불타올랐다. 모사디크는 영국 통치시대로부터 이란 석유를 독점해 온 BP(영국 석유회사)의 이란 회사인 앵글로이라니언 오일로부터 모든 유전, 정유소를 접수, 국유화하여 이란석유공사를 설립했으나 이란인만으로는 정유소 하나 자력으로 조업을 못하고 저장 탱크에 있는 기름조차도 꺼내 쓸 줄을 몰랐다. 한편 메이저가 단결하여 이란 석유를 거부했기 때문에, 외화는 1달러도 들어오지 않고 당장 정치적 불안이 고조되어 모사디크의 혁명은 미국의 CIA와 7대 메이저의 힘 앞에 어처구니없이 무릎을 꿇었고, 조업이 불가능해진 이란의 유전은 형식상으로는 그대로 이란석유공사의 소유였으나 실제로는 BP, 셸, 미국의 에쏘를 비롯한 5개 석유회사와 프랑스 석유회사가 주를 모아 만든 이란컨소시엄(국제

석유재단)에 의해 다시 조업이 시작되었다.

효도는 모사디크에 의한 이란의 석유 국유화의 결과가 무엇인가 생각해 보았다. 그것은 메이저가 손을 떼면 한방울의 석유도 캐낼 수 없고, 예전의 가난한 나라로 돌아간다는 것을 중동의 산유국에 입증하여 경고하게 되었고, 북아프리카 리비아의 가다피에 의한 혁명도 대부분의 사람들은 모사디크의 재판(再版)이 될 것으로 내다보고 있었다. 그러나 1970년에 들어선 지금, 이미 많은 산유국에서는 과거 50년 동안 7대 메이저에 의한 유전으로부터 정유소, 유조선, 판매가격까지 지배를 받으며 알맹이를 뺏긴 데 대한 분노가 높아지고, 석유이권의 국유화, 독자적인 석유사업 전개의 기운이 고조되고 있었다.

갑자기 눈앞에 사람의 기척이 나는가 했더니 이란인처럼 수염을 기르고 일본인답지 않게 체격이 좋은 남자가 서 있었다.

"히가시야마 씨, 안녕하십니까? 귀사에 또 선수를 빼앗겼군요."

"아닙니다, 오늘은 본사에서 출장오신 분과 동행했을 뿐입니다."

히가시야마는 이렇게만 말하고 효도를 소개할 기미를 전혀 보이지 않았다. 그러자 그는,

"아니, 이분은 깅키상사의 석유부 총대장으로 언제나 명성이 높은 효도 씨가 아니신가요. 저는 이쓰비시상사의 테헤란 파견원 우에스기입니다. 도쿄에 있을 때부터 익히 알고 있었습니다."

하고는 재빨리 명함을 내놓았다. 효도는 그의 은근하면서도 친한 척하는 태도가 불쾌했으나 명함을 교환했다.

"앞으로 잘 지도해 주십시오."

우에스기는 인사를 한 다음, 여비서 책상 앞으로 가서 아는 체를 하며 말했다.

"자, 도쿄의 특급열차가 왔습니다. 내 차례가 되면 부탁해요. 위층

에 있을 테니까."

선물인 듯한 종이꾸러미를 책상 앞에 놓고 빠른 걸음으로 방을 빠져 나갔다. 히가시야마는 어처구니없다는 눈길을 보냈다.

"저 사람이 이쓰비시상사의 우에스기라는, 원유부 출신의 석유담당자입니다. 이렇다할 일도 없는데 저렇게 담당자 혼자 테헤란에 눌러 붙어 있게 하다니, 역시 여유 있는 재벌회사는 다르군요."

그의 말을 듣고 효도는 이것이 이쓰비시상사의 연료부문 담당 전무 가미오의 방침임을 알고 있었다.

마침내 효도와 히가시야마의 이름이 불리고, 나시리의 방문이 열렸다.

넓은 방안에 시험관같이 생긴 유리병에 석유를 넣은 샘플들이 진열되어 있었다. 각 유전에서 채취한 것으로, 검고 걸쭉한 원유로부터 엷은 녹색의 원유까지 7, 8종이나 되었다.

원유 판매부장인 나시리는 50세 정도로 둥근 얼굴에 거드름을 피우는 듯한 태도를 가진 사내였다. 효도와는 반년에 한 번 정도 만나는 처지였기 때문에 비교적 상냥하게 맞았다. 효도는 응접실의 소파에 앉아 유창하지는 못하지만 사람의 마음을 파고드는 듯한 어조의 영어로 말을 꺼냈다.

"이라니언 헤비(유황이 많은 이란산 석유)가 약간 남아돈다는 정보를 듣고 우리 회사에서 그것을 스파트로 사려고 합니다."

그러자 나시리는 문득 뽀족한 매부리코를 쳐들고 히가시야마에게 물었다.

"그건 어디서 얻은 정보입니까?"

"이란 국제석유재단에서 들었습니다."

히가시야마의 대답에 나시리는 밑지는 거래를 경계하듯이 미리 선수를 쳤다.

"그렇게 대량은 아니지만 배럴당 1달러 20센트면 팔겠소."

"그렇게 비싸다면 일본에서 메이저나 인디펜던트로부터 사는 게 쌉니다. 일본에서 이라니언 라이트(유황분이 적은 이란산 석유)는 프리미엄이 붙어 비싸지만, 이라니언 헤비는 할인해 주고 있다는 확실한 정보를 입수했습니다."

효도는 자신 있게 말했다.

이라니언 헤비의 유황분은 1.65퍼센트, 이라니언 라이트는 1.45로 공해 규제가 엄격해진 일본에서는 석유의 경질화로 무겁고 유황분이 많은 것은 팔기 힘든 상황이었다.

"시장상황이 그렇다면 왜 일부러 이라니언 헤비를 사러 왔소?"

나시리는 의아한 표정을 감추지 않았다.

"그것은 깅키상사 계열의 석유회사 중에서 탈황장치를 완비한 정유소가 생겨서 무겁고 유황분이 많더라도 싼 기름을 원하고 있기 때문입니다."

"그럼 1달러 15센트면 어떻겠소?"

"아니, 그런 가격으로라면 일본에서도 살 수 있어요. 우리 회사는 1달러 10센트를 생각하고 있습니다."

"그 정도로 깎는다면 사고 싶어 하는 곳은 얼마든지 있소. 일본의 다른 상사나 미국의 인디펜던트에서도 구매흥정이 오고 있소."

흥정하듯이 말했으나 효도는 묵살했다. 기름이 팔리지 않으면 조업을 단축해야 하는 이란측의 입장을 잘 알고 있었던 것이다.

"그러나 우리는 이 현물거래를 계기로 장차 장기계약으로 끌고갈 생각이니, 우리가 제시한 가격으로 30만 톤을 파십시오."

나시리는 머릿속으로 효도가 말한 것을 계산하는 듯 생각에 잠겨 있다가 말했다.

"앞으로 장기계약을 염두에 두고 하는 얘기라면 응하기로 하지요. 배럴당 1달러 10센트, 30만 톤, 지불은 선적 후 120일, 계약서는 내일 작성합시다."

"또 한 가지 용건이 있습니다. 사업 이야기인데요, 우리 회사는 이란에서 가까운 시일 내에 석유광구를 공개한다고 들었는데, 어디쯤에 있는 광구입니까?"

효도의 물음에 나시리는 갑자기 거만하게 태도를 바꾸었다.

"우리나라에는 확률이 높은 광구가 아직도 많이 남아 있지만, 그런 질문에는 간단히 대답할 수 없소. 광구가 탐나면 그 전에 깅키상사가 우리나라의 공업화에 어떤 협력을 해줄 건지 분명히 약속하시오."

"물론 이란의 공업화에도 크게 협력할 생각입니다. 석유화학 콤비나트나 LNG(액화 천연가스) 프로젝트를 구체적으로 계획하고 있습니다. 그런데 곧 공개할 광구는 어딥니까?"

효도가 다시 물었다.

"석유의 현물거래 상담 끝에 극비사항을 알아내려고 하다니, 배짱이 너무 크군. 그 이야기는 나중에 다시 합시다."

노코멘트로 일관할 태도였다. 그러나 그것은 꾸며 보이려는 태도가 아니라 원유판매부장 정도의 지위로는 거기까지 알 수 없다는 것이 사실인지도 몰랐다. 이 위층, 곧 맨 위층인 15층에는 총재와 5명의 이사가 있으며 광구에 대한 정확한 정보를 얻으려면, 그중에서도 총재나 수석이사인 닥터 키아를 만나지 않으면 불가능에 가깝다. 그러나 현재 깅키상사는 15층으로 올라갈 수 있는 패스포트를 아직 얻지 못하고 있다.

효도는 분한 마음으로 천장을 쏘아보았다.

*

닥터 키아의 비서실에서 우에스기는 키아가 총재실에서 돌아오기를 기다리면서, 늘 그랬듯이 여비서 샤무스와 능숙한 화술을 발휘하면서 이야기를 나누고 있었다.

"오늘 아침 신문을 보니 내년 10월에 페르세폴리스에서 거행되는 페르시아 제국 2천 5백 년 기념축전은 스케줄이 대단할 모양이더군요. 세계 각국의 왕, 왕비, 왕자, 대통령, 수상, 외교관이 초대된다면 그 영접준비만 해도 대단할 겁니다."

"틀림없이 세계의 모든 사람들이 깜짝 놀랄 만한 축전이 되리라 생각해요. 일본의 황실에서는 어느 분이 참석하세요?"

타이프라이터 앞에 앉은 샤무스는 조각같이 아름다운 얼굴을 들었다.

"글쎄, 3년 전의 대관식에는 일본의 아키히토 황태자가 천황을 대신해 참석했으니까, 이번에도 황태자가 오실지 몰라요."

우에스기는 이렇게 대답하면서, 대관식에 이어 다시 화려하고 장엄한 페르시아 제국 건국 2천 5백 년 기념축전을 개최하는 것은, 해마다 늘어나는 석유수출에 의해 더욱 부유해진 이란이 국위를 세계에 떨쳐보이려는 시위인 동시에 현 체제를 공고히 하기 위한 시위라고 생각했다. 그러나 테헤란에 주재할 때 종교와 정치에 관한 화제는 깊이 파고들지 말라는 주의를 받았으므로 화제를 돌리려고 하는데 서류가 가득 든 가방을 들고 닥터 키아의 비서가 들어와서 우에스기에게 상냥하게 말을 걸었다.

이란인으로서는 키가 작은 편이었지만 얼굴이 희고 외양이 매우 유능한 관리 타입으로 이란의 경제계획에 대해 아주 당당하게 이론을 내세워서, 처음에는 우에스기도 닥터 키아의 유능한 스태프로 알았었다. 그러나 1주일도 지나지 않아서 그가 말하는 것은 모두 이란의 영자신문 '케이한'이나 '테헤란저널' 등의 신문기사를 그대로 왼 것에 지나지 않았음을 알았다. 재무성이나 이란석유공사가 발표하는 아주 간단한 자료 하나를 부탁해도 제대로 얻어주지 못하면서, 독촉이라고 하면 '파루다, 파루다(내일보자)'를 되풀이하는 게 입버릇 같았다. 우에스키는 남몰래 '미스터 파루다'라는 별명을 붙이고 화를 풀고 있었으나, 이 '미스터 파루다'와 여비서 샤무스 가운데 한 명이 끊임없이 자기를 미행하는 '공작자'와 관계가 있을 것이라는 의혹이 들었다.

그렇지 않다면, 몇 월 며칠에 몇 시부터 몇 시까지 기다렸으나 닥터 키아를 만나지 못했다는 상세한 행동을 알 리가 없었다. 더구나 그 적중률은 원유 판매부장 나시리의 경우보다는 키아의 경우가 더욱 정확했다. 어젯밤, 세파사라르사원의 정문에서 기다릴 때, 약속대로 '공작자'는 회색 벤츠로 나타났다가 자기가 경찰의 불심검문을 받는 동안에 달아나 버렸다. 우에스기는 이 이야기를 어떤 형태로든 이 두 사람 앞에서 꺼내 반응을 보려고 생각했다. 그때 전화가 울리고, 샤무스가 수화기를 들었다. 페르시아어로 이야기해서 이란인들끼리라는 것은 알았지만 무슨 말을 하고 있는지 짐작도 가지 않았다.

샤무스는 수화기를 놓고는 큼직한 눈을 윙크하며 말했다.

"우에스기 씨, 깅키상사의 효도와 히가시야마가 5분 전 나시리의 방에서 나갔대요. 면회시간이 예정된 20분보다 배 이상 초과해서 그만큼 차례로 예정이 늦어져 우에스기 씨에겐 안 됐지만 오전 중에 나시리를 만날 틈이 없다는군요."

"아, 그래요? 그럼 유감스럽지만 다음날로 하지요."

우에스기는 대수롭지 않다는 듯이 대답했으나, 마음속이 편안하지 않았다. 깅키상사의 일인 만큼 기껏해야 싼 현물 석유를 매점하러 와서 일본 석유시장을 침식하려는 것이리라. 테헤란에 때때로 들르는 일본 석유회사 중에서 지금까지는 이쓰비시상사나 이쓰이물산, 또는 도쿄상사를 통해 사들이던 석유회사가 갑자기 깅키상사와 손을 잡게 된 것은 깅키가 잽싸게 싼 석유를 사서 석유회사에 흘리고 있기 때문이었다.

그러나 이런 임기응변의 장사수단으로는 오래갈 리가 없다고 우에스기는 생각했다. 이란의 석유 생산량은 작년에 10억 배럴을 넘어섰고 3년 후에는 20억 배럴이 생산되리라 예측되지만, 지금까지처럼 원유의 95퍼센트를 수출에 돌리지 않고 부가가치를 높이기 위해 이란석유공사는 외국의 기업과 제휴하여 공동 유류사업을 하고, 그 제품을 제공하는 나라에 우선적으로 석유를 제공할 방침임을 이미 캐치하고 있었다. 그렇기 때문에 이쓰비시상사는 눈앞의 장사만이 아니라 5년 후, 10년 후를 내다보고 석유정유소 플랜트 건설에 일찍부터 착안하여 다른 회사가 눈치 채지 못하도록 움직이고 있다. 만일 이 정유소 플랜트 계약이 체결되면 그날부터 이쓰비시상사의 석유 파이프는 일거에 굵어지고, 한 치 앞밖에 못 보는 다른 상사의 움직임을 봉쇄할 수 있는 동시에, 염원인 석유 광구를 뚫고 들어갈 길이 열리게 된다.

이를 위해서라면 우에스기는 테헤란에 뼈를 묻게 되어도 좋다고 생각했다.

입술을 깨물며 각오를 새롭게 하고, 창밖 저쪽에 연이어 있는 다갈색의 자갈산, 에르부르즈 산맥을 바라보고 있을 때, 키가 크고 마른 몸에 수수한 양복을 입은 닥터 키아가 들어왔다.

우에스기는 비서의 소개를 기다리지 않고 재빨리 그의 앞에 서서 말했다.

"저는 일본 이쓰비시상사의 이란 석유담당자로서 테헤란에 주재하고 있는 우에스기입니다. 닥터 키아께 말씀드려야 할 용건이 있어서 매일 이렇게 찾아오고 있는데 지금 당장 말씀드려도 괜찮을까요."

예의에 신경을 쓰면서 이 기회를 놓치지 않겠다는 기색으로 말하자 런던에서 맞춘 엷은 색깔의 양복을 입은 닥터 키아는 우에스기 쪽으로 고개를 돌렸다. 이마가 벗겨진 그의 얼굴은 나이보다 더 들어 보였다.

"이쓰비시상사에 대해서는 잘 알고 있소. 그러나 원유에 관한 것이라면 나시리 원유 판매부장에게 가보시오. 그 사람이면 충분한 도움을 줄 거요."

런던 대학에서 응용화학을 전공하고 박사학위를 받아 닥터라고 불리는 키아는 나시리 원유 판매부장 같은 거만한 관리들과는 달리 조용하고 깨끗한 영어로 말했다.

"원유 구매에 대해서는 나시리 부장에게 언제나 신세를 지고 있어서 감사하고 있습니다만, 닥터 키아께 말씀드리려는 것은 이란석유공사와 공동으로 하고 싶은 사업에 관해서입니다."

거듭 말하자 키아는 손목시계를 힐끗 보더니,

"그럼, 요점만을 간단히 듣기로 합시다."

하고 자기 방문을 열고 우에스기를 맞아들였다. 장식품이 전혀 없는 검소한 방이었으나, 응접용 테이블에는 펄핑크의 아름다운 장미가 향기를 풍기고 있었다.

"참으로 훌륭한 장미입니다."

소파에 앉자 우에스기는 한눈에 반했다는 듯이 말했다. 이란에서는 생화가 매우 귀하고, 특히 장미는 국화로서 존중되고 사랑받고 있었다. 닥터 키아는 우에스기가 강요하다시피 면담을 요구했으면서도 장미에 정신을 팔고 있는 것을 보고 쓴웃음을 지었다.

"당신은 석유보다 장미에 관심이 있는 것 같군요."

"아닙니다. 이렇게 아름다운 장미는 본 지가 오래 되어서요. 이것은 피스의 일종으로 최근 프랑스에서 새로 만든 유명한 꽃, 로즈 조세핀 계통이 아닌지요?"

우에스기는 한숨짓듯 말했다. 원래 꽃에는 흥미가 없는 편이었으나 3개월 동안 '인(忍)' 자 하나에 의지해 소득없는 방문만을 되풀이하는 동안에 키아가 장미를 좋아한다는 말을 듣고, 5일마다 장미를 갖고 오는 꽃가게 사람으로부터 키아가 좋아하는 종류를 알아두었던 것이다.

닥터 키아는 이란인처럼 수염을 기르고 장미에 깊은 조예를 갖고 있는 우에스기에게 흥미를 느낀 듯,

"그렇소, 나는 누구보다도 꽃을 좋아해서 언제나 주변에 꽃이 떨어지지 않소. 당신은 장미를 즐기고 있소?"

하고 물었다.

"아닙니다. 바빠서 그럴 틈이 없습니다만, 이란의 국화가 장미라는 것을 알고 마음이 끌려서 한가한 시간이라도 있으면 아와즈의 대장미원을 가보리라 생각하고 있습니다. 듣자니 세계 제일의 대단한 장미원이라더군요."

우에스기는 특유의 능숙한 화술로 대답하고는, 자세를 고쳐 앉으며 본론을 꺼냈다.

"그런데 닥터 키아께 말씀드리고 싶은 일입니다만, 이번의 5개년 계획에 의하면 석유수출량에서 석유 제품의 시장점유율을 높이는 것을 강조하여 정유소의 신설 및 증설을 검토하고 있는 것으로 알고 있습니다. 우리 회사도 이 계획에 꼭 참가시켜 주시기를 바라고 있습니다. 아시다시피 이쓰비시상사는 일본 최대의 상사로서, 특히 석유부문에서는 국제적인 평가를 받고 있으며, 중동 정유소 건설에 대해서도 풍

부한 경험과 특허 사용권을 가진 기업을 거느리고 있습니다."

권위주의적인 이란에서 일을 하려면 자기 회사의 실적과 힘을 인식시키는 것이 효과적인 방법이었다.

닥터 키아는 여송연에 불을 붙이고는,

"흥미 있는 제안입니다만, 이쓰비시상사가 생각하는 정유소의 규모는 어느 정도요?"

하고 물었다. 우에스기는 서류가방에서 서류를 꺼냈다.

"제1단계로 하루 생산 15만 배럴, 제2단계에 15만 배럴, 이렇게 2단계로 나누고 5년 이내에 하루 30만 배럴을 목표로 하고 있습니다. 제품에 대해서는, 이란 국내수요를 제외하고는 전량을 일본이 인수할 용의가 있습니다. 참고로 말씀드린다면, 5년 후에 450만 배럴이 필요한데 국내설비로는 그 8할도 공급하지 못하게 되기 때문에 일부러 해외에 나가서 구입하지 않으면 안 됩니다."

제품 인수를 우선 약속하듯이 말하고, 이란의 지도와 탁상용 전자계산기를 꺼내놓았다.

"다음에 정유소 건설부지입니다만, 우리의 계산으로는 1배럴당 3.4 제곱미터가 필요하고 일산 30만 배럴이면 약 1백만 제곱미터가 필요합니다만, 입지조건으로서 첫째 30만 톤급의 유조선이 출입할 수 있는 항구가 가까이에 있고, 둘째 파이프라인이 있고, 셋째 수원(水源)이 있는 곳이라면 이란석유공사와 이란컨소시엄이 공동경영하는 아바단 근처가 최적이라고 생각됩니다. 이를 전제로 건설비용을 산출하면, 제1기 일산 15만 배럴의 자금은 1억 3천만 달러가 됩니다."

우에스기는 전자계산기의 버튼을 꽉꽉 눌러서 나온 숫자를 닥터 키아에게 보여주었다. 이란석유공사와의 합자사업은 용지는 무상이고 건설비 및 그 관련 토목공사는 총액을 쌍방이 반씩 맡는 것으로 되어 있었다.

닥터 키아는 여송연을 피우며 우에스기의 말을 가만히 듣고 있다가 단호히 머리를 흔들었다.

"아바단 정유소는 머지않아 증설하기 때문에 제공할 수 없소."

아바단은 테헤란 남부 페르시아만 입구로부터 샤클 아라브 강을 50킬로미터 정도 거슬러 올라간 곳에 있었다.

아바단 정유소는 앵글로이라니언 오일이 창립하고, 국유화 이래로 컨소시엄의 관리 하에 있는 일산 45만 배럴의 대정유소였다. 우에스기는 아바단을 거절당해 실망했으나 내색하지 않고 물었다.

"그러면 어디 떠오르는 후보지라도 있습니까?"

"반다라브쉐르, 또는 반다라아바스 정도라면 검토해 보아도 좋소. 다만 정유소 설립계획은 이미 미국, 서독이 신청하고 있어서 일본을 참가시키면 3개국이 경합하게 된다는 것을 명심하시오."

닥터 키아는 빈틈없이 말했다. 서독인의 신청은 각오하고 있었지만 미국인이 낀 3파전이 되면 아무리 이쓰비시상사라 하더라도 각오를 새로이 하지 않으면 안 되었다.

우에스기는 한순간 겁이 났으나, 도쿄 본사의 가미오 전무로부터 '이란에서 정유소 프로젝트를 따내오라'는 명령을 받았을 때의 몸을 죄는 듯하던 감격을 되살렸다.

"우리쪽은 몇 회사가 경합하든 기술에는 자신이 있고 이란석유공사와의 경영, 판매, 이익분배 등의 계약에 대해서도 어느 회사보다도 우호적인 조건으로 체결할 용의가 있습니다. 곧 도쿄 본사와 연락한 후 반다라브쉐르나 반다라아바스에서 우리 회사가 타당성 조사를 실시하고 싶으니, 허가해 주시기 바랍니다."

타당성 조사란 그 지역에 정유소를 건설할 경우, 어느 정도의 자본

투자가 필요한지, 이익률은 얼마인지 산출하기 위한 조사였다.
 닥터 키아는 그의 템포 빠른 이야기에 적이 놀란 표정을 지었다.
 "이쓰비시상사는 타당성 조사에 어느 용역회사를 이용합니까?"
 닥터 키아는 이내 이쓰비시상사의 의욕이 어느 정도인가를 알아보려는 듯이 넌지시 물었다.
 "그것은 도쿄 본사의 지시를 기다려야 합니다만, 지금까지의 우리 회사와의 관계로 보아 미국의 벡텔사가 될 것 같습니다."
 닥터 키아는 여송연을 비벼 껐다.
 "타당성 조사의 허가는 이쓰비시상사가 위탁하는 용역회사와 계약이 성립되고 그 사본을 우리 공사에 제출하면 1개월 이내에 허가하겠소. 그때까지 정유소의 설비와 부대공사의 계획서, 견적서, 자금 조달서 등을 일괄 제출해 주시오."
 키아는 다음 예정을 걱정해서인지 서둘러 면담을 끝냈다.

 샤레자 거리의 사무실로 돌아온 우에스기는 테헤란 부임 이후 처음으로 가슴이 설레는 것을 느꼈다. 그는 가미오 전무 앞으로 닥터 키아와 최초로 회담했다는 텔렉스를 치고, 계속해서 항공우편으로 보낼 상세한 보고서를 작성하고 있었다.
 사무실은 정오부터 3시까지의 휴식시간 이어서 우에스기 혼자 책상 머리에 앉아 있었다.
 마음은 뜨겁게 불타고 있었지만 가미오 전무가 객관적으로 판단을 내릴 수 있도록 닥터 키아와의 대화를 충실히 기록하고, 그 보고서를 차곡차곡 접어서 봉투에 넣고는 휘파람을 불고 싶은 기분으로 사무실을 나왔다.
 밖은 4월 중순이 지나 태양이 밝게 빛나고 있었다. 우에스기는 선글라스를 쓰고 지나가는 노란색의 빈 택시를 세워, 점심을 먹기 위해 니아바란 거리의 사무소장의 집으로 향했다.

테헤란에 부임한 지 3개월이 된 우에스기는, 가족이 오기까지 손님방이 3개나 있는 사무소장 사택에 방 하나를 얻어 숙소로 삼고 있었다. 사무소장의 아이들은 둘 다 대학생으로 일본에 남아 있고 부부 단둘이 살고 있는 터라 우에스기의 기숙을 환영했다.

우에스기는 니아바란 거리 중간쯤에 있는 사무소장의 집앞에 이르러 택시에서 내렸다. 앵글로이라니언오일의 중역 저택이었다는 문이 높은 사무소장 집의 벨을 누르자, 중년의 하인이 문을 열었다. 잔디가 깔린 넓은 마당을 스텝을 밟듯 가벼운 걸음으로 걸어가 페르시아 융단을 깐 현관으로부터 거실을 가로질러 식당으로 들어가니 사무소장 부인이 외출복 차림으로 식탁에서 일어나며 말을 걸었다.

"어머나, 우에스기 씨, 오늘은 유달리 기분이 좋아 보이는군요. 뭐 좋은 일이라도 있었나요?"

"글쎄, 그런 셈이지요. 부인의 눈은 언제나 날카롭습니다."

수염을 기른 우에스기의 입술이 벌어졌다.

"댁의 수염이 춤을 추고 있어요. 분명히 일본에 있는 부인한테서 좋은 소식이 왔을 거예요."

"천만의 말씀. 일 때문입니다. 보람 있는 일을 하게 될 것 같아요. 간신히 테헤란의 동료들에게 어깨가 움츠러드는 느낌을 갖지 않아도 될 것 같아요."

"저런, 우에스기 씨는 그저 밤낮으로 일, 일뿐이군요. 좀 더 가정에 대해 신경 써주지 않으시면 같은 와이프의 입장에서 항의하겠어요."

사무소장 부인이 가볍게 흘기듯이 말했다.

"그러시면 곤란합니다. 상사원의 가정은 모자가정으로 생각하라고 애써 교육해 놓았는데 그런 말씀을 하시면…… 앞으로 잠시만 편안한 마음으로 댁에 있게 해주십시오."

"얼마든지 환영합니다. 저로서는 이 집이 너무 넓고 애들도 없으니 솔직히 말해서 주인이 출장 중일 때는 우에스기 씨가 계시는 게 든든해요. 그러니 걱정 말고 계세요. 점심은 차려놓았습니다. 저는 대사 부인과 약속이 있어서 먼저 나갑니다."

부인은 드레스 옷자락을 나풀거리며 식당을 나갔다.

우에스기는 식탁에 혼자 앉아 식사를 시작했다. 넓은 집 안은 조용하고 정원 풀장의 수면도 잔잔했다. 다만 잔디밭 위의 스프링클러만 빙빙 돌며 물을 뿌리고 있었다.

갑자기 발소리가 들리고 하인이 식당으로 들어왔다.

"우에스기 씨, 우편물입니다."

반투명 비닐 주머니를 테이블 위에 올려놓았다. 겉봉에 페르시아어로 주소와 성명이 씌어 있을 뿐, 우표가 없었다.

"이게 어떻게 된 거요? 우표 없는 우편물이 아니오?"

"그러나 우편함에 들어 있었습니다."

하인은 짧게 대답하고는 밖으로 나갔다. 우에스기는 의아한 마음으로 반투명 주머니를 열어보고는 깜짝 놀랐다.

우에스기가 테헤란에 부임하고 한 달 후 아내가 생활에 필요한 물품들을 보내왔다. 그때 함께 보내도록 부탁한 서적 중에서 없어졌던 '모택동 어록'과 '체 게바라 일기'가 그 속에 들어 있었다. 지금까지 두 권의 책이 없어진 것은 반공정책이 엄격한 나라이니 만큼 통관 때 몰수당한 것으로 생각하고 있었는데, 일부러 비닐 주머니에 넣어 우편함에 넣어두었다면 사정이 약간 다른 것 같았다.

우에스기는 책을 싼 반투명의 비닐 주머니를 자세히 살피고 또 뒤집어도 보았으나, 발신인의 성명은 적혀 있지 않고 끝에 페르시아 문자로 '5426' 이라는 네 자리 숫자만이 검은 매직펜으로 씌어 있었다. 이 검은 정체불명의 숫자를 보고 있노라니, 혹시 이것은 비밀경찰에 등록된 자신의 번호가 아닐까 하는 생각이 들었다. 이렇게 생각하자, 등줄기에 식은땀이 흐르고 목이 탔다. 단숨에 요구르트를 마시는데 하인이 들어왔다.

"우에스기 씨, 전화가 왔습니다."

"어디서?"

"우에스기 씨를 바꿔달라고 할 뿐, 누구라고는 밝히지 않습니다."

우에스기는 의자에서 일어나 옆방에 있는 전화의 수화기를 들었다.

"우에스기, 오늘은 닥터 키아와 만날 수 있었죠?"

그 '공작자' 의 목소리였다. 우에스기는 자기도 모르게 침을 꿀꺽 삼켰으나 짐짓 태연한 듯이 말했다.

"그렇소. 이 나라에서는 당신들과 손을 잡지 않으면 정부요인과 만나지 못한다고 말했지만, 다른 상사라면 몰라도 우리 이쓰비시상사에게는 그런 말이 통하지 않아."

그 말에 '공작자' 는 발끈하여 덮어씌우듯이 반박했다.

"그래서 일본사람들을 단순하다는 거야. 닥터 키아에게 당신과 만나도록 권한 것은 다름 아닌 바로 나야."

"그 말은 믿을 수 없어. 어젯밤 당신을 만났다면 그럴지도 모르지만, 알라신의 뜻으로 만날 수 없었으니까."

우에스기의 말에 '공작자' 는 갑자기 격앙된 어조로 힐책하듯이 소리쳤다.

"어젯밤, 세파사라르사원 앞에 서 있으라고 했더니, 당신은 약속을 어기고 반대쪽 길에 차를 세워놓고 우리 행동을 엿보는 등, 우리를 의

심하는 행동을 하니까 경찰관의 검문을 받게 된 거야."

"거기까지 알고 있다면, 당신은 왜 달아나듯이 사라져버렸나? 나는 그 후에도 당신이 되돌아올 줄 알고 계속 기다렸는데."

"경찰관의 검문으로 모든 게 끝났으리라 생각하나? 당신의 신분증명서를 본 경찰관은 당신이 일본 상사의 석유담당자라는 것을 비밀경찰에 통고하고, 그러면 미행이 따라붙게 돼. 테헤란에 온 지 3개월이 지났는데도 아직 이 나라의 실정을 파악하지 못하는 걸 보니, 당신이 하는 일이 성공하지 못하리라는 것은 뻔한 일이야."

"당신을 통하지 않고 닥터 키아와 만난 데 대한 화풀이를 하는 건가?"

우에스기는 상대를 않겠다는 듯이 받아넘겼다.

"닥터 키아가 당신에게 정유소 건설 후보지를 말했다고 해서 기뻐하지 말게. 그런 내륙지방에 30만 배럴 규모의 정유소를 세워 밑천을 뽑을 수는 없네. 반다라브쉐르는 미국에, 반다라아바스는 서독 메이커에게 각기 제시했으나, 양사가 채산이 맞지 않는다고 손을 든 지역이란 말이야."

'공작자'는 비웃듯이 말했다.

자신과 닥터 키아의 대화 내용을 너무나 소상히 알고 있어 우에스기는 갑자기 섬뜩해지는 것을 느끼며 반문했다.

"어떻게 거기까지, 닥터 키아와의 대화내용을……"

"오늘은 이 정도로 하지. 서독의 회사가 닥터 키아와 새로이 교섭하고 있는 정유소의 건설부지를 우리는 알고 있어, 원래는 군시설이 있던 곳으로 입지조건이 더할 나위 없이 좋지. 그 장소를 알고 싶으면 스위스 은행 베이루트 지점에 우에스기 로즈의 구좌를 열고 10만 달러를 입금시키게. 돈을 넣었다는 것을 확인한 후에 당신과 만나기로 하지. 그때까지는 다시 전화를 걸지 않겠어."

'공작자'는 일방적으로 전화를 끊었다.

우에스기는 수화기를 내려놓았다. '공작자'가 이렇게 상세히 닥터 키아와의 대화 내용을 알고 있는 것이, 키아로부터 직접 들은 것일까, 또는…… 하고 생각하다가 갑자기 정신이 번쩍 들었다. 혹시 그 장미꽃 사이에 도청 장치가 되어 있는 것이 아닐까? 이 나라에서 도대체 무엇을 믿고 누구에게 의지를 해야 좋을지, 본사의 특명으로 몇백억 엔의 프로젝트를 추진하면서도 여전히 베일에 싸인 이 나라의 실태에 우에스기는 또다시 암담한 기분이 되었다.

효도는 펠두시 거리의 영국 대사관과 인접한 빌딩에 사무실을 차리고 있는 왕족 바그네자드를 방문했다.

그는 국왕의 이복누이의 아들로서 서른다섯이 될까 말까한 나이에 미국 스탠퍼드 대학을 졸업한 상당한 수완가였다. 표면상으로는 사무기 수입 대리점을 하고 있으나, 본업은 지배인에게 모두 맡기고 자신은 원유나 선박, 또는 프랑스나 북유럽의 암시장을 통해 흘러들어오는 수상쩍은 무기의 이권에 이르기까지 광범위하게 관여하여, 많은 달러와 스위스의 프랑을 뉴욕이나 스위스의 구좌에 저축하고 있는 상술이 뛰어난 왕족이었다.

"그래요. 나시리는 공개광구에 대해서는 일절 언급을 회피하지요. 기껏해야 원유 판매부장인 주제에. 하여튼 석유 붐으로 요즘 그 녀석의 콧대가 높아졌습니다. 얼마 전까지만 해도 우리들의 잔심부름이나 해주던 하급관리였는데……"

효도는 거만한 말투의 바그네자드를 마음속으로 경멸하면서도 겉으로는 공손히 말했다.

"제 생각으로는, 나시리 원유 판매부장은 공개광구에 대해서는 사실상 전혀 모르는 것 같았습니다. 광구에 대해서는 이란석유공사의 닥터 키아 정도의 수준이 아니면 좀처럼 진상을 알지 못할 것 같아서 말씀드립니다만, 닥터 키아에게 소개장을 써주실 유력한 분을 전하께서 소개해 주시면 감사하겠습니다."

그러자 바그네자드는 거만하게 다리를 꼬았다.

"키아도 왕족의 입장에서 보면 단순한 공복에 지나지 않아요. 알겠어요, 효도? 석유광구에 대해 재량권을 가진 사람은 이곳 이란에서는 국왕 폐하와 그 일족들뿐이오. 사우디아라비아처럼 왕족이 2천 명이나 우글거리는 나라에서는 아주 확실한 줄을 잡지 않으면 헛수고로 끝나지만, 우리나라의 왕족은 수십 명에 지나지 않고, 그만큼 이권에 대해서도 강력한 힘을 갖고 있다는 것을 다시 한 번 잘 생각해 보시오."

그는 걸핏하면 목소리를 높여 왕족을 들먹이곤 했다.

"그렇다면 전하께서 직접 이 광구를 알고 계시겠군요. 이 기회에 제발 가르쳐주십시오."

"그걸 알고 싶으면 정보료를 인상해야 하지 않을까요? 그렇잖으면 나도 좋은 정보를 더 이상 깅키상사에게 줄 수 없소."

히가시야마 소장이 말하던 정보료 인상을 노골적으로 요구했다.

잠자코 있는 효도를 보고 바그네자드는 초조한 표정을 지었다.

"예스인지 노인지 결정하시오. 나는 지금부터 테헤란 도시개발의 주임 건축가로서 미국에서 초빙한 건축가를 왕비 전하께 소개하러 가야 해요. 건축 관계에 대해서는 왕비 전하도 조예가 깊으시거든."

그럴듯하게 말하고는 손목시계를 들여다보며 답변을 재촉했다.

"이상한 일이군요. 그 건이라면 일본의 건축가로 거의 내정되지 않았던가요? 나는 그쪽으로부터 직접 들었습니다만……"

효도가 침착하게 말하자, 바그네자드는 눈썹 하나 까딱 않고 말을 받았다.

"아니, 그것은 아직 결정된 것이 아니고, 왕비 전하께서는 내가 추천하는 건축가에게 더 흥미를 갖고 계시오. 그것보다 정보료는 어떻게 하겠소?"

"공개광구에 대한 확실한 정보를 가르쳐주시든가 아니면 닥터 키아와 만나 이야기할 수 있는 루트를 만들어주시지 않는 한, 이 이상 전하의 요구를 들어드릴 수는 없습니다."

효도가 단호하게 말하자, 바그네자드의 커다란 눈에는 노여움이 떠올랐다.

"이곳 이란에서 킹키상사가 석유 이외에 파이프라인, 기계, 원유 등 시장을 넓혀온 것은 모두 내가 도와주었기 때문이오. 특히 원유 구매에서는 내가 이란 공사에 말을 해주었기 때문에 그렇게 싼 값으로 살 수 있었소!"

짖어대듯이 혀 꼬부라진 영어로 항의했다. 아닌 게 아니라, 1년 전까지만 해도 왕족이 어느 정도는 자유롭게 움직일 수 있는 원유가 나돌아 왕자들은 각자 대리인을 내세워 팔 권리도 있었지만, 이란석유공사가 조직을 정비함에 따라 현 국왕의 직계 이외에는 그 이권이 줄어들게 되었다.

사실 이번에 이란석유공사에서 산 이라니언 헤비도 바그네자드가 아니라 런던에서 온 정보였다.

"전하께서 지금까지 도와주신 데 대해서는 감사드립니다. 그러나 거듭 말씀드립니다만, 전하에 대해 정보료를 더 인상하는 것은 본사에서 인정하지 않고, 오히려 종래의 계약 자체도 검토하고 있는 중이므로 오늘은 이만 실례하겠습니다."

은연중에 종래의 계약까지도 이제는 그만이라고 암시하자, 바그네자드는 기대고 있던 소파에서 몸을 일으켰다.

"석유에 대한 효도 씨의 열의는 잘 알겠소. 오늘밤 우리 집에서 파티가 있는데, 닥터 키아를 부르기로 하지. 그때 당신이 필요한 만큼 충분히 물어보시오."

귀한 고객을 놓치지 않으려고 꾀었다.

"닥터 키아를 부르신다면 꼭 참석하겠습니다. 파티는 몇 시부터입니까?"

"8시부터요. 메이저 사람들도 불렀으니까 키아와는 주위 사람들의 눈에 띄지 않게 이야기를 하시오. 아, 그리고 이것은 스위스에 따로 열어놓은 새로운 구좌번호요."

작은 종이쪽지에 적은 구좌번호를 보여주었다. 닥터 키아와의 소개료를 이곳에 넣으라는 요구였다.

"새로운 구좌번호는 오늘밤 찾아뵈었을 때 메모하겠습니다."

효도는 태연하게 말하고 바그네자드의 사무실에서 나왔다.

그러나 그날 밤, 바그네자드의 저택에서 열린 파티에서 닥터 키아의 모습은 보이지 않았다. 효도가 소개받은 것은 키아의 사무비서인 듯한 사람이었다.

중동의 석유 정보는 일본인에겐 검은 대륙 아프리카 이상으로 어둡다는 것을 효도는 새삼스럽게 절감했다.

테헤란에서 베이루트까지는 비행기로 두 시간 반이 걸렸다. 베이루트는 '중동의 파리'였다. 코발트블루의 바닷가에는 프랑스 통치를 받던 곳답게 희고 멋진 빌딩이 즐비했고, 산기슭의 올리브나 오렌지 밭

사이로 붉은 지붕의 별장들이 보일 듯 말 듯한 아름다운 시가였다.

효도는 차창 밖으로 시선을 돌린 채 공항까지 마중 나온 베이루트 주재원 사오토메에게 말을 걸었다.

"아랍어에 능숙해진 것 같군."

5년 전, 사오토메는 석유부에 배속되었으나 이름과는 생판 다르게 야성적인 용모와 성격 때문에 줄곧 선배, 상사를 가리지 않고 말썽을 일으켜 국내 지방의 지점으로 좌천당할 뻔했었다. 그때 효도가 업무 본부와 타협하여 아랍어 연수와 중동에 연줄을 만들기 위해 카이로의 아즈하르대학에 유학을 보내, 그 후 줄곧 중동에 자리 잡게 했던 터였다.

효도의 말에 사오토메는,

"덕분에 베이루트식 아랍어와 사우디아라비아의 아랍어를 구별해서 둘 다 사용할 줄 알게 되었습니다."

하고 제법 점잖게 대답했으나, 손에 들고 있는 것은 경제전문지가 아니라 '플레이보이'였다.

"여전히 그 버릇은 못 고쳤군."

어처구니없다는 듯한 효도의 표정에 사오토메는 급히 잡지를 자동차의자에 쑤셔 넣었다.

소나무 숲 너머로 팔레스타인 난민촌이 보이기 시작했다.

"올 때마다 난민촌의 천막이 늘어나는 것 같군."

해마다 심각해지는 팔레스타인과 이스라엘 간의 정세를 생각하며 말하자, 사오토메는 고속으로 차를 몰면서 설명했다.

"지금까지는 요르단으로 많이 흘러들어가서 인구 260만 명 중에서 반 이상인 140만이 팔레스타인 난민이었습니다만, 최근 레바논에도 많아져서 샤테라나 제2의 도시인 트리폴리에도 2만~3만 규모의 난민촌이 생겨 강력한 팔레스타인 코만도가 형성되는 중이라 레바논 경찰도 손을 대지 못하고 있습니다."

차가 로터리에서 크게 좌회전하자, 거기부터는 해안을 따라 하이웨이가 뻗어 있고 해변로의 양쪽에는 고급 호텔과 아파트가 숲처럼 들어찬 시가지가 나왔다.

깅키상사의 베이루트 사무소는 베이루트의 중심가인 하무라 거리에 자리 잡고 있는 빌딩의 5층에 있었다. 사무실로 올라가자, 사무소 개설 당시부터 근무하고 있는 낯익은 레바논인이 공손하게 맞이하고 수단인 잡역부에게 터키 커피를 준비하도록 시켰다.

베이루트 사무소에는 일본인 주재원이 7명, 현지 고용인은 잡역부로부터 운전사까지 합해서 10명이 되었으나, 레바논인이 3명이고 나머지는 팔레스타인인, 유대인, 아르메니아인, 수단인 등 다양하여 사무소 자체가 레바논에 살고 있는 민족의 축소판이라 할 수 있었다.

"효도 부장님, 오랜만입니다. 소장님은 지금 카이로에 출장 중이시지만, 가능한 한 불편함이 없으시도록 하라는 지시가 있었으니 무엇이든지 말씀하십시오."

소장대리가 안쪽 책상에서 일을 보다가 효도를 보고 달려왔다.

"차나 한 잔 마시고 시작하시지요. 실은 도쿄 본사뿐 아니라 런던과 휴스턴에서도 효도 부장님의 지시를 기다리는 텔렉스가 들어와 있습니다."

소장대리는 이렇게 말하고 텔렉스 뭉치를 보여주었다.

"좋아, 곧 처리하도록 하지."

효도는 빈자리에 털썩 앉아 커피를 마시며 텔렉스를 읽고 답변을 쓰기 시작했다.

사오토메는 맞은편 책상에 앉아, 오후 3시에 만나기로 한 석유 컨설턴트와의 약속시간을 전화로 확인하고 있었다. 주위 사람들은 전혀 개의치 않고 커다란 목소리로 통화를 하더니, 전화를 끊고는 효도에게 말했다.

"부장님, 하바슈는 오케이입니다."

압데살라무 하바슈는 리비아의 전 석유대신으로, 혁명 이후 베이루트로 망명하여 석유 컨설턴트를 시작한 지 얼마 되지 않았으나, 리비아에서 10여 년 동안 석유대신으로 있었던 만큼, 각국의 석유 정세에 정통하여 정확도가 높은 정보로 순식간에 명성을 얻고 있었다.

사오토메는 텔렉스로 보낼 회답을 써서 손수 가지러 온 소장대리에게 건네주고 다시 큰 소리로 말했다.

"일전에 텔렉스로 말씀드린 'MEES'의 기자 말씀인데요……"

"아, 세모르 기자! 만날 수 있으면 만날 테니까 연락하게."

'MEES'는 온갖 괴상한 석유정보가 날뛰는 베이루트에서 신뢰할 만한 석유정보지였다.

"저도 부장님께서 이곳으로 오신다는 연락을 받고 곧 전화를 했습니다만, 사우디아라비아로 취재하러 갔답니다. 직접 뛰어다니며 정보를 캐내고 분석하기 때문에 꼭 만나게 해드리고 싶었는데 유감입니다."

그때 사오토메와 동년배의 남자가 30킬로그램은 됨직한 대형 트렁크를 두 손에 들고 숨을 헐떡이며 들어와서 효도들이 있는 바로 옆의 소파에 털썩 주저앉았다. 효도는 힐끗 보고도 이 사람이 오사카 본사의 섬유담당자로서, 트렁크 속에 천의 견본이나 날염 프린트의 디자인 견본을 잔뜩 넣고 중동 순회출장을 마치고 돌아오는 길임을 알 수 있었다.

"여, 반갑네. 3주일 예정으로 돌아오겠다고 하고는 전혀 소식이 없어서 혹시 사막에서 쓰러져 말라죽은 게 아닌가 하고 걱정하고 있었다네."

사오토메가 말을 걸었다.

"아니야, 이번에는 비행기 연결이 잘 안돼서 혼났네. 그렇더라도 제다, 리야드, 쿠웨이트, 두바이의 지독한 사막 순회출장을 마치고 1개월 만에 아름다운 오아시스, 베이루트에 무사히 귀환했으니까, 오늘 밤은 한 달치를 철저히 마실 작정이야. 사오토메, 자네가 좀 상대해주게."

하고 그는 해방되었다는 듯 기지개를 폈다. 이슬람교의 계율이 엄격한 아라비아 반도 여러 나라에서는 술을 금하고 있었으므로 베이루트를 나서는 순간부터는 한 방울도 마실 수 없었다.

효도는 옛날의 자기 모습을 보는 느낌이 들어 부드럽게 말했다.

"수고했네, 순례철이 끝난 뒤의 경기는 어떤가?"

"아, 효도 부장님, 이거 정말 실례했습니다. 저는 오사카의 섬유수출과에 있는 야마구치입니다. 효도 부장님의 성함은 우리들 사이에서는 신화와도 같습니다. 메카 순례 때 이슬람교도로 가장하고 아라비아의 시황을 살피셨다면서요?"

야마구치는 눈을 빛내며 말했다.

"그런 일도 있었지. 그런데 금년의 경기는 어떤가?"

금년의 메카 순례는 3월로서, 순례자들이 몰려들어 재고가 텅 비게 된 섬유판매상에게 한꺼번에 파는 것이 중동에서는 대규모의 판매경쟁이었다.

"섬유의 혜택이 조금씩 하층으로까지 닿아 거래의 규모가 해마다 늘어나고 있습니다만, 그만큼 다른 상사와의 경쟁이 치열해져서 4, 5일 베이루트에서 쉬고 다시 한 번 되밟아 거래선을 확보하려고 생각합니다."

"무척 수고하는군. 오늘밤 별 예정이 없으면 함께 마시지."

효도가 위로하자, 사오토메가 옆에서 사무실 안인데도 아랑곳 않고 큰 소리로 거들었다.

"정말로 거짓말 하나도 안 보태고 말이지만, 술도 없고 여자도 없는 사우디아라비아의 사막에서 매일 지내고 있노라면 머리까지 이상해지는 것 같아. 나 같은 사람은 리야드에 출장 열흘만 있어도 돌아오는 비행기에서는 스튜어디스의 다리에서 눈이 떨어지지 않더군."

그러자 야마구치는 효도 앞이라서 열적은 표정을 지었다.

"베이루트에 돌아와서 가장 마음 편한 것은 짙푸른 바다가 있다는 것, 그리고 공항에 도착하면 택시가 기다리고 있다가 행선지까지 틀림없이 빠르게 태워다 준다는 것이야. 술이나 카지노, 여자 따위는 그 다음 얘기지. 어쨌든 사막을 3주일 동안 돌아다니다 온 사람에게는 베이루트라는 곳은 가슴 설레는 도시야."

한숨 돌린 듯이 말하고는,

"참, 오사카 본사에 텔렉스를 보내야겠군. 쿠웨이트에서 날염 프린트를 10만 야드 주문받았지만 야드당 1센트나 깎였으니까, 본사의 부장님한테 여쭤보지 않고서는……"

하고 총총히 자리를 떴다.

효도는 사오토메를 데리고 압데살라무 하바슈의 사무실이 있는 세인트 조지 호텔 쪽으로 걸어갔다.

세인트 조지 호텔은 지중해에 임한, 베이루트에서 가장 오래되고 품위 있는 호텔이었다. 정문으로 들어서면 천장이 높은 영국풍의 고전적인 로비에 외국 석유회사 직원의 가족과 중동제국의 추장인 듯한 미슈라타를 입은 가장이 검은 베일을 쓴 아내와 그 일족들을 거느리고 쉬고 있었다.

하바슈의 사무실은 3층 303호실이었다. 노크를 하자 문이 열리고 나란히 있는 두 방 중 첫방에 있는 30세 정도의 남자가 타이프를 치던 손을 멈추고 두 사람을 맞이했다.

사오토메가 아랍어로 인사를 하자, 그 사내는 어색한 표준영어로,

"아까는 전화를 주셔서 매우 감사합니다. 모처럼 오셨는데 하바슈가 대단히 바빠, 지금도 손님이 와 있어서 언제 만나게 될지 모르겠습니다."

하고 답례하며 눈으로 굳게 닫힌 문을 가리켰다.

"그럼 언제 뵐 수 있을까요?"

사오토메가 재촉하듯 물었다.

"그게, 선약이 꽉 차 있어서 저도 어떻게 해야 좋을지……"

남자는 난처하다는 듯이 어깨를 으쓱했다.

"사장이 뭐라고 할는지 모르지만, 어쨌든 모레쯤 시간을 내도록 다시 애를 써보겠습니다."

그러자 사오토메는 틈을 주지 않고 1백 달러 지폐를 상대의 손에 쥐어주었다.

"어떻게 해서든지 내일 만날 수 있도록 부탁합니다."

복도로 나오자, 사오토메는 혀를 차며 투덜댔다.

"저게 아랍인들의 상투적인 수법이에요. 안쪽의 방은 비어 있을지도 모르는데 바쁘다, 언제 만나게 될지 모르겠다고 되풀이해서 값을 올리고 있어요. 이런 식으로 나간다면, 컨설턴트 요금도 상당히 받아내려고 하겠어요."

"여보게, 호텔에서 소리 좀 죽이게. 자네의 그 나쁜 매너는 아랍에

주재하면서 더욱 나빠진 것 같네."

효도는 나무라듯 말했다. 엘리베이터로 로비에 내려선 순간, 갑자기 사오토메가 걸음을 멈추고 탄성을 올렸다.

"대단한 미인인데! 중국인일까, 아니면 일본인일까?"

그곳에는 빨간 승마복에 박차를 단 승마화를 신고 채찍을 든 여성이 서 있었다. 자세히 보니 후앙 베니코였다.

"여어!"

효도는 자신도 모르게 목소리를 높였다.

"어머나, 효도 씨!"

베니코가 달려왔다.

"설마 베니코짱과 베이루트에서 만나리라고는……"

효도는 깜짝 놀란 얼굴로 그녀를 맞았다.

"별로 놀랄 만한 일은 아니에요. 자카르타, 베이루트, 파리, 런던, 뉴욕은 제가 정해놓고 다니는 코스예요. 후앙은 지금 이스라엘에 가 있지만, 저는 그곳엔 전혀 흥미가 없어서 이 호텔에서 기다리고 있어요."

베니코는 배시시 미소 지었다.

"그럼 후앙 씨는 언제 이리로 오지?"

"2, 3일 안으로 돌아와요. 그것보다도 효도 씨, 정말로 우연히 만나게 돼서 같이 계신 분과 차라도 마시고 싶지만, 지금 승마 클럽에 갈 약속이 있어요. 그러니 오늘밤은 제가 대접하도록 해주세요. 카지노의 룰렛에서 좀 땄어요."

"오늘밤은 어려울 걸. 우리 회사의 젊은 사람들과 마셔야 해."

효도는 머뭇거리며 거절의 말을 꺼냈다.

"그럼 그쪽을 일찍 끝내고 8시 지나서 이 호텔로 오세요. 좋은 쇼가 있어요. 기다리고 있겠어요."
 효도의 옆에서 베니코에게 정신이 팔려 있는 사오토메에게 화사한 웃음을 남기고 그녀는 총총히 사라졌다.

 베니코는 대담하게 디자인된 이브닝드레스에 가슴까지 오는 큼직한 남양진주 목걸이에 5캐럿 다이아몬드 반지, 왼손에는 목걸이와 조화를 이룬 남양진주 반지를 낀 호화스러운 차림이었다. 검은색 넥타이를 맨 효도 싱이치로와 함께 그녀는 세인트조지호텔 맨 위층의 클럽에서 칵테일을 마시고 있었다.
 "우리는 줄곧 외국으로 돌아다니는 처지이면서도 이렇게 여행지에서 만나는 건 처음이네요. 알라신이 도우셨나봐."
 베니코가 즐거운 목소리로 말했다.
 "하기는 베니코짱처럼 카지노니 승마니 하며 후앙 씨가 없는 시간을 즐기는 부인이라면야 알라신의 은총이라고 생각할 수도 있겠지만 나는 부하직원들을 좀 더 위로해 주고 싶었거든. 오사카 본사의 섬유부에 있는 사람인데, 베이루트를 시점으로 1개월 동안 순회출장을 마치고 겨우 도착했어."
 "당신, 참으로 멋대가리 없는 분이군요. 이런 경우, 정말로 부하를 위해 주는 방법은 우선 카지노에서 돈을 딴 뒤 여자와 즐기게 해주는 거예요. 그 섬유부에 계신다는 분, 틀림없이 당신에게 우리 회사의 중요한 거래처의 사모님을 접대하러 가시라고 강력히 권했을 거예요."
 하며 베니코는 페르시아 고양이 같은 눈에 웃음을 띠었다.
 "야, 놀랐군. 마치 도청기로 엿들은 것처럼 그대로 말하잖아."
 "그야 중동의 여러 나라로부터 베이루트로 돌아오는 남자들은 동서양을 막론하고 다 똑같은 말을 해요. 게다가 이곳은 남자든 여자든 돈

벌러온 사람끼리 후회없이 놀기에는 안성마춤이에요."

"그렇게 말하는 걸 보니, 후앙 씨에게 따돌림 당해 속이 상해 있는 모양이군. 왜 같이 이스라엘에 가지 않았나?"

"그런 곳에 무슨 재미가 있어 가겠어요. 게다가 이스라엘에 입국하려면 아랍 제국에는 들어올 수 없으니까 여권도 두 통을 만들어야 하니 귀찮아요."

"그건 그래. 후앙 씨는 이스라엘에 무슨 용무로?"

"주석과 고무 거래 때문이에요. 67년 제3차 중동전쟁이 발발하기 직전, 후앙은 당신의 부탁으로 급히 주석 40톤과 고무 3천 톤을 이스라엘에 조달했잖아요. 그 이후로 줄곧 이어지고 있는 거래예요."

"요즈음은 자카르타의 지요다자동차가 납품한 트럭이나 지프를 대량 수출하고 있는 모양이던데, 지요다자동차의 마크를 미처 지우지도 못한 트럭이 시나이 반도나 골란 고원을 돌아다니고 있다는 소문이야."

"전혀 터무니없는 말은 아닐 거예요. 나는 기계에 대해서는 잘 모르지만, 지요다의 트럭만이 아니라 아이치, 닛신의 차도 어딘가 모양만 조금 바꿔서 차체를 사막과 비슷한 색으로 칠하면 훌륭한 전투용 차량이 된대요. 게다가 이스라엘뿐만 아니라 아랍에도 상당히 흘러들어가는 모양이에요."

베니코가 시원스레 대답했을 때, 어두운 무대 중앙에 스포트라이트가 비치면서 젊은 밸리댄서가 나타났다. 약간 까만 피부의 반짝거리는 가슴과 허리가 유혹적이었다.

"저 댄서는 본바닥인 카이로에서 지금 가장 인기 있는 댄서인데 베이루트에서도 저 여자의 춤은 보기 힘들어요. 어때요, 베니코의 배려가 고맙죠?"

베니코는 신난다는 듯이 효도의 얼굴을 들여다보았다. 이윽고 플로어에 앉아 있는 이집트의 악사들이 피리를 불고 북을 치며 현악기와 탬버린을 울리기 시작하자, 댄서는 풍만한 가슴을 흔들며 잘록한 허리를 요염하게 꿈틀거렸다. 관객들은 아라비안나이트의 세계로 끌려 들어갔다.

거무스름한 댄서의 살결이 핑크빛으로 물들고 볼록한 유방의 골짜기로부터 배꼽까지 땀이 흘러 번쩍이고 피리와 탬버린이 한층 오묘한 소리를 내자, 댄서의 복부로부터 허리까지의 미묘한 움직임은 더욱 격렬해지고 에로티시즘의 정화와 같은 밸리댄스는 큰 갈채를 받으며 끝났다.

후앙 깐천과 벌이던 격렬한 정사라도 생각나는 듯 베니코의 눈이 촉촉이 빛났다.

"어때요? 중동통으로 알려진 효도 씨도 이렇게 박력 있는 춤은 보지 못했을 거예요."

"음, 아주 좋은 눈요기였는데. 사오토메에게 보여줬더라면 굉장히 좋아했을 텐데."

그 말에 베니코는 어처구니없다는 얼굴이 되었다.

"이런 댄스를 보고서도 부하 생각만 하니 할 말 없군요. 그런 점에서는 뉴욕에 있는 이키 씨 이상으로 구제불능이군요. 요즘 이키 씨를 만난 적이 있어요?"

"있어, 아주 최근에."

"좀 이상해졌다는 생각 안 드세요?"

"이상하다니, 어떻게 이상해?"

"애인이 생긴 모양이에요. 뉴욕에 가면 대체로 이키 씨의 아파트로 놀러 가는데 지금까지는 장난삼아 몸을 기대면 질겁해서 자리를 바꾸더니, 요즘은 제법 태연히 받아줘요."

"그럼 베니코가 좋아진 모양이지."

"당신도, 참 둔하긴. 나는 곧 이상하다는 생각이 들어 은밀히 하루에 씨에게 떠봤더니, 하루에 씨가 어쩐지 질투하고 있는 것 같아서 더욱 이상했어요."

그런 말을 듣고 보니, 중동으로 떠나기 전날 밤 베니코의 어머니가 경영하는 긴자의 르보아클럽에서 잠깐 귀국 중이던 이키를 만났을 때 앞서 와 있던 이키가 카운터에서 전화를 감싸듯이 하고 통화하던 뒷모습이 떠올랐다.

효도는 그 말은 하지 않고 모르는 척 대꾸했다.

"이키 씨는 부인을 잃은 지 3년이 지났어. 애인 한두 사람 생겼기로서니 이상할 게 뭐람."

"그야 그렇지만 성격이 그런 분이라 잘 해나갈지 위태로워요. 내가 이키 씨의 연인이 누군지 대강은 짐작을 하고 있어서 더 그런 생각이 드는지 모르지만……"

베니코의 의미 있는 말에 효도는 깜짝 놀라 물었다.

"누구야? 그 사람, 신원이 확실한 여잔가?"

"이번에는 상사의 스캔들이 염려되는 얼굴이군요. 효도 씨가 자카르타에 오시면 가르쳐드리지요. 가까운 시일 내에 예정 없어요?"

"지금으로서는 없는데."

"네에…… 그렇지만 요즘 인도네시아에는 상사는 말할 것도 없고 수카르노 시대부터 밀착되었던 정치가로부터 현 총리, 통산대신, 전력 회사, 다케나카 간지 같은 석유정보 브로커, 자동차 회사에 이르기까지 모두 앞을 다투어 석유개발이니, LNG니, 탱커 조선(造船)이니 하는 거창한 프로젝트를 들고 달려오는 모양인데, 정말로 할 생각인지 아닌지 모르겠다고 후앙이 늘 입맛 쓴 듯 말하거든요. 정말 그렇게 모두가 엉터리인가요?"

"다른 회사의 일은 잘 몰라. 그러나 자원이 없는 우리로서는 가까운 곳에 뭔가가 있다는 것은 무엇보다도 큰 매력이야."

"그렇게 생각하신다면 효도 씨도 중동에서의 일이 일단락되면 자카르타에 오세요. 저는 스톨 총재와 친해요. 싫은 남자지만 인도네시아의 석유관계 이권은 그가 장악하고 있는 형편이어서 적당히 골프상대 따위를 해주고 있어요."

"그래, 후앙 씨가 석유에까지 손을 댔나?"

"화교는 석유같이 사활이 걸릴 정도의 위험한 일에는 절대로 손을 대지 않아요. 나는 말이죠, 언젠가는 효도 싱이치로 씨에게 도움이 되리라는 생각으로 그렇게 하는 거예요."

베니코는 야무지게 말했다.

이튿날 효도는 하바슈의 사무실로부터 오전 11시에 기다리겠다는 연락을 받고 세인트 조지 호텔 3층에 있는 그의 사무실로 갔다.

어제의 레바논인이 정중한 태도로 효도를 맞았다.

"여러 가지 궁리한 끝에 겨우 시간을 만들었습니다. 안으로 들어가십시오."

안쪽 방으로 통하는 육중한 문을 열었다. 하바슈는 가죽을 댄 회전의자에서 일어나 인사를 했다.

"봉주르 무슈, 코망 탈레 부."

예순이 가까운 나이에도 불구하고 멋진 옷차림을 한 하바슈는 프랑스어로 말했다. 베이루트에서는 프랑스어를 사용하는게 상류층의 에티켓이었다.

"나는 프랑스어를 할 줄 모르니 영어로 해주십시오."

그러자 그는 영어로 말을 바꾸었다.

"이란에서 곧 광구를 팔 모양이라는 정보를 입수했는데 우리가 당신한테서 알고 싶은 것은 그것의 신빙성과 광구가 있는 장소입니다."

"분명히 그런 정보는 내게도 있소. 후보지로 생각되는 것이 있기는 있습니다. 해상광구의 경우 호르무해협의 대륙붕, 지상에서는 이란 북부 산악지대의 로렌스탄이지만, 로렌스탄은 이라크와 국경을 접하고 있어 시종 분쟁이 있고, 호르무해협도 미·영 함대, 그리고 사우디아라비아와의 긴장이 계속되고 있으므로 군사적인 충돌이 일어날 가능성이 있소."

"다른 곳은 없습니까?"

"남쪽의 사르베스탄에 대단히 유망한 광구가 있지만 그것은 이란이 확보해 둔 유전이므로 앞으로 수년간은 내놓지 않을 거요. 그보다는 이란에 집착하지 말고 리비아의 광구를 시추해 보는 게 어떻겠소."

"허어, 혁명정권에 의해 국유화될지도 모른다는 리비아에 이권방식의 광구가 정말로 있습니까?"

효도가 확인하자 하바슈는 똑바로 효도의 얼굴을 바라보더니 이윽고 자신만만하게 대답했다.

"나는 이도리스 국왕시대의 석유대신에 이어서, 혁명 후 망명하고 있는 현재에도 내가 대신이었던 시절에 정부기관에 출입하던 사업가들과의 접촉이 지하수처럼 마르지 않고 흐르고 있습니다. 내 느낌으로는 국유화는 아직도 먼 훗날의 일로 생각되오. 일본으로부터의 거리가 멀긴 하지만, 유황분이 적어 공해규제가 심한 일본에는 안성맞춤일 거요."

"그렇다면 리비아 광구의 정확한 위치와 장래성을 알고 싶습니다."

효도의 말에 하바슈는 천천히 여송연에 불을 붙이고 대답했다.

"그것은 우선 당신과 나 사이의 컨설턴트 계약에 달려 있소. 여기에 리비아의 광구 분포도와 지질탐사의 결과를 기록한 자료가 있는데 이것을 보고 싶으면 30만 달러의 정보료를 지불한다는 계약을 해주시기 바라오."

하바슈는 소파에서 일어나 책상 옆에 있는 파일박스의 자물쇠를 열고 안에서 지도를 접어놓은 듯한 자료를 꺼내 효도의 눈앞에 잠시 보여주었다. 그 표지에는 'Seismic record section(지질탐사기록 지역별 지도)'라고 기록되어 있었다. 효도는 그것이 지질탐사에 대한 확실한 자료이며, 광구의 위치는 말할 것도 없고 기름이 나오는 배사구조의 유무까지도 명확히 기록되어 있다는 것을 잘 알고 있었다. 그러나 지질탐사 자료는 탐광을 의뢰한 석유회사와 이를 청부받은 지질탐사회사만이 소유하고, 지질탐사회사는 절대로 다른 곳에 이 기록을 누설해서는 안 된다는 비밀유지 의무가 있어 비밀이 엄격하게 지켜지고 있었던 것이다. 그러나 그것이 어디선지 모르게 새어나오거나 또는 도둑맞아 석유정보 블랙마켓에서 매매되는 것도 현실이었다.

"미스터 하바슈, 당신이 갖고 있는 그 지질탐사기록 지역별 지도가 정말로 정밀한 것인지, 또는 단편적인 기록을 모은 조잡한 것인지 현 단계에서는 판단할 수 없으니까, 당신이 요구하는 30만 달러는 내가 리비아에 가서 정확성을 확인한 연후에 지불하겠습니다. 즉 성공보수의 형식을 취하고 싶습니다."

"그럼 당신은 나를 믿지 못한다는 말이오?"

하바슈는 화를 내듯이 말했다.

"아니오, 믿지 않는 것은 아니지만, 이런 경우의 상담은 성공보수로 하는 것이 우리 회사의 기본방침인데 불행히도 저에게는 이 방침을 변경할 만한 힘이 없습니다."

효도는 하바슈를 이해시키려는 듯이 말하고는 계속해서 자기의 입장을 설명했다.

"더구나 리비아는 지금 혁명이 끝난 지 7개월밖에 되지 않았습니다. 과연 혁명정권이 외국 석유자본에 대해 어떤 조치를 취할 건지 확실하지 않습니다. 완전히 국유화를 할 것인지, 아니면 지난날 이란의 모사디크의 실패를 거울삼아 콘서시엄(국제석유재단)과 합자라는 형태를 취할는지, 거기에 따라 우리 회사가 리비아에서 석유개발을 하느냐 마느냐, 또는 할 경우라도 방법이 달라지는 겁니다."

"그렇다면 미스터 효도는 가다피 정권에 대해 어떻게 분석을 하고 있소?"

"그건 이제부터 리비아로 가서 직접 보고 또 정보를 모아보지 않고선…… 신문에 보도된 것처럼 확고한 혁명정권인지 아니면 광신적인 민족주의자의 혁명에 불과하며 이란의 모사디크 꼴이 될는지, 가보지 않고서는 모르겠습니다."

"그런데도 리비아의 광구 이권에 관한 정보를 얻으려는 의도는?"

"그것은 일본이 석유소비량의 전부를 해외에 의존하고 있기 때문에 조금이라도 가능성이 있는 곳은 부딪쳐봐야 하기 때문입니다. 혁명 후에 리비아가 혼란한 정세에 놓여 있는 만큼 위험도 크므로 성공보수로 지불하고 싶습니다."

그러자 하바슈는 천장을 올려다보며 궁리를 하더니,

"그렇다면 성공보수로 30만 달러, 단 계약금으로 미리 10퍼센트인 3만 달러를 지불해 주기 바라오. 그렇게 하면 리비아에서 광구로 가는 비행기편을 예약하고, 그 안내자에게 연락을 취하도록 하겠소. 그러면 되겠소?"

하고 대답을 재촉하듯 말했다.

"아니, 계약금으로 3만 달러는 너무 비쌉니다. 그 광구가 만일 우리가 개발할 수 있는 광구가 아니라면 그대로 뜨는 돈이니까, 성공보수 30만 달러와 계약금은 그 5퍼센트인 1만 5천 달러로 계약하고 싶습니다."

"천만에. 나는 이미 이 지질탐사도를 성공보수로 매수하는 데에 대해 동의했소. 계약금은 3만 달러요."

하바슈는 짜증스러운지 딱 잘라말했다.

"이 이상 계약금을 깎아내리겠다면 일본의 다른 상사와도 얘기가 오가고 있으니 그쪽으로 돌리겠소."

"허어, 다른 일본 상사와……"

효도는 놀라움을 억누르고 짐짓 태연하게 말했다.

"그렇소, 큰 회사에서 아마 당신회사보다 더 비싸게 내 정보를 살 거요. 그러나 나는 일류 컨설턴트로서의 신용을 중히 여기기 때문에 먼저 약속한 당신과 이야기를 하고 있는 거요."

하바슈는 회사 이름을 밝히지는 않았지만 효도는 그것이 이쓰비시 상사임을 직감적으로 알아채고, 여기서도 이쓰비시상사의 거대한 그림자가 움직이고 있음을 느꼈다.

그러나 효도가 일본을 떠나올 때 위임받은 한계는 성공보수로 30만 달러까지, 계약금으로는 5퍼센트였다. 매수로 하자는 하바슈의 주장은 교묘히 철회시켰지만 계약금에서는 1만 5천 달러나 차이가 났다. 원칙대로 하면 상사인 석유담당 이사의 허락을 받아야 했지만, 사들인 원유를 국내 정유업자에게 되팔아넘기는 장사밖에 모르는 소심파인 상무에게 의논해 보았자 보류하라는 말만 나올 것이 뻔했다.

효도는 끈질기게 하바슈를 설득하여 결국 계약금 2만 달러로 해결을 보았다.

 다음날 효도는 사오토메와 함께 리비아의 수도 트리폴리 공항에 도착했다.
 트리폴리 주재원은 이탈리아의 밀라노로 출장 중이라 늦게나 이탈리아 항공으로 돌아올 예정이어서 효도 일행은 공항에서 택시로 곧장 베이루트의 컨설턴트인 압데살라무 하바슈가 지정한 리비아 팰리스호텔로 향했다. 40도에 가까워도 공기가 건조해서인지 그다지 덥지는 않았다.
 검푸른 지중해와 야자나무 가로수가 잇닿은 해안도로를 3, 40분쯤 달리자 리비아 팰리스호텔에 닿았다. 천장이 높은 유럽 스타일의 로비 안쪽에 있는 프런트에서 효도가 이름을 대자 프런트 담당은 예약 카드를 꺼내보고는,
 "리비아에 잘 오셨습니다. 조용한 방이 마련되어 있습니다."
 하고 숙박 카드에 기입을 요구하였다. 그러나 옆에 있는 사오토메는 거들떠보지도 않고 방 하나를 더 요구했다.
 "죄송합니다. 이미 방이 다 찼습니다만 스위트룸이라면 있습니다."
 하고 젊은 사오토메의 속셈을 꿰뚫어보듯이 은근한 투로 대답했다.
 "스위트룸 이외엔 방이 없다고? 베이루트의 사무실에서 텔렉스로 이미 예약한 거야. 잘 살펴봐요."
 사오토메가 덤벼들 듯이 말하자,
 "그것 참 이상하네요. 이 호텔은 요사이 메이저 관계의 장기계약을 받아 줄곧 만원 상태였으니까, 1개월 전에 예약을 하지 않으면 방을 드릴 수 없게 돼 있습니다."
 하고는 사오토메가 무슨 말을 하건 그저 미안하다는 소리만 되풀이

할 뿐이었다.

"할 수 없군, 내 방에서 묵도록 하게나."

효도의 말에 사오토메는 고집을 부렸다.

"확실히 예약했는데, 에쏘나 BP 친구들이 끼어든 게 틀림없어요. 이 녀석이 일본사람을 우습게보고 있어."

사오토메는 화가 나서 못 견디겠다는 표정이었다.

"다시 한 번 이코노믹 타입의 방을 알아봐요. 분명히 있을 테니까."

사오토메가 익숙한 솜씨로 팁을 쥐어주려고 하자,

"우리나라에서는 작년 혁명 이후부터 정규요금 이외의 돈을 받는 것은 법으로 금지되어 있습니다."

하고 프런트 담당은 한마디로 거절했다. 중동에서 뇌물이 통하지 않는 일이란 전무한 상태였기 때문에 이렇게 되자, 한다하는 사오토메도 어쩔 수 없이 효도의 방에 묵기로 했다.

바다에 접한 5층 트윈 베드가 있는 방에 들어가 한숨 돌리고 있으려니까 트리폴리 주재원인 미타가 들어왔다.

"마중 나갔어야 할 제가 오히려 도착이 늦어 죄송합니다. 불편한 점은 없으셨는지요?"

햇볕에 탄 얼굴에서 선글라스를 벗으며 미안하다는 투로 말했다.

"아니, 우리도 방금 막 도착했네. 우선 뭐 시원한 것이라도 들도록 하지."

효도의 말에 사오토메는 방 안의 냉장고를 열었다.

"콜라, 쥬스, 벤가실, 어떤 걸로 하실까요?"

수돗물은 외국인은 마시치 못할 정도여서 냉장고 속에는 알코올류를 제외한 쥬스나 콜라, 증류수 등이 있었다.

"글쎄, 코카콜라가 좋겠군."

효도가 대답하자 미타가 설명했다.

"코카콜라는 리비아에서 추방됐답니다. 미국의 코카콜라가 이스라엘에 협조적이라는 가다피의 한마디로 보이코트 당했습니다."

"그럼 아까 방 문제로 프런트 담당에게 팁을 주려 하다가 거절당한 것도, 팁을 추방하자는 가다피의 명령 때문인 셈이군요."

사오토메가 말했다.

"글쎄, 그것이 어느 정도로 철저하게 실시되고 있는지는 의문이지만, 외국기업체의 간판은 모두 아라비아어로 바뀌고 바나 캬바레도 폐쇄, 게다가 술을 판매하다가 들키면 체형에 처한다는 거야. 아무튼 가다피는 베드윈의 아들로 엄격한 이슬람교의 계율 속에서 자란 사람이라서, 서구의 부패한 문화가 리비아를 타락시킨 거라고 지나칠 정도로 증오심을 품고 있어."

"그래서 공항에서 알코올류의 검사가 심했구나. 다른 나라 같으면 가지고 있는 게 발견되면 몰수할 뿐이었는데, 담당관 앞에 있는 양동이 속에 자기 손으로 쏟게 하는 데는 아주 질렸어요."

사오토메는 양동이에 쏟아버린 포켓 위스키가 몹시 아까운 듯이 말하고는,

"그런데 미타 씨, 왕정파의 복귀가 있다면 이제 그 시기가 되었을 만한데 전혀 소식이 없군요. 나도 미타 씨처럼 혁명이라는 것에 한번 부딪쳐보고 싶어요."

하고 호기심에 찬 투로 말했다.

혁명 이야기가 나오자 미타의 표정이 굳어졌다.

"무혈혁명이라고는 하지만 아침에 일어나자 밖에서 펑, 펑, 축포를 쏘는 듯한 소리가 들리기에 오늘은 무슨 축제일인가 하고 창문을 여니, 갑자기 가까이에서 탕! 하는 총소리가 나고 험악한 기세의 군인들

에게 경찰관이 둘러싸여 있는 광경을 보았을 때는 정말이지 놀랐습니다."

"하지만 그게 혁명이라는 것을 어떻게 알았나?"

효도가 콜라 병을 손에 든 채 물었다.

"물론 그때는 뭐가 뭔지도 모르고 밖으로 뛰쳐나가려 했지요. 그런데 안면이 있는 보이가 쿠데타가 일어나 외출금지령이 내렸으니, 한 발짝이라도 나가면 사살된다고 하더군요. 황급히 방으로 돌아와 여권과 갖고 있던 돈 전부, 그리고 비행기표를 간수하고는 가장 가까운 밀라노 지사에 전화를 걸려고 하는데, 벌써 불통이더군요. 그래서 위험하다는 생각이 들어 우선 든든히 먹어둬야겠다 생각하고 식당으로 가자, 군인들이 밀려들어와 총검을 들이대고는 손을 들라지 뭡니까. 효도 씨처럼 전쟁을 겪어본 적도 없을 뿐 아니라 총검을 보는 것조차 처음이라서 다리가 덜덜 떨렸지만, 일그러진 얼굴을 하고 있으면 의심을 받을 것 같아 억지로 웃으면서 여권 체크를 받을 때의 일은 지금 생각해도 소름이 끼친답니다."

"그렇겠군. 그런 때 사오토메 같으면 틀림없이 덤벼들었을 테니 연행당하는 것을 면치 못했을 거야."

효도가 싱긋 웃으며 말했다.

"곳곳에서 왕정파의 군대와 상당한 격돌이 있었던 모양인지 계속 계엄령이 내려 공항, 항만이 폐쇄되어 있었기 때문에 1개월쯤 지나자 식량이 떨어지기 시작하는데, 그땐 참 불안하더군요. 그럴 수밖에 없는 게 일본 대사관이 없으니까 신변안전에 대한 보장을 받을 수 없었거든요."

"음, 도쿄 본사에서도 그때는 외무성에 매일 문의를 했지만 소식불통이라서 걱정했었지. 혁명 후 1주일이 지나서야 겨우 전보가 날아오더군."

"네, 외출금지가 완화되자 도쿄 외무성에 전보를 치려고 매일 전보국으로 갔지만 허탕이었어요. 하지만 우연히 일본에서 시찰차 온 사람들이 혁명을 만났기 때문에 어떻게 해서라도 그 사람들의 소식을 알려야겠기에 날마다 같은 문안을 들고 전보국으로 다녔답니다."

"그래요? 그런 때에는 어떻게 전보를 치죠?"

사오토메는 흥미로운 듯이 물었다.

"We are safety(우리는 안전하다)."

"겨우 그 말만 해요?"

"그럼. 목숨이 안전하다든가, 살아 있다든가 하는 따위의 노골적인 표현은 계엄령 하에서는 위험하기 때문에 될 수 있으면 피해야 해. 하여튼 매일 기도하는 마음으로 시찰단장의 이름을 들고 전보 치러 다녔어. 내 이름으로 안하고 시찰단장 이름으로 한 것은 일본에서 쉽게 통하는 사람의 이름으로 해두면 외무성에서 빨리 눈치 채지 않을까 생각해서……"

미타는 당시를 회상하듯 한마디 한마디에 열을 올리며 말했다.

미타의 이야기가 끝나자 전화벨이 울렸다.

사오토메가 수화기를 들려는 것을 효도가 얼른 받았다.

"누구십니까?"

수화기 저쪽에서 아랍 사투리가 섞인 영어가 들려왔다. 기다리고 있던 하바슈의 대리인으로부터 온 전화였다.

"나는 하바슈로부터 연락받고 온 메제리프요. 광구로 안내할 비행기는 준비됐소. 내일 아침 일찍 출발합시다."

"알았소. 그런데 그 전에 만나서 이야기 좀 할 수 없겠소?"

"그럴 필요는 없소. 내일 아침 6시 반까지 트리폴리 공항 대합실로 나와 주시오. 유전지대로 가려면 내무성의 허가가 필요하지만, 신고하지 않고 갈 테니 그런 줄 알고……"
　상대는 일방적으로 전화를 끊었다.

　리비아 사막을 남서로 횡단하여 비행하는 세스나기 아래로는 지표로부터 하늘로 향해 타오르는 거대한 불길이 여기저기 치솟고 있었다. 원유를 채취할 때 나오는 가스를 태우느라 생기는 불기둥이었다.
　눈 아래의 광경에 시선을 박고 있던 효도 싱이치로의 가슴에선 뜨겁고 힘 있는 것이 솟구쳤다. 석유담당자로서 원유구매를 위해 중동의 여러 나라를 뛰어다녔으나, 광구의 이권 매수업무는 처음이며 더구나 리비아의 사막지대까지 들어가는 것도 처음 있는 일이었다. 그의 가죽코트 안주머니에는 하바슈로부터 입수한 광구탐사도가 들어있었다.
　효도의 옆 좌석에는 하바슈의 대리인인 메제리프가 앉고, 사오토메는 뒷좌석에 앉아 있었다. 메제리프가 미국의 인디펜던트계의 옥시덴탈 트리폴리 본사의 운수부에 줄을 대서 트리포타니아의 유전지대에 매일 보내는 옥시덴탈의 전용기에 편승한 것이다.
　기내에서 기사들은 챙이 넓은 모자에 앞을 튼 셔츠를 걸친 텍사스 스타일로 서류가방을 들고 명랑하게 지껄이며, 사오토메에게도 어디로 가는 중이냐고 스스럼없이 말을 걸기도 했다.
　앞쪽에 플레어스택(잉여가스 처리탑)이 보이고 중계 탱크, 펌프 스테이션 같은 것이 보이자 메제리프가 설명했다.
　"저건 1일 산출량 65만 배럴인 트리포타니아의 대유전으로, 단일 지상유전으로는 세계에서 몇째 갑니다."
　대단한 회사도 아니었던 옥시덴탈이 리비아에서 엑슨, BP 등의 메이저를 누르고 최대의 산유회사로 등장한 것은 67년 3차 중동전쟁으로 수에즈운하가 봉쇄되어 유럽으로 향하는 저유황의 리비아 원유에 대한 수요가 급속히 늘었다는 것과, 트리포타니아의 대유전 발견이라는 행운이 겹쳤기 때문이었다.

드디어 세스나기는 사막에 아스팔트를 깐 활주로에 모래먼지를 일으키며 착륙했다. 기사들은 거기에서 마이크로버스를 타고 2킬로미터쯤 앞에 있는 석유채취 센터로 향하고, 메제리프도 광구로 가는 트럭을 얻어온다며 역시 버스를 타고 가서, 효도와 사오토메만이 사막의 조그만 비행장에 남았다.

한 시간을 기다려도 트럭은 오지 않았다. 비행기에서 내릴 때는 꽤 서늘하던 사막에 얼마 가지 않아 찌는 듯한 무더위가 극심해지기 시작하고 어디서 날아왔는지 검은 파리떼가 아무리 쫓아도 달라붙었다.

짜증스럽게 파리를 쫓으며 사오토메는 의심스러운 듯이 물었다.

"효도 씨, 저 메제리프라는 사내, 정말 믿어도 될까요? 표지 하나 없는 사막인데 어디로 끌려가는지 도무지 알 수 없잖아요."

"자네는 몰라도 나는 사관학교에서 지형학을 단단히 익히고 또 남방 정글 속 작전도 한 경험이 있어서 방향 정도는 짐작이 가네. 아까 비행기 안에서 메제리프에게 그 점에 대해서는 단단히 엄포를 놔두었다네."

하면서 효도는 싱긋 웃었다. 메제리프는 왕정시대로부터 가솔린 판매 체인망을 경영하다가 혁명이 나자 재빨리 군사정부와 손을 잡고 거기서 얻은 정보를 해외에 망명해 있는 왕정파에게 흘려보내서 이중으로 재미를 보고 있었다. 이런 종류의 일에는 믿을 만한 남자라고 하바슈가 보증했던 것이다.

겨우 대형 벤츠 트럭이 도착했다. 터키모자를 쓴 운전사는 무표정한 얼굴을 하고 있었으나, 메제리프는 돌아갈 때에는 옥시덴탈의 세스나기에 빈자리가 없기 때문에 이 트럭으로 트리폴리까지 가달라고 교섭하다가 늦었다고 설명했다. 운전대의 조수석에 효도, 사오토메, 메제리프의 세 사람이 약간 불편하게 끼어 앉았다.

한참 동안 옥시덴탈 파이프라인을 따라 달리다가 알제리와의 국경 방향으로 진로를 잡았다. 사막을 달리는 동안 때때로 차를 세우고 뒤의 짐칸에 실은 빈 드럼통을 버렸는데 그것은 돌아올 때 표적으로 삼기 위해서였다.

유리창을 닫았는데도 어디서인지 잔모래가 날아들어, 순식간에 운전석은 뽀얗게 되고 입안이 자글자글했다. 효도는 큼직한 손수건으로 입을 닦아내며 말했다.

"아까의 옥시덴탈 얘기인데, 들리는 말로는 가다피 정권으로부터 표적이 되어 있다는 소문이던데, 실제로는 어떻소?"

하고 혁명정권의 석유정책에 관해 슬며시 탐색했다.

"그렇다고 봐야겠지요. 옥시덴탈이 아무리 리비아 최대의 석유회사라 하지만 일단 유사시에는 메이저의 강력한 힘과는 비교도 안 되게 다루기 쉬울 뿐 아니라, 가다피 자신이 옥시덴탈에 대해 매우 감정적인 모양이오."

"그건 이도리스 국왕과 너무 가까웠기 때문이오?"

"이도리스 국왕 문제뿐 아니라 옥시(옥시덴탈)는 각료, 국회의원, 군대, 법원에 이르기까지 몽땅 뇌물을 뿌려 포섭해서 규정 이상의 기름을 채굴하고, 이권지구를 부정으로 낙찰했기 때문이오. 그 덕분에 싸구려 월급쟁이인 각료나 관리가 베이루트에 별장을 갖고, 스위스에 예금구좌를 트고, 매주 비행기로 런던이나 파리로 가서 도박이다, 계집이다 넋을 잃을 정도로 부패해 있었으니까요. 물론 에쏘나 BP 역시 똑같은 수법을 썼지요."

메제리프는 어깨를 으쓱해 보였다.

트럭이 몹시 흔들려 효도 일행은 어깨를 서로 부딪치며 앞쪽을 지켜보았다. 때때로 사오토메는 쌍안경을 들여다보았지만, 오아시스 그림자는 보이지 않고 하늘과 사막만이 끝없이 계속될 뿐이었다. 이윽고 왼편에 구릉이 나타나자, 메제리프는 아랍어로 운전사에게 무엇인가 지시했다. 그러자 트럭은 급히 속도를 줄였다.

"이 근처부터 여러분이 보실 광구입니다."

메제리프가 말했다.

"그래요, 그 표시는?"

효도가 조급한 마음을 달래며 물었다.

"쌍안경으로 보시오. 저 앞에 반쯤 부서진 블럭집이 보이죠? 그게 이 광구를 탐사할 때 다이너마이트를 보관하던 화약고로서, 조금 더 가면 지질탐사의 흔적도 볼 수 있소."

트럭은 모래바닥에 타이어가 푹 빠질 듯이 달리고 비탈진 구릉을 올라 쇠파이프가 박힌 지점에 섰다.

"보시오, 여기가 전에 옥시가 지질탐사를 한 곳이오."

메제리프가 말하자, 효도는 차에서 뛰어내렸다. 사오토메가 그뒤를 이어 카메라의 셔터를 눌렀다.

훅 하는 열기가 지면에서 올라와 선글라스를 쓰고 있는데도 눈을 끔벅거리게 할 정도의 강렬한 태양이 내리쬐었다. 효도는 녹슨 쇠파이프에 옥시덴탈사의 마크가 새겨진 것을 확인하자 곧 하바슈로부터 입수한 광구지도를 펼쳤다. 광구는 거의 직선으로 분할되어 백색, 회색, 흑색으로 구분되어 있었다. 흰 부분은 아직 광구로 결정되지 않은 지구, 회색은 어딘가 석유회사가 현재 이권을 소유하고 있는 지구였다. 메제리프는 손가락으로 검은 지구를 가리키며,

"효도 씨, 지금 우리가 서 있는 곳은 내륙에서 5백 킬로미터 거리에 넓이는 약 2천 제곱킬로미터, 꼭 알맞은 넓이일 거요."

하고 구매를 독촉하듯 말했다.

"이 광구를 포기한 까닭은?"

이미 들어 알고 있었으나 막상 그 지점에 서자 효도는 다시 한 번 확인하지 않고서는 견딜 수 없었다.

"옥시는 석유가 나오는 배사구조가 더 많은 광구를 다른 곳에 많이 갖고 있으니까 일단 취득했지만 포기의무에 따라 포기했을 뿐이오."

포기의무라는 것은 이권을 취득한 회사가 3년이건 4년이건 일정한 정해진 기간을 경과해도 채굴하지 않을 경우에 광구의 4분의 1씩을 포기해야만 하는 의무를 뜻하는 것이다.

효도는 고개를 끄덕이며 사오토메로부터 쌍안경을 받아들고 약간 높다란 사구로 올라갔다. 잎이 두꺼운 풀이 약간 자라 있었으나, 그 외에는 망망한 황백색의 모래만이 보이고 몰려오는 바람이 잔물결 무늬를 소리 없이 그려내고 있을 뿐 음산할 만큼 고요하며 장대한 경관이었다.

"메제리프, 가까운 곳에 수원(水源)이 없군요."

쌍안경에서 눈을 떼고 효도가 뒤따라 올라온 메제리프를 돌아보며 말했다.

"물이라면 가까이에 있는 옥시와 나누어 쓰도록 정부에 교섭하면 돼요. 효도 씨, 멀리 일본에서 여기까지 온 사람은 당신이 처음이오. 이 광구에는 배사구조가 아직 네 개밖에 발견되지 않았지만, 리비아의 석유탐사는 이제부터요. 석유개발은 남자 중의 남자가 할 일이지요. 효도 씨, 여기에 당신의 모든 것을 걸어보지 않겠소?"

정적 속에 메제리프의 굵은 목소리가 울려 퍼졌다. 배사구조가 있다고 해서 거기에 반드시 석유가 있는 것은 아니지만, 적어도 배사구조가 있어야 유층이 있을 수 있다. 효도는 자기 발밑을 보았다.

이 밑 몇천 미터 지하에 과연 석유층이 있을 것인가, 오직 그것만을 확인하기 위해서 몇천만 달러라는 거액의 자금을 투자하고, 탐사와 시추를 해야만 한다. 효도는 자기도 모르게 모래 한줌을 움켜쥐었다. 움켜쥔 모래는 효도의 마음에 불을 지를 듯 뜨거웠다.

5백 킬로미터나 떨어진 사막에서 효도와 사오토메가 트럭으로 트리폴리 교외에 도착한 것은 이미 황혼이 내린 후였다.

장장 다섯 시간이나 트럭에서 시달린 사오토메는 깊이 잠들었으나 효도는 조금 전 광구에 섰을 때의 감격이 아직도 가슴에 뚜렷이 남아 있어 머리가 맑기만 했다. 동행한 메제리프는 도중의 마을 사무소에 들르기 위해 먼저 내렸다.

갑자기 차가 급정거를 하더니 차체가 앞으로 쏠렸다가 멈췄다. 낙타가 길을 가로질렀던 것이다. 길에 포장을 한 뒤에도 길의 양쪽은 풀이 겨우 땅을 기듯이 자라고 있을 뿐이었고, 저녁놀을 받으며 양떼를 몰고 가는 베드윈의 모습이 조그맣게 보였다.

효도의 귀에 갑자기 코란을 읽는 소리가 들려왔다. 사막을 달리는 운전의 지루함을 잊기 위해 줄곧 켜놓고 있던 라디오에서 하루 다섯 번의 기도 중 일몰 5분 후부터 시작하는 마브리가 흘러나왔다. 경 읽는 엄숙한 소리에 귀를 기울이던 효도는 아까 멀리 보이던 베드윈의 모습이 가까워지며 열심히 기도를 올리는 모습을 보았다. 양떼를 세워놓고 마호메트가 태어난 곳, 사우디아라비아의 메카 방향을 향해 꼿꼿이 서서 양손을 배에다 모으고 코란을 외며, 무릎을 꿇고 몇 번이고 이마를 땅에 대는 것이었다. 거기에는 사원도 없고 다만 석양의 잔

광에 비친 황량한 토막이 있을 뿐이었으나, 대지에 엎드려 기도를 올리는 모습은 석유의 이권을 찾아 거액의 돈이 흘러 다니는 자신의 세계와는 너무나 동떨어진 감동적이고 엄숙한 모습이었다.

석유는 알라신이 사막의 백성에게 베푼 자비인가, 아니면 더욱 가혹한 시련인가. 효도의 눈에는 질주하는 차 뒤로 사라진 베드윈의 모습이 언제까지나 남아 있었다.

리비아 팰리스호텔의 라운지는 밤이 되면 항상 석유관계자들로 북적거렸다.

술이 금지되어 있었으나, 손님들은 포커나 체스를 즐기면서 숨겨운 포켓 위스키를 찔금찔금 마시고 있었다.

효도와 사오토메도 주재원인 미타가 어디선가 구해 온 포켓 위스키를 몰래 마시고 있었다.

"사오토메, 이 호텔은 제2차 세계대전 때, 독일의 롬멜 장군이 북아메리카에서 작전시 사령부로 썼던 역사적으로 유서 깊은 호텔일세. 우리가 앉은 이 의자에 롬멜 장군이 앉아서 술을 마셨는지도 몰라."

"롬멜 장군도 역시 비극적인 장군이었죠."

"음, 롬멜 장군은 이집트를 점령함으로써 영국군이 인도와 통하는 것을 차단하는 작전을 세우고 전차부대를 주축으로 한 기계화부대를 지휘하여 광대한 사막을 횡단, 과감한 전투를 전개하여 '사막의 여우'로 불렸던 모두가 두려워한 장군이지. 리비아 사막을 가로질러 카이로를 점령했다는 것은 나폴레옹도 꿈꾸다 실패한 쾌거라네."

그렇게 말하면서 효도는 타는 듯한 태양과 모래바람이 휘몰아치는 사막을 진군한 롬멜 장군도 역시 마지막에 가서는 탱크를 움직일 기름이 없어 카이로 근처까지 진격했음에도 영국군의 반격을 받아 패퇴

했던 일을 생각했다.

갑자기 옆 테이블에 앉아 있는 기술자인 듯한 남자가,

"최근 가다피가 하는 짓을 보니, 이 나라의 석유회사를 국유화하는 것이 우리가 상상했던 것보다 빨라질 것 같아. 우리 메이저들은 다른 나라에도 유전을 갖고 있으니까 경우에 따라서는 결탁하여 리비아 석유를 보이코트할 수도 있지만, 옥시덴탈처럼 다른 곳에 유전이 없는 회사는 국유화에 굴복하지 않을 수 없을 걸."

하고 말하자, 또 다른 남자가 말했다.

"그러나 만약 옥시덴탈이 국유화에 굴복한다면, 메이저라 해도 어차피 국유화는 면치 못해. 그렇게 되면 이권방식이 아직 남아 있는 이란 정도라면 매력이 있지. 가까운 장래에 광구를 공개한다던데?"

"그리고 보니 한두 개의 해상광구와 함께 육상에서는 가장 가능성이 있는 남부의 사르베스탄 지역이 드디어 개방된다고 하더군."

"허어, 그 사르베스탄 말이지? 아직 먼 이야기로 알고 있었는데."

"아니야, 공업화를 서두르는 이란이고 보면 그걸로 크게 벌고 싶은 모양이야."

효도는 심장이 마구 뛰는 것을 느꼈다. 그들의 이야기는 베이루트의 컨설턴트인 하바슈의 말과 이란석유공사에서 들은 말과도 일치했다. 정보란 하찮은 곳에서도 얻을 수 있는 법이라고 항상 생각하긴 했지만, 바로 그대로 적중한 것이다. 사르베스탄이라면 이란 남부의 시라즈로부터 2 킬로미터 정도 떨어진 지점이므로, 이라크와 국경을 접한 로레스탄처럼 분쟁이 일어날 염려도 없었다.

페르시아만의 4개국 사우디아라비아, 이란, 쿠웨이트, 아부다비 중에서 사우디아라비아는 세계 최대의 산유국이기는 하나 너무 폐쇄적이고, 쿠웨이트는 이미 너무 파헤쳐버린 것 같고, 아부다비의 석유는 일본에서 거리가 먼 데에 비해 산유량이 적다. 이러한 조건을 생각해 보면, 이란의 사르베스탄 광구를 취득하는 데에 전력을 다해야겠다고 비로소 목표를 정할 수 있었다.

제3인자

5월의 청명한 하늘에 오사카의 천수각이 한층 힘찬 조화를 이루고 솟아 있는 어느 날, 깅키상사의 오사카 본사 7층 강당에서는 주주총회가 열리고 있었다.

회장에는 오전 10시 훨씬 이전부터 특수주주로 불리는 총회꾼이며 회사에서 동원된 사원과 일반주주까지 약 3백 명이 간이 의자에 빈틈없이 앉아 있었고, 정면에 준비된 단상 위에는 좌측으로 사장을 비롯한 18명의 상무회 멤버인 이사, 우측에는 비상근 이사 및 부장직을 겸한 위촉 이사 20명이 각각 2, 3열로 나란히 마주 보고 앉아 있었다.

10시 정각에 다이몬 이치조가 단상 우측의 이사 자리에서 회장을 둘러보고 있는 총무부장에게 눈짓을 했다. 총무부장은 긴장된 표정으로 시작해도 좋다는 의미의 목례를 보냈다.

다이몬은 서류를 들고 자리에서 일어서더니 여유 있고 자신감에 넘치는 발걸음으로 중앙 의장석 단상 앞으로 다가갔다. 겉으로는 자신에 넘쳐 보이나 회사로서도 노출되기 싫은 약점, 치부를 누군가가 냄새 맡아 비판하지 말라는 법도 없는 주주총회인 만큼 여러 번 겪어도 단련되지 않았다. 총무부가 미리 회사측 의사대로 회의진행을 순조롭게 이끌어줄 총회꾼과 면밀한 사전타협을 하였다 해도 마음은 불안한 상태였다.

의장석 앞에 선 다이몬은 크게 심호흡을 하고 나서 회의장을 둘러본 뒤 입을 열었다.

"여러분, 바쁘신 데도 총회에 출석해 주셔서 대단히 감사합니다. 이제부터 깅키상사 주식회사 46회 정기 주주총회를 개최하겠습니다. 정관 제12조의 규정에 의하여 사장인 다이몬 이치조가 의장을 맡도록 하겠습니다."

형식대로 단숨에 여기까지 말하자 여기저기서 박수가 터져 나왔다.

다이몬은 박수가 끝나자 연단에 서류를 펼쳤다. 의장의 의사진행을 위한 서류 같지만 사실은 총회의 각본 같은 것이었다.

다이몬은 천천히 페이지를 넘겼다.

"그러면 출석하신 주주 총수를 보고드립니다. 오늘 출석하신 주주는 본인 출석 주주 302명, 그 주수(姝數) 24만 9,288주. 위임장을 제출하신 주주 3만 1,201명, 그수 2억 5,789만 2,500주. 합계 3만 1,503명에 그 주수 2억 5,814만 1,788주로서 발행 총수 4억 2,201만주 의 과반수가 되는 주주의 출석을 요하는 오늘의 총회는 합법적으로 성립되었습니다."

유난히 큰 소리로 총회의 합법성을 선언하자 출석한 주주 모두가 박수를 쳤다. 다이몬은 만족한 얼굴로 박수에 답하며 오디머 피케의 손목시계를 보았다. 바늘은 오전 10시 2분 30초를 가리키고 있었다. 총회는 1분이라도 빨리 끝날수록 좋은 터였다.

"본 총회가 성립되었으니 이제부터 하반기 영업활동의 개요를 보고 드리겠습니다."

이렇게 말하고 난 다이몬은 세계경제의 일반정세와 고도성장에 비례하여 급속히 신장하고 있는 회사의 업적, 각광을 받고 있는 해외프로젝트 등 깅키상사의 선전 냄새가 물씬 풍기는 영업활동에 대해서 각본대로 '5분만'에 맞추어 읽고 난 뒤, 질문이 나오지 않도록 곧 중요한 의안결의로 나아갔다.

"그럼 이제부터 의안의 심의로 들어가겠습니다. 제1호 의안, 제46기 결산서류 승인 건······"

그러자 조용하던 회의장이 약간 술렁이기 시작했으나, 다이몬은 개의치 않고 주주의 승인에 앞서 행해지는 감사의 발언을 촉구했다. 세 사람의 감사 중 한 사람이 일어섰다.

"저는 나카바야시 모리노스케 감사입니다. 이사회에 제출된 제 46기 영업보고서, 대차대조표, 손익계산서를 저희 감사 세 사람이 면밀히 조사해 본 결과 모두 정확하고 타당하다고 인정되었습니다. 이상 간단하나마 보고드립니다."

머리가 벗어지기 시작한 나카바야시 감사가 정중한 목소리로 발언하고 곧이어 다이몬의 승인으로 결말지으려 하자,

"의장! 질문 있소!"

하고 회의장 중간쯤에 앉아 있던 요란한 옷차림을 한 남자가 손을 번쩍 들었다. 각 회사의 총회에 5, 6분 정도의 시간을 내어 다니며 영문도 모른 채 질문하겠다고 손을 들어 돌아갈 때 교통비 몇 푼이라도 뜯어내는 총회꾼의 한 사람으로 다이몬은 별로 신경을 쓰지 않았으나, 연단의 각본에는 나카바야시 감사의 발언이 끝나는 부분에서 '5번이 승인, 승인하며 첫 번 발언을 한다'라는 주가 들어 있었다. 5번이란 총회꾼이 아니라 회사의 고문변호사였다. 다이몬이 꾸물거리고 있는 변호사에게 짜증스러운 눈빛을 보내자, 그는 기세 좋게 일어섰다.

"의장, 우리는 배포된 서류를 자세히 검토하여 깅키상사의 결산내용을 충분히 알고 있으니 의사의 신속한 진행을 원합니다."

시간이 좀 늦어지긴 했지만 과연 변호사답게 능숙한 발언을 하자 회사측의 총회꾼들이 여기저기서,

"이의 없음!"

"의장, 의사 진행! 진행!"

하고 모두들 동의를 했다.

"감사합니다. 제1호 의안은 다수의 찬성으로 승인되었으므로 제2호 의안인 이사선임의 건으로 넘어가겠습니다. 이번 회기말로 임기가 끝나는 이사는 다음의 18명입니다."

다이몬은 재빨리 이인자인 사토이를 비롯하여 섬유의 이치마루, 가네코, 철강의 도모토, 재무의 다카라다, 석유화학의 아카자와, 식량의 무기노, 아메리카 깅키상사의 이키, 유럽 깅키상사의 미네 등의 이름을 불렀다. 미네는 귀국하지 않았으나, 이키는 다이몬 사장이 직접 보낸 편지를 받고 5일 전의 이사회에서 전무로 승진이 내정되어 사토이의 바로 뒷자리인 둘째 줄 좌석에 앉아 있었다.

"이상 임기가 끝난 18명의 이사를 선임하고자……"

"선임의 문제는 의장에게 일임합니다!"

"이의 없음!"

다이몬의 말이 채 끝나기 전에 총회꾼들의 의견이 척척 들어맞아 일제히 의장에게 일임할 것을 외쳤다.

"위임을 받았으니 지금부터 선임에 들어가겠습니다. 사토이 다쓰야, 이치마루 마쓰지로, 가네코 도시오…… 이키 다다시, 미네 준지, 이상 14명은 유임, 무기노 규조, 야마오카 다다오…… 이상 4명은 퇴임, 오케구치 쓰토무, 아오야마 시치로…… 이상 4명은 신임, 이의 없

는 것으로 보아 신임 4명의 임원 취임인사로 들어가겠습니다."

다이몬의 말이 끝나자 우측 앞줄에 임원으로 뽑혀 기쁨을 감추지 못하는 표정으로 줄지어 앉았던 4명의 신임이사가 인사하기 시작했다.

바로 그때, 누군가가 이의를 제기했다.

"의장! 그 전에 유임의 이키 다다시에 대해 이의 있소!"

다이몬은 뜻하지 않았던 이의가 튀어나오자 놀랐으나,

"선임은 의장에게 일임되었습니다. 신임이사의 인사를 진행합니다."

하고 잘라말했다. 목재담당 오케구치가 신임인사를 했다.

"저는 이번에 새로 이사선임의 영광을 입게 된 오케구치 쓰토무입니다. 이 영광을 마음에 새겨 온힘을 기울여 주주 여러분 기대에……"

그가 흥분된 소리로 포부를 펴나갈 때 또다시 소리가 들렸다.

"신임인사는 나중에 해라! 의장은 이키 다다시 씨에 관해 유포되고 있는 괴문서에 대해서 해명하시오."

의장석 주주의 맨 앞줄에 앉아 있던 낯선 총회꾼이 팸플릿을 높이 들고 앞으로 다가갔다.

회사측의 총회꾼들은 뜻하지 않은 말에 일제히 목청을 높이며 아직 서른이 될까 말까한 총회꾼의 발언을 막고, 총무부원 몇 명이 그 남자 곁으로 달려갔다.

"뭐라구? 별실에서 천천히 얘기하자구? 이키 다다시의 인사가 그렇게 마음에 걸리는 거냐?"

모두 들으란 듯이 소리를 지르더니,

"의장! 이 괴문서에 대해서 알고 있는지 대답해라!"

하고 바로 옆에 있는 다이몬에게 덤벼들 듯이 다가왔다.

다이몬은 뺨의 근육이 경직되는 것을 느꼈지만,

"처음 듣는 말입니다."

하고 시치미를 떼었다.

"여자에게 빠졌기 때문에 시베리아 출신의 공산당에게 속고 있는 거요. 당신이 모른다면 내가 직접 읽어드리지. 이키 다다시는 주일 소련대사관의 야제프 참사관과 시베리아 억류시대부터 관련이 있어 기업비밀의 누설은 물론 부정한 회계처리로 소련 공산당에 헌금했다."

"의장! 그런 괴문서와 이 총회와는 아무 관계가 없소. 의사진행을 계속하시오."

맨 처음에 발언한 회사의 고문변호사가 제지하고 회사측의 총회꾼들도 괴문서를 계속 읽으려는 낯선 총회꾼을 밖으로 끌어내는 등, 소란한 가운데 총회는 한때 중단되었다.

단상의 이키는 이런 광경에 관심 없다는 듯 평온한 얼굴로 지켜보고 있었으나 가슴속은 착잡했다. 장내를 진정시키려는 다이몬의 소리를 들으면서 이키는 앞줄의 사토이를 보았다.

옆자리의 이치마루와 뭔가를 소곤거리는 사토이의 옆얼굴은 생각지 않았던 소동에 눈살을 찌푸리고 있는 것 같기도 하고 웃고 있는 듯도 했다.

경력으로 보면 5명의 선배 상무를 앞질러 전무로 승진한 이키의 인사문제는 임원 사이에 강한 반발을 일으킬 만했다. 이를 충동질하듯 사토이는 이키의 상무 승진을 여기저기 다니며 비판하던 터였다. 이키는 밖으로 끌려 나간 총회꾼이 사토이가 보낸 자임에 틀림없다고 느꼈다.

이윽고 회의장이 조용해지고 신임이사의 인사가 끝나자, 마지막에 중역 퇴직자에 대한 퇴직금, 위로금의 제3호 의안이 승인됨으로써 총회는 끝났다.

다이몬은 손목시계를 보았다. 10시 35분…… 보통 때라면 20분 내로 끝나는 총회가 35분이나 걸린 것은 앞으로도 폐습으로 남을 염려가 있었다. 다이몬은 매우 불쾌한 표정으로 의장석에서 물러났다.

주주총회가 끝나자, 곧 이어 이사회가 열렸다. 38명의 재임 또는 신임 중역들은 아직도 긴장된 얼굴로 사장, 부사장, 전무가 나란히 앉은 메인테이블을 향해 ㄷ자형으로 줄지어 앉아 사장으로부터 정식으로 담당부문에 대한 이야기를 들었다.

임명을 끝낸 다이몬 사장은 나란히 앉아 있는 중역들의 얼굴을 훑어보고 나서 총무담당 이사 겸 총무부장을 쏘아보았다.

"오늘의 총회는 그게 뭔가! 자네의 실수로 의장인 내가 어떻게 되었는지 알겠나?"

다이몬의 책망에 총무부장의 얼굴이 굳어졌다.

"죄송하게 됐습니다. 의사진행에 소홀함이 없도록 만전을 기했습니다만, 엉뚱한 자가 나타나서 이키 전무의 억류생활을 들고 나오리라고는 예측을 못했습니다. 이키 전무에게도 폐를 끼친 데 대해 사과드립니다."

그는 여러 사람 앞에서 진땀을 흘리며 사과했다. 그런데도 다이몬의 노여움은 가라앉지 않았다.

"이키 전무는 뒤에 앉아 있어서 괜찮았겠지만, 여자들에게 정신이 팔려 괴문서가 나돌고 있는 것조차 모르느냐고? 정말 이런 창피가 어디 있는가. 자네, 아까의 그 괴문서가 나돌고 있다는 말을 가토한테서 전혀 듣지 못했나?"

가토란 회사가 고용하고 있는 총회꾼 그룹의 보스 이름이었다.

"아까 가토에게 물어봤더니 그건 오늘을 위해 날조한 팸플릿으로 총회꾼으로서의 이름을 떨치기 위해 한 장난이라고 했습니다."

총회꾼으로서의 이름을 떨치면 그만큼 다른 기업으로부터 수고비며 비밀유지비로 주는 돈도 많아지게 되어 있었다.

"그러나 아까 그 총회꾼은 이름을 떨치기 위한 짓으로만 보기에는 좀 부자연스러운 집요성이 있더군요. 뭔가 다른 목적이 있는 듯했는데, 그 점은 어떻게 생각합니까?"

섬유담당 전무로 옛날부터 이키에게 호의적이었던 가네코의 말에 사토이 부사장은 무테안경을 번쩍이며,

"그러고 보니 주주총회에서 그런 발언을 하는 총회꾼은 별로 없지. 이키 군, 자네 시베리아에 억류되었던 자로부터 뭔가 원한을 사고 있는 일은 없는가?"

하고 싸늘한 시선을 이키에게 돌렸다.

"아닙니다. 그런 일은 절대로 없다고 자신있게 말씀드릴 수 있습니다."

이키가 차분하게 대답하자, 사토이는 약간 쑥스러워했다.

점점 어색해지는 이사회 분위기의 기색을 민감하게 알아차리고는 사토이가 말했다.

"이키 군, 오늘의 총회는 어찌 되었든 자네의 일로 한바탕 파란이 일었던 게 사실이네. 앞으로도 그런 일이 있으면 의장을 맡으신 사장님을 비롯하여 회사 전체에 폐를 끼치게 되니까 아무리 근거 없는 일이라도 앞으로는 주의하게."

사토이는 부사장다운 말투로 다섯 사람의 상무를 앞질러 전무로 승진한 이키에게 다른 이사들을 의식하고 준엄하게 주의를 주었다.

그러나 이키는 사토이의 말을 묵살하듯 눈 하나 깜짝하지 않았다.

차츰 사토이의 얼굴이 붉으락푸르락해졌다. 쓰노다 상무를 비롯하여 사토이의 눈치를 살피는 이사들은 시선을 떨어뜨렸고, 이사회의

분위기는 더욱 어색해졌다.

정면에 앉아 있는 다이몬은 불쾌한 듯이,

"이제 와서 여러 이야기 해보아도 별 수 없지. 이제부터 매사에 여론이 엄격해질 테니, 각자가 조심해서 처신하도록 하게."

하고는 회의를 끝냈다.

이사들이 자리에서 일어나 회의실을 나가자 다이몬은 이키를 불러 세웠다. 그는 사토이와 이사들이 나가는 것을 확인하고 나서,

"이키 군, 오늘의 괴문서는 진작 보기는 했네만 모두 거짓이겠지."

하고 추호의 동요라도 놓치지 않겠다는 눈빛으로 쏘아보며 물었다.

"저도 조금 전에 총무부장에게서 받아보았습니다만, 모두가 사실무근입니다. 사장님께서 새삼스레 확인하는 것은 어떤 의미이십니까?"

이키가 오히려 사장의 심정을 물었다.

"실은 자네를 전무로 승격시키는 데는 그런 일도 포함하여 여러 가지로 생각한 결과 판단을 내린 것일세. 마지막 결단을 내리게 한 것이 뭔지 아나?"

"전혀 예측할 수 없습니다."

이키는 고개를 갸웃거렸다.

"자네라면 내가 속아도 괜찮다는 마음에서였네."

"제가 사장님을 속인다고요? 그런 일이 있을 수가……"

이키가 깜짝 놀라 말끝을 흐렸다.

"이키 군, 전무라는 것은 단순히 상무보다 한 자리 위라는 그런 게 아니야. 자네에게 알기 쉽게 말한다면, 옛날 육군대학을 나온 군인은 중장까지는 무난히 올라가지만 중장에서 대장으로 승진하는 것은 매우 어렵다고 하더군. 그것은 기업의 측면에서는 상무가 중장의 자리, 전무가 대장후보, 즉 사장후보인 셈이야. 알겠나?"

다이몬은 진지하게 말했다.

"네, 그렇게 설명하시니 새삼 책임을 느낍니다. 대차대조표 하나 제대로 읽지 못하고 장사수완도 없는 제게 오늘의 영광이 있게 된 것은 사장님께서 이해하시고 이끌어주신 덕분입니다."

"그러나 기업이라는 싸움터에선 한편이래도 언제 적이 될지 모르는 거야. 그 예가 사토이 군과 자네와의 관계 아닌가. 10여 년 전에 자네를 항공기부로 데려오자고 우겨댔던 사토이 군은 자네가 설마 이처럼 빨리 다른 이사를 앞질러 제3인자가 될 줄은 상상도 못했을 거야."

"제3인자라고요? 저는 지금 전무의 말석에 올랐을 뿐입니다."

"확실히 자네 위에는 사토이, 이치마루 부사장과 네 사람의 선배 전무가 있네. 하지만 해외지사의 인사와 사업을 장악하는 해외통괄본부라는 상사의 중추부문을 담당한 자네는, 사내 서열은 비록 말석 전무라 해도, 실제적으로는 사토이 군 다음가는 제3인자인 셈이야. 나와의 거리가 가까워질수록 지금은 생각지 못했던 일을 꿈꾸게 될지도 모르네. 실력이 있으면 있을수록 남자란 생각지도 않던 일을 바라게 되는 법이야."

"자신이 하고 싶은 일을 하려면 보다 큰 권한을 필요로 한다는 건 잘 알고 있습니다만, 사장이란 조직의 통솔자이며 상징입니다. 군으로 말한다면 군사령관입니다. 저는 군에 있을 때부터 참모 분야에서 자라서 통솔자의 그릇이 되지 못함은 저 자신이 더 잘 알고 있습니다. 부탁입니다만, 어디까지나 사장님의 보좌역으로 생각해 주십시오."

"음, 자네는 그런 남자였지."

다이몬은 다시 한 번 신뢰하듯 고개를 끄덕였다.

자네 같으면 내가 속아도 할 수 없다 하면서, 다이몬은 헤아리기 어려운 저력을 지닌 이키로 하여금 새삼스럽게 충성을 맹세케 한 것이다.

 일요일, 이키는 가키노키사카의 집에서 모처럼 딸 나오코와 사위 사메지마 도모아쓰, 손자 후토시와 함께 점심식사를 했다.
 "허어, 대낮부터 진수성찬이로구나."
 이키는 가다랑이 다짐에 도미와 일두찜, 따끈한 토란국 사발이 놓인 식탁을 둘러보며 흐뭇한 듯 말했다.
 "아버지가 일본에 돌아오셨어도 일요일에만 집에서 진지를 잡수시니, 오랜만에 솜씨를 내본 거예요."
 나오코의 명랑한 목소리에 도모아쓰는 농담 비슷하게 받았다.
 "장인어른, 정말 이번 일을 축하합니다. 급속도로 전무가 되셨군요. 실은 요쓰야의 아버지는 체면이 영 말이 아닌데다가 어머니한테 들볶이기까지 해서 요즘은 노이로제에 걸려 시달리고 있답니다."
 그러자 나오코는 아버지의 안색을 살피며,
 "아버지 아파트 일인데요, 역시 혼자 사실 생각이세요?"
 하고 물었다.
 "음, 아이들을 키우려면 흙장난이라도 할 수 있는 집이 좋을 테니까 너희들이 여기서 살고, 나는 아파트로 옮기겠다."
 "어째서 저희들과 함께 살면 안 된다는 거예요? 도모아쓰도 좋아할 것이고, 또 함께 있으면 이렇게 아버지 식사도 해드릴 수 있는데요."
 나오코가 3년 만에 귀국한 아버지를 애타게 기다리고 있었다는 듯이 말하자 도모아쓰도 끼어들어,
 "원래 이 집은 장인어른께서 뉴욕에 가 계시는 동안 집을 지킬 겸 해서 들어왔으니까, 장인어른께서 아파트로 옮기실 바에야 차라리 저희들이 나가겠습니다. 마침 요쓰야의 아버지 아파트 아래층에 조금

작긴 하지만 적당한 방이 비어 있답니다."

하고 도미찜에 젓가락을 대면서 말했다.

"다른 집 장인들을 보면 설사 사위가 마음에 안 들더라도 손자가 생기면 손자한텐 마음이 약해져서 함께 살기를 원하던데, 장인어른은 인정도 많고 따뜻해 보이면서도 생각보다는 쌀쌀한 점이 많으십니다."

이키는 그 순간 말문이 막혔으나 내색하지 않았다.

"쌀쌀한 게 아니라 오래 살 경우에는 따로 사는 편이 낫다는 게 내 생각이다. 이 집에서 혼자 살면 출입할 때마다 대문을 여닫아야 하는 게 불편하고, 잠만 자러 오는 생활에 가정부도 필요 없으니까, 편리한 아파트로 가려는 것뿐이다."

이키는 온화한 표정으로 말했다. 그러자 도모아쓰는,

"그야 이 집에서 혼자 사시기에는 좀 무리지요. 차라리 이 기회에 재혼을 생각해 보시면 어떻겠습니까? 누구 마음에 두신 분이라도 계신가요?"

하고 아주 자연스럽게 물었다. 이키는 아키츠 지사토를 생각하며 내심 부끄러운 느낌이 들었으나,

"아니, 없어."

하고 무뚝뚝하게 대답했다.

"그럼 제가 중매 한번 서볼까요?"

"도모아쓰 군, 그런 일을 가볍게 말하면 안 되네."

"그렇게 화내실 일이 아니잖습니까. 마침 저희 IBM에 미국에 갔다 오느라고 혼기를 놓친 여성이 있는데, 미인이며 영어가 유창합니다. 전부터 상사원과 결혼하고 싶다고 해서 마침 그 생각이 떠올랐을 뿐입니다."

옆에서 나오코가 거들었다.

"여보, 아버지한테는 돌아가신 어머니가 다시없이 소중한 분이세요. 그렇게 간단히 말하지 마세요."

아버지의 심정을 헤아리면서도 딸로서 느끼는 바가 있는 말투였다.

"그래? 그렇다면 미안해요. 우리 아버지 같으면 어머니가 돌아가시면 곧 재혼해 버릴 것 같아서 그만……"

도모아쓰는 머리를 긁적거렸다. 나오코는 쓴웃음을 지으며,

"아버지, 아파트 값이 꽤 나가겠죠? 이 집을 처분하지 않고 산다면 얼마나……"

하고 제 어머니를 그대로 닮아 부질없는 걱정을 했다.

"그런 일은 걱정하지 않아도 돼. 회사에서 변통할 수 있고, 또 사치스러운 집을 사는 게 아니니까 돈 걱정은 말아라. 총무부에 적당한 걸 찾아달라고 부탁해 두었다."

하고 이미 진행시키고 있음을 알려주었다.

"그럼 이 근처로 하세요. 자주 들를 수 있게요."

겨우 나오코가 수긍을 하자 이키는 차를 다 마시고 일어섰다.

"다니카와 씨 댁에 다녀오마. 저녁식사 전에 돌아오겠다."

이키는 삭풍회 회장인 다니카와 전 대좌의 집을 방문하기 위하여 집을 나섰다.

게이오 선의 조후 역에서 15분 정도 걸어, 소메지 시영주택의 문을 두드리자 다니카와는 반갑게 이키를 맞았다.

"언제 돌아왔나? 오랜만이군. 집사람도 기뻐할 걸세. 지금 바느질감을 갖다 주러 잠깐 나갔으니까 곧 돌아올 거야. 자, 올라오게."

다니카와는 4조 반과 6조에 부엌뿐인 비좁은 집의 안방으로 이키를

안내했다. 낡은 장롱과 책장, 조그만 책상이 놓여 있을 뿐 소박한 방이었다.

"오늘은 보고드릴 일이 있어서 왔습니다. 실은 어제 저희 회사 이사회에서 전무로 임명되어 우선 누구보다 먼저 다니카와 선배님에게 그 소식을······."

인사를 하자, 다니카와의 눈에 기쁨이 넘쳐흘렀다.

"그게 사실인가? 축하하네. 우리처럼 실업계에 어두운 사람도 일본 4대 상사의 전무라면 대단한 자리라는 것 정도는 알고 있지. 정말 축하하네."

다니카와는 자신의 일처럼 기뻐하며, 아내가 돌아오자마자 이키의 승진 이야기를 하고 술상을 차리도록 했다. 이키가 사양하자,

"비록 가난하게 살지만, 자네의 승진을 축하해줄 만한 정도의 여유는 있네."

하고 웃었다. 술과 안주가 나오고 다니카와는 이키의 잔에 술을 따르며 말했다.

"자네는 정말 대단해. 여러 가지로 직업상 인사할 곳이 많을 텐데 맨 먼저 인사를 와주다니 고맙네. 내일 당장 삭풍회 식구들에게 알려야겠군."

"모두들 열심히 하고 있습니까?"

"음, 열심히 뛰고 있지. 가미모리는 자위대의 통막학교 교관으로 여러 사람으로부터 신망을 얻고 있으며, 미즈시마도 가쿠슈 출판사에서 열심히 근무하고 있다네. 그리고 작년에 자네가 일시 귀국했을 때 자네에게 돈을 빌린 데라다의 부인도 그 돈으로 병을 치료하고 건강을 되찾아 맞벌이를 하고 있다네."

세 사람 모두 지난날 이키와 육사, 육대의 동기 혹은 후배인 뛰어난

인물들이었다.

"자네가 승진한 사실을 알면 모두들 기뻐할 걸세."

다니카와는 잔을 비우고는 좋아서 어쩔 줄 몰라 했다. 전보다 좀 여윈 듯 몸이 작아 보였다.

"선배님, 건강에 신경을 쓰시지 않는 것 같군요."

"아니, 나이 탓일세. 삭풍회 일은 나의 천직이니까 조금도 힘들지 않네. 집사람도 매일 도시락을 즐겨 마련해 주고, 회원들도 시간이 좀 나면 직장의 일을 마친 뒤 달려와 열심히 도와준다네."

"그런데 저는 아무 일도 도와드리지 못해서 죄송합니다."

"아니야, 자네는 돕는 것 이상의 일을 해주고 있네. 능력을 충분히 발휘할 수 있는데도 때를 만나지 못해 불운에 빠져 있고, 시베리아 억류자는 어차피 '뒤늦은 귀환자'라 해서 사회인으로는 이제 틀렸다고 희망을 잃기가 쉬운 회원들에게 많은 격려가 되고 있네. 앞으로도 더 열심히 해주게나. 지금 우리 계획의 하나는 시베리아에서 죽어 유골마저 돌아오지 못한 전우들을 위해 마이쓰루에 위령비를 세우는 것이네."

"그래요? 마이쓰루 어디쯤입니까?"

"그건 아직 미정이지만, 시베리아 억류자로서 마이쓰루는 조국의 대명사 같은 땅이니까."

"그렇다면 저도 관서지방에 출장 갈 때 기회가 있으면 한번 살펴보도록 해야겠습니다."

이키는 뜨거운 감정이 솟구쳤다. 엊그제 깅키상사 주주총회에서 '시베리아에서 돌아온 빨갱이'라는 야유를 들은 일을 생각하면, 전후 25년이 지난 오늘날에 이르기까지 서로 위로하며 살아가는 삭풍회 회원들의 세계와 현재 자신이 일하고 있는 기업세계와는 너무나도 동떨어진 세계였다.

그런 만큼 이키는 다니카와를 만나 삭풍회 회원들의 소식을 듣게 되자 오랜만에 마음이 씻은 듯 했다.

7월 초순의 어느 날 아침, 이키는 다이몬 사장과 함께 시바시로가네의 다부치 간사장 사저를 향하고 있었다.

옛날 그대로의 모습이긴 하나 호화스럽고 웅장한 저택들이 줄지은 야시키 거리의 언덕배기에 자동차가 이르렀을 때,

"다부치 간사장이 직접 설명을 듣겠다는데, 도대체 무슨 일일까? 자네 혹시 짐작되는 일이라도 없나?"

하고 다이몬이 약간 불안하면서도 짜증스러운 듯이 물었다.

"네, 우리 회사와 다부치 간사장과는 연말이나 명절 때 인사와 선거자금 원조라는 의례적인 접촉밖에는 없는 터인데 갑자기 듣고 싶은 일이 있다고 사저로 부르니, 그저 놀라울 뿐 무슨 얘기가 나올지 짐작조차 가지 않습니다. 하기야 저는 미국에 주재하고 있어서 깊은 사정에 어두운지도 모르겠습니다만."

후임 아메리카 깅키상사 사장에게 업무인계를 마친 뒤 도쿄 본사에 돌아온 지 얼마 안 되는 이키가 차 앞쪽을 똑바로 바라보며 대답했다.

"아니, 간사장 계열과는 깊은 관계가 없네. 그렇잖아도 방금 경제인연합회 관계로 파리에 가 있는 사토이에게 국제전화로 물어보았는데, 첫마디가 그건 혹시 착오가 아니겠느냐고 깜짝 놀라더군. 요는 쓰노다가 얼빠진 친구란 말일세. 그 친구가 무슨 용건으로 가야 하느냐고 자세히 알아봤어야 하는데, 고민만 하는 스타일이라서 어젯밤부터 신경이 쓰여 머리가 아프네."

다이몬은 짜증스럽게 내뱉었다.

자유당의 다부치 간사장의 비서로 부터 갑자기 시바시로가네에 있는 사저로 와달라는 전갈을 받은 것은 어젯저녁이었다. 정치가에게서 온 전화는 비록 간부급이 아니라 해도 국회의원이 국정감사권을 가지고 트집을 잡으려 하기 때문에 대하기가 어려운 터에 평소 거의 접촉이 없던 다부치 간사장에게서 온 전화인 만큼 쓰노다가 당황하여 용건도 제대로 확인하지 못하고 우물쭈물하는 사이에 저쪽에서 일방적으로 일시를 지정한 것이다.

동북지방의 벽촌에서 태어나, 타고난 빠른 두뇌회전과 돈에 대한 동물적인 후각, 특히 토지 전매로 얻은 거대한 자금을 밑천으로 오늘날의 대파벌을 구축한 다부치의 전화니 당황하지 않을 사람은 없겠지만, 용건이 무엇인지 짐작조차 할 수 없는 면회를 사장이 강요당한대서야 업무본부장으로서는 큰 실수였다.

다이몬은 다부치 호출의 저의가 더욱 불안하여 사토이가 해외출장 중이기도 해서 동행자로 쓰노다가 아닌 이키를 선택한 것이다.

마침내 자동차는 2미터의 높은 담을 두른 다부치 저택의 정문 현관에 멎었다. 전 도쿠가와 공작의 저택답게 대지 1천 5백 평에 이르는 호화저택으로, 한아름 가량 됨직한 화강암의 문기둥 하나에도 유서 깊은 세월이 새겨져 있었다.

운전사가 경비초소에 있는 경찰관에게 오게 된 이유를 알리자, 인터폰으로 안채와 연락했다. 바깥문이 곧 열리고 지시된 저택 안의 널찍한 자갈길을 10미터쯤 나아가자 제2의 문이 있었다.

제2의 문이 열리자 여기서부터는 손질이 잘 된 소나무와 향나무가 있는 일본식 정원으로 바뀌었다. 다부치 가족이 사는 안채는 제2의 문 안쪽에 있었다. 꼼꼼한 취향을 살린 일본 정자식 안채 응접실로 안내받을 수 있는 사람은 다부치 계보의 정치가이거나 각 성의 고급관료,

대기업의 중역들뿐이었다.

다이몬과 이키가 주차장 앞에서 내리자, 남방셔츠를 입은 중년의 남자가 마중 나와 있다가 현관으로 안내했다. 넓은 현관으로 들어가자, 다부치와 어딘가 닮은 신사복 차림의 다른 남자가 맞아들였다.

"안녕하십니까? 이리로 오십시오."

현관 바로 옆의 서양식으로 꾸민 응접실로 안내하며,

"선생님은 지금 고향의 진정단과 회견하고 계시니, 좀 기다려주십시오."

하고 이른 뒤 나갔다.

"저 사람이 전화를 건 비서인가?"

다이몬이 속삭였다.

"아니, 제가 들은 바로는 아까 주차장까지 마중 나온 자가 간사장의 운전사이고, 방금 그 사람은 얼굴 모습이나 몸매로 보아 간사장의 신변을 돌보는 사촌동생인 것 같습니다."

이키가 귀띔을 했다. 문을 노크하는 소리가 들리고 곧이어 대학생인 듯한 청년이 차와 지방명산인 사과를 가져왔다.

긴장으로 목이 타던 다이몬은 곧 차를 입에 댔다. 그러나 한 모금 마시고는 맛이 없는 듯 찻잔을 놓았다.

이키는 잠자코 실내를 둘러보았다. 앞에 넓은 잔디 뜰이 있는데도 지붕의 추녀가 긴 탓으로 방안은 침침했다. 아취가 있는 고전적인 벽난로 속에는 골판지 상자가 들어 있고 그 앞에 대형 에어컨이 있으며, 장식장에는 선물받은 듯한 값비싼 도자기와 그림접시, 크리스탈 장식 그릇, 오동나무 상자에 든 채로 있는 족자 등이 조잡하게 널려 있어 마치 전당포의 창고 같은 인상을 주었다.

값비싼 서화 골동품이 그처럼 조잡하게 취급되고 있는 것은 다부치가 원래 그런 물건에는 흥미가 없다는 것과 어차피 가져올 것이라면 차라리 현찰로 가져오라는 암시 같기도 했다.

이키는 아까 현관에서 코트나 모자를 거는 클래식한 홀 스탠드 밑에 어울리지 않는 플라스틱의 싸구려 구둣주걱 대여섯 개가 멋대로 뒹굴고 있어 무슨 토목업자의 현관 같은 착각에 사로잡혔던 일을 떠올렸다. 그때 정원 쪽을 보고 있던 다이몬이 깜짝 놀란 듯 소리를 질렀다. 그쪽을 보니 꼬리를 쫙 펼친 공작이 있었다. 한 마리가 아니라 두세 마리가 뒤따라 부채꼴로 편 깃털 끝에 꼬불꼬불 구부러진 하트 모양의 무늬가 아침 햇빛을 받아 찬연하게 빛나고 있었다.

놀란 눈으로 보고 있는데 정원의 디딤돌을 밟으며 들어오는 다부치 간사장의 모습이 보였다.

다이몬과 이키가 황급히 일어서자, 다부치 간사장은 응접실의 유리문을 열고 들어왔다.

"여어, 잘 오셨습니다."

탁한 목소리로 스스럼없이 말하면서 정원을 뒤로 하고 소파에 털썩 앉았다.

"깅키상사의 다이몬 이치조입니다. 벌써부터 한번 인사를 제대로 드려야 한다면서도 예의를 잃고 있었습니다."

다부치 간사장을 중심으로 한 관서지방 재계의 모임에서는 몇 번인가 만났으나, 이렇게 1 대 1로 마주 앉아 만나는 것은 오늘이 처음이기 때문에 다이몬은 깊이 머리를 조아렸다. 다부치는 그런 의례적인 인사엔 개의치 않고 땀이 배고 거무튀튀한 정력적인 얼굴을 빛내며 말했다.

"당신네 회사의 이번 결산은 총매상고 2조 3,408억으로 전년대비 187퍼센트 증가, 경상이익도 35퍼센트 증가로 6대 상사 중 세 번째로 대폭적인 이익을 내지 않았소? 꽤 벌어들였구려."

짤막한 말 중에도 정확한 숫자가 거침없이 나왔다. 간사장이 자기의 회사결산을 그렇게까지 자세히 기억하고 있다는 데에 다이몬은 기쁨 대신 은근히 공포를 느꼈다.

"칭찬해 주셔서 영광으로 생각합니다."

그러자 다부치 간사장은,

"그건 그렇고, 나를 곤란하게 하는 일을 해서는 안 되오."

하고 난데없이 위압적으로 말했다. 갑자기 어조가 바뀌는 바람에 다이몬은 정신이 바짝 들어 긴장된 얼굴로 물었다.

"저어, 무슨 말씀이신지요?"

다부치는 서생이 가져온 증류수 병을 당겨 시원스럽게 마개를 따고 컵에 따르다가 불쑥 물었다.

"당신은 누구요?"

다이몬 곁의 이키에게 흰자위가 많은 예리한 시선을 돌렸다.

"해외사업을 통괄하고 있는 이키 전무입니다."

다부치는 무슨 지병이라도 있는지 증류수를 반쯤 들이켰다.

"해외사업 담당자라고? 그렇다면 오늘의 용건을 알고 있을 텐데."

"아닙니다. 부끄러운 말씀이나 간사장님께서 부르신 뜻을 전혀 알지 못한 채 왔습니다만, 저의 담당 범위 내의 일이라면 제대로 답변을 드릴 수 있습니다."

무슨 일인가로 겁을 줄 생각이라고 직감적으로 느끼며 애써 평온하게 대답했다. 다부치는 남은 증류수를 모두 비우고 나서 다이몬과 이키를 번갈아보았다.

"지요다자동차를 미국 포크사와 자본 제휴시키려는 공작을 하고 있는 모양이던데, 통산성의 관리가 보고한 일인 만큼 틀림없겠지?"

통산성을 빙자해서 변명할 여지를 주지 않으려는 듯 재빨리 말했다.

다이몬은 순간 한숨 돌린 표정을 지었다.

"말씀대로 지요다자동차의 주거래은행인 다이산은행으로부터 좋은 상대가 있으면 연결시켜 달라는 부탁이 있어서, 일본 진출에 열을 올리는 포크사에 현재 얘기를 진행시키고 있는 중입니다. 그러나 출자 비율로 좀처럼 쌍방의 의견이 맞지 않아 난항을 거듭하고 있습니다만, 기본적인 협정만 성립되면 외자제휴· 제1호이므로 간사장님께 보고드릴 생각이었습니다."

"사후승인으론 곤란하오. 당신도 상사의 사장이라면 다음 달에 미·일 수뇌회담이 열리는 것쯤 알고 있겠지. 그때 자본 자유화의 초점인 그레이프 후르츠나 자동차, 컴퓨터 문제가 당연히 나올 것이오. 당의 간사장인 내가 일본 자동차 메이커의 움직임조차 모르고 있다면야 곤란하잖소."

다부치 간사장은 곤란하다는 말을 연발했다.

"정말 우리가 어리석었습니다. 우리는 교섭에 앞서 비록 공식적은 아니었습니다만 통산성의 의견도 듣고 나서 지요다자동차의 이익이 손상되지 않는 제휴라면 좋다는 내락을 받았으므로……"

다이몬이 변명을 하려 하자,

"통산성은 정부요. 이런 국가 대 국가의 국익이 걸려 있는 커다란 문제는 당의 양해가 있어야 한다는 것쯤 알고 있겠지요."

하고 험악한 말투로 몰아붙였다.

다이몬은 답변이 궁하여 입을 다물었으나, 이키는 다부치 간사장이 자기들을 불러들인 의도를 알 수 있었다. 요컨대 포크와 지요다의 제휴에 끼어들어 돈을 만지고 싶다는 얘기다.

그렇게 짐작되자 이키는 얼른 말했다.

"담당중역으로서 불찰이었습니다. 현재 교섭은 난항을 거듭하고 있기 때문에 조금만 더 포크, 지요다 양사의 주장을 압축시키고 나서 간사장님께 다시 보고도 겸해 도움 말씀을 들으러 왔으면 합니다."

다음에 보고하러 올 때에는 '돈을 가지고 오겠다'는 뜻이었다.

"알겠소."

다부치 간사장은 소파의 팔걸이를 탁 치며 테이블 밑의 벨을 누르더니 조금 전에 들어왔던 유리문으로 성큼 나가버렸다.

다이몬과 이키가 그 뒷모습을 보고 있자, 넓은 잔디밭에 놓아 기르는 한 떼의 공작이 현란한 날개를 펴고 꺄욱꺄욱 울어댔다. 그 모습과는 딴판인 야성적인 울음소리에 다이몬과 이키가 무심코 얼굴을 마주 보았을 때였다.

"여어, 이키, 오랜만이군."

복도 쪽의 문이 열리고 뜻하지 않게 다케나카 간지의 모습이 불쑥 나타났다.

"아니, 다케나카 씨, 우연히 뵙게 되는군요."

크게 놀란 척했으나 석유 이권업자로서 정계, 재계에 널리 개입하고 있는 다케나카 간지와 다부치 간사장과의 사이는 특히 유명하여 다케나카가 다부치의 공작 저택을 제집같이 마음대로 출입하고 있다는 소문은 이키도 뉴욕 주재 때부터 들은 터였다.

다이몬은 다케나카가 좌익 전향자라 신의를 둘 수 없다며 싫어하고 있었기 때문에 의례적인 인사만을 하고는,

"이키, 회의에 늦겠네."

하고 재촉했다.

다케나카는 세련된 동작으로 다이몬 옆으로 다가왔다.

"아무리 시간이 돈이라는 상사라도 2, 3분 정도에 뭐가 어떻게 되는

건 아니잖소. 댁의 회사가 최근에 중동에서 석유를 캐는 일에 열심인 모양이던데, 정말 해볼 생각이 있는 거요?"

미소를 띠며 물었지만 다이몬이 고개를 돌린 채 대답하지 않자 얼른 이키가 받아넘겼다.

"여전히 정보통이십니다. 어디 좋은 정보라도 가지고 계신가요?"

"아부다비에서 약간. 자네가 뉴욕 주재로부터 돌아온 뒤 한 번도 단둘이서 얘기한 일이 없으니, 언제 식사라도 같이 하는 게 어떻겠나?"

"그거야 좋습니다. 간사장도 관계되는 일인가요?"

다부치가 관계한다면 만사가 순조롭게 되는 한편 개입료가 비싸기 때문에 우선 확인하듯 물었다.

"그런 건 지금 이야기할 수 없지. 자네는 언제쯤이면 좋겠나?"

"다케나카 씨 좋으실 대로."

"그럼 모레 쓰키지의 란테이에서."

"알았습니다. 그럼……"

이키는 그 자리에서 약속을 하고는 다부치의 잡무를 맡고 있는 사촌 비서가 기다리고 있는 현관으로 나왔다.

차가 다부치 저택을 나오자 다이몬은,

"자네, 다케나카 같은 자와는 되도록 만나지 않는 게 좋아. 그야말로 골탕 먹기 쉬우니까."

하고 다부치 저택에서의 긴장이 풀린 반동 때문인지 몹시 불쾌한 어조로 말했다.

"그렇지만 다케나카 씨는 유럽의 귀족을 통해 중동의 왕족과 선이 닿아 있으니까, 그의 이야기를 듣는 것만으로도 참고가 되니 염려 마십시오."

"나는 위험성이 큰 석유개발에까지 관여하고 싶지 않네. 자네나 효도는 일본군이 석유가 없어서 패전했다는 후유증이 몹시 심한 것 같지 만, 석유개발은 실수를 하면 회사의 흥망이 판가름되는 큰 사업이기 때문에 기업인으로서는 여간 냉정하게 수지계산을 맞추지 않고서는 안 된다네."

다이몬은 석유개발 열의로 불타는 이키에게 제동을 걸듯 말했다.

그 후 이키는 6시에 개최되는 연회에만 참석하고 귀국 후의 새로운 거처가 된 다이칸야마의 아파트로 돌아왔다.

귀국 후 거래처에의 귀국인사와 연회가 계속되어 열흘 만인 오늘밤에서야 비로소 아키츠 지사토와 만날 수 있게 된 것이다.

다이칸야마의 주택가 한 모퉁이에 있는 아파트는 밝은 베이지색 벽돌의 외장이라든가 나무결을 살린 내부 장식 등이 이키의 취향에 맞았다. 더구나 4층의 남향 창문으로부터는 비록 작기는 하나 수목이 많은 공원의 경관이 곁들여 녹색과 고요함에 감싸여 있었다.

뉴욕에서 배편으로 도착된 짐은 나오코가 거의 정리해 주었지만, 서적이나 서류 등 이키 자신이 아니고서는 정리할 수 없는 것은 아직 리빙룸에 쌓여 있었다.

남방셔츠 차림의 이키는 단추를 풀면서 최근 1개월 반 정도의 정신없이 바빴던 일을 떠올렸다.

주주총회를 끝낸 후 일단 뉴욕으로 돌아가 3주간 아메리카 깅키상사의 주요 거래처에 일본 귀임인사를 다니는 것과 동시에 신임 아메리카 깅키상사 사장과 업무를 인수인계했다.

귀국하기 1주일 전에는 신임 아메리카 깅키상사의 사장과 함께 디트로이트의 포크사에 가서 해외기획담당인 플래트 집행 부사장에게 인사를 하고, 난항 중인 포크·지요다자동차 제휴문제가 하루빨리 실현되도록 잘 부탁한다는 취지의 말을 하고 돌아왔던 것이다. 그리고 귀국하자마자 국내의 주요 거래처와 금융계통의 인사에 쫓겨 가키노키사카에 있는 집으로부터 회사의 총무부에서 구해 준 다이칸야마의 아파트로 옮긴 것은 바로 4일 전의 일요일이었다.

나오코는 아버지를 도우며,

"아버지도 언젠가는 재혼하셔서 여기서 새살림을 차리시게 될는지 모르겠네요."

하고 쓸쓸하게 말했었다. 뉴욕에서 돌아온 그날 아키츠 지사토에게 전화를 걸어 다이칸야마의 아파트로 옮겼음을 알린 이키는 움찔하는 느낌이 가슴을 찔렀으나,

"그런 일은 없을 게다."

하고 태연자약하게 대답했던 것이다.

초인종이 울렸다. 문을 열자, 파란색 양장에 흰 블라우스의 깃이 돋보이는 아키츠 지사토가 서 있었다.

"늦었군. 길을 잃었나 하고 걱정했소."

"역에서 가까워 쉽게 올 수 있었어요. 그보다도 모임이 늦어져서 빠져나올 수 없었어요. 이거 밤참인데요……"

도예 모임이 있던 호텔에서 구한 야식 꾸러미를 건네고 나서 지사토는 현관에서 리빙룸으로 들어갔다.

"정말 훌륭한 집이에요. 전화로 다이칸야마 사루가쿠초라는 동네 이름을 들었을 때 어쩐지 이키 씨다운 곳이라고 생각했지만, 무슨 유래라도 있나요?"

지사토는 남향의 베란다에 있는 유리문 앞에 서서 전쟁 전부터 녹음이 우거진 주택지 사이에 점재하는 주변의 경관을 둘러보며 물었다. 이키는 쓴웃음을 지었다.

"이 집을 구해 준 총무부 사람의 얘기로는 다이칸야마란 예전에 다이칸(代官·봉건시대의 지방주재 장관의 직명) 관사가 있었기 때문이 아니라, 다이칸의 소유지였다고 해서 지어진 이름인 모양이오. 예부터 고분이 있는 언덕인데 에도시대의 책에는 세코즈카(수색대원의 언덕이라는 뜻)라고 기록돼 있는 만큼 이곳에 서면 2, 30리 사방을 한눈에 볼 수 있고 후지 산과 즈쿠하 산, 호소 반도까지 한눈에 볼 수 있었다는 거요."

"세코즈카라니, 이키 씨의 거처다운 유래가 있는 고장이로군요."

하고 지사토는 웃었다.

"그런데 또 다른 설에 의하면 사루가쿠즈카라고도 불렸던 모양이오. 고분이 있는 조용한 언덕에 서면 괴로움이 사라져버린다는 이야기가 전해왔다는 거요."

이키가 조용한 어조로 말했다.

"마음이 차분해지는 이야기군요. 하지만 정말 그랬으면 좋겠어요. 이키 씨의 방에 들어오면 걱정이며 괴로움에서 해방되듯이……"

"사실이 그렇잖소. 이젠 언제든지 만나고 싶을 때 만날 수 있소."

이키는 그렇게 말하며 가까이 다가서려 했다. 그러나 지사토는 그 말에 신경이 쓰이는 듯 슬쩍 소파 쪽으로 발길을 비켰다.

"아직 짐을 풀지 못하셨군요. 최근에 도착된 건가요?"

뉴욕에서 온 짐이 방에 그대로 있는 것을 보며 물었다.

"아니, 도착은 1주일 전에 했지만, 밤늦게 돌아오기 때문에 좀처럼 정리가 안 되오. 지금도 정리 중이오."

"그럼 좀 쉬셨다가 밤참이나 드시고 하시죠. 저도 도와드리겠어요. 이래봬도 일에는 익숙하답니다."

지사토는 수프를 데우고 샌드위치를 담기 위해 부엌으로 들어갔다.

좁지만 새 부엌에 서서 수프를 데울 그릇을 찾아 가스레인지에 올려놓은 지사토는 신혼가정 같은 착각에 사로잡혔다. 데워진 수프와 샌드위치를 식탁에 옮겨놓자, 이키는 맥주를 따르고 새삼스러운 표정으로 잔을 들어올렸다.

"이제야 겨우 돌아왔군. 새로운 출발을 위해 건배!"

"잘 돌아오셨어요. 하지만 아직 실감이 나지 않네요. 2, 3일 지나면 뉴욕에 돌아가실 것 같아요."

지사토도 잔을 맞대었다.

"주주총회 때는 전화할 겨를이 없었소. 그런데 일은 잘 되고 있소?"

"네, 요새는 여성 도예가도 발표기회가 많아졌고 저 자신도 가마를 가지고 일하니까요. 그동안 시련도 많았지만 그만큼 격려가 되기도 해요"

"그러고 보니 당신도 도예를 시작한 지 벌써 10여 년이 됐구려. 처음 교토의 집에서 만났을 때 니시징의 숙부께서 여자 미장이 흉내를 낸다고 한탄하시던 걸 지금도 기억하고 있소? 숙부님은 안녕하시겠지?"

"네, 올봄에 니시징직물협회의 회장으로 추대되어 이전보다 더 바쁘게 지내세요. 그 덕분에 저와 오라버니에게 하던 판에 박힌 잔소리가 적어졌어요."

웃으며 말했으나, 지사토의 숙부 아키쓰 노리쓰구로부터 지사토의 배우자를 찾아달라는 부탁을 받은 일이 있는 이키는 대꾸할 말이 없었다. 지금은 지사토와의 결혼을 꺼려할 이유가 없는데도 뜻을 분명히 밝히지 못하는 것은 새삼스럽게 얽매이고 싶지 않다는 남자의 이기심 때문이라는 생각이 들기도 했다.

식사가 끝나자, 지사토는 짐정리를 도왔다.

정리되지 않은 방 가운데서 이전의 개인전 때 줬던 청자 항아리만은 이미 상자에서 꺼내 장식장에 놓여 있는 것이 기뻤다. 지사토는 뉴욕에 있는 동안 이키가 가까이에 두었던 항아리를 살피며 손으로 쓰다듬었다. 자신의 분신 같은 느낌이 들어 방 정리가 끝날 때까지 위험하지 않은 곳에 챙겨두고 싶었다. 바로 옆의 일본식으로 된 방의 벽장 속에 넣어 두려고 벽장문을 여는 순간, 지사토는 온몸이 굳어져 버렸다. 아파트용의 조그마한 불단이 마련되어 있는 그곳에 이키의 전처 위패가 모셔져 있었던 것이다.

지사토는 숨을 죽이고 벽장문을 닫았다. 잠시 호흡이 거칠어졌으나, 눈치 채지 못한 이키는 여전히 서적을 정리하고 있었다.

"자, 오늘밤은 이 정도로 해두고 그만 쉬도록 합시다. 욕실에 물을 받아두구려."

지사토의 실망한 심정을 모르는 이키는 재촉하듯 말했다.

"저어, 내일 속히 끝내야 할 일이 있어서 너무 늦기 전에 호텔로 돌아가야 하는데요."

지사토는 퉁명스럽게 말했다.

"왜 그러는 거요, 도대체? 내가 아파트에 살기로 한 것은 생활의 편의를 위해서기도 하지만, 또 다른 이유는 당신과 시간을 갖고 싶어서인데……"

이키의 말에서 남자의 에고이즘이 감지되어 지사토는 서글픔과 노여움을 동시에 느꼈다.

"당신한테는 편리하시겠지만 전 싫어요. 마치 첩처럼……"

"무슨 소리를 하는 거요, 첩이라니."

이키는 나무라듯이 말했다.

"말이야 어떻든 같은 얘기예요. 저와의 관계를 분명히 하지 않으시는 건 일 때문인가요, 그렇잖으면……"

 돌아가신 부인 때문이 아니냐는 말을 간신히 삼키고 나니 핑그르르 눈물이 돌았다.

 "괴롭혀서 미안하오…… 하지만 조금만 더 참아주오."

 이키는 지사토의 다음 말을 막기라도 하듯이 입술을 포겠다.

 지사토는 얼굴을 좌우로 돌려 거부했으나, 어느 사이에 이키의 애무에 저항할 힘이 빠져 침대로 끌려갔다. 그때부터는 그녀 스스로 이키를 요구했다.

 나오코는 귀가가 늦어지는 남편 도모아쓰를 기다리며 레이스를 뜨고 있었다. 일본식 방의 테이블보로 담백한 연보랏빛 계통의 실을 택한 것은 어머니의 취향이 한 아이의 엄마가 된 자신에게 어느 틈에 이어진 것인지도 몰랐다.

 곁에서는 후토시가 곤히 잠들어 있었다.

 현관의 초인종이 울렸다.

 나오코가 레이스의 뜨개바늘을 놓고 나가자,

 "누나, 나야."

 하는 소리가 문 밖에서 났다.

 "어머, 마코토 아냐?"

 이쓰이물산에 근무하는 마코토는 인도네시아의 오지에서 농업개발에 종사하며 내주 초에 출장으로 일본에 오겠다고 알려온 터였다.

 "놀랐어? 형편상 갑자기 출장이 빨라진 거야."

 마코토는 현지인처럼 햇볕에 그을린 얼굴로 서류가방 하나만을 들고 방에 들어서자, 초인종 소리에 잠을 깬 후토시를 안아 올렸다.

 "사진에서 본 것보다 많이 자라서 매형과 똑같아졌군. 매형은 아직 돌아오지 않았어?"

IBM에 근무하는 도모아쓰의 소식을 물었다.

"잔무로 늦어진다고 아까 전화가 왔어. 그 사람이 건강하니까 다행이지만, 미국 기업은 정말 사람을 혹사시키는구나. 잔무니 접대니 연수니 해서 집에서 편히 쉬는 걸 못 보았단다."

"그래도 늦어진다고 연락을 하는 걸 보면 매형은 공처가로군. 후토시, 너도 공처가가 될 테냐?"

목말을 탄 채 좋아서 어쩔 줄 모르는 후토시에게 말했다.

"마코토, 그런 이상한 소리는 하지 마…… 그렇지 않아도 기분 나쁠 정도로 말을 잘 배워. 도모아쓰가 밤마다 그림책을 영어로 들려주니까 이웃집 부인들 앞에서도 개나 고양이를 보고 도그니 캣이니 하며 영어로 지껄여대서 귀염성이 없다는 말을 많이 듣는단다."

"영어라, 도모아쓰 씨, 그러고 보니 제법 좋은 아빠로군. 후토시, 넌 행복한 놈이야."

그러면서 마코토는 영어로 어르기 시작했다.

"후토시를 어르는 건 그쯤 해두고 식사를 하는 게 어떻겠니? 된장국이라도 끓일까?"

나오코는 마코토로부터 후토시를 받아 자리에 눕힌 뒤 주방으로 가려 했다.

"아니야, 이번에는 수마트라의 농업학교를 나온 현지인을 일본에서 교육하기 위해 데려왔기 때문에 그들과 함께 식사를 한 뒤 롯폰기에서 한잔 마시고 왔으니까 별생각 없어요. 과일이나 좀 줘요."

그러고는 식탁 위의 배를 집어 껍질도 벗기지 않고 와삭와삭 씹어 먹었다. 나오코는 어이가 없어 껍질을 벗겨주며 물었다.

"어때, 오랜만에 돌아온 일본이?"

"부질없이 사람과 건물이 너무 많아 숨이 막힐 듯해요. 회사에 가도 와이셔츠에 넥타이를 매고 구두를 신은 채 답답하게들 일하고 있는 걸 보니, 나는 1년 내내 셔츠 차림에 슬리퍼로 일할 수 있어 정말 좋구나, 하고 느꼈어요."

"참 이상하구나. 마코토와 아빠는 같은 상사원이라도 대조적이야."

그러자 마코토는 하얀 치아를 드러내며 싱긋 웃었다.

"자아, 엄마한테 인사한 뒤 목욕이나 하고 자야겠군. 수마트라에서는 지금쯤 벌써 남십자성을 보며 자고 있을 시간이야. 6시에는 일어나서 7시에는 농장에 나가니까."

안방으로 가려 하는 마코토를 나오코가 얼른 불러 세웠다.

"엄마의 불단은 아빠 아파트에 모셨단다."

일본에 귀임한 아버지가 다이칸야마의 아파트로 옮긴 것은 누나로부터 항공우편으로 알고 있었으나, 가키노키사카의 집에 어머니의 불단이 없어진 줄은 몰랐기 때문에 마코토의 표정이 달라졌다.

나오코는 못 본 체하며,

"아직 10시 전이니까 아빠한테 다녀오너라. 역전에서 택시로 가면 15분이면 된단다."

"아니, 다음에 가겠어."

"다음이라니, 마코토가 가면 아빠도 기뻐하실 거야. 편지를 하지 않는다고 늘 걱정하셨단다."

"가고 싶지 않아요. 더구나 아버지는 늘 바쁘다면서 들어오시지도 않잖아."

외아들이라고는 생각할 수 없는 싸늘함으로 단호히 말했다.

"그렇게 함부로 말하는 게 아니야. 내가 전화할게."

나오코가 타이르며 다이얼을 돌리려 하자,

"됐어, 내가 걸 테니까."

하고 마코토는 수화기를 들었다.

그러나 상대편에서는 좀처럼 전화를 받지 않았다.

"역시 아직 안 들어오신 모양이로군."

막 전화를 끊으려고 할 때, 겨우 응답이 있었다.

"여보세요, 마코토입니다. 방금 돌아왔어요."

"여어, 마코토냐! 예정보다 빨리 왔구나. 그래, 건강은 어떠냐?"

반가운 목소리가 튀어나왔다.

"네, 좋습니다. 지금 엄마 불단을 뵈러 갈까 하는데요."

"지금?"

반가운 목소리가 끊기고 갑자기 당황하는 기색이 비쳤다.

"형편이 좋지 않으시다면 다음에 뵙죠."

마코토가 전화를 끊으려 하자,

"아니 괜찮다. 기다리고 있을 테니 오너라."

하고 이키는 부드러운 목소리로 대답했다.

마코토는 10분 정도의 길을 걸어 역전에 주차하고 있는 택시를 타고 다이칸야마 아파트를 향하는 도중에도 아버지의 당황한 듯한 목소리가 계속 마음에 걸렸다.

차가 정지하자, 관리인실 옆에 있는 엘리베이터로 4층까지 올라가 동남쪽 어귀에 있는 401호의 초인종을 눌렀다.

곧 문이 열렸다. 3년 만에 만나는 아버지의 얼굴이 다정한 미소를 짓고 있었다.

"어서 오너라. 들어오렴."

기다리고 있었던 듯이 맞아들였다. 리빙룸과는 반대쪽인 일본식 방의 벽장문이 양쪽으로 열려 있고 불단에 촛불이 밝혀져 있었다. 마코토는 그 앞에 서서 향을 피운 뒤 정좌하고 조용히 합장했다. 3년 만에 대하는 어머니의 위패였으나, 가키노키사카 집의 불단과는 달리 벽장에 모셔놓은 위패는 높은 위치에 있어 마코토로서는 돌아가신 어머니의 존재가 멀어지는 듯한 느낌이 들었다.

이키는 불단 아래 앉아 있는 마코토에게 다가왔다.

"자, 어머니한테 인사가 끝났으면 이리 와서 앉거라."

아버지의 말에 마코토는 거실의 소파에 앉았다.

"아버지, 전무로 승격하셨다니 축하드립니다."

"새삼스럽게 가족끼리 그런 인사는 안 해도 된다. 그보다 3년 사이에 정말 몰라보게 됐구나. 일이 힘드냐?"

어릴 적부터 선이 가늘고 신경질적이던 마코토는 이쓰이물산에 입사한 후 2년 만에 자원하여 인도네시아의 농업개발 프로젝트에 참가한 이래 3년이나 수마트라의 오지에서 보낸 터라 까맣게 그을어 꽤 늠름해 보였다.

"아무튼 열대의 농업개발이니까 농업기술자가 있어도 펌프 달린 우물을 파는 일부터 쥐잡기, 캉카라라는 잡초제거까지 해야 하고 끝없이 광활한 토지의 개척사업을 생각하면 요원한 생각이 드는 일이랍니다. 아마 10년은 걸릴 겁니다."

"그러나, 원래 일본의 정부 베이스로 해야만 하는 사업을 사기업에서 너희들 같은 젊은 상사원이 현지인과 협력하여 땀을 흘리고 있으니, 정말 대견하구나."

"그거야 누군가가 해야 한다는 사명감으로 열심히 하고 있는데 도쿄에서 출장 온 사람들이 거드름을 피우며, 자네들 애쓰고 있네만 상사라는 거대한 조직 속에서는 제1선에서 피를 흘리고 일하는 것보다 본사 센터 가까이에서 일하는 편이 장래가 더 밝다는 따위의 소리를 들으면, 답답한 기분이 들어요."

해외의 제1선에서 땀을 흘린 경험이 없는 이키는 마코토의 말에 자신과 전혀 다른 방향에서 성장하고 있는 아들 마코토를 통해 그 노고를 짐작할 수 있는 듯해 잠시 입을 다물었다.

"마코토, 너는 좋은 일을 할 수 있어 잘 됐다. 이젠 상사도 이제까지처럼 단순히 물건을 파는 시대는 지났다. 식량과 에너지개발은 앞으로의 일본으로서는 없어서는 안 될 사업이야. 오늘밤은 여기서 묵으며 네가 하고 있는 농업개발사업 얘기나 들려다오. 그리고 너도 이제 스물일곱인데 결혼 생각도 해야 하지 않겠느냐?"

"그렇지만 뉴욕이나 런던 주재와는 달리 수마트라의 오지에서 셔츠에 슬리퍼 차림으로 현지인과 함께 일하고 있는 우리 같은 사람에게 와줄 여자가 그리 많지 않습니다."

"그걸 찾는 것이 부모의 역할이란다. 아무튼 오늘밤은 마시면서 천천히 얘기하자. 위스키로 하겠느냐, 맥주로 하겠느냐?"

"맥주로 하겠어요. 제가 가져 올게요."

마코토는 윗저고리를 벗고 냉장고에서 맥주를 꺼내고 컵을 찾았다.

마침 식기 선반에 컵 두 개가 나란히 놓여 있었다. 그중 하나에 빨간 것이 묻어 있어서 살펴보니 루주 자국 같았다. 바로 얼마 전까지 여자가 있다가 황급히 씻어 행주로 훔쳐낸 듯 아직 물기가 남아 있었다.

아까 전화에서 아버지가 당황한 것은 이 때문인 것 같았다.

가키노키사카의 집으로부터 어머니의 불단을 옮겨놓은 이 아파트에서 은밀히 여자와 만나고 있다는 것은 돌아가신 어머니를 욕되게 하는 거라는 치솟는 분노와 더불어, 자기에게 배우자를 물색해주겠다고 한 아버지의 말조차 공치사처럼 느껴졌다.

"마실 생각이 싹 가셨어요! 그만 돌아가겠습니다."

마코토는 방금 벗은 윗저고리를 걸쳤다. 이키는 그런 마코토를 여전히 아비를 따르지 않는 녀석이라고 생각하다가, 흠칫 놀라 부엌으로 가보았다.

루주가 묻은 컵이 설거지통에 뒹굴고 있었다.

쓰키지의 란테이 객실에서 이키는 다케나카 간지가 나타나기를 기다리고 있었다.

어제 다이몬 사장과 함께 시바시로가네의 자유당 간사장 댁을 방문했을 때 마침 방에 들오온 다케나카 간지가,

"자네네 회사가 중동에서 석유탐사를 하고 있는 모양인데, 아부다비에 좀 재미난 얘기가 있다네. 오랜만에 저녁이나 들면서 얘기하지 않겠나."

하고 말함으로써 이 자리가 마련된 것이다. 극비리에 추진중인 일을 재빨리 파악하고 있는 다케나카의 정보력에 이키는 놀라고 있었다.

문밖에 기척이 나는 듯싶더니, 약속된 6시 반 정각에 다케나카가 마담의 안내를 받으며 방에 들어왔다. 그는 벽에 걸려 있는 족자에 눈길을 주며 말했다.

"허어, 제백석이로군. 언제나 좋은 것을 걸어두는군."

현대 중국 묵화의 최고봉으로 불리는 제백석의 작품 중에서도 일품으로 알려진 '군해도(群蟹圖)'의 족자를 감상하듯 말했다. 일본 옷을 맵시 있게 차려입은 마담이 말을 받았다.

"알아주시니 고맙습니다. 다케나카 선생님처럼 조예가 깊으신 분의 칭찬을 받으니 저희들도 기쁩니다."

다케나카의 높은 감식안에 아첨하듯 말하며 이키 쪽으로 어여쁘고 갸름한 얼굴을 돌렸다.

"언제나 찾아 주셔서 감사합니다. 거처도 이젠 안정이 되셨겠습니다."

"글쎄, 조금은…… 남자 혼자 사는 집이라 대단한 게 아니니까."

이키가 대답하자, 상석에 앉은 다케나카는,

"마담, 그렇게 틀에 박힌 인사보다 앞으로는 예쁜 아이라도 두세 명 데리고 가서 청소나 해주게."

"그거야 뭐, 이키 선생님만 좋으시다면……"

마담은 능숙하게 받아넘긴 다음 방에서 물러갔다.

상을 마주하고 앉자, 다케나카가 말을 꺼냈다.

"지난번에는 생각지도 않은 데서 만났지. 지요다·포크의 건은 아직 순진한 처녀처럼 지요다가 푸른 눈의 외자는 싫다고 투정을 하는 건가?"

"아닙니다. 그렇지도 않은데 어딘가가 막혀서 궤도에 오르지 못하는 느낌입니다. 다부치 간사장은 이 건에 대해 특별히 생각하시는 거라도 있으신지요?"

이키는 그 점에 따라서 훗날 다시 보고하러 갈 때의 헌금의 액수가 달라지기 때문에 다부치의 속셈을 탐색했다.

"글쎄, 호출을 당한 이상 그 사람의 체면을 세워주도록 자네가 생각해야겠지. 미·일 수뇌회담의 하이라이트는 아무래도 미국의 달러 방위에 얹힌 대형 상품인 항공기 문제인데, 자동차나 컴퓨터의 자유화도 언제까지나 연기할 수는 없는 상황이니까 말일세."

엷은 웃음을 띠며 접대부가 술과 안주를 차려놓고 물러나가기를 기다렸다가 본론을 꺼냈다.

"그건 그렇고, 자네네 회사는 중동에서 영문도 모를 석유 이권 정보에 말려들어 시간과 돈을 낭비하는 짓은 그만하고, 아랍 토후국의 아부다비 해상광구의 이권에 한몫 끼어보지 않을 텐가?"

아부다비의 해상광구라면 아라비아만 안에 있는 광구로서 지금도 그런 광구의 매매가 있으리라고는 생각되지 않았다.

"그 얘기는 확실합니까?"

"확실하다 뿐인가. BP가 3분의 2, CFP(프랑스석유)가 3분의 1 비율로 취득하고 있다네."

"그러나 메이저가 있는 곳에 어떻게 끼어들 수 있겠습니까?"

"BP가 자기네 소유 몫의 39퍼센트를 내놓게 됐지. 자네, BP가 북해 유전개발에 착수했다는 얘기를 들은 적이 있나?"

"뉴욕에 있을 때부터 주목하고 있었습니다만, 본격적으로 개발에 착수했나요?"

이키는 다케나카에게 잔을 건네며 물었다.

"음, 아무튼 거기는 북위 60도, 수심 1백 미터, 겨울에는 매초 50미터의 돌풍이 부는 조건이 나쁜 곳으로 개발에 막대한 돈이 들어 자금 수요 때문에 아부다비의 광구를 일부 팔기로 한 걸세. 미국의 에너지 교서에 필적하는 영국 에너지 성의 '브라운 페이퍼'에 의하면 영국령 북해유전의 가채매장량은 약 50억 배럴, 검토 중인 가채매장량은 1백억 배럴로 추정되어 개발에 모든 힘을 투입하고 있다네. 만일 북해유전의 개발이 성공하면, 멀지않은 장래에 영국은 자국의 석유 수요량을 1백 퍼센트 공급할 수 있을 뿐만 아니라 석유수출국으로까지 되어, 지난날 대영제국의 영광을 되찾게 되는 걸세."

다케나카의 이야기를 들으며, 이키는 거기에 영국의 국운을 건 에너지정책을 보는 듯한 느낌이었다. 생각하면 영국은 이란의 모사디크의 혁명으로 이란의 석유를 독점하고 있던 앵글로 이라니언 오일이 국유화당한 시기를 고비로 점차 OPEC 이외 지역에서의 개발에 힘을 기울이고, 때를 같이하여 영국의 중동 주둔군도 철수하고 있었다. 이에 비해 일본은 99.7퍼센트의 석유를 해외에서 수입하는데, 그 8할을 중동에 의존하면서 확실한 에너지정책도 없이 다케나카 간지 같은 석유이권 브로커가 에너지 수요에 안내인 구실을 하고 있으니 등골이 싸늘해지는 느낌이었다.

"어떤가, 여기까지 얘기했으니 아부다비에는 진출하겠지. BP가 내놓은 값은 7억 8천만 달러(약 2천 8백억 엔) 일세."

"7억 8천만 달러는 너무 비싼 이권료군요. 유망한 광구입니까?"

"물론일세. 미국의 우주위성 랜드서트의 데이터로도 큰 유맥이 있음은 분명히 보장되어 있네."

이키는 다케나카의 이야기를 자세히 듣고 있는 동안, 다케나카의 아부다비 해상광구의 이권에 대한 정보는 당초 예상하고 있던 것처럼 단순히 다케나카가 멤버로 되어 있는 유럽의 귀족 클럽을 통해서 친밀해진 아부다비 왕족 관계자로부터가 아니라 이란의 모사디크 혁명정권을 쓰러뜨린 CIA와 그 움직임과 관계 깊은 앵글로 이라니언 오일의 모회사(母會社)인 BP의 쌍방으로부터 얻은 것이라고 직감했다.

모사디크 정권 전복공작에 다케나카 간지가 어떤 역할인가를 하지 않았을까 하는 추측은, 뉴욕에 있을 때 미 국무성의 중동통한테서 들은 말이 있기 때문이었다.

"왜 그러나, 이키 군?"

갑자기 입을 다물어버린 이키에게 다케나카는 날카롭게 물었다.

"아닙니다. 너무 거창한 이야기라 그만…… 그런 거액의 자금을 어떻게 조달할 것인가 하고."

"그거야 대단한 문제가 아닐세. 일본석유공사의 정부자금을 잘 끌어내기만 하면 문제는 없네. 시중은행의 금리가 연리 7.8퍼센트인데 비해 석유공사는 5.5퍼센트의 저리니까 공사의 돈을 되도록 많이, 보다 장기적으로 차용하면 금리만큼은 상당한 특혜가 될 거야. 석유개발처럼 엄청나게 큰돈이 드는 일은 우선 좋은 이권, 다음으로는 저리의 정부자금을 어떻게 끌어내는가가 요령일세. 이제부터가 다부치 간사장이 나설 차례로 통산대신, 대장대신을 역임하고 지금은 간사장으로서 당의 모든 선거자금을 조달하여 차기 총재로서 유망한 다부치가 움직이면, 그의 심복인 통산, 대장의 현역과 OB를 끌어들일 수가 있으므로 순식간에 돈을 끌어낼 수 있네. 그 대신 배럴당 1센트쯤은 보수로 지불해야 하겠지만."

다부치 간사장과 그 관계자가 배럴당 1센트씩 거두어간다면 다케나카는 어느 정도를 받겠다는 것인가…… 가령 연간 취득량 5천만 배럴로 한다 해도 기름이 계속해서 나오는 동안 매년 50만 달러(1억 8천만 엔)의 중개료가 다부치의 구좌로 흘러들어가고, 다케나카에게도 상당액이 들어갈 것이다.

국가의 가장 중요한 과제로 착수해야만 할 일본의 석유개발은, 3할 자국원유의 확보니 어쩌니 하는 그럴듯한 명분은 있어도 검은 이권이 먹칠을 하고 있는 셈이다. 그것은 이키의 가슴에 불타고 있는 자원내셔널리즘, 진정한 의미의 민족자본에 의한 석유개발과는 거리가 먼 것이었다. 그러나 조금도 그런 기색은 나타내지 않았다.

"이 아부다비의 이야기는 어디까지 진행되어 있는 겁니까?"

"경제인연합회의 이쿠노 회장, 산업진흥은행의 나카가와 같은 재계 자원파의 찬동을 얻어 지금까지만 해도 석유정제회사 5개사, 전력 3개사, 석유개발회사 2개사에 의향을 타진 중이며, 은행, 상사뿐만 아니라 자동차 회사나 조선 회사에도 알아보고 있네. 자네네 회사는, 석유에 관해서는 이쓰비시상사 다음가는 매상고와 눈부신 해외전략을 전개하고 있어서 흥미로운 이야기라고 생각되는데."

"그렇다면 최종적으로는 대 연합함대가 되겠군요."

"앞으로의 석유개발은 그렇게 하지 않고서는 불가능하네. 자네는 예전에 대본영 참모로 시베리아 11년 억류 경험자, 나는 좌익으로 10년간 투옥생활, 그리고 지금은 일본의 에너지자원 확보를 위해 비록 입장은 다르다 해도 밤낮으로 온힘을 다하고 있네. 생각해 보면 이키 군, 우리들은 항상 나라를 걱정한다는 이상한 인연으로 맺어진 듯한 기분이 드는군. 일본을 위해 건배를 하세."

다케나카는 새 술병을 들어 이키의 잔에 따랐다. 이키는 착잡한 느낌으로 잔을 비웠다.

유럽의 경제교섭에서 돌아온 사토이는 깅키상사의 부사장실로 들어가자 곧 쓰노다 상무를 불렀다. 쓰노다는 회의도 끝내지 못한 채 부사장실로 달려왔다.

"어서 오십시오. 피곤하시죠?"

심장발작이 일어나지 않았느냐고 물을 수는 없어 돌려서 물었다.

"그런 건 아무래도 좋아. 다부치 간사장 댁에 사장이 자네를 데리고 가지 않고 이키 군과 함께 간 것은 무슨 까닭인가?"

"저어, 그것은…… 간사장 비서로부터 전화를 받은 사람은 접니다. 그래서 업무본부장이라는 직책상 제가 수행하는 것이 원칙이라고 말씀 드렸습니다만, 다이몬 사장이 신경을 곤두세우고 전혀 들으려 하지 않으셔서……"

쓰노다가 변명하듯 말하자,

"그야 다부치 간사장으로부터 난데없이 호출을 당하면 정치가와의 접촉이 많은 나라도 놀랄 걸세. 하지만 어째서 용건 하나 제대로 알아내지 못했나?"

하고 사토이는 답답하다는 듯이 꾸짖었다.

"물론 저도 물어보았습니다만, 그쪽에서 뭐 그렇게 까다로운 일이 아니니까 시간이 있으면 당신네 사장이 와서 설명을 좀 해줬으면 좋겠다는 그 말뿐이라 어쩔 수가 없었습니다. 일방적으로 그렇게 말하고 끊어버리니 어쩔 수가 없지 않겠습니까. 아마 이키 씨라도 마찬가지였을 겁니다."

"아니야, 이키라면 거기서 전화가 끊겨도 용건이 무엇인지를 알아내는 수를 썼을 걸세. 그때까지는 다이몬 사장의 혈압이 올라갈 뿐인 센스 없는 통화내용은 덮어두겠지."

"이번의 경우, 방법을 써서 알아보려 해도 개인비서에게 다시 전화를 거는 일 이외에는 함부로 움직일 수가 없었습니다. 그래서 직접 간사장 댁에 전화를 걸었습니다만, 개인비서는 우리 어르신네가 전화를 걸어두라는 분부가 있었다고만 할 뿐 내용은 모르겠다는, 지극히 애매한 대답이어서……"

쓰노다가 계속 변명처럼 늘어놓자 사토이는 혀를 찼다.

"자네는 몇 년 동안 업무본부장을 하고 있었나? 그 개인비서는 다부치의 공작어전(孔雀御殿·다부치 간사장의 저택을 일컫는 별명)에 도사린 박쥐라고 소문이 자자한 악명 높은 흑막의 사내라네. 이키라면 그 점을 잘 알고 있어서 용건이 뭔가를 캐낸 뒤, 그건 덮어둔 채 사장에게 연락해서 사장의 불안감을 충분히 높여놓은 뒤 자기의 정치능력을 한껏 발휘할 상황을 만들 걸세…… 그런 녀석이야, 이키란 자는!"

사토이는 스스로의 말에 흥분한 듯 떠들어댔다. 이키가 전무로 승진한 뒤 이키에 대한 사토이의 감정은 갈수록 험악해졌다.

쓰노다는 자신이 질책을 받고 있다는 것보다 사토이의 감정이 흥분

되어 있는 데에 더 마음이 쓰였다.

"부사장님, 부디 마음을 편히…… 다이몬 사장님의 말씀으로는 다부치 간사장에 대한 보고는 오늘 중으로 다시 하실 것 같으니, 이키 씨에게 맡기지 마시고 부사장님이 가시면 되지 않겠습니까?"

하고 마음을 가라앉히듯 말했다.

"그건 당연해. 그것보다도 내가 말하는 건 자네 자신이 좀 더 정치력을 익히지 않고선 앞으로 안심하고 업무본부를 맡길 수 없다는 것일세. 이키 군은 아직 도쿄 본사에 돌아온 지 얼마 되지 않았으니 해외통괄부문만으로 얌전히 있지만, 그가 목표로 삼고 노리는 것은 업무본부의 장악이야. 만일 이 두 부문을 그가 장악하게 되면 어떻게 되는지 알겠나?"

다시 흥분하여 말할 때, 인터폰이 울렸다.

"뭔가?"

"방금 이키 전무님께서 오셨습니다만, 언제쯤이면 시간이 나시겠느냐고……"

비서의 거북살스러운 듯한 목소리였다. 비서실과는 벽면으로 막혀 있었으나, 이키를 욕하는 사토이의 고함소리가 새어나간 듯했다.

"급한 용건이면 들어오라고 해."

그러자 곧 문이 열렸다.

"말씀 도중에 죄송합니다."

여태까지의 험담에는 전혀 개의치 않는 모습으로 이키가 들어왔다.

"마침 나도 자네를 부르려던 참이었네. 내가 유럽 출장 중에 일어난 다부치 간사장에 관한 얘긴데, 상식에 어긋나는 짓을 했더군그래."

"상식에 어긋나다니요?"

"사실이 그렇잖은가. 설사 상대가 다부치 간사장이라 해도 전화 한

통으로 다이몬 사장이 달려간다는 건 지극히 비상식적인 일일세. 그런 전화는 내가 돌아올 때까지 내버려두었어야 했네."

"그러나 일단 가겠다는 대답을 했으니 할 수 없지 않습니까?"

이키는 쓰노다 쪽을 보며 대답했다. 쓰노다는 시선을 돌렸으나, 사토이는 이키를 잔뜩 노려보았다.

"그건 쓰노다에게 빗대어 하는 말인가? 그보다는 자네 자신이 이 기회에 다부치 간사장을 한 번 만나둬야겠다는 속셈이 있어서 다이몬 사장을 재촉한 게 아닌가?"

"천만의 말씀입니다. 저는 그런 방면에는 매우 서툴기 때문에 자진해서 접촉하려는 생각은 전혀 없습니다. 그보다도 당장에 곤란한 사태가 일어나고 있습니다."

"허어, 뭔가?"

"실은 지요다 쪽에서 새 사장인 무라야마 체제가 구성되자 다시 닛신자동차와 제휴를 하는 방향으로 기울었다는 소문이 나돌기 시작하고 있습니다. 다부치 간사장은 지요다자동차와 국내 생산업자와의 제휴를 희망하고 있는 민족파인 통산성 중공업국 라인의 움직임과 국제파인 통상국 라인의 움직임을 가늠하여 자신에게 유리한 정치적 판단에 따라 이것저것 간섭을 해서는 곤란하다고 생각되어서요."

"업계의 소문이야 어떻든 간에 무라야마 군은 신임 사장에 취임할 때 중공업국으로부터 닛신자동차와의 제휴를 재고하도록 촉구받았지만 자신의 생각은 변함이 없고, 포크사와의 제휴교섭은 이전처럼 나에게 맡긴다고 새삼스레 머리를 숙였으니 자네가 걱정할 일은 아닐세. 오히려 닛신자동차, 또는 중공업국 사이드에서 다부치 간사장에게 진정이 들어갔다면 이쪽도 외자제휴 노선을 보다 강력하게 추진하여 달라고 부탁하면 좋지 않은가. 다부치 간사장이 그렇게 힘겹다면 이제부터는 내가 맡을 테니까 걱정하지 않아도 좋아. 쓰노다 군도 그 편이 일하기 쉽지 않겠는가?"

사토이는 아까부터 잠자코 있는 쓰노다 쪽을 돌아다보았다.

"네, 이 건은 줄곧 업무본부가 중심이 되어 손을 대왔던 일이기 때문에 우리 쪽에 맡겨주시는 게 옳을 것 같습니다."

"그렇다면 다부치 간사장을 만났을 때의 이야기로 보아 디트로이트에 날아가서 포크 회장과 직접 결정하고 오겠네."

사토이는 분명히 떠맡듯 말했다.

"그러나 한 가지 더 마음에 걸리는 정보가 있습니다. 아메리카 킹키 상사에서 포크사를 담당하고 있는 야쓰카의 말에 의하면, 포크사는 우리 회사를 통해 구매하고 있던 박판이나 부품의 양을 지난 3월의 포크 회장과의 회담 시에 늘리겠다고 약속했는데도 전혀 그런 눈치는 없고, 도쿄상사와 계약을 경신한 모양입니다. 어쩌면 포크사는 우리 회사에 일본 상륙의 교량 역할을 부탁한 것을 도쿄상사로 바꾸려 하는 것이나 아닌지……"

사토이가 얼른 말을 가로막았다.

"이키 군, 그와 같이 함부로 불안요소를 열거하여 위기감을 선동하는 전법은 다이몬 사장에게는 통해도 나에게는 통하지 않아."

그냥 흘려 넘기기에는 너무나 감정적인 말이었다.

"실례입니다만 부사장님은 사태의 인식에 너무 낙관적인 것 같습니다. 현재 진행되고 있는 포크사와의 제휴내용은 저의 견해로는 지요다자동차의 해체에 결부되는, 일본측으로서는 지극히 불리한 제휴로 결국 우리 상사로서도 제휴에 의한 파급이익을 올리는 일 따위는 기대할 수 없고……"

이키가 의연한 말투로 설명하자,

"닥치라구! 나는 되도록 빠른 기회에 디트로이트의 포크사에 가겠지만, 오늘부터 자네는 포크·지요다 건에 관해서는 옵서버도 아무것도 아니니 일절 관여하지 말아주게. 이것은 부사장의 명령일세."

하고 사토이는 관자놀이를 팔딱이며 소리쳤다.

파나마의 피니아스 만으로 면한 해리 포크 회장의 별장에서 도쿄상사의 사메지마는 다이내믹한 바다낚시를 즐기고 있었다.

피니아스는 수도인 파나마 시내에서 쌍발 수상비행기를 타고 남동쪽으로 약 1시간쯤 되는 남아메리카 콜롬비아에 가까운 해안을 따라 펼쳐진 정글이었다. 태평양과 잇닿아 있는 피니아스 만은 가다랑이, 새치, 상어 등 바다의 '야수'들의 보고로서 낚시 가운데서도 가장 다이내믹한 트롤링낚시를 즐기는 세계의 낚시꾼들이 모여 드는 곳이다.

포크 회장의 별장에서 사흘째의 아침을 맞은 사메지마는 원주민인 보이가 침대 앞까지 갖다 준 커피로 졸음을 떨쳐버리고, 낚시준비를 갖추고 살롱으로 나갔다.

아직 해가 뜨기 전이어서 주위는 어둡고 공기는 차가워, 난로에서는 장작불이 활활 타고 있었다.

사메지마는 보이에게 커피를 한잔 더 가져오게 하여 마시면서 발코니로 나갔다.

사메지마는 따끈한 커피를 마시며 아직도 흐릿하게 빛나고 있는 남십자성을 쳐다보며 깅키상사가 최후의 작업에 총력을 기울이고 있는 지요다·포크 제휴에 관해 생각했다. 이키가 아메리카 깅키상사의 사장이었을 무렵부터 일단 의심은 하고 있었으나 설마 망해가고 있는 지요다를 3대 메이커의 거물인 포크사와 제휴시키기 위해 1년 이상이나 비밀교섭을 하고 있었으리라고는 상상도 못했던 만큼 그 사실은 충격적이었다.

그로부터의 2개월 동안, 지요다·포크의 제휴를 백지로 돌리고 도쿄상사의 손으로 포크와 도와자동차와의 제휴를 성취시키기 위해 갖은 공작을 하면서 정보망을 거미줄처럼 쳐놓았다. 그러던 중 파나마에 본사를 두고 있는 방계 선박회사를 통해 포크 회장이 휴가차 파나마에 트롤링낚시를 하러 온다는 정보를 얻었다.

사메지마는 뉴욕 주재 시절에 미국 친구에게 트롤링을 배워둔 것을 다행으로 여기며 급히 파나마로 달려가서, 포크 회장에게 마침 용무차 파나마에 와 있는데 트롤링의 멤버로 가입시켜 주었으면 좋겠다는 뜻을 전화로 요청하여 쾌히 승낙을 얻었다. 그뿐 아니라 호텔은 만원일 테니까 별장에 와 있으라는 초청까지 받았다.

동이 트고 정글의 새들이 날개 치는 소리와 날카로운 울음소리가 메아리쳤다.

이키 녀석, 두고 봐라! 사메지마는 떡 벌어진 앞가슴에 투지를 불태웠다. 현재 디트로이트에서 깅키상사가 플래트 집행 부사장을 상대로 마지막 마무리를 서두르고 있다는 것은 포크 회장으로부터 들어서 알고 있었으나, 교섭 담당자가 사토이가 아니라 이키라고만 믿고 있는 만큼 사메지마의 투지는 더욱 불타올랐다.

"여전히 부지런하시군."

살롱 쪽에서 굵은 목소리가 들려 돌아다보았더니 햇볕에 까맣게 그을린 얼굴에 살쩍을 기르고 화려한 낚시옷을 입은 해리 포크 2세가 서 있었다. 사메지마는 반갑게 답례를 보냈다.

"다른 멤버는?"

세 사람의 낚시 동호인이 체재하고 있었던 것이다.

"디브, 대니, 그리고 슈르츠 박사도 벌써 녹초가 되어 뻗어버렸는데, 자네는 정말 괜찮겠나?"

포크는 다짐을 하듯이 물었다.

"나는 아직 사흘밖에 안 됐을 뿐 아니라 체력에는 자신이 있답니다. 포크 씨는 어제 놓친 고기 때문에 분해서 밤새 잠을 못 잔 게 아니십니까?"

오만하고 지기 싫어하는 성격의 포크를 선동하듯이 말했다. 어제 포크의 낚시에 걸린 새치는 등지느러미와 꼬리밖에 보지 못했으나 2, 3백 파운드(100~150킬로그램) 정도로 보이는 큰 놈으로 무려 2시간 반이나 대결을 벌였지만 한순간의 실수로 줄이 끊겨 놓치고 말았다.

"그건 릴의 조작이 한 호흡 성급했기 때문이야. 이제 오기로라도 더 큰 놈을 잡아 올리지 못하고서는 디트로이트엔 돌아가지 않겠네."

포크는 릴을 감는 흉내를 내며 분한 듯이 말한 뒤 별장관리인에게 고개를 돌렸다.

"자아, 출발이다. 카를로스 일행이 선착장에서 기다리고 있겠지?"

하고 크루저의 캡틴과 두 승무원에 대해 물었다.

"네, 오늘 아침은 물때로 보아 빨리 배를 내는 편이 좋을 것 같습니다."

스페인 계통으로 보이는 관리인이 공손히 대답하자,

"그런 이야기는 일찍 해야지."

하고 불쾌한 듯 쏘아붙인 뒤 자동차를 타고 포크 가 전용의 선착장으로 향했다.

부겐빌레아와 히비스커스 꽃들이 만발한 정글 속의 완만한 비탈길을 몇분 동안 내려가자 흰 모래밭이 펼쳐진 조용한 강가에는, 포크의 상징 색깔인 블루에 가로로 흰 줄이 한 가닥 그어진 버트럼사의 특제품인 전장 43피트의 요트 같은 대형 크루저가 이미 엔진을 걸고 대기하고 있었다.

선착장 주변의 백사장에는 파나마 제1호의 크루저를 구경하기 위해 언제나 원주민 아이들 10여 명이 모여 환성을 올리고 있었다.

포크는 그런 인디언 아이들을 내몰듯이 하면서 모래밭을 걸어 스키퍼(배의 캡틴)와 두 사람의 메이트(승무원)가 마중 나와 있는 '포크 2세 호'에 올라탔다. 사메지마도 기세좋게 그 뒤를 따랐다.

짙은 남색 물감을 쏟아놓은 듯한 적도조류를 '포크 2세 호'는 흰 파도를 가르며 달렸다.

출항한 지 2시간 정도 지났으나, 목표물인 새치는 아직 발견하지 못한 터였다.

사업에 있어서는 단 몇 분의 낭비도 싫어하여 정력적으로 일을 하지 않고는 직성이 풀리지 않는 포크와 사메지마였으나, 낚시질을 할 때는 별로 대화를 나누지 않고 오로지 스키퍼에게 바닷물의 흐름이나 바람의 방향, 새떼들의 유무, 크기만을 물을 뿐이었다.

10여 노트로 달리고 있던 '포크 2세 호'가 갑자기 스피드를 올렸다. 선실에서 아침식사를 하던 포크와 사메지마는 급히 갑판으로 뛰어나왔다.

약 3백 미터 전방에 커다란 새떼가 보였다. 그것은 해면 가까이에 떠오른 작은 물고기 떼들을 먹이로 하기 위해 달려드는 수백 마리의 해조 무리로, 먼 데서 보면 마치 작은 산과도 같았다.

"이봐, 카를로스, 꽤 큰 해조 떼들인데."

포크는 키를 잡고 있는 스키퍼에게 말을 걸었다.

"만월인 밀물 때는 이 시간쯤이면 저 근처에 해조들이 몰려들어 큰 떼를 이룹니다. 아무튼 속력을 내서 가보도록 하죠."

스키퍼는 사투리가 섞인 영어로 대답하며, 보통 속력의 2배 가까운

40노트의 속력으로 해조 떼가 몰려 있는 곳을 향해 다가갔다.

해조의 무리가 떼를 짓고 있다는 것은 작은 물고기를 잡아먹으려는 가다랭이나 만새기의 무리가 그 밑쪽에서 쫓아 올라오고 있다는 뜻이며, 가다랭이나 만새기의 무리 밑에는 그보다 더 큰 새치가 전속력을 내서 쫓아오고 있다는 증거이다.

포크와 사메지마는 크루저 선미의 갑판에 고정된 두 개의 파이팅 체어(낚시질할 때 몸을 고정시켜 앉는 의자)에 앉아 낚싯대를 단단히 고정시키기 위한 가죽으로 된 조끼 모양의 하네스를 착용하고 시트 벨트를 맸다. 대어의 힘에 끌려 바다 속으로 끌려 들어가지 않기 위한 안전벨트인 것이다.

크루저는 40노트의 풀 스피드로 해조가 떼를 지은 그 앞쪽 1킬로미터 지점에 앞질러 가서 그곳에서부터는 3, 4노트의 느린 속도로 줄을 흘려보냈으나, 30분이 지나도 어느 줄에서도 반응이 없었다. 두 사람은 실망한 듯이 얼굴을 마주 보았다.

날카로운 갈고리바늘에 꿴 것은 살아 있는 가다랭이였다. 가다랭이는 출범한 지 2, 30분 지나면 플라스틱으로 만든 루어를 꿴 낚시에 얼마든지 잡혔다. 새치는 살아 있는 가다랭이에 달려드는 확률이 높기 때문에 갓 낚아올린 가다랭이의 눈을 바늘로 꿰어 산 채로 흘려보낸다.

트롤링은 스포츠 낚시이므로 IGFA(국제 게임 피싱 어소시에이션)의 규칙에 따라 사용하는 낚싯대, 줄, 릴에 이르기까지 엄격한 규격이 있고, 제3자의 도움도 일절 허용되지 않는다. 만약 낚싯바늘에 걸린 고기를 다루기 힘들어서 남의 도움을 청하면, 낚시꾼의 성적으로 기록되지 않는다. 그러한 엄격한 룰 속에서 인간과 대어가 1 대 1이 되어 전력을 다해, 어느 한쪽이 지쳐 쓰러질 때까지 승부를 겨루는 것이 트롤링낚시의 최고 진미인 것이다.

"카를로스, 좀 더 멀리 나가자."

차츰 초조해지기 시작한 포크가 스키퍼에게 명령했다.

"아닙니다. 너무 멀리 나가면 오히려 조류의 상태가 좋지 않습니다. 다시 한 번 배를 돌리겠습니다."

피니아스 만 안팎을 내 집 앞마당의 연못처럼 훤히 들여다보는 스키퍼는 완강하게 고개를 저으며 크루저를 돌리려 했다. 그때 뱃전에 장치해 둔 아웃 리거에서 다크론의 80파운드 테스트의 줄이 치닫기 시작했다. 그와 동시에 사메지마의 스탠드에 세워두었던 낚싯대가 휘익 하는 소리를 내며 활등처럼 휘는 것 같더니 릴이 위잉 하고 불꽃 튀는 듯한 소리를 내었다. 그러자 줄이 바다 속으로 풀려들기 시작했다. 그 강한 감촉으로 보아 상당한 대어가 물린 것임에 틀림없었다. 사메지마는 숨을 죽이고 10초쯤 기다렸다. 처음엔 미끼인 가다랭이를 물고, 이어 목구멍 깊숙이 삼킬 때까지의 미묘한 타이밍을 잘못 측정하면 단순한 입질로 끝나고 만다.

낚싯대 끝을 배꼽 밑 부분에 감은 롯드 벨트에 넣고 노리던 목표물이 먹이를 삼켰다고 느껴지는 순간 사메지마는 스키퍼에게,

"가자!"

하고 신호했다. 크루저가 맹렬한 스피드로 달리기 시작하자, 그와 동시에 사메지마는 낚싯대를 뒤로 당겼다. 낚싯바늘을 고기의 목에 단단히 걸기 위해서였다.

처음에 흘려보내기만 했을 때는 60야드였던 낚싯줄이 5백 야드 이상으로 뻗쳐졌다. 여기서부터 고기와의 투쟁이 시작된다. 사메지마 옆자리에 앉아 있던 포크는 부러운 표정을 지으면서도 자신의 낚싯대를 챙기고 사메지마의 파이팅을 지켜보았다. 어느 편이든 먼저 파이

팅에 들어가면 다른 한 사람은 자기의 낚시를 챙겨야만 하는 것이 규칙이기 때문이다.

파이팅에 들어가자, 크루저의 속도는 4, 5노트로 감속되고, 스키퍼는 선미 쪽을 보며 팽팽해진 사메지마의 낚싯대의 상태와 낚싯줄이 흐르는 방향을 계속해서 관찰하며 고기와 같은 방향으로 크루저의 키를 조심스럽게 돌렸다. 아무리 낚시에 뛰어난 사람이라 해도 능숙한 스키퍼의 도움 없이는 먹이를 문 고기를 놓치고 마는 것이다. 조금씩 조심스럽게 릴을 감아 겨우 줄을 30야드 정도 당겼는가 싶으면 아차 하는 순간 15야드 정도 풀려나가는 반복이 3, 40분간 계속되었다.

미풍은 있으나 열대의 직사광선이 내려쬐어, 사메지마는 땀으로 흠뻑 젖어 있었다. 낚싯바늘에 걸린 고기는 등지느러미조차 한 번 보이지 않았으나, 가끔 좌우로 힘차게 당길 때의 촉감으로 보아 어제 포크가 악전고투 끝에 마지막 한순간에 놓쳐버린 3백 파운드 급의 새치에 필적할 대어임이 거의 확실했다.

이놈을 낚아올리면 포크와 도와자동차의 자본제휴는 이루어질지도 모른다. 뇌리에 문득 그런 생각이 떠올라 사메지마가 줄을 천천히 감으려는 순간, 고기는 맹렬한 반격으로 나와 무서운 힘으로 줄을 팽팽하게 당기기 시작했다. 낚싯대가 금방이라도 부러질 것처럼 휘어 사메지마는 갑판에 고정된 파이팅 체어째로 바다 속으로 끌려들어갈 것 같은 공포를 느끼면서도 온힘을 다해 두 손으로 낚싯대를 들어올렸다.

순간 2백 미터쯤 후방에 창처럼 긴 주둥이를 가진 새치의 거대한 몸뚱이가 하늘로 치솟았다. 도끼 같은 커다란 꼬리로 해면을 철썩철썩 쳐서 물보라를 일으키며, 마치 꼬리로 해면을 걷듯이 테일 워크(tail walk)를 시작했다.

상어로 착각할 정도로 거대한 4미터쯤 되는 새치가 수면 위로 솟아 올라, 줄을 끊어버리려고 수면에서 미친 듯이 날뛰는 광경은 장렬했다. 사메지마는 너무 처절한 광경에 온몸의 피가 머리로 솟구치며 전신이 떨리는 흥분을 느꼈다.

"사메지마, 힘내라! 꼭 낚아 올려라!"

조금 전까지 사메지마의 파이팅을 지켜보던 포크 2세가 곁으로 다가와서 큰 소리로 외치자 사메지마는 있는 힘을 다했다.

줄을 휘둘러 끊으려고 테일 워크를 하던 새치가 갑자기 바다 속으로 숨었다. 이제부터는 바닷속으로 들어간 새치가 지치기를 기다려 멋지게 줄을 낚아 올리기만 하면 된다. 이마에서 땀이 비 오듯 흘러내렸으나, 낚싯대에서 두 손을 뗄 수가 없었다. 승무원이 사메지마의 선글라스를 벗기고 땀을 닦아주었다. 포크 2세는 콜라병을 들고 사메지마의 입에 수분을 공급해 주었다. 괴물 같은 새치를 잡아 올리기 위해 전원이 격려하고 있는 것이다.

마침내 바다 속으로 들어간 새치는 서서히 끌려나와 어느덧 30미터, 이제 한번 당기면 되겠다고 생각하고 있을 때, 갑자기 줄이 수직으로 팽팽하게 당겨졌다. 더 깊숙이 해저로 들어가기 시작한 것이다. 릴에 감긴 줄로 해저 1천 야드나 들어간 고기를 끌어올리기가 가장 어려운 일이었다.

스키퍼는 크루저를 정지시키고 조심스럽게 줄의 방향을 살폈다. 그로부터 12분쯤 지나자, 갑자기 선체가 크게 흔들렸다. 떠오르던 새치가 배 밑에 부딪친 것이다. 스키퍼는 곧 4, 5노트의 속력으로 전진하기 시작했다.

바다 깊숙이 잠수한 새치가 떠오를 때, 대어일수록 그만큼 수압이 강하기 때문에 지쳐 있을 것이다. 사메지마는 필사적으로 릴을 감았다. 해면이 흔들리더니 마침내 삼각형으로 된 새치의 등지느러미가 보였다. 이어 진한 감색의 등이 떠오르고 비늘이 햇빛에 번쩍였다.

이젠 한 고비만 남았다…… 사메지마는 몸을 태울 듯이 내리쬐는 햇볕과 거대한 새치의 끌어당기는 힘과 싸우며 혼자 릴을 계속 감았다. 이윽고 와이어가 바다 위로 떠올랐다. 트롤링의 규칙에 의하면, 와이어가 해면 위로 나오면 동료들이 도와주어도 상관없는 것으로 되어 있었다.

두 사람의 메이트가 와이어를 당기자, 창처럼 생긴 커다란 주둥이가 바다 위로 튀어나오고 하얀 배가 드러났다. 순간 포크는 끝이 날카로운 갈고리형의 작살을 잡고 힘껏 찍었다. 선혈이 사방으로 튀어 근방의 바닷물을 붉게 물들였다.

사메지마는 비로소 낚싯대에서 손을 놓았다. 자신의 몸을 파이팅 체어에 고정시켰던 시트 벨트를 떼고 하네스를 벗으며 어깨로 가쁜 숨을 몰아쉬면서 자신이 잡은 고기의 크기를 확인했다. 4백 파운드는 족히 되어 보이는 거대한 새치였다.

그러나 작살을 맞고도 새치는 아직 죽지 않고 괴로운 듯 아가미를 크게 벌린 채 여전히 도끼처럼 거센 꼬리로 사력을 다해 끌려가지 않겠다는 듯이 저항했다. 사메지마는 그 처절한 새치의 모습에 감동했으나, 빨리 끌어올리지 않으면 피 냄새를 맡은 상어가 습격할 우려가 있었다. 그렇다고 이대로 배에 끌어올리는 것은 위험했다. 포크 2세와 사메지마가 와이어를 세게 당겨 올리자 두 사람의 메이트가 새치의 머리 부분에 있는 급소를 몽둥이로 강타했다. 순식간에 새치의 진한 감색 등에 청색 반점이 선명하게 떠올랐다.

갑판에서 환성이 터져 나왔다. 스키퍼는 곧 마스트에 청색 깃발을 드높이 올렸다. 고기를 잡아 올렸다는 표시의 삼각기였다.

"훌륭했어. 축하하네!"

포크가 사메지마의 손을 잡았다.

"감사합니다. 여러분의 협력에 감사드립니다."

사메지마는 포크 2세와 악수를 하고 이어 스키퍼, 메이트와도 악수를 나누었다. 그러고는 힘차게 펄럭이는 '포크 2세 호'의 삼각기를 올려다보며, 트롤링을 끝낸 다음의 상쾌함을 가슴 가득히 들이마셨다.

며칠째 이상고온이 계속되는 후텁지근한 디트로이트에서 사토이는 사흘 동안 포크사의 플래트 집행 부사장을 상대로 지요다 · 포크의 자본제휴를 위해 노력을 기울였으나 결국 수포로 돌아갔다.

무슨 일이 있어도 회담을 타결시키려고 초조한 사토이의 약점을 꿰뚫어보듯이 플래트는 신규합자회사의 비율을 당초의 50 대 50에서 포크 51, 지요다 49로, 다시 말해서 포크사가 경영권을 장악하겠다는 주장을 하기에 이르렀다.

사토이로서는 이키가 전무로 승진한 이래 회사의 신임을 얻으며 자신의 위치에 육박해 오는 것을 이번 기회에 떼어버리기 위해 스스로 나선 디트로이트 출장이었으나 실패로 돌아간 것이다.

이렇게 된 이상 다이산은행과 손을 잡아 지요다자동차를 설득 할 수밖에 없었다.

"부사장님, 탑승 30분 전인데 이젠 들어가시는 게……"

야쓰카의 말에 사토이는 제정신으로 돌아왔다. 뉴욕에 들르지 않고 디트로이트에서 바로 일본으로 돌아갈 사토이를 야쓰카와 하나와가 전송하고 있었다.

"부사장님, 더운 날씨에 피곤하시겠습니다. 부디 몸조심하십시오."

하나와가 약간의 휴식도 취하지 못하고 바로 일본으로 돌아가는 사토이의 건강을 염려하듯 말했다.

"아닐세. 자네들이 지난 사흘 동안 수고가 많았네. 이번 제휴가 정식으로 결정되면, 금년의 사장상은 자네들 두 사람이 맡아놓은 거나 다름없네."

사토이는 그렇게 말하며 두 사람에게 가볍게 손을 흔들고 여행에 익숙한 상사원답게 세관으로 들어갔다.

통관을 마치고 대합실에 들어가자, 하나와와 야쓰카 앞에서 보였던 당당한 모습은 사라지고 사토이는 축 늘어진 몸을 의자 등받이에 기댔다.

사토이가 체력이 달린다는 생각을 하며 한숨을 쉬고 넥타이를 느슨하게 풀려는 순간,

"사토이 씨가 아닙니까?"

하는 소리와 함께 도쿄상사의 사메지마 다쓰조가 새까맣게 탄 얼굴로 다가왔다. 사토이는 당황해 안색이 변할 뻔하며 말했다.

"이거 뜻밖이군요. 말끔하게 차리고 어딜 가시는 길이오?"

사메지마는 하얀 샤크스킨 양복에 하얀 모카신 구두를 신고, 비즈니스맨이라기보다는 바캉스에서 돌아오는 실업가라고나 할 화려한 복장을 하고 있었다.

"마이애미죠. 이곳에 있는 친한 친구의 별장 시즌 오픈에 초대를 받아 요트니 다이빙이니 하고 호강을 했는데, 도쿄에 돌아가면 중역들에게 잔소리 꽤나 듣게 생겼소이다."

포크 2세와 트롤링하고, 어제 디트로이트로 돌아와 재빨리 비지니스를 마친 일은 전혀 내색하지 않고 묘한 웃음을 지었다.

"사메지마 씨의 일이니 단순한 교제만은 아니시겠지."

어차피 비즈니스가 얽혀 있지 않겠느냐고 정곡을 찌르듯 말하자,

"우리 회사에도 그처럼 선의로 해석해 줄 부사장이 있다면 스케일이 큰 회사가 될 테지만, 그렇지가 못하군요. 그런데 이번에는 이키 씨와 동행이 아니십니까?"

하고 대합실을 둘러보며 물었다.

"아니, 그는 일본에 있어요. 나와 이키 군이 미국에 와 있다는 정보라도 있던가요?"

어쩌면 포크사와의 교섭이 누설되고 있는 것이나 아닐까 생각하며 넌지시 물었다.

"아닙니다. 그는 해외사업담당이니까 어쩌면 사토이 부사장을 수행해서 온 것이 아닐까 생각했을 뿐이죠. 일본으로 돌아가는 비행기 안에서조차 같이 있어야 한다는 건 생각만 해도 지겨우니까요."

사메지마는 끔찍하다는 듯이 대답하고 나서 곧이어,

"잠깐 전화를, 실례……"

하고 무엇인가 잊었던 일이 생각났다는 듯이 허둥지둥 전화박스 쪽으로 가버렸다.

노스웨스트의 최종 안내방송 후에도 사메지마는 돌아오지 않았다. 사토이는 한 걸음 앞서 나와 4D의 자리에 앉았으나 사메지마는 아직도 돌아오지 않았다. 스튜어디스와 기장이 항공 빌딩과 연락을 취하는 모양이었다.

230명 탑승의 DC10 비행기를 기다리게 하다니, 버릇없는 녀석이란 생각을 하고 있는데, 사메지마가 그제서야 뛰어 들어와 사토이보다 앞좌석인 1A좌석에 앉았다. 곧 비행기가 떠오르기 시작했다. 안전벨트 착용의 사인이 꺼지자, 사메지마는 1등석이 있는 기내를 둘러본 다음, 사토이의 옆 좌석이 비어 있는 것을 보고 이제부터 잠이나 잤으면 싶은 사토이의 기분 따위는 아랑곳없이 재빨리 빈 좌석에 와 앉으며,

"하마터면 놓칠 뻔했군요. 사토이씨가 기다려달라고 부탁하셨지요."

하고 고맙다는 듯이 말했다.

"아니오. 승무원들이 찾아주겠지 하고 생각했소. 대체 어디 갔던 거요?"

사토이가 묻자 사메지마는,

"바캉스에만 재미를 붙여 중요한 일을 잊고 있었으니 부끄럽기만 합니다."

하고는 머리를 긁적이며 워싱턴포스트를 펼친 채 입을 다물었다.

무심코 사메지마가 펼친 페이지를 보니, 금주의 바캉스 난에 크루저 갑판에서 털이 무성하게 난 가슴을 풀어헤친 포크 2세 회장이 대어를 자랑스럽게 가리키고 있는 사진이 실려 있고, 그 밑에 '파나마 피니아스 만에서의 트롤링'이란 설명문이 있었다.

"허어, 포크 회장은 파나마에 가 있었군."

무심코 사토이가 중얼거렸다.

"같은 아메리카 기업이라도 포크쯤 되면 우리들이 만나는 축들과는 스케일이 다르군요. 사토이 씨는 포크 회장과 만날 예정이라도 있었습니까?"

사메지마는 살짝 올라간 실눈을 슬쩍 돌렸다.

"아니, 그저 놀랐을 뿐이오."

사토이는 시치미를 뗀 채 말하고는 다시 한 번 포크 회장의 사진을 보았다. 사메지마도 그것을 바라보았다. 한 장의 바캉스 사진을 사이에 두고 사토이와 사메지마는 각기 다른 상념에 잠긴 채 일본으로 향하고 있었다.

기오이 거리에 있는 호텔 뉴오타니의 스위트룸에서 지요다·포크 제휴를 위한 마지막 마무리가 극비리에 진행되고 있었다.

응접실에 회의용 테이블이 마련되고 지요다자동차에서 무라야마 신임 사장과 아쓰키 공장장인 상무에서 승격한 오마키 전무, 다이산은행측에서 다마이 은행장과 융자담당의 다케우치 상무, 깅키상사측에서는 다이몬 사장과 사토이 부사장이 참석했으나, 사토이의 의향에 따라 이키는 회담에서 제외되었다.

사토이의 귀국 후 곧 지요다의 무라마야 사장, 다이산은행의 다케우치 상무와 개별적으로 만나 오늘 비밀회담을 마련한 것인데, 이야기가 마지막 단계에 이르자 일단은 사토이의 설득에 귀를 기울이는 듯하던, 무라야마 사장이 불만을 토로하기 시작했다.

"사토이 군, 아무리 지요다 본체와는 직접적으로는 관계가 없는 승용차의 녹다운 공장이라고는 하지만, 우리가 49, 포크가 51의 출자비율이란 처음부터 경영권을 포크에 양도한 것이나 마찬가지야. 아마 이사회나 조합은 물론 통산성도 가만히 있지는 않을 걸세. 어떻게 해서든 원래의 자네 안처럼 50 대 50의 대등한 제휴로 이야기를 돌려주기 바라네."

전 사장도 1주일마다 결심이 변해 그 분명하지 못한 성격 때문에 물러나는 계기가 되었는데, 무라야마도 자신이 사장이 되어 회사의 운명이 좌우되는 결단을 해야 할 때가 되자, 좀처럼 결단을 내리지 못했다.

사토이는 대답했다.

"50 대 50으로 해결할 수 있는 것이라면, 디트로이트에서 교섭할 당시에 포크를 번의시켰을 것이네. 그러나 포크사는 지난번의 조사단 보고가 너무 나빴기 때문에 50 대 50의 대등출자인 녹다운 공장을 세운다고 해도 지금의 아쓰키 공장의 재판(再版)이 안 된다는 보장이 없고, 따라서 포크가 출자하는 이상 포크의 의사가 충분히 작용할 수 있는 합자를 생각하고 싶다는 것이 저쪽의 논리라네. 그러나 신규 합자회사에서는 지요다 본체의 승용차 부문과 경합할 만한 차종은 생산하지 않는다는 보장만 확실히 받아둔다면, 우리들이 정신을 바짝 차리고 버티는 한 제아무리 포크일지라도 함부로는 못할 걸세."

결의를 재촉하듯이 말했으나 무라야마는 여전히 주저하며,

"그렇다고 하더라도 포크의 태도는 도저히 이해할 수 없단 말이야. 50 대 50으로 합의에 달했다는 인식 아래 포크사의 조사단을 받아들였는데, 그 결과가 나쁘다고 해서 51을 요구하다니 비열하지 않나."

하고 투덜거렸다. 오마키도 못마땅한 듯이 말했다.

"이제 와서 생각하니, 확실히 우리가 너무 정직했던 것 같아요. 포크사는 나쁜 점만을 강조하는 것 같아요. 보유자산도 낮게 평가하고, 불량채권은 부풀리는 둥 일방적으로 경영내용을 혹평하고 있습니다. 그러나 지요다에는 유능한 기술자와 종업원이 있습니다. 특히 현장의 작업장은 포크사와 비할 때 작업능력의 우수성, 시간 외에도 일하는 근면성, 작업시간의 노력에 의해서 장래 업적이 향상될 것이란 장점은 전혀 평가하지 않고, 오늘날 우리가 처한 경영상태의 불량만을 들어 헐값에 사자는 배짱에는 승복할 수 없습니다."

기술분야 출신의 중역답게 기술과 노동의 우수성을 지적하여 정면에서 반대하자, 사토이는 무테안경을 번득이며 말했다.

"그렇지 않아요. 포크사가 당신이 말하는 기술력을 인정했기 때문에 지요다의 디젤엔진 트럭을 미국, 오스트레일리아, 아프리카 등지의 포크사 판매망에 실어 월 5천 대씩 팔자는 이야기가 새로 제안되고 있는 것입니다."

하고 오마키의 날카로운 반격을 무마하듯이 말했다.

"그건 반가운 소리지만, 그렇다고 해서 신규 합자회사 쪽의 출자비율을 49로 참아라 하는 것은 너무나 지나친 논리입니다. 포크가 그 비율이 아니면 응할 수 없다고 한다면 모처럼의 일이지만 이 이야기는 없었던 것으로……"

오마키가 완강히 거부하려 하자, 여태까지 듣고 있던 다이몬이 상체를 앞으로 쑥 내밀었다.

"오마키 씨, 우리를 이처럼 실컷 수고를 시켜놓고 이제 와서 없었던 것으로 해달라니, 너무 염치없는 행동인 것 같습니다. 실례지만 동업의 다른 회사가 고도성장의 물결을 타고 미증유의 고수익을 올리고 있는데 지요다의 승용차 부문은 월 2천 대에서 다시 밑돌고, 도쿄택시협회는 연료비가 싸다는 이유로 채택하고 있던 지요다의 디젤엔진 승용차가 진동음이 심하여 운전기사들로부터 특별수당을 요구당할 정도라서 LPG가스비와 별 차이가 없으니까 다음 달부터는 지요다 차의 구입을 중지하겠다는 결의를 했다고 하지 않습니까?"

다이몬이 아예 무시하는 투로 말하자 오마키는,

"그것은 우리 사의 외자제휴를 방해하고 자기 회사가 병합하려는 아이치, 닛신자동차의 악질적인 선전에 운전노동연맹이 선동되어 택시협회에 압력을 가했기 때문입니다. 승용차에 디젤엔진을 달았을 때의 소음에 대해서는 지금 개량연구가 진행 중이며 앞으로 2, 3개월 후면 채산성이 있는 개선법이 발견될 것입니다."

하고 진지한 눈빛으로 말했다.

"기술분야의 사람들은 순진해서 좋습니다. 그러나 앞으로 2, 3개월 동안의 자금을 어떻게 회전시키겠습니까? 전반기에는 포크사와의 제휴가 진행중이어서 그럭저럭 대차대조표의 균형을 맞추어 결산하였지만, 다음 회기에는 대폭적인 감익결산을 막을 길이 없으며, 이대로 방치해두었다간 대량 감원할 수밖에 없다고 하지 않습니까?"

다이몬은 이렇게 말하며 상좌에 앉아 있는 다이산은행의 다마이 은행장 쪽을 바라보았다. 진한 회색 양복에 파란 넥타이를 맨 다마이는,

"그 점에 대해서는 무라야마 씨가 새 사장으로 취임인사를 오셨을 때 충분히 말씀드려서 이해하고 계실 줄 믿습니다. 일본의 자동차업계에서 가장 오랜 전통과 영광을 지녀오고 있으면서도 국내의 자동차 메이커냐 외자인 포크냐, 하는 양자택일의 상황에 이른 것은 동정을 금할 수 없으나, 결단을 하루 늦추면 그만큼 제휴조건이 나빠져 8천 명 종업원과 230개 관련 하청회사의 고통만 가중될 뿐이니까요."

하고 조용한 어조로 말했다. 무라야마와 오마키로서는 그의 말 한마디 한마디가 괴로웠다.

사토이는 고개를 들지 못하는 두 사람을 향해 말했다.

"여보게, 무라야마, 이 정도에서 새로운 경영자답게 결단을 내리는 게 어떻겠나. 아무래도 포크사의 51퍼센트에 불안을 느낀다면 안정주주란 명목으로 깅키상사가 5퍼센트나 10퍼센트를 조인트해서 포크사의 출자비율을 50 이하로 떨어뜨릴 교섭을 다시 한 번 시도해 보겠네. 사실 이 자리에서만의 이야기네만, 다부치 간사장도 이 건에 대해선 이미 알고 계셔서, 귀추를 주목하고 있다네. 그래서 미·일수뇌회담 때에 어떤 방법으로든 포크사의 승낙을 얻도록 다부치 간사장에게 부탁을 할 수도 있네."

오랜 친구간의 우정을 강조하는 듯한 사토이의 말투에 무라야마는 의지하려는 듯한 시선을 보냈다.

"그랬던가, 자네는 그런 선까지 가지고 있었던가……"

그때 문을 노크하는 소리가 들렸다. 응답을 하자, 깅키상사의 쓰노

다 업무본부장이 창백한 얼굴로 들어와 서류봉투에서 석간신문을 꺼내 테이블 위에 놓았다. 1면 톱기사에 모두의 시선이 쏠렸다.

포크, 도와자동차와 제휴할 것인가?
이달 하순경 수뇌부 일본 방문

도와자동차와 세계 제2의 자동차 메이커인 미국 포크사가 제휴를 위한 교섭을 시작했다. 믿을 만한 소식통에 따르면, 포크사는 최근 도쿄상사의 알선에 의해 로터리 엔진으로 유명한 도와자동차와 20퍼센트의 출자비율로 제휴하고 싶다는 뜻을 정식으로 전해왔다. 이에 따라 도와자동차와 동사의 주거래은행인 오토모은행의 수뇌부는 즉시 이 문제에 대해 협의함과 동시에, 이달 말경 내일(來日)하는 포크사 수뇌진과 본격적인 교섭에 들어갈 것으로 보인다.

실내 분위기가 엄숙해지고 숨이 막힐 것 같은 경악 속에서 지요다자동차의 무라야마 사장은 핏발이 선 눈으로 테이블 위의 신문을 움켜쥐었다.

"사토이 군, 이 기사는 어떻게 된 것인가? 자네는 농담이라도 하고 있단 말인가?"

'포크·도와 제휴할 것인가'라고 보도한 신문을 사토이의 면전에 들이밀자, 오마키 전무도 떨리는 목소리로 말했다.

"그뿐 아니라 도와의 경우는 아무리 도와 본체와의 제휴라고는 하나 포크의 출자비율이 불과 20퍼센트라니, 너무 지나친 차이가 아닙니까?"

사토이의 얼굴이 창백하게 질렸다.

"나는 도저히 믿을 수가 없어서……"

말끝을 맺지 못하는 사토이를 바라보며 다이산은행의 융자담당인 다케우치 상무는 험악한 얼굴로,

"믿을 수 없다니, 사토이 씨 자신이 교섭을 하고 방금 당신 입으로 포크·지요다 제휴의 교섭경위라며 설명하던 내용이 아닙니까? 그런데도 불구하고 신문은 포크·도와자동차의 제휴를 보도하고, 더구나 도와와 주거래은행인 오토모은행의 수뇌부가 협의를 시작한다고까지 상세히 적혀 있으니, 이거야 정말 아이들의 장난도 아니고, 어떻게 이처럼 어처구니없는 사태가 일어났는지 은행의 입장에서도 납득할 수 있는 설명을 듣고 싶습니다."

하고 날카롭게 추궁했다.

"믿을 수 없어, 이럴 수가……"

사토이는 꼼짝도 않고 신문을 응시한 채, 목이 잔뜩 잠겨 겨우 말했다. 무라야마의 얼굴이 분노로 일그러졌다.

"이럴 수가라니, 그건 우리가 할 소리야. 51대 49까지 내려깎고는, 결단을 못내린다고 무능한 탓을 돌리더니, 뒤통수를 후려친 게 아니고 뭐란 말인가!"

주먹으로 테이블을 치자, 그때까지 침묵을 지키고 있던 다이산은행의 다마이 은행장이 비로소 입을 열었다.

"비밀리에 일을 추진했으니까 다행이지. 만약 이 사실이 외부에 누설되기라도 했더라면 은행으로서 큰 망신일 뿐 아니라 은행장인 나의 진퇴문제까지 대두되었을지 모르겠소이다."

음산한 느낌이 들 정도로 감정을 억제한 목소리가 싸늘하게 울렸다. 다이몬은 낭패를 억지로 감추며 말했다.

"사토이 군의 교섭이 막판에 가서 서툴렀다는 점에 대해선 변명의

여지가 없습니다. 그러나 신문에는 포크·도와가 제휴할 것이냐는 것에 지나지 않고, 양측 수뇌부의 책임 있는 기사는 한 줄도 실려 있지 않으니, 이 신문기사가 모두 정확하다고만은 할 수 없습니다. 우리 회사로서는 즉시 관계자와 접촉하여 사실여부를 조사한 다음, 그것이 판명되는 대로 정확한 설명을 드리겠습니다."

우선 급한 불이나 모면하자는 말에 사토이는 겨우 평상심을 되찾은 듯했다.

"나로서는 지금 믿을 수가 없으며, 이대로는 도저히 물러설 수 없습니다. 곧 디트로이트의 포크 회장에게서 진위여부를 확인코자 하니 그때까지 잠시의 여유를……"

깊이 고개 숙이면서도 궁지에서 벗어나려는 듯이 변명하려 할 때 갑자기 쓰노다 업무본부장이 불쑥 들어왔다.

"사장님, 포크 회장으로부터 속달이 왔습니다. 혹시 신문기사와 관련이 있는 일이 아닌가 해서 가져왔습니다."

"뭐, 속달이라고? 대체 뭔가?"

다이몬은 갑자기 혈압이 오른 듯 얼굴이 붉어져 물으며, 포크사의 마크가 든 청색 봉투를 뜯고 읽어가는 동안, 다이몬의 벌건 얼굴이 일그러졌다.

심상치 않은 다이몬의 기색에 다마이 은행장은,

"포크 회장의 편지는 어떤 내용입니까?"

하고 사나운 표정으로 물었다. 다이몬은 말없이 포크 회장의 편지를 건네주었다.

이번에 포크사는 이사회의 결정에 따라, 지요다자동차와의 자본제휴 교섭은 중단하기로 했습니다. 교섭에 있어서 보여준 귀사의 노력에 감사를 드리는 동시에, 지요다자동차에 우리 사의 결정을 전달해 주시기를 부탁드립니다. 지요다자동차의 발전을 빕니다.

불과 7행의 영문이 타자되어 있고 해리 포크 회장의 서명이 들어 있었다. 겨우 한 장의 사무용 편지로써, 작년 여름부터 계속되어 온 교섭을 일방적으로 중단하는 미국 기업의 냉혹할 정도의 비정함이 거기에 배어 있었다.

"제휴교섭 중단. 그렇다면 이 신문기사는 오보도 억측 기사도 아니잖아. 이런 멍청한 일이!"

지요다의 무라야마 사장이 고함을 치는 순간, 사토이의 몸이 스르르 의자에서 미끄러졌다.

사토이는 가슴을 쥐어뜯고 신음소리를 내면서 융단 위를 이리저리 기어다니다가 단말마 같은 소리를 지르더니, 몸을 비틀면서 아까 마신 커피 같은 다갈색 액체를 토해냈다.

"구급차, 구급차를 불러!"

다이몬이 외치자, 누군가가 전화를 걸었다. 호텔 보이가 달려오고 얼마 뒤 구급차가 도착하여 사토이는 들것에 실려 호텔 지하주차장의 뒷문을 통해 나갔다.

그날 밤 이키가 도쿄성인병센터에서 다이칸야마에 있는 그의 아파트로 돌아온 것은 10시가 넘어서였다.

긴급병동에 수용된 사토이의 심장은 다시 소생됐으나, 포크·지요다의 제휴는 소생되지 못했으며 회사 안팎에서 그의 지위는 흔들릴 수밖에 없었다. 병상의 사토이는 자신의 손으로 스스로의 결점이 될 악운의 별을 움켜쥔 것처럼 애처로웠다.

전화벨이 울렸다. 혹시 병원에서 온 것이 아닌가 하고 수화기를 들자, 뉴욕에서의 국제전화였다. 야쓰카의 목소리가 들려왔다.

"전무님, 포크의 건, 죄송합니다. 겨우 조금 전에 플래트 부사장과 연락이 되어 너무했다, 배신행위가 아니냐고 따졌습니다만, 그건 배신이 아니다, 나는 깅키상사의 노력을 다시 한 번 검토할 예정이었는데 갑자기 포크 회장이 도쿄상사의 사메지마 씨와의 협의에 의해 도와와의 제휴가 결정된 것이다, 우리 회사는 포크 회장의 독재 회사이니 어쩔 도리가 없다, 이키 씨에게 잘 전해주길 부탁한다는 대답이었습니다."

"그랬었군. 포크 회장과 사메지마 사이에서 결정된 것이라."

피비린내를 일단 맡기만 하면 상대를 쓰러뜨리고마는 상어같은 사메지마의 독기를 이키는 뼈저리도록 느꼈다.

"여보세요, 여보세요. 전무님, 저는 분하고 원통해서, 더구나 전무님에게 죄송스러워 죽고 싶은 심정입니다……"

그의 목소리는 울먹거렸다.

"야쓰카, 그러나 이 책임의 반은 내게도 있네. 아무리 도중에서 사토이 부사장의 안을 강요당했어도 당초에 자네들과 내가 작성한 원안을 교섭하도록 강행하지 못한 아쉬움이 있다네. 그 점에 있어 나야말로 자네에게 미안하게 생각하네."

이키는 야쓰카를 달래듯이 말했다.

"전무님, 저는 포기할 수가 없습니다. 포크가 안 된다면 3대 메이커 가운데 나머지 두 회사, 글렌슬러와 유나이티드 모터스가 남아 있습니다. 그 어느 하나와 접촉을 해보고 싶습니다."

"음, 그것도 한 번 생각해 보겠네. 거기에는 지요다의 동의가 필요하네만 지요다는 우리를 불신하고 있으니 잠시만 시간을 주게나. 야쓰카, 그때까지 경솔한 짓은 말도록 하게."

이키는 한마디 못을 박은 뒤 전화를 끊었다. 해외통괄 담당의 전무 입장에서는 자동차의 외자제휴뿐만 아니라, 석유, 철강, 곡물, 목재를 비롯한 많은 종목의 프로젝트가 산적해 있는데, 그중에서 몇 개를 선택하여 궤도에 올려놓지 않으면 안된다.

그와 같은 방대한 작업을 생각하면 포크·지요다의 제휴에만 연연하고 있을 수는 없었다. 이키는 피로가 쌓여 젖은 솜처럼 된 몸으로, 이럴 때 아키츠 지사토가 가까이에 있어 주었으면 하는 생각이 문득 들었다. 때 아닌 초인종이 울렸다. 이런 시간에 누구일까 하고 의아한 마음으로 응답을 하자, 지요다자동차의 오마키 전무였다.

문을 여니 오마키 상무였다.

"늦은 시간에 정말 죄송합니다. 사토이 씨의 용태는 어떠신지요? 도중에 돌아와서 죄송합니다."

"별말씀을 다 하십니다. 병원까지 와주셔서 너무 죄송스러웠습니다. 덕택으로 병세는 평온을 되찾았습니다. 어서 들어오십시오."

이렇게 말하며 이키가 거실로 안내하자 오마키는 방 안을 한 번 둘러보고는,

"이키 씨다운 간소한 살림이시군요."

하고 미소를 지어 보였다.

"혼자 살림이라서 이 정도면 충분합니다."

"그런 줄은 알고 있었습니다만 그래도 깅키상사의 전무님 댁이라 사실은 더 큰 아파트만 찾다가 늦어버린 겁니다."

웃으면서 오마키가 소파에 앉자 이키는 자세를 바로 했다.

"오마키 씨, 이번 일에 있어서는 귀사에 크나큰 폐를 끼쳐드려 뭐라고 사과드려야 할지 모르겠습니다."

하고 깊이 고개를 숙였다. 오마키는 한순간 입을 다물고 있다가 이윽고 말을 꺼냈다.

"사실은 그 일 때문에 지금까지 개발실장인 아다치를 비롯한 기술진을 모아놓고 의논을 했습니다만, 우리 기술진들은 처음부터 사토이 부사장의 안에 반대였습니다. 솔직히 말해서 협상이 깨지고 보니 차라리 속 시원한 느낌입니다. 또 짐작했던 대로 포크·도와의 신문기사가 나자, 닛신자동차에서 재빨리 제휴를 타진해 왔습니다만, 우리들 기술진은 이제 와서 새삼스럽게 국내 동업 메이커의 휘하에 들어가서 하청작업 따위를 하는 일은 절대반대입니다. 그런 만큼 다른 외국자본과의 제휴를 새로이 추진해 주시기를 부탁드리고자 그 의향을 한시라도 빨리 전해드리기 위해 늦은 시간임에도 불구하고 찾아뵌 것입니다."

오마키는 시종일관 변함이 없는 외자제휴를 분명히 요청했다.

"사실 조금 전 뉴욕의 야쓰카에게 전화가 와 포크가 안 된다면 3대 메이커의 나머지 두 회사가 있지 않느냐는 뜻을 전해온 참이었습니다."

"그랬군요. 그럼 꼭 나머지 두 회사 중 어느 하나와 교섭을 추진해 주시기를 간절히 부탁드립니다."

"이 얘기는 무라야마 사장께서도 알고 계십니까?"

"네, 기술진의 의견을 묶어서 무라야마 사장께 말씀드렸더니, 사토이 군은 나의 오랜 친구지만 기업에 동정은 금물이다, 심장병을 앓고 있는 사토이 군으로서는 어려운 협상이 무리일테니 앞으로는 깅키상사의 이인자라 할 수 있는 이키 전무에게 당당히 부탁드리라는 말씀이셨습니다."

"허어, 무라야마 사장께서……"

이키는 자기도 모르게 말문이 막혔다. 비즈니스가 비정하다고는 하나 교섭중단을 통고하는 단 한 장의 포크사의 편지며, 무라야마의 말 등에는 등골이 서늘해졌다.

"그럼 이키 씨, 이만 실례하겠습니다. 이 일에 대해선 나중에 다시 협의하기로 합시다."

오마키는 자리에서 일어났다. 이키는 전송하기 위해 1층으로 내려갔다. 현관 밖에서 오마키의 차가 기다리고 있었다.

"그럼 앞으로도 잘 부탁드립니다."

이키는 정중하게 인사를 하고 자동차의 빨간 꼬리등이 사라질 때까지 서 있었다.

갑자기 서늘해진 여름의 밤바람을 쐬면서, 이키는 뜻하지 않은 회사 내 흐름의 변화와, 다이몬으로부터 은근히 제3인자라는 말을 들은 자신이 이인자의 자리로 밀려 올라가고 있음을 미묘한 느낌으로 받아들였다.

열사의 암투

　페르시아만을 마주한 이란의 남서쪽, 반다라브쉐르의 토막지대를 가로지른 외줄기 길을 냉방장치도 안 된 택시가 열풍에 헐떡이듯 달리고 있었다.
　반다라브쉐르의 8월은 기온 45도, 습도 1백 퍼센트였다.
　"지독한 고장이군. 같은 이란이라 해도 북쪽의 테헤란과 남부의 이곳은 천국과 지옥의 차이야."
　택시에 타고 있는 이쓰비시상사 테헤란 주재원인 우에스기 다카시가 이란 사람들처럼 기른 콧수염을 땀방울로 적시면서 한숨을 내쉬자 우에스기의 요청으로 정유소 건설후보자를 시찰하러 온 이쓰비시석유 도쿄 본사의 기술부에 있는 기도는,
　"아까 브쉐르 비행장에 내리자마자 선글라스가 흐려져 앞이 보이지 않고, 바지 주름이 1백 미터도 못 가서 펴지는 걸 보니까 우습더군. 어제까지 있던 반다라아바스도 지독했지만 이곳도 못지않군."
　하고 말하며, 햇볕의 직사를 막기 위해 걷어 올렸던 긴 팔의 스포츠 셔츠 소매를 내리며 거구를 등받이에서 일으켰다. 그의 등은 땀으로 흠뻑 젖어 있었다.

"창문을 조금 더 열까?"

우에스기가 3분의 1쯤 열려 있는 창의 핸들을 돌리려 하자 기도는 타월로 얼굴이며 목을 문지르면서,

"아냐, 이 이상으로 습도 1백 퍼센트의 열풍이 들어오면 폐가 삶아질 걸세. 1년 전 이 근처 항구의 준설공사를 청부맡은 산요건설의 기술자가 조립식 건물의 사무실에서, 야자나무가 흔들리는 것을 바라보면 시원하다는 일본식 감각보다는 열풍이 불고 있구나 하는 공포감 쪽이 앞섰다는 이야기를 하던데, 전혀 과장된 말이 아니군."

이렇게 말할 때, 머리에서부터 흰 천을 뒤집어쓴 원주민 운전사가 속력을 늦추면서,

"가스 스테이션, 스톱 오케이?"

하고 뒤돌아보았다.

우에스기가 알았다는 신호를 하자 운전사는 차를 세우고 흙으로 지은 주유소로 주인을 부르러 들어갔다.

우에스기는 주유소 주인이 천천히 나와서, 호스로 기름을 물처럼 뚝뚝 떨어뜨리며 급유하는 것은 위험하다고 느끼는 동시에 아깝다는 생각이 들었다. 물보다도 훨씬 싼 이 기름을 일본에 장기적으로 그리고 안정적으로 가져가기 위해, 이란석유공사를 자주 찾아다니며 교섭한 끝에 이란 국내에 정유공장을 건설한다면 석유광구의 이권을 줄 수도 있다는 데까지 교섭을 진척시키고, 이쓰비시석유에서 자기와 동갑인 38세이며, 해외 정유소 건설에 밝은 기도를 불러 기초조사를 부탁하고 있는 것이다.

갑자기 모래를 잔뜩 뒤집어쓴 청색 승용차가 주유소 앞을 지나갔다. 한낮의 가장 더운 시간을 약간 벗어났다고 해도, 트럭이라면 가끔 볼 수 있으나 승용차는…… 그건 그렇다 치고 저 차는…… 우에스기가

문득 이상하다는 생각에 사로잡혀 있을 때였다.
"지금 저 차는 공항에서 택시를 기다리고 있을 때 그 부근에 주차해 있던 차와 같은 차가 아닌가?"
기도는 호리호리한 마른 몸을 구부리며 낮게 속삭였다.
"그러고 보니까, 시가지를 빠져나오기 직전 식료품점에서 콜라를 살 때 신호를 기다리고 있던 차도 청색 차였어."
"이란에는 전주 수만큼이나 비밀경찰들이 많다고 하지 않았나? 혹시 SAVAK의 미행이 아닐까?"
SAVAK란 현 국왕의 독재정권을 유지하기 위해 조직된 비밀첩보기관으로서, 공산주의자의 적발과 석유관계자의 동향을 엄중히 체크하고 있었다.
그러나 지나쳐간 청색 차가 비밀경찰이라고만 단정할 수 없었다. 석유사업을 하려면 자기를 파트너로 삼지 않고서는 일이 이루어질 수 없다면서, 베이루트나 쿠웨이트의 출장지까지 끈질기게 따라다니는 공작자일는지도 모른다.
급유를 마치고 택시가 정유소 건립 후보지를 향해 다시 달리기 시작하자, 드문드문 관목만이 자라 있는 토막 가운데 높이가 3미터도 더 되어 보이는 가시철망 울타리가 보이기 시작했다. 어제까지 머물렀던 페르시아만과 인도양의 접점인 호르무스 해협을 마주한 반다라아바스는 이란 해군의 최대 거점인데, 여기에도 지하에 비밀병기 제조공장이 있다는 것은 테헤란에서의 사전조사로 알고 있었다.
몇 킬로미터에 걸쳐 이어지던 가시철망 울타리가 어느 사이 시야에서 멀어지고, 30킬로미터 정도 남하한 지점에서 우에스기와 기도는 택시를 세웠다. 이란석유공사는 정유공장 건설 후보지의 실현 가능성 조사를 정식으로 청부시킬 컨설턴트 회사와의 계약서를 내보이지 않으면, 정확한 지도와 장소는 제시하지 않고 대체적인 지도밖에는 건네주지 않기 때문에, 런던과 제네바에서 간행된 지도를 구해 대체로 이 근처라고 짐작하는 도리밖에 없었다.

기도가 그 중심부분을 한 바퀴 돌도록 부탁하자 운전사는,

"노, 서! 노, 노."

하고 토막 속으로 들어가기를 완강히 거부했다. 우기에는 여기저기 물웅덩이가 생기는 토막도 여름철에는 타이어가 빠질 만큼 큰 지열(地裂)이 생기고 암염이 튀어나와 있었다.

"이건 악질 운전수처럼 도중에서 값을 올리려는 그런 얼굴이 아니군. 정말로 두려워하고 있는 것 같아."

백전노장인 우에스기도 난처하다는 듯이 말하자,

"그렇다면 내가 운전하지. 자네가 무슨 방법을 써서라도 그를 설득해 보게."

하고 기도가 가로채듯 말했다.

"뭐라고? 여보게, 이런 울퉁불퉁한 토막에서 운전할 자신이 있단 말인가?"

말도 안 된다는 투로 내뱉자 기도는 햇볕에 그을린 길쭉한 얼굴에 선글라스를 고쳐 쓰며 말했다.

"나는 국제면허도 있고, 지금까지 아프리카, 인도, 버마 등, 조건이 나쁜 점에 있어서는 모두 막강한 곳을 수도 없이 많이 조사하며 다녔으니까 어떻게든 해낼 수 있다네. 우리 같은 기술자들은 자네들처럼 고상한 상사원과는 다르지."

기도의 말에는 기술자다운 솔직함과 자부가 있어 밉지가 않았다.

"내가 고상한 상사원이라면, 애초부터 전문 컨설턴트 회사인 벡텔사를 불러 조사시키고, 지금쯤 테헤란에서 느긋하게 낮잠이나 즐기고

있을 걸세."

 우에스기도 지지 않고 응수한 뒤, 컴백, 컴백하며 거의 울상인 운전사에게 자신이 알고 있는 페르시아어를 총동원하여 조수석에 앉혔다.
 익숙한 운전솜씨로 지열을 피하며 천천히 운전했으나 차체가 좌우로 크게 흔들리고, 사보텐처럼 잎이 두터운 풀더미에 달라붙은 전갈을 짓밟고 지나갔다. 가끔 차를 멈추고는 지형을 카메라에 담고, 노출되어 있는 토양을 바라보며 해안쪽의 경사도를 눈짐작으로 쟀다.
 땀에 흠뻑 젖어 작업을 끝내자, 기도는 해안 가까이에 있는 미니 오아시스 비슷한 야자나무 그늘로 차를 몰고 가서 세웠다.
 "피곤할 텐데 뒤쪽에 와서 눕게."
 땅바닥에 누우면 전갈에 물릴 위험이 있기 때문에, 우에스기는 내려서지 않고 차창을 활짝 열었다. 해안에 오니 그래도 바람이 약간 서늘하여 페르시아만의 끈적하고 짙푸른 해면이 사막을 줄곧 달려온 우에스기 일행의 눈에 신기루처럼 비쳤다.
 말하기조차 힘들 정도로 지친 몸에 파도치는 소리가 시원했다.
 겨우 한숨을 돌렸을 무렵 우에스기는,
 "어떤가, 아바스에 비해서?"
 하고 물었다. 기도는 시트에 지그시 머리를 기댄 채,
 "글쎄, 우선 정유소에 원유를 끌어올 파이프라인의 배관거리인데 150킬로미터 정도면 족하겠지. 둘째, 출하를 위한 항구조건인데 출하잔교가 여기라면 해안에서 7, 8킬로미터는 연결돼야 할 걸세. 셋째로 건설용지의 토지조성인데, 지지층(支持層)이 지표 근처에 있고 지내력(地耐力)이 있어 별로 많은 비용이 들지는 않을 걸세."
 하고 명쾌하게 대답했다.
 "아까부터 마음에 걸렸는데 공업용수의 수원이 없지 않은가?"

우에스기가 물었다.

"옳은 얘기야. 아바도스 수원은 가깝지 않지만 이곳도 바닷물을 탈염할 수밖엔 없겠네. 5년간에 일산 15만 배럴의 정유소 2기를 건설한다고 하면, 정유소의 성능에 달렸지만 하루 2만 톤에서 3만 톤의 해수 증류화장치를 만들어야 할 걸세."

"그렇다면 조업할 경우, 일본으로부터 어느 정도 인원을 동원해야 하겠나?"

"1천 명이라고 했으면 좋겠네만, 이처럼 조건이 나쁜 곳이니까 1천 3백 명은 필요하겠지."

"1천 3백 명…… 그렇게 많은 현장 작업원을 이런 곳에 투입할 수가 있을까?"

우에스기가 신음하듯 말할 때, 저만큼 멀리에서 청색 승용차가 또 지나갔다.

우에스기와 기도가 반다라브쉐르의 시내로 돌아와 호텔에 든 것은 9시가 지나서였다.

말이 호텔이지, 벽이 갈라지고 회색으로 더럽혀진 지저분한 2층 건물의 여인숙 같은 싸구려 호텔이었다.

"미안하네. 좋은 호텔은 모두 만원이라서 겨우 이런 호텔밖엔 잡지 못했네."

우에스기는 미안한 듯이 머쓱한 표정을 지었다.

"아닐세. 자네의 그 뛰어난 교섭력으로도 안 되는 것이야 어쩌겠나."

기도는 개의치 않는다는 듯이 2층으로 올라가 방문을 열었다. 룸쿨러가 요란한 진동음을 내며 움직이고 있었다.

"소리에 비해서 방이 시원하지 않군그래."

온도를 내리기 위해 룸쿨러의 버튼을 눌러보았으나 고장이 나 있어 움직이지 않았다. 침대를 보니 더블베드가 하나 있을 뿐, 그나마 매트리스에서 스프링이 삐죽 튀어나와 있었다.

"정말 지독하군. 남자 둘이서 더블베드라니, 따지고 와야겠는데."

우에스기는 이렇게 말하며 곧 아래층 프런트로 내려갔으나, 얼마 뒤 풀이 죽은 얼굴로 돌아왔다.

"소용없어. 만원이라 어쩔 수 없다니, 말 다했지 뭔가."

"없다면 할 수 없지, 어쩌겠나. 서로 가장자리에서 누워 자기로 하세."

기도는 재빨리 체념하듯이 말했다. 교대로 공동샤워장에서 몸을 씻고 난 뒤 파자마로 갈아입고 침대에 눕자, 낮의 피로 때문에 곧 잠에 떨어졌다. 그러나 스프링이 고르지 못해 우묵 파인 가운데로 슬슬 미끄러져 두 사람의 등이 맞닿았다.

"웬 엉덩이가 그리 딱딱한가?"

졸린 기도에게 우에스기도 지지 않고 대꾸했다.

"참게. 지난번 카그 섬에 원유탱크 일로 1년 동안 갇혀 있던 일본 건설회사의 얘기로는 호모가 유행해서 골치를 앓았다네."

"그따위 기분 나쁜 이야기는 집어치우게. 호모 따위는 듣기만 해도 구역질이 나네."

서로 침대 가장자리 테를 잡고 좌우 끝으로 몸을 붙이자 잠이 올 듯하다가 어느 사이에 다시 몸이 우묵 파인 곳으로 미끄러지며 몸이 맞닿고 말았다. 졸음 속에서도 몸을 떼어 침대의 테두리를 잡는 짓을 되풀이하는 동안 우에스기는 얼굴에 근질근질한 느낌이 들었다. 손으로 털어내자 이번에는 목덜미에 무엇인가 기어다니는 느낌이 들었다. 다시 손으로 털어내고 나니 이번에는 입술 위를 미끈거리는 것이 기어갔다. 소스라쳐 일어나 불을 켜보았다. 수많은 바퀴벌레가 기어다니고 있었다.

"어이쿠, 바퀴벌레! 이거 정말."

우에스기가 놀라 소리쳤다.

"뭐, 바퀴벌레? 난 바퀴벌레라면 질색이야."

기도는 병적일 정도로 겁을 먹었다. 우에스기는 서류가방에서 살충제 스프레이를 꺼내어 침대 위를 기어다니는 바퀴벌레 떼를 향해 뿜어 댔다. 계속해서 몇 번이고 다량으로 뿜어대자, 겨우 비틀거리며 죽기도 하고 문 밑의 틈으로 도망치기도 했으나, 큰 효과는 없었다. 급히 창문을 열었으나, 살충제 냄새는 좀처럼 빠지지 않고 목구멍까지 아렸다.

"이런 사나운 생활조건 속에서 적자를 볼 가능성이 큰 정유소를 꼭 세워야만 한단 말인가."

기도가 이해할 수 없다는 듯이 투덜거렸다.

"석유광구를 얻기 위해서라네. 사실은 이란 국제석유재단이 갖고 있는 시라즈의 남동부 광구가 머지않아 공개된다는 정보가 있어. 만약 우리가 정유소를 세운다면, 그 광구의 이권을 취득할 수 있을 것 같아."

"정말인가, 그게……"

"음, 천신만고 끝에 이란석유공사에서 얻어낸 극비정보일세."

"그럼 이 정유소 건설은 그 미끼인가? 그러기에는 엄청난 프로젝트군."

기도의 쓴웃음을 바라보던 우에스기는 진지한 눈빛이 되었다.

"리비아의 국유화 움직임에 자극되어 산유국의 힘이 점점 강화되고 석유를 얻기 위해서는 어떤 일이든 그 나라의 발전에 도움이 될 일을 하지 않으면 석유를 구할 수 없는 시기가 오고 있단 말일세."

"그러나 일본에서 거기까지는 이해하지 못해."

기도가 중얼거리듯 말했다.

"석유를 싸게 구입하고 있는 지금의 일본은 석유가 얼마나 소중한지를 아마 모를 걸세. 그러나 현지의 우리들은 석유를 얻기 위해 필사적으로 일해야 한다는 걸 잘 알지. 우리야 사명감으로 해낼 수 있지만, 현장 노무자들이 과연 이처럼 혹독한 환경으로 와줄 것인가 하는 게 문제일세. 기자재야 돈만 주면 가져올 수 있지만, 사람은 그렇게 안 되거든. 흔히 석유, 석유 하지만 우선 이 문제부터 해결해야 할 걸세……"

우에스기는 가혹한 생활환경과 자신들을 미행하고 있던 자동차가 상징하는 이 나라의 음울한 분위기를 생각하며, 자기가 하려는 이 일의 어려움을 새삼스럽게 느꼈다.

정유소 건설 후보지를 답사하고 테헤란으로 돌아와 이틀이 지났다. 우에스기는 테헤란의 번화가인 팔레비 거리의 로열 힐튼 호텔을 향해 택시를 몰고 있었다.

어젯밤 런던 출장에서 돌아오는 길에 테헤란에 들른 도쿄 본사의 가미오 전무에게 정유소 후보지를 돌아본 결과를 어떻게 보고해야 할 것인가를 생각하자 마음이 무거웠다.

호화주택들이 늘어선 산기슭의 고급주택가를 빠져나와 북쪽으로 나아가 테헤란 로열 힐튼 호텔 가까이까지 오자 아침 8시 반이었는데, 경찰관이 10미터 정도의 간격으로 즐비하게 늘어서서 경비를 하고 있었다. 외국의 VIP가 묵고 있나보다 생각했으나, 택시가 호텔 정문 앞

정원으로 미끄러져 들어가자, 세피아 군복에 금빛 견장을 달고 장화를 신은 근위병들이 줄잡아 3, 40명쯤 보초를 서고 있었다. 국왕이 호텔에 와 있다는 증거였다.

운전을 거칠게 하고 온 택시운전사는 갑자기 긴장을 하고 국왕이 자랑하는 강건한 체격에 수려한 근위병들이 늘어선 사이를 천천히 몰아 현관에 차를 댔다. 로열 힐튼 경영권의 반은 국왕이 장악하고 있으며, 이란에서의 실질적인 경영자는 국왕이었다.

우에스기는 낯익은 프런트 담당자에게 물었다.

"아침부터 국왕폐하의 거동이시라니, 대단한 귀빈이라도 오셨습니까?"

"귀빈 중의 귀빈이죠. 파리에서 브리지트 바르도 양이 은밀히 와서 묵고 계셔서 국왕폐하는 승마에서 돌아오시는 길에 들르신 겁니다."

프런트 담당은 호텔 안에 물샐 틈 없이 잠복해 있을 사복의 비밀경찰을 의식해서인지, 무뚝뚝하게 우에스기로부터 떨어져 체크인을 하러 온 손님을 응대하기 시작했다.

우에스기는 탐색을 단념하고 구석의 엘리베이터로 가서 8층 가미오의 방으로 올라갔다.

스위트룸으로 들어가자, 가미오는 침실 쪽에서 서류가방을 챙기고 있었다.

"안녕히 주무셨습니까. 어젯밤 너무 늦게까지 일해서 피곤하시지나 않으셨는지 모르겠다고 지사장님 내외분께서 걱정하고 계십니다. 아침식사는 방에서 드시도록 부탁할까요?"

재빨리 룸서비스의 메뉴를 펼치자, 백발로 빛나는 머리를 옆으로 단정하게 가르고 매사에 구애받지 않는 표표한 분위기가 몸에 밴 가미오는 와이셔츠 차림으로 서류를 민첩하게 넘기면서 말했다.

"아침은 벌써 식당에서 들었네. 커피나 부탁해 주게."

"아닙니다. 저를 위한 거라면 그만두십시오. 뭐 도와드릴 일이라도 있으면……."

우에스기는 그렇게 말하며 방 안을 빙 둘러보았으나, 침대 주변이나 탁자 위가 모두 깨끗이 정리되어 있었다. 일본 대기업의 중역이 해외 출장을 할 경우 대개 현지 주재원을 남자식모 부리듯 하는데 그런 행동을 가미오는 일절 하지 않았다. 의식적으로 그러는 것이 아니라, 젊었을 적부터 메이저의 오일맨들과 접촉해본 가미오로서는 자기 일은 자기가 처리하는 습관이 몸에 배어 있는 것이다.

가미오는 불필요한 서류를 가려내고 서류가방을 찰칵 닫았다.

"자, 그러면…… 이란석유공사에 가는 데는 아직 1시간 정도 여유가 있으니 자네의 정유소 건설 후보지의 시찰 결과를 들어볼까?"

하고 응접실 쪽을 눈으로 가리켰다.

거래처인 셸 테헤란 오피스와 일본은행 테헤란 사무소에서 보내온 장미, 난초의 커다란 꽃바구니가 장식된 응접실 소파에 마주 앉자, 우에스기는 전문기술자인 이쓰비시석유의 기도의 견해와 자신의 생각을 섞어가며 이야기를 시작했다.

"기도 군의 견해로는 아바스와 반다라브쉐르의 모든 코스트의 합계를 계산하면 반다라브쉐르 쪽이 싸게 먹힌다고 합니다. 출하를 위한 항만시설이나 토지조성, 공업용수를 위한 해수의 탈염, 주변의 부대시설 등에 대해서는, 두 후보지 모두 아무것도 없는 상태에서 출발해야 하므로 별로 차이가 없습니다만, 문제는 원유를 끌어오기 위한 파이프라인의 부설인데 기도 군의 견적에 의하면 아바스 쪽은 기존 파이프라인에서 끌어온다해도 최소 7백 킬로미터, 150만 달러가 소요되지만, 브쉐르는 150킬로미터, 20만에서 25만 달러면 될 것 같다는 겁니다. 따라서 건설한다면 브쉐르 쪽이 유리하다는 결론이 됩니다. 다만, 기후조건이 나쁜 점을 감안할 때 장래의 출세가 보장된 특정관리직에 있는 샐러리맨이라면 몰라도, 실제로 조업을 맡아야 할 작업원을 1천 명 이상이나 데려올 수 있을지 모르겠습니다."

"그렇게 지독한가?"

"그것은 아무리 터프하신 전무님이시라도 견디기 어려울 것입니다. 우리가 아무리 의욕적이고 사명감에 불탄다고 하더라도 1천 명의 일본인이 3년에서 5년 동안 생활해야 하므로 기도 군과 저는 이곳에서 정말로 일본인이 살아갈 수 있을지 알아보기 위해 용지를 살펴본 뒤 브쉐르에 4, 5일 있어 보았습니다만, 지독하다는 말 그대로입니다. 이를테면 저는 호텔에서 1킬로미터 정도 걸어보았습니다. 마침 도로공사를 하고 있는 현지인들을 보았는데, 처음에는 저렇게 동작이 느려서야 뭘 하겠느냐 싶었죠. 그러나 5, 6백 미터쯤 걸어보니 찜통 더위에 머리가 지끈거려서, 작업하는 노동자들이 참 용하다 싶었습니다. 구멍 파는 작업만 하더라도 이란 사람은 일본인의 5분의 1, 6분의 1의 능률이라고 들었습니다. 브쉐르의 경우는 그런 숫자는 통하지 않을 것으로 생각됩니다."

우에스기는 솔직하게 자신의 견해를 털어놓았다.

"그렇다고 해도 그 두 곳 중 어느 한 곳에 건설해야 한다는 사실만은 변함이 없네. 자네라면 어떻게 하는 것이 좋다고 생각되나?"

가미오는 담담한 어조로 다음 말을 재촉했다.

"솔직히 말씀드리면 일본인은 꼭 필요한 지도원만을 보내고, 나머지는 더위에 강하고 부지런한 파키스탄 사람, 인도 사람, 아르메니아 사람으로 충당하는 방법입니다만, 이란 정부측은 국민고용촉진이란 정책상 일본인에서 이란인으로 단계적 대체를 조건으로 요구하고 있으므로, 우선 일본 국내에서 중동에서는 도저히 일본 사람이 살 수 없다는 거부반응의 벽을 무너뜨리는 것이 가장 중요한 문제라고 생각합니다. 만약 반다라브쉐르에 정유소를 건설한다는 정식취지확인서를 이란 정부와 교환하고, 이 프로젝트를 일본이 확보하여 정유소 건설이 실현되느냐 그렇지 못하느냐는, 중동의 사막국가에서 작업을 하다니 어림도 없다는 식의 일본 국내의 거부반응을 제거하는 데 달려 있다고 생각합니다."

우에스기는 자기도 모르는 사이에 어깨에 힘을 주어 큰 소리로 지껄이고 있는 자신을 발견하고는 멋적은 듯이 얼굴을 붉혔다.

가미오는 그런 우에스기를 담담한 얼굴로 바라보며 말했다.

"자네를 테헤란에 주재시키기로 결정한 선구안은 잘못이 아니었네. 자네는 일의 본질을 잘 꿰뚫어보고 있군그래."

그때 문을 노크하는 소리가 나고 테헤란 지사장이 나타났다. 오전 10시에 가미오는 이란석유공사 총재를 예방하기로 되어 있었고 지사장과 우에스기가 수행하기로 되어 있었다.

그 자리에서 정유소 건설을 전제로 한 석유광구의 이권취득에 관해 사전교섭을 하기로 되어 있었다. 그 때문에 정유소 건설을 약속하고 빈틈없이 포석을 하고 있는 것은 이쓰비시상사뿐이었다. 우에스기는 '석유귀신'이란 별명을 듣는 가미오 전무의 가슴속에 강한 자부와 자신이 숨겨져 있음을 감지했다.

아키츠 지사토는 다이칸야마에 있는 이키의 아파트에서 눈을 떴다. 살며시 이키 쪽을 바라보니 잠자는 숨소리가 조용했다. 이키의 잠자는 얼굴은 다정스럽고 따스했다. 깨어 있을 때의 조용하고 준엄한 눈이 감겨져 있기 때문인지도 모른다. 지사토는 어젯밤 이키의 다정스러운 애무와 알몸으로 드러났던 자신의 팔다리를 생각하고 마음에 부끄러움을 느껴, 흐트러진 잠옷의 가슴 언저리를 여미듯이 움츠렸다. 이키를 깨우지 않도록 발소리를 죽이며 침실을 빠져나가 하얀 판탈롱에 감색 스웨터로 갈아입은 뒤 식당의 커튼을 열었다.

지사토는 가스레인지에 법랑 주전자를 올려놓고, 욕실의 탈의 바구니에서 이키의 스포츠 셔츠와 속옷을 세탁하려고 꺼내왔다. 땀 냄새인지 체취인지 분간하기 힘든 냄새가 희미하게 풍겼다. 혼자 사는 여자의 주변에서는 찾아볼 수 없는 남자냄새였다.

간추려 세탁기에 집어넣고 세제를 넣어 스위치를 틀자, 가벼운 모터 소리가 나며 돌기 시작했다. 평화로운 가정의 리듬처럼 규칙적이고 상쾌한 음향이었다. 그 소리를 들으며 지사토는 바로 한 달 전 이곳에서 이키와 밤참을 들고 있을 때, 인도네시아에서 돌아온 이키의 아들과 마주칠 뻔하여 황망하게 도망치듯이 돌아간 일이 떠올랐다.

살금살금 도망치듯 돌아가야만 했던 그때의 굴욕을 생각하고, 지사토는 두 번 다시 이곳을 찾지 않겠다고 굳게 다짐했건만 또다시 오고 만 것이다.

침실 쪽에서 잠을 깬 듯 이키의 기척이 들렸다. 지사토는 끓고 있는 물을 포트에 따르고 침실의 문을 열었다.

"잘 잤어?"

이키의 다정한 목소리가 들렸다.

"제가 깨운 거나 아닌지 모르겠네요."

"아니, 푹 잤어."

침대에서 일어난 이키는 파자마를 벗고 옷을 갈아입으려 했다.

"오늘은 제가 입혀드릴게요. 가만히 계세요, 네?"

지사토는 팬티 하나만 걸친 이키에게 러닝셔츠를 입히고 바지를 입힌 뒤, 시원한 색깔의 남방셔츠를 골라 입혀주었다.
"조금 더 살이 찌셔야 하겠어요."
이키는 그녀가 하는 대로 몸을 내맡기면서,
"하는 일이 따로 있으면서도 생각보다 가정적인 여자야."
하고 흡족한 듯이 빙그레 웃었다.
"정말 기뻐요. 당신 집에서 잔 것이 처음이잖아요. 오늘밤도 재워주시겠어요?"
"좋고말고. 그렇게 기뻐해 준다면……"
간밤의 여운을 즐기듯이 이키는 어깨까지 늘어뜨린 지사토의 머리를 쓸어 올렸다.
두 사람의 식탁 위에는 컵, 빵 접시, 스푼, 버터나이프, 포크 등이 놓였으며 냅킨도 얌전히 놓여 있다.
"참으로 오랜만이군, 이처럼 제대로 차려놓고 아침을 먹는 것이. 혼자 있을 때는 우유만 마시고 집을 나서기가 일쑤니까."
이키는 오랜만에 느낀 가정적인 분위기를 만끽하며 지사토와 마주앉아 아침을 들기 시작했다. 그때 현관의 초인종이 울렸다. 신문대금을 받으러온 것일까, 주문을 받으러온 상점 점원일까 하고 생각하며 이키가 응답했다.
"아빠, 저예요. 나오코."
"아니, 나오코……"
순간 이키는 말이 막혔다. 오늘 세 식구 모두 하코네로 드라이브를 가기로 되어 있는 터였다. 당황하여 식탁을 치우려 하는 이키에게 지사토는 꼼짝 않고 뚫어지게 힐난하는 듯한 눈길을 보냈다. 이키는 결심을 한 듯 문을 열었다.
"하코네행은 중지예요. 갑자기 도모아쓰 회사의 뉴욕 본사에 계신

분이 오후 비행기편으로 하네다에 도착한다고 해서 그이는 오후부터 그곳으로 나가기로 됐어요. 누구 손님이라도 오셨나요?"

현관으로 들어서던 나오코는 식탁 앞에 앉은 지사토의 모습을 보고 무척 놀랐다.

"아키츠 지사토 씨다. 방금 오셨단다."

어색해 하는 이키의 표정과는 대조적으로 식탁 위에는 다급하게 감추려 했던 두 개의 컵이 나란히 놓여 있었다.

"오래간만입니다. 어머님이 돌아가셨을 때는 여러 가지로 감사했습니다."

나오코는 테이블을 힐끗 보고 나서, 굳은 표정으로 장례식이며 위령제 등에 참석해 준 감사인사를 했다.

"별말씀을. 그 뒤로는 오랫동안 찾아뵙지 못했습니다."

지사토는 어색하게 인사를 받았다.

"마침 선사받은 것이 좀 있어서 전해드리려고 잠깐 들른 거니까 천천히 쉬다가 가세요."

나오코는 선물꾸러미를 부엌으로 가져가려다 말고,

"그렇군요. 이건 어머님께서 즐겨드시던 것이니 먼저 어머님 영전에 올리기로 하죠."

하고 안방으로 가서 벽장에 마련된 불단 문을 열었다.

이어 나오코는 촛불을 켜고 만수향에 불을 붙인 다음, 징을 치면서 선물 받은 음식을 올렸다.

지사토의 귀에는 그 불단의 징소리가 일부러 들으라는 것같이 여겨져 차츰 얼굴이 굳어지는 것을 느꼈으나, 나오코는 여전히 징을 울리며 오래오래 배례하고 있었다. 죽은 어머니의 불단 앞에 앉아 있는 딸의 빈정거리는 듯한 태도와 싸늘하게 굳어버린 지사토 사이에 끼인 이키는 어쩔 줄 몰라 그저 멍청히 서 있을 뿐이었다. 세 사람 모두 입을 다물자, 숨 막힐 듯한 분위기가 방 안에 가득했다.

그때 전화벨이 울렸다. 구원을 받은 듯한 느낌으로 이키는 얼른 수화기를 집어 들었다.

"여보세요, 이키입니다."

석유부장인 효도 싱이치로의 굵은 목소리가 울려왔다.

"전무님, 쉬시는 날에 죄송합니다만, 긴급히 보고드릴 일이 생겨서요……"

평소와는 달리 긴장된 목소리였다.

"베이루트의 석유 컨설턴트인 하바슈의 정보입니다만, 전부터 눈독을 들여 전무님께 말씀드렸던 이란 서남부의 사르베스탄 광구가 국제입찰에 붙여진다는 것이 확실해졌습니다."

"뭐? 국제입찰이라고…… 확실한 정보인가?"

"런던의 석유업계를 통해서도 확인했으니까 거의 틀림없습니다. 지금까지 전문가들 사이에서는 그처럼 유망한 광구를 이란이 그렇게 쉽사리 내놓을 리가 없다고 부정하는 의견이 많습니다만, 단순히 한 회사와만 교섭을 하는 것이 아니라 전 세계에 공시하여 살 상대를 공모함으로써 가격을 많이 올려보자는 속셈 같습니다."

"그렇다면 일본석유공사의 지원을 받지 않고서는 겨뤄 볼 수 없겠군."

"네, 그래서 제가 내일 아침 일찍 공사를 방문하여 지원을 요청함과 동시에 곧 테헤란으로 가겠습니다만, 다이몬 사장님의 허락을 얻으려면 저의 직속 상사인 아카자와 상무님을 통해서는 시간이 걸리기 때문에 이키 전무님께서 직접 말씀드려주셨으면 합니다."

"음, 그렇다면 사르베스탄 광구의 취득을 전제로 추진해 온 LNG(액화 천연가스) 도입 건으로 내일 오사카로 출장을 가서 다이몬 사장님과 함께 오사카전력측과 만나기로 되어 있으니, 그때 이야기하기로 하지."

이키는 수화기를 힘껏 움켜쥐며 다짐을 했다. 그것은 방금까지 지사토와 딸 나오코 사이에 끼여 어찌할 바를 모르던 꼴사나운 모습과는 전혀 다른, 일에 몰두한 남자의 진지한 모습이었다.

오사카 고라이바시에 있는 요정 깃초에 차가 닿자 상호가 새겨진 유니폼을 입은 종업원이 우산을 받쳐 들고 다이몬과 이키를 맞았으나, 거센 바람으로 두 사람의 옷에 빗방울이 튀었다.

"거센 비바람으로 마쓰오 씨한테는 미안하게 됐군."

다이몬은 오늘 저녁의 주빈인 오사카전력의 마쓰오 사장에 대해 신경을 쓰며, 커튼을 늘어뜨린 2층의 넓은 방으로 들어갔다. 이란의 경제성장에 기여할 프로젝트를 함께 제시하지 않으면 불리하기 때문에 깅키상사는 LNG 도입을 이란측에 제시함과 동시에, LNG의 대량 수요자인 오사카전력측과 교섭을 하려는 것이다.

주인마담의 안내를 받으며 오사카전력의 마쓰오 사장과 기술담당인 나가이 상무의 모습이 나타났다.

"이 궂은 날씨에…… 어제 경제인연합회 이사회에서 다음 달에 오사카를 방문할 사바시 총리의 스케줄이 결정된 모양이더군요."

오사카 재계와 친밀한 사이인 다이몬은 자연스럽게 인사를 했다.

"내달 10일부터 이틀 동안으로 결정되었습니다. 내년 부지사 선거도 있고 해서 보수·혁신세력의 인식을 분명히 하지 않으면 곤란하거든요."

마쓰오 사장은 정면의 상좌에 앉았다. 동행한 나가이 상무는 마쓰오의 신임이 두터운 기술담당 중역이었다.

　잠시 후 술과 요리가 들어왔다.

　"우리 회사의 이키를 비롯한 연료담당자들이 부탁드렸던 LNG건, 공해규제가 까다로운 때인 만큼 무공해 에너지란 점과 연간 3백만 톤 내지 4백만 톤을 최저 20년이란 장기간에 걸쳐 안정공급을 할 수 있다는 두 가지 점을 감안하셔서 오사카전력이 도입해 주시는 영단을 내려주셨으면 합니다……"

　다이몬이 겸손한 말씨로 부탁하자, 마쓰오는 그 큰 눈과 귀를 움직이면서 말했다.

　"무공해 연료인 LNG의 도입은 확실히 시기에 적절합니다만, 오사카전력은 장래의 에너지원으로서 이미 원자력 발전이란 하나의 방침을 분명히 결정하고, 그 정책에 따라 제1호 건설에 착수하고 있기 때문에 LNG를 사용한다 하더라도 현재의 원유 직접연소방식에서 원자력 발전으로 옮기기까지의 과도기에 도입하느냐 그렇지 않느냐의 문제가 됩니다. 그 경우, 솔직히 말해서 LNG는 지금까지 경험이 없다는 점에서 공익사업담당자로서는 불안하죠. 그렇게 되면 원유 연소방식에서 원자력으로 직접 옮겨 가는 편이 안전성이란 점에서 가장 바람직한데, 도쿄 같은 곳에서는 원자력에 알레르기 반응을 보여 문제가 없는 것은 아니지만, 미국에서는 이미 실용화되어 위험에 대처하는 방법들을 강구했으니, 별일은 없을 겁니다."

　원자력파로 소문난 마쓰오 사장다운 의견이었다. 이키가 조용하게 말을 받았다.

　"LNG에 대한 염려시라면, 현재 세계에서 연간 1조 3천억 입방미터가 소비되고 있으며, 그 가운데 5할이 미국, 2할이 소련입니다. 두 나라 모두 자기 나라에서 생산되는 LNG를 도시가스로 사용하고 있는

데, 영국, 프랑스도 북아프카의 알제리에서 구입한 LNG를 사용한 지 6년이 넘었으니, 위험에 대한 예방조치는 모든 면에서 고려되어 있습니다."

그러자 나가이 상무가 끼어들듯 말했다.

"저도 각국의 LNG 사용상황을 시찰하여 알고 있습니다만, 전력으로서는 아직 어느 나라도 실제로 도입하지 않고 있어 미지의 부분이 많을 뿐 아니라, 문제는 수송방법이겠죠. 미국, 소련의 경우는 말씀 그대로 자국에서 산출된 것이니까 파이프라인으로 보내면 되지만, 원거리의 경우는 우선 그 가스를 영하 162도까지 내려 액화시킨 다음 냉동 탱커에 밀폐시켜 운반해야 하며, 부두에 도착한 후에는 냉동 파이프로 냉동 탱크에 저장하였다가 다시 기화시켜야 합니다. 거기에 소요되는 고정비로 막대한 비용이 필요할 뿐만 아니라, 냉동 탱커로 수송하는 도중이나 국내 냉동 탱크에 저장할 때 조금이라도 상온의 공기에 접촉하면 폭발할 위험이 있는 등 여러 가지 어려운 문제를 안고 있습니다. 더욱이 이 자리에서 설령 LNG 도입에 대한 합의가 이루어진다 하더라도 실제의 공급이 5, 6년 후가 된다면 과도기의 에너지원으로서는 문제점이 있다고 하겠습니다. 그럴 바에는 차라리 사장님 말씀대로 원유 연소방식으로 일관하고, 공해대책으로서는 탈황, 배연 등의 방지시설을 고려하는 편이 경제면에서도 훨씬 싸게 먹힐 것입니다."

기술담당 간부답게 논리적으로 주장했다.

"경제성을 말씀하신다면 확실히 LNG는 이 시점의 코스트 계산에서 원유 연소방식보다 2, 3할 비싸게 먹힙니다만, 요즘 같은 상황에서는 무공해 에너지나 기업 이미지, 기업 모럴 관점에 크게 영향을 미치지 않겠습니까?"

이키의 설명에 마쓰오 사장은 잔을 놓으며,

"그 점에 대해 말한다면, 솔직한 말로 우리들 같은 공익사업의 기업은 외압에 약합니다. 간토전력이 LNG로 전환한 것도 그 회사 사장의 무공해 에너지에 대한 견식이 어떻다는 것보다 혁신 도지사 탄생으로 어쩔 수 없이 채택했다는 것이 실정 아니겠습니까. 내년 오사카 부지사 선거에서 보수·혁신의 역전이 이루어질지도 모른다는 걸 생각하면 머리가 아픕니다."

하고 부지중에 솔직한 심정을 토로하듯 말했다.

"사바시 총리가 설령 지원차 온다고 해도 혁신지사 탄생은 피하기 어려운 정세가 아니겠습니까. 그렇다면 유황뿐 아니라 광화학 스모그 규제도 시간문제가 되고, 시민운동도 도쿄처럼 높아지지 않겠습니까. 그렇게 되기 전에 오사카전력이 무공해 에너지 도입을 고려하고 있다는 기업의 노력을 소비자와 자치단체에 어필하는 것은 돈으로 환산할 수 없는 커다란 이익이 아니겠습니까."

다이몬이 기회를 놓치지 않고 촉구했다.

"그러나 이란에서 냉동 탱커로 수송한다고 하면 상당한 비용이 소요되겠지요? 간토전력이 내년부터 받아들일 LNG는 1백만BTU당 95센트라고 하던데……"

"지적하신 대로 이 프로젝트의 최대의 취약점은 거리가 너무 멀다는 점이지만, 대형 LNG 탱커로 그 차이를 커버하더라도 1달러 3센트 정도는 먹힐 것 같습니다. 그러나 마쓰오 사장님, 메이저가 무슨 말을 하든지 리비아 혁명에서 발단한 OPEC의 움직임은 앞으로 상당한 주의가 필요하며, 원유가격은 장차 빠른 속도로 상승한다고 생각해야 하기 때문에 1달러 3센트로 계약하셔도 실제로 LNG를 도입하게 될 5, 6년 후에는 결코 비싸지 않은 가격이 되리라고 생각합니다."

이키가 차분한 어조로 설명했다. 깅키상사가 이란석유공사를 상대로 일본에 도입하려고 계획하는 천연가스는 유전에서 가스 배출을 위해 태워버리는, 말하자면 공짜로 생기는 가스지만 이란측은 1백만 BTU당 1달러 3, 4센트를 강력히 주장하고 있어, 효도가 어떻게든 1달러로 자르려고 교섭을 벌이고 있으나 좀처럼 타결이 안 되고 있었다.
 갑자기 번갯불이 번쩍하더니 요란한 뇌성과 함께 전기가 나갔다. 접대부들이 황급히 일어나 촛불을 켰다.
 "마쓰오 씨, 에너지 자원이 없는 일본에서 전력처럼 막대한 양의 에너지를 사용하는 기업은 다소 코스트가 높더라도 에너지원의 다양화가 중요하지 않겠습니까?"
 촛불의 희미한 불빛 속에서 다이몬이 말하자, 마쓰오는 흔들리는 촛불을 바라보았다.
 "사실은 지금 그 일을 생각하고 있는 중입니다. 귀사에서도 어떻게든 1 달러 정도로 내리도록 검토해 주십시오."
 가격에 따라서는 LNG를 도입할 수도 있다는 의향을 마쓰오는 비로소 표명했다.

 석유부장 효도는 전무실로 들어오자마자 입을 열었다.
 "전무님, 오사카전력으로부터 LNG도입의 양해를 얻어주셔서 감사합니다. 다행히 일본석유공사 쪽도 이란의 사르베스탄 광구 건에 대해서는 많은 흥미를 보였습니다."
 "그렇다면 공사 쪽에선 아직 정보를 얻지 못했나보군."
 "아마 그런 것 같습니다. 그래서 사르베스탄 광구는 이란의 남서부 6천 제곱킬로의 면적, 일본 야마구치현의 넓이와 같으며, 지질구조는 북쪽은 유명한 이라크의 키르쿠크 대유전에 이어지는 이란 북부의 마레이크 유전에서, 남으로는 최근 유전이 발견된 아와즈에 이르는 대구조(大構造)의 계열 안에 위치한데다 10에서 15 정도의 유층이 예상되어 가채매장량은 2억 내지 8억 톤이라고 하는 광구임을 설명했더니 개발부장, 계획과장 등도 근일 중에 공사의 기술자를 파견하여 꼭 일본에서 광구권을 따내게 하자고 상당히 적극적이었습니다. 거기다 오늘 전무님께서 공사 총재와 만나주시면 이 프로젝트는 결정적인 것이 될 겁니다."

효도가 광구를 탐색하러 리비아까지 가서, 거기서 처음으로 기왕에 목표를 삼는다면 이란의 사르베스탄의 광구밖에 없다고 눈독을 들이고, 오늘날까지 줄곧 광구 공개의 날을 기다리면서 끊임없이 시행착오를 되풀이한 끝에 겨우 도달한 긴 도정이었다.

이키는 효도의 속내를 알고

"자네가 일전에 얘기하던 이쓰비시상사 쪽의 움직임엔 신경을 쓰지 않아도 될까?"

하고 오랫동안 테헤란에 머물고 있는 이쓰비시상사의 우에스기에 관해 물었다.

"확실한 움직임은 알 수 없지만, 아무튼 우리 회사가 사르베스탄 광구 개발에 제일 먼저 손을 댄 것만은 틀림없는 사실입니다."

"그럼 그렇게 알고, 나는 총재와 이야기를 추진해 보겠네."

하며 공사로 가기 위해 자리에서 일어났다.

일본석유공사의 기라 총재는 일본산업신문의 기자가 총재실 밖으로 사라지는 것을 확인하자, 불쾌한 듯 얼굴을 찡그리며 혀를 찼다.

기자의 취재는 공사가 투자하여 BP로부터 사들인 아부다비 해상광구의 이권 7억 8천만 달러에 관한 의혹이었다. 서독의 국영 석유회사가 2억 달러가 아니면 사지 않겠다고 해서 타결이 되지 않던 것을 일본이 7억 8천만 달러나 주고 사다니 터무니없이 비싼 것이 아닌가. 더구나 공사가 일반 석유개발회사에 출자하는 비율은 원칙적으로 50퍼센트인데, 아부다비의 경우는 80퍼센트나 되는 출자비율이라는 점에 대한 해명을 요구하는 것이다. 기라는 그 점에 대해 99.7퍼센트의 석유를 해외에서 수입하고 있는 일본으로서는 최소한 수입원유의 30퍼센트는 자주개발 원유여야 한다는 국가정책에 바탕을 두고, 내각회의에까지 상정되어 결정된 국가적 사업이므로 비싼 줄 알고 출자한 것이라 대답했다. 그러자 기자는,

"네에, 내각의 결정이군요……"

하며 더욱 깊은 의혹을 갖는 눈치였던 것이다.

일본석유공사…… 석유를 안정적으로 값싸게 확보하기 위해 1967년에 민간기업이 석유개발을 착수함에 있어 성공 여부를 전혀 예측할 수 없는 탐광, 시굴단계의 위험자금을 저리로 융자 혹은 출자하는 형식으로 원조하기 위해 설립된 기관이었다. 그러나 설립된 지 불과 3년도 안 되어, 충분한 조사능력을 갖추지 못한데다가 공사가 융자한 자금은 개발에 성공했을 경우는 갚아야 하지만 실패했을 경우는 변제의무가 면제되는, 말하자면 성공지불의 제도였으므로 공사가 가지고 있는 정부자금을 둘러싸고 재계 자원파의 거물이나 그들과 줄을 댄 정치가들이 끼어들어 서로 나눠먹기를 꾀하는 실정이었다.

총재인 기라 자신도 통산성 광산석탄국 석유계획과장, 공익사업국장을 역임한 뒤 퇴직하여 일본석유공사 총재에 취임, 통산성 및 대장성으로부터의 낙하산 인사, 출장인사로 발령받은 자가 많은 혼성 부대를 거느린 데다 재계 자원파나 정치가들이 기회만 있으면 간섭을

하여 총재라고는 이름뿐이며 자신의 독자적인 생각으로는 아무것도 할 수 없는 입장이었다. 그런 형편에 무엇이건 공사를 둘러싼 의혹이 생기면 혼자서 뒤집어쓰는, 말하자면 손해 보는 역할이었다.

인터폰이 울리고 깅키상사의 이키 전무가 찾아왔음을 알렸다.

"지금 바쁘니 기다리라고 해."

기라는 그렇게 말하고 비치된 거울을 향해 벗겨진 앞머리 부분의 머리가 단정한가 여부를 확인한 다음, 머리 꼭대기 부분에 머리카락이 드문드문 흐트러진 것을 발견하자, 저고리 안주머니에서 빗을 꺼내 숱이 적은 머리를 단정히 빗기 시작했다.

머리를 빗고 나자, 기라는 응접실 문을 열었다.

"이거 미안합니다."

응접실은 쇼소원(正倉院·일본 동대사(東大寺)의 부속 건물로 많은 미술 공예품이 소장되어 있음) 무늬의 벽지를 바르고, 헤이안조 시대의 그림을 액자에 넣는 등 외국 석유관계자들의 내방을 의식해서 꾸며 놓았다.

"바쁘신 총재님께서 시간 내주셔서 황송합니다."

이키는 일어나서 인사를 했다.

상사원으로서는 보기 드문 예절바른 거동이면서도 상인다운 저자세가 부족한 것이 기라로서는 불만이었다.

"다름 아니라 머지않아 이란에서 광구의 국제입찰이 있어 우리 회사에서는 육상의 사르베스탄 광구가 유망하다고 판단하여, 이것을 기회로 석유개발에 나서고 싶습니다만, 이런 대사업이 되고 보면 민간 베이스로서의 정보수집에는 한도가 있을 뿐 아니라 자금면으로도 일개 기업의 힘으로는 벅차므로 부디 공사의 지도와 조력을 부탁드리고 싶습니다."

"허어, 댁에선 관서지방의 섬유제품을 취급하던 상사인 줄 아는데 정말 석유개발에 손대실 계획인가요? 전무이신 당신이 오신 것을 보면 사실인 것 같습니다만."

기라는 의아하다는 듯 이키의 얼굴을 보았다.

"근래에 공사가 지원한 안데스나 이집트나 모두 틀림없다 하면서 큰소리쳤던 것들이 죄다 실패로 돌아가, 이쯤해서 무언가 하나라도 성공하지 않고서는 공사의 위신에도 관계가 있으니 우리로서도 신중을 기하지 않을 수 없군요."

"그 점에 관해서는, 사르베스탄은 지질구조가 이라크의 키르쿠크 대유전에서 이어진 유망한 계열 내에 있으며, 채굴가능 매장량도 2억 톤 내지 8억 톤이라고 합니다. 국제입찰이 공고되면 응찰자는 이란석유공사로부터 광구자료를 구입하는 것이 의무로 규정되어 있으니까, 입수하는 대로 곧 갖고 와서 검토를 부탁드리고자 합니다."

"그렇다면 공사로서도 협력하겠습니다만, 전문 개발회사를 확보해 두지 않으면 안 되겠지요. 이 정도로 추진하셨다면 마음에 두고 있는 회사 한둘은 있으시겠죠?"

"거기에 대해서는 저희 석유부장이 공사의 개발부장을 뵙고 의논한 결과 가장 우수한 기술자를 가지고 있는 고쿠사이자원개발이 무난하지만 중동에 강하다는 의미에서 니혼·아랍석유와 함께 하는 것이 여러 가지로 유익할 것이라는 등 적극적인 조언을 받고 있는 모양입니다. 어쨌든 저희는 경험이 없으니 총재께서 가장 적당하다고 생각하시는 개발회사와 짝지어주시기 바랍니다."

"그러나 자본 조달면에서 생각하면 귀사와 고쿠사이자원개발, 니혼·아랍석유만으로는 어떨지 모르겠군요."

기라는 한두 회사를 더 참여시키는 것이 좋겠다는 의향을 표시했다.

"공사의 지원만 있다면, 우리는 자본조달책을 세우고 있습니다. 위험을 분산한다는 뜻에서는 몇 개 회사가 하는 것이 좋겠습니다만, 여러 군데서 하면 폐단도 있을 겁니다. 저희 회사로서는 3할 원유확보라는 국가적인 프로젝트를 위해서는 전력을 다해 나설 것입니다. 부디 지원해 주시길 부탁드립니다."

"좋습니다, 귀사가 그 정도의 의욕을 가지셨다면 공사측에서도 도와 드리기로 하지요."

돈을 내놓는 쪽의 위력을 은근히 과시하는 어조였다.

"호의를 베풀어주셔서 감사합니다. 시간을 내서 천천히 말씀을 듣고 싶은데, 총재님의 사정이 어떠신지요?"

"글쎄, 요즈음은 스케줄이 꽉 짜여서요."

"그럼 다시 전화를 드리겠습니다. 그때는 잘 부탁드립니다."

빈틈없는 이키의 인사에 기라는 고개를 끄덕였다.

총재실로 돌아오자, 기라는 대개의 경우 평이 좋지 못한 시베리아 귀환자출신인 이 남자가 생각보다 솔직한 인물이며, 이 사람이라면 재벌계 상사의 오만한 중역들과는 달리 자기 힘으로도 컨트롤할 수 있겠다 싶어 만족스러운 기분이었다. 그때 전화벨이 울렸다.

"이쓰비시상사의 가미오 전무입니다."

"용건은 뭐라던가?"

"총재님께 직접 말씀드리겠다고 하십니다."

"그럼 돌리게."

"여보세요, 가미오입니다. 항상 심려를 끼쳐드리고 있습니다."

"별말씀을, 이쪽이야말로."

짜증스럽게 수화기를 집어 들었으나, 상대가 재벌인데다 석유에 훤한 가미오다보니 자신도 모르게 억지웃음을 띤 어조가 되지 않을 수 없었다.

"전화로 실례입니다만, 부탁드릴 것이 있어서…… 다름 아니라 이란에서 근간 국제입찰이 있어 저희 회사는 사르베스탄 광구에 응찰하기로 결정했습니다. 지원해 주시길 부탁드립니다."

"네엣? 사르베스탄이라구요? 그 건이라면……"

기라는 말문이 막혔다. 방금 깅키상사로부터의 요청에 거의 승낙을 한 거나 다름없었기 때문이다.

"여보세요, 여보세요. 총재님께서 뭐 곤란한 일이라도……"

"아니, 갑자기 전화로 말씀하시니."

전화 한 통화로 일을 마치려는 상대에게 한껏 저항이라도 하듯 굳은 목소리로 말했다.

"어디, 다른 곳에서라도 얘기가 들어와 있습니까?"

"그런 말씀을 전화로야……"

"그렇습니까. 저희 쪽은 상당히 오래전부터 추진해 왔습니다만, 지도를 받아야 할 관청에는 일을 충분하게 익힌 다음에 보고드리는 게 저희 회사 규칙이라 그만 말씀드리는 것이 늦었습니다. 통산대신과 차관, 그리고 에너지청 장관에게는 이미 양해를 얻었습니다."

가미오는 아무렇지도 않은 듯 자연스럽게 대신이며 장관들의 이름을 입에 올렸다.

"네, 그러신가요? 저는 아직 듣지 못했습니다만……"

"그럼 지금 곧 담당자가 찾아뵙고 설명을 드리도록 하겠으니, 잘 부탁드립니다."

공손한 체하면서도 무례하게 전화를 끊었다. 기라는 당사자인 공사 총재를 제쳐놓고 일을 추진한 다음 사후승낙의 형태로 연락해 오는 재벌상사의 오만함에 울화가 치밀었으나, 대신, 차관, 이쓰비시란 글

씨가 크게 눈앞에 어른거리자 갑자기 안절부절 못했다.

늦더위가 기승을 떠는 9월 초순, 깅키상사 도쿄 본사의 사장실에서 영국의 경제신문 파이낸셜타임스를 가운데 놓고 긴급회의가 열리고 있었다.

사장인 다이몬을 비롯하여 연료담당인 아카자와, 업무본부의 쓰노다, 해외사업담당인 이키, 그리고 배석한 효도의 눈은 파이낸셜타임스의 광고란 한 부분에 집중되어 있었다.

거기에는 최근 1개월 동안 효도가 런던, 베이루트, 테헤란을 몇 번이나 왕복하면서 정보를 모으고 있던 이란석유공사의 공개광구 국제입찰에 관한 공고가 다른 나라에 앞서 게재되어 있었다.

육상구역은 다섯 개의 점을 직선으로 연결한 약 6천 제곱킬로미터의 지역이며, 해상구역은 경도 몇 도 몇 분의 점과 썰물 때의 이란 본토 해안선 앞 3마일의 워터라인이 교차하는 지점, 대륙붕 경계선과 교차하는 지점 등의 표기로 제시되어 있었다.

이제까지 섬유의 비닐론 플랜트나 발전소 건설 등의 국제입찰 경험이 있는 다이몬도 석유광구 이권 획득의 국제입찰은 처음이었으므로, 금테안경을 썼다 벗었다 하며 영문으로 된 공고문을 읽었다.

"공고문에는 여러 말이 씌어 있는데, 4개 광구란 요컨대 효도 군, 자네가 이 광구도에 표시한 곳이고 그중 가장 유망한 것이 육상의 시라즈 남방 사르베스탄 광구란 말이지?"

하고 효도에게 다짐을 했다.

런던에서 갓 돌아와 피로와 수면부족으로 안색은 나빴으나 효도는 평소와 다름없는 태연한 얼굴로 말했다.

"유망성에 있어서 어디가 가장 좋으냐 하는 것은 제 나름대로 내외

전문가의 의견을 듣고 아카자와 상무님과도 의논을 했습니다만, 육상광구에 비해 해상광구의 자료, 정보는 별로 많지 않아 정확히 순위를 정하기는 어렵습니다. 다만 이제부터 탐광을 하지 않으면 아무런 단서도 잡을 수 없는 해상광구보다는 육상의 사르베스탄 지역에 관여하는 것이 유망성에 있어 상당한 평가를 받고 있어 위험부담이 적어 현실적이라 생각합니다."

그러자 옆에 앉은 아카자와 상무는 몸집은 작으나 황소처럼 완강한 몸을 앞으로 내밀며 흥분한 듯 말했다.

"효도 군은 1개월 전 이란석유공사가 컨소시엄으로부터 회수하는 광구가 국제입찰에 붙여질 것이란 정보를 입수하고 곧 테헤란으로 가서, 당사자인 이란석유공사의 실력자이며 이사인 키아 박사와 만나 사실여부를 확인하는 한편 베이루트나 런던의 석유 컨설턴트는 말할 것도 없고 메이저나 인디펜던트계의 석유회사 기술자, 국내에서는 일본석유공사, 니혼·아랍석유 등을 자주 드나들며 다방면의 의견을 종합했습니다. 그 결과 열 사람 중 8, 9명이 유망하다고 찍은 광구라고 합니다. 그래서 이 광구를 목표로 응찰자가 쇄도하는 게 아닐까 생각됩니다."

"아카자와 씨, 잠깐만! 그처럼 국내외에 기술자 컨설턴트가 유망하다고 장담하는 광구를 컨소시엄은 무슨 이유로 포기했을까요? 이해할 수 없네요."

업무본부장인 쓰노다가 머리숱이 적은 마른 얼굴에 사나운 눈빛으로 이의를 내놓았다.

쓰노다 상무의 직속 상사인 사토이 부사장은 협심증 발작으로 쓰러진 후 병원에서 이미 퇴원을 했으나 늦더위를 피해 가루이자와에서 요양을 하고 있으므로, 그동안에는 직접 담당자인 아카자와 상무와 해외사업담당인 이키, 효도 라인에서 적극적으로 추진되고 있는 이란 석유개발에는 선뜻 찬성하기가 싫었다.

그런 굴절된 쓰노다의 마음을 짐작도 못하는 아카자와는 다이몬 사장을 의식해서인지 효도 쪽을 돌아보며 말했다.

"쓰노다 상무의 지적은 당연한 것입니다만, 원래의 소유주인 컨소시엄이 포기한 것은 개발을 시작한 날로부터 3년이 지나도록 기름이 발견되지 않으면 이권구역의 4분의 1씩 반환해야 하는 규약에 따른 것이므로, 반환한 광구가 장래성이 전혀 없다고는 말할 수 없습니다. 그 증거로는, 앞서도 말씀드렸듯이 다른 해상광구가 세 개나 있는데도 단 하나의 육상광구에는 서독의 데미넥스, 프랑스의 CFP, 이탈리아의 ENI 등의 국영 석유회사에 이어 메이저의 거물인 모빌, 에쏘 등도 입찰에 참여하려는 움직임을 보인다는 정보가 있습니다."

효도는 크게 고개를 끄덕이며 역설했다.

"어째서 이 사르베스탄 지역에 전 세계 석유개발회사의 눈이 집중되는가 하면, 이 광구는 북으로는 이라크의 키르쿠크 대유전에서 자로스 산맥을 따라 이란 최대의 유전군인 아가·자리, 갓치·살란으로 이어지는 대유층의 구조계열에 속하며, 바로 반년 전에도 인디펜던트계의 석유회사가 시굴 5년 만에 사르베스탄 지역보다 훨씬 남쪽에 있는 아와즈에서 새 유전을 발견했기 때문에 그 사이에 낀 사르베스탄에서 석유가 나지 않을 리가 없다는 견해가 지배적입니다."

그러고는 광구지도를 가리키며 계속 말을 이었다.

"이란석유공사는 출입을 금하고 있기 때문에, 관광객을 가장하여 일본석유공사의 베이루트 주재 기술자와 함께 현지를 시찰했습니다만, 광구의 위치는 시라즈 공항에서 약 2킬로미터, 넓이는 약 6천 제곱킬로미터로 야마구치 현 정도의 대규모 광구인데, 기름의 중요 유층인 아스마리층이나 사르바크층이 지표에 노출된 석유광구 특유의 지질구조를 볼 수 있었습니다."

쓰노다는 심술 사나운 표정을 갑자기 누그러뜨리더니,

"이키 전무는 이 광구에 관해서 어떻게 생각하시는지요?"

하고 조심스럽게 이키의 의견을 물었다.

"나는 해야 한다고 생각하네."

"그처럼 분명히 단언하시는 전무님께서는 독자적으로 수집하신 판단자료가 있으실 텐데, 상관없으시다면 가르쳐주시기 바랍니다."

"광구의 평가에 대한 정보는 효도 군으로부터 들었으며, 독자적인 정보 따윈 일본에 앉아 있는 터에 스스로 걸어들어올 리가 없지. 다만 나로서는 석유개발을 축으로 한 석유산업은 국가의 이익과 결부되는 중요한 사업인 동시에 이후의 상사활동에 있어 최대의 정보원이 될 것이며, 석유에서 핵분열식으로 다른 상권으로 번져갈 것으로 확신하네."

"과연 이키 씨다운 착상이십니다만, 20년 전에 니혼·아랍석유도 석유가 나왔으니 망정이지, 만약 실패했더라면 야마다 타로 사장은 물러날 작정이었던 모양입니다."

불안한 마음을 버릴 수 없다는 듯이 말하자, 그때까지 적극적이었던 아카자와도,

"본래 이런 위험성 많은 사업은 인도네시아나 말레이시아의 적당한 광구에서 해본 다음 중동에 손대는 것이 가장 좋겠지만, 형편이……"

하면서 효도를 보더니 입을 다물어버렸다. 특히 석유부문에서는 이쓰이물산을 능가하고 이쓰비시상사를 바짝 뒤쫓는 상사 제2위의 실적을 올리고 있는 것은 효도의 대담한 석유전략에 힘입은 바가 컸기 때문에, 아카자와는 상사이면서도 야단을 칠 입장이 못 되었다.

아까부터 침묵만 지키고 있던 다이몬 사장도 망설임을 떨쳐버릴 수 없는 모양이었다.

"그렇군. 동남아시아에 좋은 광구가 있다면 수송거리도 가까우니 두 말할 필요가 없겠지만, 인도네시아의 칼리만탄 앞바다의 광구는 모처럼 눈독을 들였다가 결재가 늦는 바람에 재계 자원파들에게 먹혀버려 분했었는데, 매장량 규모에 있어 동남아시아와 중동은 단위가 다르며, 만약 성공만 하면 제2의 니혼·아랍석유가 될 수 있지. 효도 군, 사르베스탄의 광구는 도대체 얼마면 낙찰할 수 있겠나?"

"그건 아직 알 수 없습니다."

"알 수 없다니, 여러 번 테헤란에 가보았으니, 이란석유공사의 의향이나 각국의 라이벌들이 내놓을 만한 액수는 대강 짐작하고 있을 게 아닌가?"

"짐작하기는 어렵지만 2천만 달러 이상인 것만은 확실합니다."

"2천만 달러 이상이라니, 아무리 동남아시아의 유전과는 규모가 다르다지만 인도네시아의 칼리만탄은 5백만 달러를 주지 않았는가?"

배짱이 두둑한 다이몬도 거대한 이권료에 놀랐다는 듯이 효도에게 되물었다.

"인도네시아의 경우는 푸르타리나와의 절충일 뿐 아니라 유전의 조업형태도 다르기 때문에 동등한 입장에서 비교할 수는 없지만, 2천만 달러의 이권료에 놀라서는 오늘날의 중동석유개발은 불가능합니다."

"그러나 2천만 달러 이상이 되면 우리 단독으로는 도저히 불가능하겠군그래."

"그 점은 이란 정부도 생각하고 있는 바로서, 입찰을 하기 전에 자격을 심사합니다. 이 공고 아래쪽을 보십시오."

효도가 가리킨 곳을 보니, 신청기간 다음으로 '조사표'라는 항목이 있었다.

신청자는 조사표를 받아, 각 항목을 기입하여 동년 10월 30일까지 이란석유공사에 도착하도록 발송할 것. 이란석유공사가 이 조사표에 따라 회사의 기술, 업적 내용을 심사하여 심사에 합격한 자만 입찰에 참가할 수 있음. 단 공개구역에 관한 지질학 및 지구물리학의 데이터로서 입수 가능한 것은 이란석유공사로부터 입수하되, 할당된 일정요금을 지불할 것을 조건으로 함.

"이 조사표라는 것이 자격심사 서류라면, 대체 어떤 점을 체크하는 건가?"

다이몬이 효도에게 물었다.

"우선 방대한 석유개발을 할 수 있을 정도의 자금력이 있는가, 둘째 설사 자금이 있더라도 개발할 기술자를 갖고 있는가, 셋째로 생산된 기름을 판매할 능력이 있는가 등의 세 가지 점이 주요 심사대상이 될 것 같습니다."

"그렇다면 앞서도 말했듯이 우선 자금력이 문제가 되는데, 이권료만 해도 2천만 달러가 넘는다면, 일본석유공사가 출자해 주지 않고서는 무리일 것 같은데, 그 대책은 세웠는가?"

다이몬이 이번엔 이키에게 물었다.

"그 점에 대해서는 어제 기라 총재를 만나 거의 합의를 봤으므로, 위험분산을 꾀할 수 있습니다."

다이몬이 곧이어,

"그렇다면 우리 상사의 전문은 판매이니, 남은 것은 개발에 직접 착수할 파트너를 어디로 정하느냐 하는 문제인데, 공사측에서는 뭐라고 하던가?"

하고 다시 효도에게 물었다.

"공사의 기술개발부장이나 계획과장과 지금까지 두세 번 만나 검토한 결과, 개발로는 일본에서 가장 전통이 있는 고쿠사이자원개발이 안전하다는 결론을 얻었습니다."

"거기까지 공사측과 교섭이 진행되었다면 인도네시아의 경우처럼 재계 자원파들이 또 밀어붙이는 일은 없겠지?"

"그 점은 염려 마십시오. 이처럼 국제입찰이 공고되고 우리 회사가 응찰하기로 결정한 이상은 기라 총재에게 이 뜻을 보고하여, 응찰준비에 들어가고 싶습니다."

기라 총재와 오늘밤 아카사카에서 만나기로 되어 있는 이키는 자신 있게 대답했다.

그날 밤 긴자의 클럽 르보아에서 효도는 업무본부의 후와와 함께 뉴욕의 아메리카 깅키상사에서 출장 온 가이베 가나메와 술을 마시고 있었다. 세 사람 모두 각자의 거래처와 술자리를 같이한 후 르보아에서 만나 지금쯤 공사의 기라 총재의 접대가 끝났을 이키를 기다리고 있었다.

"세 분은 볼 때마다 사이가 좋으시군요. 정말 감탄했어요."

마담인 교코가 카운터에 나란히 앉은 효도들을 둘러보았다.

"그야 세 사람이 모두 성격이나 업무내용이 다르니까 그렇지. 그렇지 않았다면 이처럼 재능 있는 사람들끼리 한데 붙어 마시고 있진 못할 걸"

가이베가 바텐더에게 물로 희석한 위스키를 한 잔 더 부탁하면서 효도와 후와에게 부드러운 미소를 보냈다.

"알아 모시지 못해 죄송합니다. 그 정도라면 깅키상사는 장차 3인 사장체제가 될지 모르겠군요. 술값은 출세하신 뒤에 내기로 하시고 천천히 드세요."

교코는 농담조로 말한 뒤, 일본 옷의 옷자락을 나풀거리며 손님을 전송하러 갔다.

"그건 그렇고, 가이베 군. 지요다자동차의 새로운 제휴상대는 아직 찾아내지 못했나? 포크와의 제휴가 실패한 후 아이치나 닛신으로부터 맹렬한 공격이 있어 지요다 내부는 다시 국내 메이커와의 제휴로 흔들리기 시작한 모양이야. 내달부터 나는 런던 지사 근무여서 도쿄 본사에는 없게 되니까, 지금까지처럼 자네와 수시로 만날 수 없겠어."

술에 약한 후와는 맥주를 조금 들었을 뿐으로, 회사에 있을 때처럼 무표정한 얼굴을 가이베에게 돌렸다. 가이베가 갑자기 목소리를 낮춰 말했다.

"그 일 말인데, 야쓰카가 조인 직전에 포크를 도쿄상사에 빼앗긴 것이 무척이나 분했던지, 유나이티드 모터스에 단신으로 뛰어들어 현재 저쪽의 회답을 기다리고 있는 중이라네."

"뭐라구! 야쓰카가 3대 메이커는커녕 세계 최대 회사인 유나이티드 모터스에 뛰어 들었다구?"

효도가 깜짝 놀랄 만큼 큰 소리로 물었다.

"그래, 만약 잘만 추진되면 포크 따위는 문제가 아닌 세기의 프로젝트가 되는 셈일세."

"그랬었군. 그럼 석유에서는 이란의 대유전개발, 자동차에서는 세계 최대의 대기업과 제휴중개란 2대 장거가 곧 실현되는 셈이로군. 좋은 결실을 맺을 때까지 모두 신명을 바쳐 뛰어보자구."

효도가 글라스를 들고 건배를 하려 하자,

"농담하지 말게. 목숨만이라도 오래 붙어 있지 않으면 처자식 굶기네. 그리고 자네만 해도 푹푹 찌는 중동을 수없이 왕복하다가 쓰러지기라도 하는 날이면 아무것도 아닐세."

가이베는 더욱 낮은 목소리로 말했다.

"옳은 소리야. 사토이 부사장처럼 기업의 상이군인이 되어서는 비참하지."

후와가 이렇게 맞장구를 칠 때 이키가 들어왔다.

"전무님, 기라 총재와의 술자리는 어땠습니까?"

효도가 가운데 자리를 내주자, 이키는 무거운 표정으로 묵묵히 앉았다.

"무슨 일이 있었나요?"

"기라 총재가 무슨 일이 있다기에 오늘은 만나지 못했네."

"대체 무슨 일이길래 그런 실수를 합니까?"

효도가 노기를 띤 음성으로 말했다.

"전화를 걸어온 총무부장은 관청관계의 긴급회담이 있어 도저히 만날 수 없다는 한마디뿐이야."

"그럼 언제 만날 수 있다는 겁니까?"

"내일부터 규슈 출장을 가게 되어 언제라고 딱히 약속할 수 없다는 거야. 효도 군, 아무래도 일이 이상하게 돌아간다는 생각이 안 드나?"

바텐더가 내민 냉수를 탄 위스키를 한 모금 마시며 이키가 물었다.

"그러고 보니…… 실은 저도 좀 석연치 않은 게 있습니다. 사르베스탄 광구를 시찰하고 귀국하여 공사의 기술담당 이사에게 그 보고를 한 직후부터 계속 적극적으로 만나주던 기술자들이 갑자기 바쁘다는 이유로 면회를 피하고, 석유의 석자도 모르는 통산성이나 대장성에서 파견 된 자들이 응대를 하며 얼버무린단 말씀입니다. 이상하다고는 생각했지만, 저 자신이 그 뒤에도 테헤란이나 베이루트, 런던 등을 돌아다니느라고 별로 깊이 생각할 겨를이 없었는데, 혹시 이쓰비시상사에서 손을 쓴 것이나 아닌지 모르겠습니다."

"그럴 가능성이 없다고는 못하겠지."

"만약 그렇다면…… 우리 회사의 정보를 모두 입수하고서는 이쓰비시쪽으로 몸을 돌리다니. 전무님, 저는 가만있지 않겠습니다."

조금 전까지의 느긋한 꿈이 산산이 깨지자 효도는 이를 갈았다. 가이베가 달래듯 말했다.

"여보게, 그렇게 흥분하지 말게. 공사가 이쓰비시 쪽으로 전환했다는 증거도 없잖은가."

"아냐, 저들 재벌계는 툭하면 관서계 상사(오사카 지방에 본거를 둔 상사)와 자기네들을 같은 종합상사라고 생각해선 곤란하다는 따위의 건방진 소리를 지껄이지만, 가장 치사한 술책을 쓰는 것은 바로 그자들이란 말이야. 지금까지 그 수에 계속 골탕을 먹어왔지만, 이번 석유 일만은 그렇게 안돼!"

재벌을 혐오하는 효도는 도전하듯 분연히 말했다.

"그러나 이쓰비시에는 석유 귀신이란 별명을 듣는 가미오 전무가 있어 셀이나 BP, 모빌 같은 메이저와의 유대도 강하단 말이야."

가이베의 말에 후와는,

"공사의 돈을 쓰는 이상, 무담보, 무이자에 가까운 돈이니까 꾸어주는 쪽의 고자세는 은행과는 비교도 안 된다네. 이키 전무님은 이 프로젝트가 어떻게 귀결되리라 보십니까?"

하고 이키를 향해 물었다.

"기라 총재의 갑작스런 사정을 저녁때야 알려왔으므로 손을 쓸 수가 없었지만, 소네 통산대신이 아직 원내에 있는 것을 확인하고 15분 정도 시간을 얻어 사정을 알아봤는데 말머리를 자꾸 돌려 감을 잡을 수가 없었다네. 뚜렷이 잘라말하지 않는 걸 보면 우리 말고도 다른 상사가 끼어든 것이 틀림없네."

그러자 효도는 글라스를 탁 내려놓았다.

"전무님, 사르베스탄 광구에 갔을 때 생각해 보았는데, 이만한 광구를 개발하려면 중동에서의 유전개발 경험이 풍부하여 확실한 기술력을 가진 외국 자본과 손을 잡아야 하겠더군요. 일본의 개발회사는 동남아시아에서는 통해도 중동에서는 기술력, 이란 정부와의 교섭력, 현지 노무자를 다룰 수 있는 능력 등 어느 점에 있어서나 아직 멀었습니다. 공사가 만약 공정하게 처리되지 않을 경우, 미국계의 인디펜던트 중 어느 하나와 제휴해서라도 국제입찰에 참가하도록 해주십시오."

윽박지르는 기세로 말하는 효도의 대담성에 놀라면서도 이키는 만만치 않은 반응을 생각하니 대답이 궁했다.

"그 경우에는 공사와 경합해야 할 중대한 사태가 발생할는지도 모른다는 점도 생각하고서 하는 말인가?"

"만약의 경우엔 할 수 없죠."

"제휴할 상대로서 마땅한 곳은 생각해 보았나?"

엑슨, 셀, 모빌 등의 메이저에 대해 독립계의 석유회사는 당대에 석유재벌로 부상한 게티를 비롯하여 혁명 전 리비아에서 종횡무진으로 활약하던 옥시덴탈 등 이색적인 회사들이 즐비하지만, 한마디로 인디펜던트라 해도 그중에는 일찍부터 석유개발에서 정제, 판매의 일괄체제를 구축함으로써 국제석유자본에 육박하는 규모의 회사가 있는가 하면, 아직도 일확천금의 꿈을 버리지 못하고 떠돌아다니는 투기꾼 같은 소규모까지 각양각색이었다.

"설마 일이 이렇게 돌아가리라고는 상상도 못했기 때문에 인디펜던트 가운데 어느 회사와 손을 잡느냐는 것까지는 생각해 보지 않았습니다만, 이키 전무님께서 회사 안팎의 비판을 봉쇄하고 엄호사격을 해주신다면 좋은 파트너를 얻어오겠습니다."

효도는 적극적인 자세로 말했다.

"그러나 지금 단계에서는 공사의 태도를 두고 보기로 하세. 이처럼 위험부담이 큰 장기 사업은, 국내에서는 되도록 바람을 타지 말고 정부의 후원을 받아가며 추진하는 것이 기본이니까."

성급한 효도를 달래듯이 말했을 때였다. 도쿄상사의 사메지마가 내국인 손님을 동반하여 들어오다가, 이키 일행을 발견하자 손님을 호스티스에게 맡기고는 그쪽으로 다가왔다.

"여어, 여러분. 오래간만입니다…… 지난번에 우리가 몽땅 넘겨받아 정말 미안합니다."

3대 메이커의 으뜸인 포크를 낚아 챈 주제에 허풍을 떨면서 뻔뻔스럽게도 '넘겨받아' 어쩌고 하는 사메지마에게 이키는 응답을 않고 효도와 후와도 묵살해 버렸다.

그러나 뉴욕에서 접촉의 기회가 많은 가이베는,

"그 일은 정말 너무했습니다."

하고 날카롭게 쏘아붙였다.

"정말 미안하게 됐어. 번갯불에 콩 볶아먹는다는 상사원이란 말이 있기는 하지만, 그처럼 아주 훌륭한 걸 넘겨받은 데다가 남의 심장마저 물어뜯어야 하다니, 정말 상사원이란 서글픈 직업이지 뭔가."

사메지마는 사토이를 뻔뻔스럽게 거론했다.

사람 좋은 가이베도 어이가 없어 더 이상 대꾸를 못했다.

"이러다가는 앞으로 몇 사람이나 더 물어 죽여야 할지 내가 생각해도 등골이 오싹해지는구려. 하핫핫!"

그는 야릇한 웃음소리를 남기고 저쪽으로 가버렸다.

일본석유공사의 기라 총재는 짜증스럽게 총재실 안을 빙빙 돌았다. 사르베스탄 광구개발에 이쓰비시상사 역시 손을 대고 있는 줄도 모르고 깅키상사 이키의 면회에 응하여, 공사를 추어올리자 지원을 내락한 사실을 비밀에 부쳤음에도 불구하고 누가 통보 했는지, 모로구치 통산차관이 알게 되어 심한 질책을 들은 터였다. 설립된 지 아직 3년밖에 안 되는 공사의 총재에게 있어 통산차관의 질책은 커다란 마이너스 요소로서, 총재자리를 박탈당할지도 모르는 공포감을 수반하는 것이었다. 그 뒤부터 소심한 기라가 잔뜩 긴장해서 깅키상사와 약속한 밤의 술자리를 총무부장을 통해 거절한 것도 이쓰비시상사와 기맥을 통하고 깅키상사에게 주도권을 주고 싶지 않은 통산성의 뜻을 거역하지 않기 위해서였다.

노크 소리가 나고 총무부장이 들어왔다.

"총재님, 깅키상사에서 또 전화가 왔습니다. 전에 바람맞힌 것이 꽤 신경 쓰이는지, 오늘밤엔 꼭 만나주셨으면 하는데요."

"꽤 끈질기군. 적당히 거절해주게."

"하지만 너무 거칠게 다루면 무슨 짓을 할지 모르니, 오늘밤 이쓰이 물산과 만나신 다음 2, 30분 정도 시간을 내시는 게 어떨까요?"

관료다운 대응책이었다.

"그럼 7시 30분에 간다고 해주게."

총무부장이 나가자, 기라는 깅키상사에 대해 떳떳치 못하다는 생각이 차츰 분노로 변하기 시작했다. 일단 거절했으면 그만 알아차리고 물러날 줄 아는 것이 세련된 상사가 아닌가.

부글부글 끓어오르는 마음을 간신히 억누르고, 거울을 바라보며 얼마 남지 않은 머리를 정성스럽게 쓰다듬은 뒤, 기라는 이쓰이물산에서 초대한 아카사카의 요정으로 갔다.

이윽고 자동차가 요정에 당도했다. 정원에 면한 넓은 방에 두 사람의 자리가 마련되어 있었다. 키가 크고 체격도 좋은 업무담당 아리다(有田) 전무가 다정스럽게 맞아들였다.

"바쁘신데 이렇게 나와 주셔서 감사합니다. 총재님의 골프 솜씨가 부쩍 느셨다고 들었는데, 한번 모셨으면 합니다."

기라는 두툼한 비단 방석에 교토 명산의 옻칠이 된 팔걸이가 놓인 상좌에 앉으며 아리다의 인사에 대꾸했다.

"꽤 오랜만의 자리인 것 같군요."

"원, 앉자마자 그런 딱딱한 말씀만 하시깁니까? 우선 오랜만에 한 잔……"

아리다는 껄껄 웃으며 접대부가 가져온 술병을 들어 기라의 잔에 따르면서 한 차례 골프 이야기를 늘어놓은 다음 본론으로 들어갔다.

"이번에 이란석유공사가 국제입찰에 부치는 광구 말입니다만, 총재께서는 어느 정도의 자료를 가지고 계신가요?"

그러고는 탐색하듯 기라의 얼굴을 응시했다.

"공사가 발족한 지 3년 정도라 자료라고 할 만한 것도 없습니다. 하지만 흥미가 있다면 기술담당자에게 설명하도록 시키죠."

기라는 얼버무리듯이 대꾸했다.

"그럼 내일 아침 담당자가 찾아뵙도록 할 테니, 총재님께서 한 말씀 해주십시오. 저희 자체로서도 이미 테헤란사무소에 조사를 지시했습니다만, 네 광구 중 가장 유망한 곳은 육상의 사르베스탄 지역이라고 하더군요."

석유공사의 베이루트사무소의 견해를 묻는 것이다.

"국내보다 베이루트 정보에 관심을 갖다니, 과연 국제인이신 아리다 씨답군요. 만약 성공만 하면 상당한 규모를 기대할 수 있다는 판단입니다."

석유정보의 메카로 불리는 베이루트에는 민간 개발회사로부터 스카우트한 우수한 기술자를 주재시키고 있으나, 석유공사의 쥐꼬리만한 예산으로는 기대할 만한 고도의 정보가 입수될 리 없어, 깅키상사에서 얻은 정보를 반쯤 섞어가며 이야기했다. 그러자 도미회를 입에 넣으며 그렇군요, 그렇군요 하고 맞장구를 치며 듣고 있던 아리다는,

"그렇다면 공사측에서도 마땅히 힘을 기울이시겠군요. 부디 저희 이쓰이가 맡아서 하도록 해주십시오."

하고 바싹 다가앉았다.

"갑자기 그런 말씀을 하시면…… 우리끼리 얘기지만, 이 일은 공고가 나기 전부터 이쓰비시상사측에서 상의가 있었고, 저쪽은 벌써 본격적인 준비에 착수한 모양이오."

기라는 이쓰비시상사의 독주체제임을 은근히 비쳐서 단념시키려 했다.

"너무하십니다, 총재님. 어제 오늘 아는 사이도 아닌데 그런 공식적인 말씀만 하지 마시고 검토해 주십시오."

"하지만 이쓰비시가 먼저 손을 댔으니 어쩔 도리가……"

"이쓰비시가 어떻다는 겁니까? 석유부문에서 우리가 약간 뒤진다는 점은 솔직히 인정합니다만, 다른 곳도 아닌 이란에서는 우리 회사가 항상 앞서고 있으며, 현 국왕과 각료를 비롯한 수뇌부와의 친밀도는 다른 사와 비교도 안 됩니다. 그런 만큼 우리 회사에는 이란의 정치상황과 오일달러에 의한 경제계획에 대해서 누구보다도 빨리 정보가 들

어오기 때문에 거기에 대응한 각종 플랜트 입찰을 우리가 거의 낙찰하고 있습니다. 이것은 아직 극비사항입니다만, 국왕으로부터 우리 사장에게 석유를 채굴할 때 생기는 가스를 그대로 태워버리는 것은 아까우니 어딘가에 이용하는 방법을 연구해 달라는 뜻의 요청이 있어, 우리 이쓰이그룹이 온힘을 기울여 일대 석유콤비나트를 건설할 약속이 되어 있습니다. 태양이 작열하는 땅 위에 석유콤비나트를 건설한다는 것은 냉정하게 생각하면 까마득한 대사업입니다만, 이것 역시 국익제일주의를 내세우는 우리 회사가 아니고는 못할 사업입니다. 뭐가 언제 어떻게 될지 아득하기만한 석유콤비나트만 우리가 하고 재미 볼 수 있는 석유개발은 이쓰비시상사에게 시킨다는 건 이해할 수 없는데요."

아리다는 팔짱을 끼고 따지듯 물었다.

"그렇게 국익, 국익 부르짖어도⋯⋯"

기라는 대답이 궁하여 말끝을 흐렸다.

"하지만 사실이 아닙니까. 오늘날 석유, 석유 합니다만, 전쟁 전후로 일본 기간산업의 핵심이었던 석탄개발은 우리 그룹이 필사적으로 힘을 기울였고, 결과적으로 그것이 우리 회사의 석유진출을 지연시킨 최대의 요인이 되었습니다. 그러나 그런 기술은 석유개발과 결코 관계가 없는 건 아니잖습니까."

"그야 그럴는지도 모르지만, 사실은⋯⋯ 이쓰비시 말고도 깅키상사 역시 오래전부터 개발신청을 해오고 있어서⋯⋯"

가능한 한 꺼내고 싶지 않던 깅키상사의 이름을 입에 올리자, 아리다의 호방한 얼굴에서 웃음기가 싹 가셨다.

"허어, 깅키상사라구요?"

그는 잠시 입을 다물고 있다가 다시 물었다.

"기라 씨, 설마 깅키상사에 맡기는 건 아니겠죠?"

'총재'가 갑자기 '씨'로 바뀌더니 협박이라도 하듯 아리다의 눈이 빛났다. 기라는 고개를 저었다.

"농담의 말을…… 좋건 그르건 '외톨이 늑대'로 불리는 깅키상사에게 방대한 정부자금이 움직이는 석유개발 같은 중대한 일을 간단히 맡길 수는 없지. 어쨌든 오늘의 이쓰이물산 요청은 신중히 검토하기로 하겠소."

"그럼 좋은 소식을 기다리기로 하고, 깅키상사의 이키라는 인물을 조심하도록 하십시오."

"그게 무슨 뜻이오? 솔직하고 인품이 점잖은 것 같던데……"

"천만의 말씀. 전 대본영 참모였고 시베리아 억류생활 등, 그야말로 교묘하게 자신의 경력을 장사에 활용하는데 감탄할 지경이랍니다. 그런 사람과는 가능한 한 관련을 맺지 않는 게 매사에 이로울 겁니다."

기라 총재와 이쓰이물산의 아리다 전무가 회담하고 있는 곳과 바로 이웃해 있는 요정에서 깅키상사의 이키는 넓은 방에 혼자 앉아 접대부가 가져다준 홍차를 마시고 있었다.

시계가 8시 30분을 가리킬 무렵에 장지문 밖에서 인기척이 나더니 접대부의 안내로 약간 취기가 있어 보이는 기라 총재가 들어왔다. 그는 기다리게 해서 미안하다는 말도 없이 상석에 앉더니,

"그간 두세 번 전화를 한 모양이지만, 총재인 나에게 전화를 해대도 쉽게 빠져나올 수야 없지 않소."

하고 탁한 숨을 토하며 오히려 못마땅하다는 듯 말했다.

"그런데 뭐였더라, 그렇지, 그렇지. 해외통괄전무인 당신이 특별히 할 얘기가 있다고 했죠?"

시치미 떼는 말에 울컥 솟아오르는 불쾌한 마음을 억누르며 이키는 공손하게 말했다.

"지난번 공사로 찾아뵈었을 때 말씀드린 사르베스탄 광구개발 건입니다."

차려온 상에서 술병을 들어 술을 권하자, 기라는 반도 마시지 않고 잔을 내려놓으며 고개를 끄덕였다.

"아, 그것…… 그래서요?"

"국제입찰 공고가 나왔기 때문에 구체적인 응찰준비에 착수코자 합니다만……"

"구체적인 준비라니, 당신네 회사에게만 전적으로 맡길 수야 없지 않소? 사르베스탄을 개발하려는 상사는 당신네 깅키상사 말고도 많이 있으니까."

"그렇다면 총재님, 얘기가 좀 달라지는데요."

정중하면서도 날카로운 말투였다.

"뭐요, 그 말투는? 조금쯤은 예의란 걸 아시오."

총재는 보료의 등받이에 몸을 기대며 오만하게 말했다. 이키는 치솟는 분노를 애써 억눌렀다.

"실례가 된 점은 사과하겠습니다만, 다른 상사가 몇 군데 나서더라도 공고가 나기 전부터 가장 빨리 정보를 공사에 알려드렸고, 또 우리 회사가 맡을 수 있도록 총재께서 내락하신 것으로 알고 있습니다."

경우가 그렇지 않느냐는 듯 따져 말하자, 기라는 둔하게 움직이는 눈을 흘끔거리면서,

"그렇게 말하다니, 역시 당신네 회사는 관서계의 상사로군요. 그때 확실히 얘기를 듣긴 들었소. 그러나 나는 당신네 정보가 가장 빠르다거나 또는 당신네 회사만을 봐주겠다고는 한 적이 없소."

하고 시치미를 뗐다.

"그러나 총재님, 그때 총재께서는 저희 상사의 정보력을 높이 평가해 주셔서, 사르베스탄 광구에 공사의 베이루트 주재원을 파견시켜 주시지 않았습니까?"

"이건 애들 운동회가 아니오. 어느 사가 가장 빠르냐 늦느냐의 차례는 이런 경우 큰 문제가 아니오. 가장 중요한 것은 공사가 지원하는 이상 반드시 일본이 낙찰해야 한다는 점이오."

기라는 이야기의 핵심을 피하려 했다.

"총재님께 말대답하는 것 같습니다만, 우리 회사는 특히 석유에 있어서는 실적이 많으며 단순한 석유 매매뿐 아니라 에너지로 석유가 국제적으로 어떤 위치를 차지하는가를 끊임없이 연구하여, 리비아의 혁명으로 집권한 가다피 정권이 맨 먼저 취한 석유국유화에 대해서도 석유부장이 재빨리 리비아로 날아가 다른 OPEC가입국의 동태를 탐지해 왔습니다. 그러한 회사이기 때문에 석유개발 착수가 곧 국가적 사명임을 깊이 깨달아 응찰에 임할 각오를 다지고 있습니다."

이키는 자기의 굳은 각오를 피력했다.

기라는 요리에 손도 대지 않고 말했다.

"말로는 모두가 지당하고 훌륭한데, 듣자하니 귀사는 내세우는 명분과 품고 있는 속셈과는 상당한 차이가 있고 장삿속도 대단하다는 소문이 있더군요. 그 사회적 사명이란 것 또한 액면 그대로 받아들여도 좋을지 모르겠소. 어쨌든 이러한 국가적 차원의 대사업은 무엇보다도 공정해야 하기 때문에 며칠 내로 입찰 희망자들을 공사에 모이게 하여, 그 자리에서 충분히 의논한 다음 누가 보더라도 공정한 방법으로 결정하고 싶소. 이런 술자리에서의 뒷거래 따위는 피하고 싶소."

기라는 불과 30분 만에 자리를 떠버렸다.

가루이자와에서 정양을 마친 사토이는 뎅엥조후에 있는 집에 돌아와 있었으나, 회사에 출근하는 것은 아직 금지되어 자택에서 계속 정양해야만 했다.

오늘 아침에도 평소와 다름없이 아내와 단둘이서 아침식사를 마치자, 거실의 소파에 앉아 테이블에 놓인 전국의 신문과 경제신문, 영자신문 등을 훑어보기 시작했다.

먼저 경제신문을 보고 이어 마이초신문을 펼쳐 2면을 넘겼을 때 사토이는 소스라치게 놀라 눈길을 멈췄다. 메이저 7개사가 연명한 전면광고의 커다란 활자가 눈에 들어왔다.

일본의 석유 관계자 여러분!
석유개발은 위험성이 높은 사업입니다.
해외 석유개발은 오랜 경험과 우수한 기술진을 확보하고 있는 우리에게 맡기는 것이 현명합니다.
석유개발은 막대한 위험자금을 필요로 하며, 더구나 위험하기 짝이 없는 사업인데, 이제 와서 새삼스럽게 평화스러운 일본이 손대려 합니까?

묻는 투였으나, 일본의 석유개발을 저지해 보자는 충격적인 광고였다. 사토이는 착잡한 심경으로 그것을 읽었다.

자신이 협심증으로 정양하고 있는 동안 이키를 중심으로 이란의 석유개발 국제입찰에 응찰할 준비를 하고 있다는 것을 쓰노다에게 들어 알고 있었다.

석유개발에 손을 대는 자체는 대찬성이었지만, 자신이 병으로 결근하고 있는 동안에 추진된다는 점이 마음에 걸렸다. 사토이는 쓰노다 본부장의 직통 번호를 돌렸다.

쓰노다의 목소리가 흘러나오자 다짜고짜 말했다.

"사토이일세. 오늘 좀 와주었으면 좋겠네."

"마침 그럴 예정이었습니다만, 무슨 특별한 일이라도?"

"아니, 만나서 얘기하세."

사토이는 전화를 끊고 영자신문을 대강 살핀 후 신게이자이카이(新經濟界) 잡지를 들었다.

자신이 건강할 때는 몰랐는데, 앓아눕고 보니 각 기업에서 활약하고 있는 경영자들의 움직임에 질투가 날 정도였다. 펄럭펄럭 페이지를 넘기던 중 뜻밖에도 '재계왕래' 난에 자신의 사진이 실린 것을 발견했다. 뭐라고 썼는가 싶어 급히 읽어보니 깅키상사의 제2인자인 사토이 부사장은 협심증으로 입원했던 도쿄성인병센터에서 무사히 퇴원, 현재 자택에서 요양 중인데, 요양기간이 길어짐에 따라 비육지탄에 잠겨 날짜 가는 것만 바라보고 있는 모양이라고 반야유조로 씌어 있었다.

상사원에게 있어 치명적이라고도 할 병명을 밝혔을 뿐 아니라 요양이 장기화할 것이라는 등 악의에 찬 기사였다. 사토이에게는 라이벌 상사에 의한 책동이라기보다는 회사 내부에서 흘러나간 정보처럼 여겨졌다.

"여보, 오래간만에 차 한 잔 드시겠어요? 시원한 녹차로 했어요."

등 뒤에서 아내의 목소리가 들렸다.

아내는 테이블 위에 찻잔을 놓더니,

"어마, 당신 얘기가 실렸군요."

하며 매스컴을 좋아하는 그녀답게 신난다는 듯이 잡지를 집어 들려

했다. 그러자 사토이는 재빨리 아내의 손을 밀쳤다.

"이따위로 써댄 것을 보고 좋아하는 멍청이가 어디 있어? 내 병이 오래 걸릴 거라고 써놓았단 말이야."

"뭐예요? 누가 이따위 일을 회사 밖까지 퍼뜨렸을까? 당신, 곧 쓰노다 씨를 불러 물어보세요. 저는 다이몬 사장 부인에게 가루이자와에서 돌아온 인사를 겸해 전화해야겠어요."

가쓰에는 사토이 이상으로 흥분했다.

"쓰노다는 오후에 오기로 돼 있어. 그가 똑똑치 못한 탓이지."

사토이는 이키가 추진하고 있을 석유개발 건까지 생각나서 더 이상 울화를 참을 수 없었다.

"그렇다면 더더욱 다이몬 부인에게 전화를 해둬야겠어요."

가쓰에는 그 즉시로 오사카 슈쿠가와의 다이몬 집에 전화를 걸었다. 다이몬 부인이 전화를 받자,

"사모님 안녕하세요? 사토이 안사람이에요. 먼젓번에 보내주신 과일은 정말 맛있게 먹었습니다. 덕분에 바깥양반이 완전히 회복하여 수일 내에 출근할 예정입니다."

하고 상냥한 목소리로 수다를 떨었다.

"정말 다행이네요. 이번 여름은 예년처럼 롯코 산에서 부인 내외분과 골프를 즐기지 못해 섭섭했어요. 그런데 사토이 씨의 건강은 정말 좋아지셨나요?"

"그럼요. 가만히 있는 게 오히려 괴로운지, 집의 정원에서 열심히 골프채만 휘두르지 뭐예요. 사모님, 롯코컨트리클럽은 9월 한 달은 더 할 수 있겠지요? 저희도 꼭 함께 참석할 수 있도록 배려해 주세요."

"그러시다면 우리도 얼마나 좋겠어요. 하지만 무슨 잡지를 봤더니 사토이 씨에 대한 기사가 실려 있던데…… 마침 주인양반과 좀 더 쉬

어야 할 것이라고 말하던 참이에요."

"신게이자이카이 말이죠? 전혀 터무니없는 기사여서 여간 피해를 보고 있는 게 아니에요. 그러니 사장님께도 부디 말씀 좀 잘 드려주세요."

가쓰에는 다이몬의 귀에도 들어가도록 강력히 잡지 기사를 부정하고 나서 수화기를 놓았다.

이윽고 저택 앞에 차가 멈추는 소리가 들리더니, 탐스러운 난초 꽃다발을 안고 쓰노다 업무본부장이 현관으로 들어섰다.

"어머, 오래간만이네요. 여러 가지로 바쁘신 모양인데 오늘은 용케도 오셨네요."

"사모님, 죄송합니다. 부사장님께서는 좀 어떠십니까? 이 난초가 마음에 드실지······"

쓰노다는 가져온 꽃다발을 공손하게 내밀었다.

"어머나, 아주 훌륭한 호접란이네요. 고맙게 받겠어요."

가쓰에는 겨우 마음이 풀렸는지 쓰노다를 응접실로 맞아들였다. 그러나 사토이는 시무룩한 표정으로 앉아 다짜고짜 쏘아붙였다.

"자네, 요즘 업무본부장으로서 나에 대한 보고가 소홀했다고 생각지 않나."

"소홀하다니, 천만의 말씀입니다. 요즘 밤 접대가 잔뜩 밀려 있는데다 주말에는 골프 접대까지 계속되어 그만 실례를 범한 것 같습니다."

"변명은 집어치우게. 이란의 공개광구 건이 그 후 어떻게 돌아가는지 근래에 와서는 통 보고가 없었잖은가. 오늘 아침 마이초신문 광고를 봐서 알겠지만, 그렇게 대단히 위험한 사업을 나에게 어떻게 결재를 받으려고 하나?"

날카로운 어조로 따져 묻자, 쓰노다는 얼굴이 굳어지면서 겨우 대답했다.

"부사장님, 그 건에 대해서는 바로 어제 도쿄대학의 지질학 권위자가 일본 에너지문제연구소 주최의 강연회에서 이란이 이번 국제입찰에 내놓은 4개 광구는 어느 것이나 컨소시엄이 탐광할 대로 한, 쓰레기 같은 광구로서 가채매장량이 2억 톤 내지 8억 톤이라 추정하는 것은 잘못된 것이라고 단정했다는 겁니다. 저는 그 얘기를 듣자마자 사장님께 중요자료로서 제출해 두었습니다."

"이키는 그걸 알고 있는가?"

"네, 일단 보고해 두었습니다."

순간, 사토이는 분노를 터뜨렸다.

"그럴 필요 없잖아!"

"하지만 역시 해외사업 총괄자이며 본 프로젝트를 전체적으로 총괄하고 있는 이키 전무에게 전혀 보고를 안 할 수도 없어서……"

"그렇다면 자네는 나와 이키 사이에 양다리를 걸칠 셈인가?"

"천만의 말씀입니다. 저는 다만 조직의 위계 질서상 이키 씨를 건너뛸 수 없다는 뜻으로 말씀드린 것뿐입니다. 제가 다른 분도 아닌 부사장님과 이키 씨에게 양다리를 걸치다니 상상도 못할 일입니다. 무엇보다도 오늘의 제가 있게 된 것은 부사장님 덕택이 아닙니까."

"쓰노다, 진심으로 그렇게 생각하고 있다면 이 따위 '재계왕래' 기사에 나오지 않도록 만전의 대책을 세우고, 또 이란 광구 건에 대해서도 상세한 보고를 해야 마땅하지 않은가."

쓰노다의 면전에 신게이자이카이를 들이밀면서 앞으로 취해야 할 언동에 대해 못 박듯이 일렀다.

이키는 기라 총재의 이름으로 소집된 사르베스탄 광구의 국제입찰

회의에 석유담당인 아카자와 상무와 함께 출석했다.

다른 상사에서는 아무도 모습을 나타내지 않았다. 아카자와는 흘끗 벽시계를 보더니 말했다.

"시간이 거의 다 됐는데도 아직 아무도 오지 않는 걸 보면, 혹시 우리 상사가 가장 빨리 착수했다는 것을 공사가 인정해 주는 게 아닐까요?"

"그렇다면야 얼마나 좋겠나."

이키가 말을 막 끝내자, 문이 열리고 이쓰비시상사의 가미오 전무가 은발을 나부끼며 들어왔다. 역시 이쓰비시가 참가하는가 하고 가미오와 목례를 나누자, 이어 이쓰이물산의 업무담당인 아리다 전무와 석유담당 중역이 들어왔다. 이키는 입맛이 썼다.

한 테이블에 3개 회사가 마주 앉아 의례적인 인사를 나눈 뒤, 모두들 입을 다물고 생각에 잠겨 있는데,

"이거 죄송합니다. 너무 기다리시게 한 것 같습니다."

하며 고쿠사이자원개발의 가와스미 전무가 들어왔다. 그런데 그 뒤에서 도쿄상사의 사메지마가 불쑥 모습을 나타내자, 이키는 흠칫 놀라며 눈을 크게 떴다.

"어이구, 이거 빠르기도 하십니다. 이제부터는 우물쭈물하고만 있을 수 없겠소이다."

사메지마는 수행한 직원이 당황하는데도 아랑곳하지 않고,

"상관없지 않은가, 비어 있는 자리라면 상석이건 말석이건 다 마찬가지 아닌가."

하고 넉살좋게 말하며 정면 가까운 자리에 버티고 앉았다.

다섯 회사가 전부인 듯 여직원이 차를 가져오고 기라 총재가 두 사람의 이사를 거느리고 천천히 안쪽 문에서 나타났다.

기라 총재는 정면의 의장석에 착석하여 일동을 휘둘러보더니 말을 꺼냈다.

"전원 와주셨군요. 그럼 이번 국제입찰에 대해 말씀드리겠습니다. 본 공사는 여러분에게서 일찍부터 많은 데이터를 제공받고, 열성에 넘치는 개발계획을 듣는 한편 공사로서도 독자적인 정보망에 의해 여러 가지로 검토한 결과, 결국 5개 회사가 연합으로 사이좋게 협조하여 개발에 임해 주시도록 부탁하기로 결론을 내렸습니다."

이키는 기가 막혔다. 과연 관료적이고 무사안일주의적인 결재였다.

자기도 모르게 기라 총재에게 쏘는 듯한 시선을 보내자, 기라는 슬쩍 피하며 말을 이었다.

"문제는 공사의 투융자 비율과 5개 회사의 출자할당인데, 아무리 여러분이 사이좋게 참가한다 해도 각사가 균등하게 참여할 수는 없는 일이라⋯⋯."

"공사의 출자비율은 몇 퍼센트로 결정하셨습니까?"

도쿄상사의 사메지마가 아첨하듯 묻자, 기라는 입가에 흐뭇한 미소를 떠올렸다.

"종래 공사의 출자비율은 참가자가 많으면 많은 만큼 위험분담을 꾀 할 수 있기 때문에, 광구의 규모가 크며 유럽 세력과의 경쟁도 치열할 것으로 예상되어 최고한도인 50퍼센트를 출자키로 결정했습니다."

그러자 사메지마는 말이 떨어지기가 무섭게,

"퍽 훌륭하신 영단입니다. 그럼 우리 민간 5대사의 출자비율은 어떻게 하시기로?"

하며 몸을 앞으로 내밀었다. 공사의 출자는 단순히 석유개발을 지원하기 위한 제도금융인데 비해 민간의 출자비율은 개발을 위한 기재납품, 기름의 취득분 등의 이권과 연결되어 있어서 그러한 이익을 얻게 될 상사로서는 숨 막히는 순간이었다. 기라는 일동을 쭉 훑어본 다음 천천히 답변했다.

"종래의 실적은 존중되어야 하겠지만, 사르베스탄 개발에 부수된 이란측의 경제협력 요구에 대응할 수 있는 그 회사의 종합적인 능력도 고려하여 민간 출자비율은 이쓰비시상사 30퍼센트, 이쓰이물산 30퍼센트, 도쿄상사 15퍼센트, 고쿠사이자원개발 15퍼센트, 깅키상사 10퍼센트란 비율로 맡아주시기 바랍니다."

이키는 자기의 귀를 의심했다. 옆에 앉아 있던 아카자와도 새파랗게 질려 있었다.

"총재님, 그건 너무……"

이키가 이의를 제기하려 하자, 기라는 못 들은 척 계속해서 진행했다.

"이쓰비시와 이쓰이 상사는 30퍼센트씩 같은 비율이지만 그룹의 총괄이라고 할까, 아니면 리더라 할까, 하여튼 이쓰비시상사가 이란석유공사에 깊숙이 파고들어가 있는 상태라 적임이라고 생각하는데 어떠실는지요? 공사로서는 이 광구개발을 거국적인 프로젝트로 간주하고 적극 지원할 생각이니, 여러분께서는 출자비율에 약간씩 차이가 있더라도 석유자원 확보라는 대국적인 견지에서 서로 돕고 밀접한 연락을 취한다는 정신으로 국제입찰에 임해주시기 바랍니다."

그러자 가미오 전무는,

"여러 가지 경우도 있고 해서, 총재님으로부터 그룹의 총괄역을 맡게 되었습니다. 일단 위촉을 받은 이상 성의를 다해 밀고 나가겠습니다. 많이 협력해 주시기 바랍니다."

하고 인사를 했다.

그룹 멤버의 순위 결정은, 표면상으로는 공사는 지도만 한다는 것으로 되어 있지만, 사실은 에너지청의 총괄반장이 원안을 작성하여 관계관과의 회담은 물론 장관, 통산차관, 대신의 의향까지 타진한 후 공사로 내려오는 것이 실정이었다. 그러는 동안 각 상사와 관련이 있는 정치가들이 움직여, 출자비율을 둘러싼 치열한 쟁탈전이 암암리에 진행되는 것이었다. 그 결과, 리더격인 이쓰비시상사가 이쓰이물산과 같아지는 비율이 나오고, 도쿄상사가 갑자기 튀어나오는 현상이 벌어진 것이다.

이키는 더 이상 참을 수가 없어,

"총재! 우리는 이러한 비율을 이해할 수 없습니다. 어떻게 해서 이런 비율이 나왔는지, 명확한 설명을 해주시기 바랍니다."

하고 기라를 향해 윽박지르듯 말했다.

"공사가 결정한 출자비율 결정경위를 민간인인 당신한테 일일이 설명할 필요는 없다고 보는데."

"죄송한 말씀입니다만, 이 비율은 너무 공정성을 잃었다고 생각됩니다. 우리 사에 10퍼센트라는 것은 도저히 납득할 수 없습니다."

이키가 공사의 공정치 못한 처사를 정면으로 공격하자, 기라는 내심의 동요를 감추려는 듯이 억지로 미소를 띠었다.

"딱한 일이군. 이 마당에 와서 그렇게 갑작스런 말을……"

총재는 일동을 둘러보며 발뺌을 하듯 말했다.

"여러분께서 들으신 바와 같이 깅키상사에서는 자기 회사가 가장 하위인 10퍼센트란 점이 몹시 불만이신 모양인데, 어디 좀 양보하실 회사는 없으십니까?"

이쓰비시상사의 가미오는 눈썹 하나 까딱하지 않았으며, 이쓰이물산의 아리다도 담배만 피워댈 뿐이었다. 또한 고쿠사이자원개발의 기술자 출신인 가와스미는 거북한 듯 팔짱을 끼고 있었으나, 도쿄상사의 사메지마만 뻔뻔스럽게 말했다.

"총재님, 깅키상사가 그처럼 불만이라면 아예 우리가 깅키상사의 10퍼센트를 인수할 용의가 있습니다만."

"사메지마 씨, 그 따위 말이 어디 있어요?"

아카자와가 벌떡 일어날 듯한 자세로 힐난하자,

"어이쿠, 기분 나쁘셨나 보군요. 나는 너무 불만스러워하기에 솔직히 말했을 뿐인데요."

하면서 오히려 아카자와를 노려보았다.

"사메지마 씨, 그럼 묻겠는데, 도대체 댁은 언제부터 이 국제입찰의 정보를 입수하고, 언제 공사에 신청을 했소?"

이키가 대낮의 강도 같은 뒷거래를 날카롭게 추궁하자 사메지마는 가느다란 눈을 빛내며 딱 잘라 쏘아붙였다.

"당신네들한테 그런 소리를 들어야 할 처지는 아니야!"

이 바람에 좌중이 소란스러워지자 기라는 당황하여 양옆에 앉은 이사와 무엇인가를 속삭이더니,

"오늘 회의는 이것으로……"

하고는 황망히 일어나 나가버렸다.

각사의 출석자들이 가버리고 조용해진 방안에서 아카자와는 어깨를 축 늘어뜨렸다.

"총재와 다시 한 번 담판해야겠어. 아카자와, 자네 먼저 회사에 가 있도록 하게.'

이키는 그렇게 말하고 총재실로 갔으나, 기라는 이미 도망치듯 외출한 뒤였다.

인기척이 없는 복도로 나오자 몸 밑바닥에서부터 온몸이 뒤틀리는

듯한 분노가 꿈틀거렸다. 국가의 생명선인 석유에만은 스스로의 손을 더럽히지 않겠다고 굳게 다짐하여 정치적인 움직임을 삼갔건만, 그렇다고 5개사 중에서 맨 끝이라니, 너무나 불공평했다. 진정으로 광구를 취득하여 기름을 확보하기를 원한다면, 정치색 짙은 국수적인 공사 그룹에서 뛰쳐나와 언젠가 효도가 말한 것처럼 외국회사의 힘을 비는 것이 옳았다.

그러나 외국기업과 손을 잡는다는 것은 국가이익에 어긋나는 행위가 되며, 사회적으로도 나라의 적이라는 지탄을 면하기 어려울지 모른다.

상사원으로서 최후의 일이 될지도 모를 석유개발을 앞두고 절의만 굽히지 않게 된다면 설사 국가의 적이 되더라도 오랜 경험과 기술을 가진 외국 석유회사와 손을 잡아 독자적으로 국제입찰에 도전하여 기금확보에 운명을 걸 것인가, 그렇지 않으면 대열을 흐트러뜨리지 않고 공사 그룹의 꼴찌에 붙어 자본 참가만으로 그칠 것인가, 이키는 쉽게 결단을 내리지 못하고 있었다.

그날

교토는 늦더위가 한창이었다.

근처에 작은 시내가 흐르고 있는 라쿠호쿠의 아키츠 지사토의 집 뜰에서는 매미들이 시원스레 울어대고 있었다. 그러나 흙이 묻은, 긴 블라우스와 청바지 차림의 지사토는 곧 가마에서 꺼낼 작품에 대한 생각으로 안절부절못한 채 공방 안을 왔다 갔다 하고 있었다.

"선생님, 아직 한 시간은 더 있어야 가마에서 꺼낼 수 있습니다요. 2, 3일간은 밤잠도 못 자고 가마에 불을 지폈으니, 너무 걱정 마시고 눈 좀 붙이십시오. 그렇지 않으면 쓰러집니다."

큰 전람회에 출품할 때만 스승인 가노우 라이잔의 공방에서 지사토를 돕기 위해 와주는 나이든 도공이 말을 걸었다.

"구워진 작품을 손에 들어보기 전에는 잠을 잘 수 없어요. 어쨌든 이번 일본 도예전에는 처음 출품하는 작품인걸요."

긴 머리를 하나로 묶어 시원스럽게 땋아올린 지사토는 이마와 목덜미에 흘러내리는 땀을 소매로 닦으며 피로가 역력한 눈동자를 반짝였다. 일본 도예전은 신문사가 주최하는 전통있는 전람회였다. 그래서 가라쓰나 비젠, 마시코 등 각지의 가마를 대표하는 이름난 도예가들의 작품으로 한정되어 있었다.

그런 만큼 지사토가 작품에 기울이는 의욕은 대단했다. 출품하려는 청자를 녹로 돌리기나 건조과정에서 몇 번씩 다시 하곤 했던 것이다.

불의 예술로 불리는 도예의 성패는 가마의 불 지피기에 달려 있다. 도토(陶土)의 사소한 성분의 차이, 유약의 혼합과 유약을 바르는 정도, 가마의 온도, 불 때는 시간에 따라 미묘한 변화를 보여, 뜻밖의 성과로 황홀감에 잠길 때가 있는가 하면, 두 쪽이 되어 나온 작품 앞에 주저앉고 마는 수도 있는 것이다.

가스 가마로 불을 지핀 지사토의 항아리는 가마 속 온도를 공기로 조절하면서 16시간에 걸쳐 9백 도에서 1천 2백 도로 올려 버너를 끈 다음 가마 속의 온도가 3백 도 안팎으로 내려갈 때까지 다시 10시간쯤 기다려야 한다.

그동안 지사토는 청자의 유약으로 쓸 물병 속의 재를 거르면서 가마 안에 있는 작품을 골똘히 생각하고 있었다.

관입(貫入·도자기 겉에 보이는 아주 섬세한 금)의 대담성을 노려 유약을 두껍게 칠했는데, 그것이 제대로 투명한 색을 내고 있을까, 도토와 유약의 수축 사이는 뜻한 대로의 관입이 들어가 있을까.

손잡이가 긴 국자 모양의 그릇으로 묽게 뜬 재의 건더기를 걷어내고 물병에 새 물을 넣은 뒤 지사토는 가스 가마의 온도계를 보고 가마를 열 준비를 하기 시작했다.

면 스카프를 눈까지 내려쓰고 면장갑을 세 겹으로 낀 다음, 기도하는 마음으로 가스 가마를 열었다. 숨이 막힐 듯한 열풍이 피부를 태울 것처럼 솟아올랐다. 하지만 지사토는 얼굴도 돌리지 않고 도르래가 달린 막대를 조용히 자기 앞으로 끌어당겼다.

끌려나온 대 위에는 높이 30센티미터의 불룩한 청자 항아리 3개가 그 모습을 드러냈다.

"호오, 빛깔이 아주 곱습니다. 식으면 더 맑은 빛깔이 되겠군요."

가스 가마 옆에 널빤지를 깔고 앉아 있던 도공이 탄복을 했다. 그러나 지사토는 긴장된 눈으로 앞의 항아리를 조심스레 들어올렸다.

뜨거운 열기로 면장갑이 푸식 소리를 내며 갈색으로 눋더니, 희미하게 연기가 피어올랐다.

세 겹의 면장갑을 통한 열로 화상을 입을 것 같아서 지사토는 항아리를 널빤지 위에 내려놓았다.

그러나 항아리 바닥이 닿은 널빤지가 눌었다. 일단 널빤지에 나란히 놓인 항아리를 도공이 곧 다른 널빤지로 옮겼다. 급히 냉각시켜 관입을 크게 하기 위해서인데, 차가운 흙이나 콘크리트 위에 바로 놓게 되면 지나치게 큰 온도 차이로 순식간에 깨지고 말기 때문이다.

갑자기 챙 하는 날카로운 소리가 났다. 두 번째로 꺼낸 항아리 바닥에서 어깨에 걸쳐 느릿한 양감이 있는 관입이 바로 지사토의 눈앞에서 들어가는 중이었다. 다른 두 개의 항아리에도 관입이 들어갔으나, 맨 먼저 꺼낸 항아리를 손에 들고 잠시 보다가 지사토는 갑자기 봉당에 내팽개쳤다.

"아니, 어디가 마음에 안 드셨습니까?"

홀린 듯이 바라보던 도공이 아깝다는 투로 물었다.

"주둥이께의 발색이 고르지 않아요."

"제가 보기엔 그윽해서 좋은 것 같던데요."

"그건 그윽한 게 아니라 고르지 못한 거예요."

잘라말한 지사토는 나머지 두 개의 항아리를 번갈아 바라보았다.

그러더니 마지막에 꺼낸 항아리마저 도공이 미처 말릴 틈도 없이 집어던졌다.

"너무 힘을 준 것 같아요. 남은 이것도 완전히 식기 전엔 알 수 없지만 발색이 좀 짙은 것 같구요."

심혈을 기울여 만든 작품을 추호의 망설임도 없이 깨버린 뒤, 단 하나 남은 항아리에 잠시 날카로운 눈길을 주고 있던 지사토는 도공을 돌아보며 말했다.

"와주셔서 고마웠어요. 내일 가노우 선생님한테 이 항아리를 보여드리긴 하겠지만, 일본 도예전이란 것에 구애받지 않고 다시 한 번 해볼 생각이에요. 또 와주실 수 있으시죠?"

가마에서 항아리를 꺼내는 일이 끝난 순간, 지사토는 갑자기 눈 아래가 움푹 패는 피로를 느끼며 부탁했다.

"그럼요. 기꺼이 도와드리겠습니다. 선생님이 일하는 모습을 보고 있으면 도저히 여자분이라고는 생각되지 않는 외곬의 기개가 느껴져 기분이 상쾌해집니다."

도공은 지사토가 깨어버린 항아리의 아직도 뜨거운 파편을 모아 뜰 한구석의 쓰레기더미에 치우고 나서 이내 돌아갔다.

지사토는 공방을 나와 목욕을 했다. 그러고는 툇마루의 등의자에서 더위를 식히고 있는 사이에 깊은 잠에 빠져들고 말았다.

얼마나 잤을까, 지사토는 거실에서 요란스럽게 울리는 전화벨 소리에 잠을 깨었다.

"나요. 별일 없었소?"

수화기 저쪽에서 이키의 목소리가 들려왔다. 도쿄에 있는 이키의 아파트에서 그의 딸 나오코와 마주치자 씁쓸한 심정으로 헤어진 후 처음 통화였다.

"전람회에 낼 작품을 가마에서 내놓고 한숨 돌리고 있던 참이에요. 도쿄도 아직 덥겠죠?"

"아니, 회의 때문에 어제부터 오사카에 와 있었소. 지금 롯코 산 골프장에서 전화하는 거요. 접대 골프가 끝나면 잠시 슈쿠가와의 사장 댁에 들른 뒤 만나고 싶소. 가마를 낸 뒤라면 피로하겠지만."

짧지만 정이 두터운 이키의 배려에 지사토는 만족스러운 작품을 만들지 못한 허전한 피로감이 깨끗이 씻어지는 것 같았다.

"사실 이대로 잠들고 싶지만 나갈게요. 오사카에서 볼까요?"

"아니, 내가 교토로 가겠소. 오랜만에 당신의 아버님 아키츠 중장의 영전에도 참배하고 싶으니까."

그 말에 지사토는 말문이 막혔다. 금년으로 아버지의 23주기가 되는데, 지난달에 가족끼리 제사를 올린 터였다. 이키가 아버지의 23주기를 기억하고 있었단 말인가.

가능하다면 이키가 아버지의 제사에 참례해주기를 원했다. 하지만 자기와 깊은 사이가 된 지금에 와서 어떤 느낌으로 23주기 제사를 올릴까 싶어 말을 꺼내기가 어려웠다.

"왜 그러오?"

아무 말이 없는 지사토에게 이키가 물었다.

"아녜요, 저녁준비는 뭐로 할까요?"

지사토가 밝은 어조로 말하자 이키는,

"피로한데 그래선 안 되지. 맛있는 걸 내가 대접하리다. 교토에 닿으면 연락하겠소."

하고 다정하게 말한 다음 전화를 끊었다.

롯코 산 컨트리클럽에서 접대 골프를 마친 이키가 다이몬의 권유로 슈쿠가와에 있는 그의 저택에 닿자, 아내 후지코가 현관에서 반가이 맞아들였다.

"어머, 오랜만이에요, 이키 씨. 오시는 줄 알았더라면 미리 준비라도 했을 텐데."

후지코의 말은 상냥했으나 오만한 태도는 여전했다.

"토요일 오후에 폐를 끼치게 되었습니다. 생각은 늘 하면서도 자주 찾아뵙지 못해 정말 죄송합니다."

아내를 잃은 뒤, 이키는 사토이의 처가 사장 부인에게 온갖 정성을 다하는 그런 일을 할 수 없었다.

"호호…… 그야 혼자니 그럴 수밖에요. 별신경을 다 쓰시네요."

후지코는 유연한 관서지방 사투리로 대답하며 안채로 안내했다. 넓은 뜰의 동산에는 오엽송이 멋진 나뭇가지를 드리우고 있었다. 아파트에 사는 이키가 숨을 돌리듯 눈길을 부드럽게 하고 있을 때, 고교생인 듯 한 사내아이가 옆의 툇마루에서 나타났다.

"어서 오세요, 할아버지. 오늘 스코어는 어땠어요?"

"그야 네 아빠와는 골프 경력이 다르니 비교도 안 되지. 너도 가르쳐줄까?"

"그것도 좋지만, 주니어용 세트나 사 주세요. 아빤 제약회사 월급쟁이라서 아주 짜거든요."

그러더니 이키를 본 소년은 꾸벅 절한 다음 안으로 사라져갔다.

"어느새 저렇게 자랐군요."

2년 전부터 다이몬은 저택에서 장남네와 동거를 하고 있었다. 지금 그 고교생이 다이몬의 첫 손자인 셈이다.

"몸집만 크다네. 내 얼굴만 보면 용돈이나 달라는 철부지인걸."

말은 그렇게 하면서도 흐뭇한 표정이었다.

그때 후지코가 가정부의 손에 맥주를 들려 들어왔다.

"아무 대접도 못합니다만, 부디 천천히……"

후지코는 이키와 다이몬에게 맥주를 권했다.

"식사는 날마다 어떻게 하고 계세요? 혼자시니 힘들겠어요."

"밤낮으로 회의니 뭐…… 딸이 또 가까이에 살고 있어서 요리는 가끔 해줍니다."

"그럼 차라리 함께 사시지 그래요? 혹시 사위가 마음에 안 드시나요?"

"아닙니다. 집이 사장님 댁처럼 넓지를 못해서……"

이키가 말꼬리를 흐리자, 다이몬이 끼어들었다.

"무슨 짓이오, 남의 집안일에 이래라저래라…… 이키 군과는 할 얘기가 있으니 좀 물러가 있어요."

다이몬의 나무람에 후지코는 시무룩한 얼굴로 나갔다.

후지코가 나가는 모습을 보고 있다가 다이몬이 입을 열었다.

"자네를 오라 한 건 다름이 아니라 사르베스탄 광구 건 때문일세. 일본석유공사의 조정으로는 우리가 다섯 번째라는데, 어떻게 할 건가?"

"예, 실은 저도 그 일로 상의드리고 싶었습니다. 어제는 계속되는 회의와 또 사장님도 바쁘신 듯해서 말씀드리지 못했습니다만, 신중하게 생각하고 망설이기도 했지만, 이렇게 된 바에야 공사 그룹에서 이탈해 우리끼리 독자적으로 국제입찰을 할 수는 없을까요?"

"독자적으로 국제입찰을? 상사원이 무슨 재주로 석유를 캔단 말인가?"

다이몬은 어이가 없다는 듯이 이키의 얼굴을 바라보았다.

"물론 그렇게 되면 기술이나 자금면에서도 깅키상사만으로는 어렵겠지요. 그러니까 그 양쪽을 지니고 있는 외국의 인디펜던트 석유개발 회사가 자금을 대도록 해서 두 회사 연합으로 입찰을 해야지요."

"그게 가능할까?"

"현재 효도가 런던과 베이루트 같은 데서 물색하고 있는 중입니다. 만약 좋은 파트너를 찾아낸다면 사장님께서는 결재해 주시겠습니까?"

이키는 다이몬의 각오를 확인하겠다는 듯 물었다.

"너무나 갑작스럽군."

다이몬은 맥주를 단숨에 들이켠 후 말했다.

"그러실 테죠. 누가 봐도 이번 공사의 출자할당은 부자연스럽습니다. 뒷구멍으로 어떤 정치적인 획책이 있었는지는 모르겠습니다만, 개발회사인 고쿠사이자원개발이야 그렇다 치더라도 이쓰비시상사, 이쓰이물산, 도쿄상사 등 몇몇을 보고 있자면 사공이 많아 배가 산으로 올라가는 듯한 기미가 다분합니다. 그런 그룹의 말단에 붙어서 그들 장단에 놀아나느니, 차라리 외국 석유회사와 손을 잡는 편이 석유를 발견할 수 있는 확률은 훨씬 높을 것입니다."

"개발비는 어느 정도 들겠나?"

"대략 1백억 엔입니다. 거기에 광구획득의 이권료까지 합치면 2백억으로 추산해야 될 겁니다. 외자가 50퍼센트를 맡아준다면 우리가 부담하는 건 1백억입니다."

"흐음…… 그래, 만약 성공한다면 이윤은 얼마나 올리는 건가?"

"예, 국제 석유자본의 레이트 오브 리턴(이익회수율)은 25퍼센트 이상이 아니면 하지 않는 것이 상례입니다. 일본의 경우는 메이저가 캐낸 뒤의 이삭줍기 같은 후발의 입장이라 그렇게까지는 바랄 수 없습니다만, 전문가의 계산에 의하면 약 1천억 엔은 내다볼 수 있다고 합니다."

"허어, 1천억이라! 그렇게 이윤이 많단 말인가?"

다이몬은 앞으로 몸을 내밀며 크게 관심을 나타냈다.

"물론 제대로 들어맞을 경우의 이야기죠. 아무튼 한 개의 시추에 소요되는 비용이 억단위 아닙니까. 유정(油井)을 하나 팔 때마다 금리 붙은 돈이 날아가고, 전문가들이 유망하다고 판단해도 나오지 않을 수도 있으며, 유징이 있어도 상업 베이스에는 올라서지 못할 정도의 경우도 있으니까, 결코 안이한 생각으로 착수할 사업은 아닙니다."

이키는 석유개발이 성공했을 때의 이익회수율을 듣고 갑자기 적극적인 태도를 보인 다이몬에게 냉철한 판단을 요구했다. 그러자 다이몬은 좀 누그러진 자세로 말했다.

"그야 그렇지. 하지만 니혼·아랍석유의 야마다 타로만 해도 석유의 개발기술이 발달하지 못한 훨씬 이전에 성공했잖은가. 중동은 인도네시아와 달라서 매장량이 비교도 안 될 만큼 많은 곳이니, 성공만 하면 클 걸세."

"그렇습니다만, 1955년 이후 1호정에서 석유가 나온 것은 세계적으로 니혼·아랍석유를 제외하곤 거의 없는 드문 행운이었습니다. 기적적으로 1호정에서 나왔으니 망정이지, 만약 실패했더라면 재계 유지로부터 돈을 끌어 모으고 있던 야마다 타로 씨는 할복자살을 할 각오였다고 합니다."

이익회수율을 듣는 순간부터 눈을 빛내며, 니혼·아랍석유의 야마다 타로처럼 성공할 것으로 안이하게 생각하는 다이몬에게 못을 박듯 말했다.

"더구나 우리 회사가 공사 주도형의 일본 그룹에서 이탈하여 외국 석유회사와 손을 잡는다면 한바탕 파란이 일 것은 틀림없는 사실입니다. 또한 무엇보다도 1백억 엔의 위험부담금을 어떻게 조달하느냐 하는 것이 문제입니다. 그것도 외국자본을 끌어들인다는 전제 하의 1백억입니다만."

이키의 말에 들뜬 기분이던 다이몬은 갑자기 긴장하였다.

"사실 석유의 경우는 성공하지 못하면 다른 사업처럼 몇 할인가를 담보로 잡을 수 있는 그런 것도 아니지. 완전히 죽 쑤는 위험부담이니 신중하게 생각해야겠군. 재무 쪽에는 타진해 보았나?"

"재무부장 무사시에게 타진하려 했는데, 그가 유럽으로 출장을 가버렸기 때문에 아무에게도 얘기를 않고 있습니다. 하지만 사장님, 우리 회사가 중공업화로 체질을 더욱 개선해 나가는 데는 석유개발이 최대의 전략산업입니다. 지금 회사의 잠재력으로 본다면, 위험률 분산책을 신중히 생각할 경우 못할 것도 없다고 봅니다."

호소하는 듯한 이키의 말에 다이몬은 다시금 흔들리는 것 같았다.

"사토이나 무사시의 보스인 무라다가 어떻게 말할지 모르겠네만 위험률 분산책만 단단하다면 나는 기본적으로 찬성일세. 철강담당 도모토도 찬성하지 않겠는가?"

"글쎄요. 도모토 전무는 어제 오후 회의가 끝나자마자 오스트레일리아로 출장 간다면서 급히 떠나셨습니다."

다이몬은 맥주컵을 놓고 이키의 어깨를 잡았다.

"사업 얘기는 이쯤 해두게. 오랜만에 집에서 만든 요리라도 들고 가도록 하게나."

다이몬이 저녁식사를 권했으나, 이키는 지사토와의 약속 때문에 정중히 거절했다.

"아닙니다. 갑작스럽게 찾아뵙기 때문에 사모님께 폐를 끼치게 됩니다. 그리고 휴일만이라도 사장님은 손자들과 어울리셔야죠."

교토 난젠 사 산문에 가까운 쇼후 정(松風亭)의 뜰로 난 툇마루에 걸터앉아 이키와 지사토는 명물인 기울요리를 들고 있었다.

후텁지근한 늦더위도 저녁이 되자 시원스러운 바람이 불어왔다. 옛 절터였던 뜰에서는 물 뿌리는 소리가 들렸다.

지사토는 미야코조후(宮古上布·일본 고유의 웃옷)에 하카다의 홑겹 띠를 두른 시원스러운 차림으로 맥주를 따르며 말했다.

"어때요, 교토의 기울요리가?"

"산뜻하면서도 감칠맛이 있어 흔한 정식 요리보다 훨씬 맛있군."

이키는 처음 먹어보는 기울요리에 입맛을 다시듯 말하며 지사토가 따라주는 맥주를 마셨다.

"마음에 드신다니 좋군요. 기울튀김도 제법 맛이 있어서 외국 손님들이 곧잘 주문한답니다."

"당신도 맥주를 더 들면 어떻겠소?"

이키의 권유에 지사토는 소맷자락이 끌리지 않도록 왼손으로 살며시 잡고 컵을 단정히 입으로 가져갔다.

"오랜만에 좀 많이 마시는 것 같군요."

지사토는 약간 불그스름한 볼을 손바닥으로 감쌌다.

일본 옷을 단정하게 입은 지사토는 도쿄에서 만났을 때보다 여유 있는 아름다움과 성숙한 여인의 윤기가 감돌았다.

이키의 눈길은 머리를 걷어 올린 지사토의 목덜미며 소맷자락으로 엿보이는 팔목에 이끌렸다.

"그렇게 빨간가요? 부끄럽군요······"

유심히 지켜보는 이키의 눈길을 강렬하게 느끼며 지사토는 수줍은 듯이 말했다.

"아니, 그러고 있으니 전형적인 교토 여자 같은 정취가 풍기는구려, 일본 옷은 자주 입소?"

"니시징의 숙모가 딸이 없으니까 저에게 열심히 감을 떠다 맞춰주시는데, 입을 기회는 별로 없어요. 아시다시피 매일 흙투성이로 지내는 걸요, 뭐."

그렇게 말하며 지사토는 배시시 웃었다.

"그러고 보니 또 가을전람회로 몹시 바쁠 때구려. 롯코에서 전화했을 때 가마에서 그릇을 낸 직후라고 했는데, 회심의 작품이 나왔소?"

"아녜요, 마음에 드는 걸 세 개 가마에 넣긴 했지만 두 개는 완전한 실패라 그 자리에서 깨버렸어요. 나머지 하나도 썩 마음에 드는 것은 아니에요. 다시 흙 이기는 일부터 시작해서 밤잠 못자는 가마불 지피기가 계속될 것 같네요."

"그런데 도기에는 그런 힘든 작업을 전혀 못 느끼게 하는 화려함과 싸늘함이 있는 것 같아요."

이키는 결과만을 따지는 기업의 비즈니스와 똑같은 비정함이 도예 속에도 있는 것처럼 느끼며 말했다.

쇼후 정을 나오자 두 사람은 난젠 사의 산문을 지나 울창한 나무들이 육박할 듯 우거진 경내를 산책했다.

"교토를 이렇게 산책하는 건 6년 전 히에이 산의 암자로 당신의 오라버니 세이키 씨, 아니 겐조 씨를 찾아간 이후로 처음이군."

승적에 있는 지사토의 오라버니를 법명으로 바꿔 부른 이키는,

"요즘은 건강이 좀 좋아졌소?"

하고 넌지시 물었다.

"그 뒤로 한 번 찾아갔었어요, 오빠는 12년의 농산비구수행을 계속하고 있더군요. 설령 병으로 쓰러진다 해도 오빠는 하산하실 분이 아니에요."

지사토는 그렇게 대답하며, 스스로가 원하듯 뉴욕 주재의 이키를 찾아가, 거기에서 맺어진 뒤에도 귀국 후 뉴욕과 교토에 멀리 떨어져 살

아야만 하는 초조함과 불안으로 일에 열중하지도 못한 채 오빠의 암자로 찾아갔을 때의 일을 생각했다.

거기에서 어쩌면 지사토가 이키에게 집착하고 그 집착이 지사토를 속박하며, 마침내는 이키마저 속박하여 불행해질 경우에 대해 경계하라는 의미의 이야기를 오빠에게서 들었다.

그러나 이키가 뉴욕에서 귀임하여 그의 아파트에서 정사를 가지면서도 함께 살기를 미루고 있는 것을 생각하면, 제멋대로인 남자의 에고이즘에 따를 수 없다는 생각이 들어 한동안은 지사토 쪽에서 전화조차 하지 않았다.

"요즈음은 통 도쿄에 안 나오고 있소?"

오랜 침묵 뒤에 이키가 물었다.

"그런 건 아니지만……"

"그럼 어째서 들르지 않소?"

"다이칸야마에 갔다가 또 누굴 만나면 어떤 식으로 둘러대야죠? 해외 주재의 아드님으로부터 갑자기 방금 돌아왔다는 전화가 왔을 때는 옷매무시도 제대로 고치지 못한 채 돌아와야만 했었어요. 따님이신 나오코 씨와 맨션에서 마주쳤을 때는 정말 뭐라고 해야 할지 알 수 없어서……"

지사토는 그때의 참담하던 심정이 떠올라 냉정하게 이야기해야 한다고 마음먹으면서도 말끝이 떨렸다.

"미안하오. 당신한테 그런 느낌이 들도록 해서……"

"나오코 씨는 우리의 일을 어떻게 생각할까요?"

"이해해 주고 있소. 그러나 막상 닥치면 평범한 딸들처럼 정리가 안 되는 모양이오. 내가 시베리아에 억류되어 있을 때 어머니가 겪은 쓰라림을 잘 알고 있었기 때문에 내가 귀환해서 제2의 인생을 시작할 때도 그 아이는 아버지가 군인이어서 어머니가 줄곧 고생을 했으니 방위청에만은 제발 들어가지 말아달라고, 다른 직업이라면 뭐든지 좋다고 말했소. 나는 그 말을 아직도 기억하고 있소. 당신에 대한 것도 어머니는 오직 하나라는…… 그런 생각이 아주 강하다오."

"하지만 이키 씨, 당신 가슴속에도 아내의 자리는 오직 하나라는 생각이 있는 게 아닌가요?"

이키는 무슨 말을 해야 할지 몰랐다.

지사토가 입을 열었다.

"이런 얘기, 이젠 그만해요. 아버님 영전에 참배해 주시겠어요?"

"물론! 하지만 지사토……"

이키는 자신이 생각해도 놀랄 정도로 지사토의 이름을 함부로 불렀다. 지사토는 놀란 듯이 멈춰 섰다.

"다이칸야마에는 예전대로 들러주기 바라오."

이키는 지사토에게 어깨를 가까이 대고 말없이 걸었다.

절 밖으로 나온 그들은 택시를 잡아타고 지사토의 집으로 향했다.

다가키 거리의 시냇가 돌다리 근처에서 내려 골목 깊숙이 들어가 '아키츠'라는 문패 앞에 섰을 때, 이키는 잠시 머뭇거렸다.

지사토와 깊은 사이가 되고 난 뒤 처음으로 방문하는 집이었다. 거기에는 돌아가신 아키츠 중장의 불단이 모셔져 있는 터였다.

"어서 올라오세요."

지사토는 이키를 안채로 안내했다.

이키는 불단 앞에 무릎을 꿇고 초에 불을 댕긴 뒤 향을 피우고 합장했다.

오랜 합장을 마치자, 뒤에 앉아 있던 지사토는 자세를 바로하고 깊숙이 고개를 숙였다.

"참배해 주시어 부친께서 기뻐하시리라 생각됩니다. 23주기 제사는 가족끼리 조용히 치러 멀리 계시는 다케무라 선생님이나 이키 씨에게는 알리지 않았습니다만, 우연히 이렇게 참배를 해주셔서 저도 기쁩니다."

그렇게 말하고 고개를 든 지사토의 눈에는 이슬이 맺혀 있었다.

가슴이 뭉클해지며 이키는 중장의 임종을 지켜보았던 자기와 그 딸과의 맺어짐에 숙명적인 인연을 느꼈다.

이튿날, 이키는 교토에서 니시(西)마이쓰루로 향하는 열차 안에서 삭풍회의 회보를 반복하여 읽고 있었다.

안도 이사오(安藤今朝夫). 8. 지바 시, 시베리아에서 산화한 동료, 여러 선배의 넋을 위로할 위령비를 건립하자는 제안에 진정으로 찬동합니다. 소련에서는 편히 잠을 이룰 수가 없을 것입니다.

마루초 미쓰오(丸長三男), 11. 오사카 시, 마이쓰루에 위령비를 건립하는 일이 기필코 실현되기를 빕니다. 건립 시에 빈자(貧者)의 등(燈) 하나를 바치고자 하오니 알려주시기 바랍니다.

그전부터 삭풍회 회장인 다니카와 전 대좌로부터 위령비를 세우겠다는 이야기를 들었던 터라 이키는 이번 관서에 출장 온 기회를 틈타 그 후보지를 미리 살펴두려는 생각이었다.

이키는 니시마이쓰루의 역에서 마루초 미쓰오와 만나기로 되어 있었다. 마루초는 이키가 관동군 참모이던 시절의 당번병이었는데 지금 오사카에서 이발소를 경영하고 있다.

이틀 전, 이키는 마루초가 삭풍회보에 낸 글을 읽고 곧 전화를 걸어 마이쓰루에 가겠다고 했다. 마루초는 몹시 기뻐하면 자기가 하루 먼저 그곳의 동업자에게 그 고장 형편을 자세히 알아봐 놓고 기다리겠다고 했던 것이다.

니시마이쓰루 역을 나오는데,

"여깁니다. 이키 씨! 기다리고 있었습니다."

하며 쉰이 넘어도 여전히 동안인 마루초가 눈에 주름살을 모으며 맞아주었다.

"어이, 마루초, 폐를 끼쳐 미안하이."

이키는 별생각 없이 한 전화가 마루초를 이곳 마이쓰루까지 오게 한 것을 사과했다.

"섭섭한 말씀을 다하십니다. 이키 씨의 전화를 받고 이렇게 모시게 된 것이 저로선 이루 말할 수 없이 기쁩니다. 저는 일찌감치 와서 이곳 동업자한테 벌써 알아두었습니다."

마루초는 들뜬 목소리로 말하며 택시를 잡아 히가시(東)마이쓰루로 가자고 일렀다.

자동차는 포장된 27호선 국도를 30여 분 달렸다. 낮은 언덕이 보이더니 말로만 듣던 '송환기념공원'이 나타났다.

"이키 씨, 이 공원에 오르면 우리가 내디딘 부두의 옛 자취가 바로 눈 아래 보입니다."

"그런가, 반갑군."

자동차에서 내려 6, 7분 정도 올라가니 깨끗이 정돈된 언덕에 '아아, 어머니의 나라여'라고 새겨진 기념비가 서 있었다. 그 비석 뒤에는 '오늘도 돌아오지 못한 동포의 망향의 넋을 위로하고 벼랑에 선 아내의 슬픔을 여기에 적어 인류영원의 평화를 비노라'고 새겨져 있었다. 이키 일행이 송환되어 온 14년 전, 부둣가에서 조국에 첫걸음을 내디뎠을 때 '아아, 어머니의 나라여'라고 새겨진 그 비석의 글귀가 강렬하고도 다정스럽게 고국의 산하와 함께 가슴에 스며들었다. 그러던 것이 지금은 해변에서 이 언덕 위로 옮겨져 비석도 콘크리트에 붙여 놓은 닳아빠진 동판에서 화강암으로 바뀌어 있었다.

이키는 뭉클해지는 가슴으로 비 앞에 우뚝 선 채 눈 아래 보이는 항구를 내려다보았다. 벌써 14년의 세월이 흘렀다고는 하나, 송환자들의 눈동자에 새겨져 영원히 지워지지 않을 마이쓰루의 광경은 이미 거기에 없었다.

고안마루에서 작은 증기선으로 옮겨 타고, 발이 공중에 뜬 기분으로 첫걸음을 내디뎠던 잔교는 낡을 대로 낡아버려 없앴는지 흔적조차 없고, 콘크리트 제방이 축조되어 귀환 첫 밤을 보낸 후생성의 송환숙소 건물도 찾아볼 수가 없었다.

이키는 바다냄새조차 풍겨오지 않는 부둣가의 옛 자취를 굽어보며 놀라움도 아니고 실망도 아닌, 딱 집어 표현할 수 없는 기분이었다.

잠시 멍청히 서 있다가 내해(內海) 쪽으로 눈길을 돌렸다. 5, 6척의 배가 정박해 있었으며, 건너편에는 마스트에 소련의 국기를 펄럭이며 3천 톤급 소련 선박이 정박하여 소련 목재를 거룻배에 옮겨 싣고 있었다.

"힘들었죠, 이키 씨. 타이셋 수용소의 벌채작업 말입니다."

이키와 함께 부둣가를 내려다보고 있던 마루초가 입을 열었다.

"음, 영하 30도의 강추위 속에서 직경 1미터나 되는 시베리아 소나무를 벌채한 것은 지금 생각해도 어떻게 해냈나 싶어."

"그 나무가 쓰러질 때의 엄청남이란 생각만 해도 끔찍합니다. 그저 우지끈 쾅 하면서 눈보라를 휘날려 미처 피하지도 못하고 허리뼈가 박살나거나 깔려 죽은 사람이 숱하지 않았습니까."

마루초는 어깨를 움츠리며 무겁게 가라앉은 목소리로 말했다.

희생자를 제일 많이 낸 것이 벌채작업이었다. 그 목재가 시베리아 송환자들이 첫걸음을 내디던 마이쓰루 항에 실려와, 얄궂게도 소련에 대한 무역창구로 번영하여 일본인이 결코 잊어서는 안 될 굴욕의 역사는 지워지려 하고 있다.

그런 생각이 들자 다나카와 전 대좌가 위령비 건립을 서두르는 심정을 이키도 새삼 이해했다.

이키 일행이 마지막으로 송환선으로 돌아온 1956년 12월 26일의 마이쓰루는 함박눈이 내리고 있었다. 앞바다에 정박한 고안마루에서 바라본 지붕들과 바닷가 가까이의 건물에 나부끼던 일장기, 그야말로 꿈에 그리던 조국이었다.

펑펑 쏟아지는 눈 속에서 메마른 폼에 방한모를 쓰고, 검은 누비솜옷을 입은 검정색 대열이 정연하게 부두에 상륙했다. 그 선두에는 수용소의 나뭇조각을 끌어 모아 만든 나무상자와 홑이불을 찢어 만든 흰 천에 싸인 유골이 전우의 가슴에 안겨 있었다. 유골상자라곤 하지만 유골의 수집이 허락되지 않아, 겨우 유골을 묻은 묘지의 모래 한 줌이 들어 있을 뿐이었다. 부둣가로 올라와 눈을 뒤집어쓴 삼나무의 아치를 지나자, 후생성 송환 원호국의 직원과 가족들의 '수고하셨소!' '만세!'의 소용돌이에 말려들고 말았다. 어머니는 자식의 이름을 부르고 아내는 남편의 이름을, 자식은 아버지의 이름을 부르며 서로 끌어안고 통곡을 했다. 이키는 자기가 인솔해 온 부하 2백 명이 가족과 대면하는 것을 일일이 확인한 뒤, 유골과 사망자 이름을 원호국 직원에게 건네주고는 아내와 나오코, 마코토, 그리고 고향인 야마가타에서 마중 나온 형과 포옹하고 손을 마주잡으며 울음을 터뜨렸다.

미친 듯한 환호 속에서 아내의 품에 안긴 마코토를 안아 올리려 했을 때 마코토는 '우리 아빠와 달라' 하며 고개를 흔들면서, 초라한 누비솜옷에 볼은 여위고 이가 빠진 아버지의 모습에 겁먹은 듯 뒷걸음질을 쳤다. 딸은 물론, 자기 뒤를 이을 아들의 성장을 낙으로 여겨 적십자를 통해 전해진 아내의 편지를 허기진 듯 읽고는 마코토를 안아 올릴 날을 기다리던 심정이 순식간에 무너져 내리던 일이 어제 일처럼 되살아났다.

"이키 씨, 우리 마누라가 저를 끌어안고 운 게 바로 이 근방입니다요. 그때의 기쁨은 평생토록 잊지 못할 겁니다. 맞는 자도 돌아온 자도 모두 울어버린 송환 부두의 옛 자취가 보이는 이곳이 위령비를 세우기에는 아주 적당한 자리라고 다니카와 씨가 그전부터 말씀하셨습니다. 그런데 이 고장에서도 신청단체가 많이 있어서 어떻게 해야 좋겠느냐고 현재 검토하고 있는 중이랍니다."

"그렇겠지. 13년에 걸쳐 시베리아, 한국, 중국 등지에서 돌아온 사람들의 요청을 전부 받아들인다면 굉장한 수가 될 거야."

"하지만 아까 저기 보이는 저 베니어판 공장의 젊은 공원에게 물었더니, 그런 건 모른다고 대답을 하더군요."

"그래…… 전혀 모르겠다는 말인가……"

흐르는 세월은 무정했다.

발길을 돌려 송환기념공원에서 내려와 대기시킨 택시를 타고 마루초는 이 고장 사람에게 들은 고로가다케로 가자고 했다.

마이쓰루 항을 바라보는 해발 3백 미터 남짓한 고로가다케는 구불구불한 산길을 올라 15분이 지나자 정상이 나타났다. 인적은 없고 나무들만 우거져서 2개의 만 한가운데에 우뚝 솟은 고로가다케로부터 마이쓰루 항을 한눈에 굽어볼 수 있었다. 시베리아에서 꿈에도 그리던 것이 마이쓰루였고, 시베리아에 산화한 동포들의 넋도 아마 이 마이쓰루를 바라보고 있을 것이다.

고로가다케는 겨울이 되면 눈이 쌓여 오르기가 좀 힘들지 모르지만, 그만큼 산의 신성함이 지켜져 있어 눈의 영산처럼 아래에서 우러러보아도 좋을 정도였다. 만약 허용만 된다면 이 고로가다케가 위령비 건립지로는 가장 적합한 장소일 것 같았다.

곁에 서 있던 마루초가 불쑥 소리를 질렀다.

"이봐, 조금만 기다리라구! 곧 데리러 갈 테니까 그때까지만 기다려!"

마루초는 바다 건너 시베리아의 황야에 잠들어 있을 유골들에게 큰 소리로 외쳐댔다.

순간 이키의 가슴에서 울컥 뜨거운 것이 치밀었다.

도쿄로 돌아오자 이키는 오테 거리의 경제인연합회에 가까이 있는 장중한 분위기가 감도는 빌딩 안, 석유 로비스트 다케나카 간지의 사무실을 방문했다.

7층에서 내리자 넓은 엘리베이터 홀은 다른 층에 비해 사람이 별로 없어 조용했으며, 함께 올라온 남자들은 순식간에 어딘가의 사무실로 빨려 들어가듯 사라지고 말았다.

이키는 깊숙이 들어가 있는 다케나카 간지의 방으로 걸어가며 도중에 '한·일 합동자원개발' '해외 에너지 개발' '인도네시아 로우설파 오일 트레이딩' 같은, 실태는 애매하나 정계의 거물과 통산성 중견급이 깊이 관련되어 있다고 소문난 회사 이름이 줄지어 있는 것을 미묘한 느낌으로 지켜보았다. 블랙저널리즘 사이에서 흔히 일본 경제의 치부로 불리는 그런 복도였다.

'다케나카 간지 자원연구소'라고 적힌 문 앞에서 이키는 멈췄다. 겉보기엔 다른 사무실과 별로 다를 게 없어 그냥 지나치기가 쉬웠지만, 굳이 다른 점을 찾으라면 사무실 이름이 일본어와 영어로 적혀 있다는 것이다.

문을 열자, 눈이 날카로운 사원 두 사람이 접수구에 앉아 있다가 재빠른 눈길로 이키를 훑어보았다.

"이키라고 합니다. 다케나카 선생님과는 10시에 만나기로 약속되어 있는데요."

"기다리고 계십니다. 어서 이리로."

한 사람이 정중한 태도로 이키를 옆방으로 안내했다. 20평 정도의 넓이인 그 방은 실내장식을 특별하게 해놓고 있었다. 벽에 비단천을 둘러치고 바닥에는 발목까지 파묻힐 것 같은 융단을 깔았으며, 응접세트며 장식장, 플로어 스탠드 등 모두가 로코코풍의 호화로운 가구로 통일되어 있었다.

"여어, 오랜만이군."

안쪽 방문이 열리며 다케나카가 나타났다. 털끝만큼의 빈틈도 없는 예순 다섯으로는 여겨지지 않는 세련된 모습이었다.

"지난번 모처럼 아부다비 광구에 대해 말씀해 주셨는데도 뜻을 따르지 못해 죄송스럽습니다."

이키는 정중히 인사말을 했다. 지요다자동차의 건으로 자유당의 다부치 간사장에게 시바시로가네의 저택으로 불려가 다케나카와 마주쳤을 때, 아부다비 광구에 한몫 끼지 않겠느냐는 권유를 거절한 데 대해 사과한 것이다.

다케나카는 이키를 향해 소파에 앉도록 권한 다음,

"아무려면 어떤가. 그보다 자넨 배짱이 대단한 사내로군. 내 사무실에 이처럼 대낮에 당당히 나타나는 대기업의 중역은 전혀 없거든. 도대체 무슨 용건인가?"

하고 입가에 엷은 웃음을 띠며 말했다.

"예, 실은 벌써 알고 계시리라 생각됩니다만, 이란에서 국제입찰을 하게 된 공구에 대해서……"

이키가 서두를 꺼내자, 다케나카는 얼른 말을 받았다.

"음, 육상의 사르베스탄 광구에 관한 가 자네 회사도 끼어드나?"

"끼어든다기보다는 우리가 주체적으로 맞부딪칠 작정으로 공사에 맨 먼저 얘기를 갖고 가서 기라 총재에게 인사를 했는데도 불구하고 타사에게 주도권을 빼앗겼습니다. 그래서 이 방면에 잘 알고 계실 선생님께 도움을 청하고자 이렇게 찾아왔습니다."

이키는 솔직하게 찾아온 용건을 말했다.

"자네가 그처럼 앞서가고 있었다는 건 처음 듣는 얘기로군. 비율이 결정되기 전날이던가, 통산차관인 모로구치 군과 자리를 같이한 연회가 있었네. 그때 어쩔 셈이냐고 물었더니, 이쓰비시상사와 이쓰이물산과의 조정, 도쿄상사의 개입에 애를 먹는다며 그 콧대 센 거물차관도 보기 드물게 투덜거리던데……"

다케나카는 담배에 불을 댕기고 다시 입을 열었다.

"그런데 이제 와서 새삼스럽게 도움을 청하다니, 무슨 소리인가?"

"중동의 석유개발에 강하면서도 일본의 상사가 꿇리지 않을 만한 인디펜던트를 알고 계시면 소개해 주십시오."

"어, 그 무슨 뚱딴지같은 소린가. 일본의 상사라면 마땅히 자네의 깅키상사라고 해석해도 되겠지?"

"그렇습니다."

"대체 뭘 하겠다는 속셈인가?"

다께나께의 눈에서 갑자기 웃음이 사라졌다.

"아직은 전적으로 제 개인적인 생각입니다만, 만약 좋은 상대가 있다면 공사 그룹에서 이탈하여 인디펜던트와 손잡고 입찰에 응해 보고 싶습니다."

이키는 똑바로 다케나카를 응시하며 말했다.

"아니, 여간한 결심이 아닌 모양이군, 자네는 어느 선에서 얘기를 진행시키고 있었나?"

"아닙니다. 석유개발에 관해서는 뜻한 바가 있었기 때문에 다케나카 씨에게도 한마디 상의를 올리지 않았을 정도니까, 전혀 누구에게도……"

이키는 짤막하게 말했다.

"자원확보를 대의명분으로 삼아 전쟁을 일으켜 나라를 멸망시킨 전대본영 참모의 양심이 허락하지 않는다, 이 말이군."

다케나카는 빈정거리듯 내뱉고 나서 말을 이었다.

"그렇다면 석유개발 따위에는 손을 대지 말아야지. 내 사무실로 오는 복도를 두고 더티 머니존(추악한 금맥지대)이라고들 하는 모양인데, 모두가 어떤 형태로든 전 총리인 이와오 나 사바시 총리와 맺어져 있네. 그중 가장 노골적인 게 아시아 석유굴착회사와 '인도네시아 로우설파 오일 트레이딩'의 예일세."

아시아 석유굴착회사는 사바시 총리의 장남이 사장으로 있는, 일본에서는 몇 안 되는 유전굴착 전문회사이다. 현재 인도네시아 국영 석유 회사인 푸르타리나와 공동으로 채굴 중인 칼리만탄 앞바다 기름의 3분의 1은 아시아 석유굴착회사를 거쳐 이와오 전 총리의 재산관리인이 사장으로 있는 '인도네시아 로우설파 오일 트레이딩'에 전표조작만으로 매도되어, 거기에서 다시 국내의 정유회사로 팔려 그동안에 숨겨 두었던 구전의 몇 퍼센트가 이와오, 사바시의 두 형제 총리에게 들어가고 있었다.

정치 능력이라곤 전혀 없는데도 불구하고 사상 최장수를 누리고 있는 사바시 총리의 자리가 지금도 여전히 흔들리지 않고 있는 것은 방위청의 FX상전(商戰) 따위는 명함도 못 내밀 막대한 석유이권을 장악하고, 거기에 얽힌 인사권을 쥐고 있기 때문이라는 소문이었다.

"단념했나?"

다케나카는 입을 다물고 있는 이키를 향해 담배연기를 후우 뿜어내며 목구멍으로 키들키들 웃었다.

그 말에 이키는 얼굴을 들고 힘주어 말했다.

"단념할 것 같으면 애당초 다케나카 씨한테까지 오지 않았습니다. 저희 회사의 입장을 이해하시고 이거면 되겠다 싶은, 다케나카 씨가 추천해 주실 인디펜던트는 없을는지요?"

"그야 헌트, 게티, 오리온 등 있긴 얼마든지 있겠지만 그런 곳과 손을 잡으면 깅키상사는 다시 '외톨이 늑대'라는 악명만 높이게 되지 않을까. 그 점에 대해선 각오가 되어 있나?"

"아닙니다. 사실은 그 점에 대해서는 사정을 잘 아시는 다케나카 씨에게 도움을 얻고 싶었습니다. 만약 사르베스탄의 석유개발이 성공한다면, 기름 공급을 최우선으로 하겠다는 전제 아래 관동전력회사나 관동가스회사를 소개해 주셨으면 합니다만."

관동전력과 관동가스의 두 사장은 일본산업은행의 회장과 함께 재계 자원파의 3거두로 불리는 사람들이다. 그 세 사람은 무슨 연줄 때문인지는 모르지만 다케나카 간지와 아주 특별한 사이였다.

"내가 말한다면 술자리 정도에는 나와 주겠지. 그렇지만 관동전력의 가와다, 관동가스의 안도 두 사람은 깅키란 말만 듣고서도 외면할 걸세."

다케나카는 한마디로 잘라말했다.

"이쓰비시상사와의 관계 때문에 그런가요?"

관동지방의 전력, 가스회사는 이쓰비시상사가 확고하게 장악하고 있는 터였다.

"그 이유도 있겠지만, 킹키의 다이몬 이치조 사장은 도쿄 재계에서도 지나치게 평이 나쁘단 말일세."

거침없는 말투였다.

"다이몬 사장에 대해선 모두들 오해하고 계십니다. 우선 제대로 만나보지도 못한 사람들이 이러니저러니 말씀하시는 것부터가 이해하기 어렵습니다."

"얘기를 깊이 해보지는 않았어도 그가 파티에 출석했을 때 이득이냐 손실이냐 하는 따위의 이야기만을 하는 태도에 모두들 눈살을 찌푸린다네. 나도 남한테 걸핏하면 욕을 먹네만, 그래도 그와는 차원이 달라. 그런 자는 빨리 퇴진시켜야지. 그렇지 않으면 중앙재계와 맺어지는 장사는 언제까지고 할 수 없을걸."

이키는 순간 부끄러운 생각이 들었다.

"무척 따끔한 말씀입니다. 비록 오해라 할지라도 다이몬 사장에게 그런 이미지가 있다면 그것은 주변에 있는 저희의 책임이기도 하니 앞으로는 각별히 조심하도록 하겠습니다."

다케나카는 담배를 비벼 끄며,

"자네니까 하는 말이네만, 그 국제입찰은 일본이 생각하고 있는 만큼 만만치는 않아."

하고 말했다.

"그야 서독이나 프랑스, 이탈리아 등도 국제입찰에 참가하니까 일대 격전이 벌어지리라는 것은 각오하고 있습니다."

"아니, 그런 뜻이 아닐세. 메이저들은 일본이 석유자원을 갖는 것을 그다지 좋아하지 않는다네."

다케나카는 이키를 똑바로 응시하며 말했다.

패전 후, 미국 점령정책의 주요 초점은 석유자원을 끊은 뒤 일본의 석유를 미국계 메이저에 의해 억제함으로써 메이저의 이익을 꾀하는 한편, 일본 산업의 급소를 장악해 두는 것이었다. 따라서 일본의 많은 석유회사는 메이저가 공급해 주는 검은 원유를 맑게 정제만 할 뿐, 다시 말해 클리닝업자의 일만 할 뿐 개발에는 완전히 뒤처져 있었다.

"하지만 말입니다, 다케나카 씨 자신도 BP에서 아부다비의 해상 광구를 사들이셨잖습니까?"

"그러니까 앞으로 당분간은 일본도 됐지 않느냐는 속셈일세. 아부다비 광구를 양도받을 때, 미국계 메이저에게서 일본의 유전개발은 이걸로 끝내달라는 은근한 협박을 받았다네."

"설마하니…… 통산성은 3할 자주개발 원유를 뚜렷이 내세우고 있는데다 OPEC의 움직임이 메이저라 해도 누를 수 없는 방향으로 움직이고 있는 이 시기에……"

"이키 군, 인도네시아 정도의 조그마한 광구라면 모르겠네. 하지만 메이저의 아성이라고 할 중근동의 광구는 그렇게 손쉽게 산유국의 손에 들어가지 않도록 되어 있어. 이번의 이란 국제입찰은 이란 정부가 메이저의 손아귀에서 벗어나려고 벌인 일이겠지만, 메이저는 메이저대로 상당한 모략을 쓸 걸세."

"그렇게 말씀하시니까 생각나는군요. 메이저 7개사가 '일본의 여러분, 석유개발은 위험천만의 사업입니다. 해외의 석유개발은 오랜 경험과 뛰어난 기술을 지닌 우리에게 맡기는 편이 현명합니다'라는 이례적인 캠페인 광고를 신문에서 본 적이 있습니다."

"그 정도는 아무것도 아니지. 설령 메이저의 모략을 극복하고 광구를 획득했다고 치세. 그래 놓고 막상 석유가 나오지 않는다면, 지금까지 벌어들인 축적에서 탐광비를 내는 메이저와는 달리 빚을 얻어 파야 하는 일본 회사 하나쯤은 가볍게 날아가버릴 걸세. 정세가 이러니 한 번 잘 생각해 보게."

다케나카의 말은 어디까지가 진실인지 가늠하기 어려웠다.

석유는 반드시 국제정치의 소용돌이 속에다 놓고 생각하지 않으면 판단을 그르치게 된다는 사실을 이키는 새삼 절감했다.

효도 싱이치로는 자카르타행 가르다(인도네시아 국영 항공회사)로 바꿔 탄 후 세면장에서 면도를 했다.

어제 낮에 런던을 출발하여 자카르타 도착예정이 오후 7시이므로, 이제 30분 후면 오랜 여행에서 해방된다.

자리로 돌아오자 옆 좌석에 앉은 초로의 일본 여인이 가볍게 말을 걸어왔다.

"시원하시겠네요. 자카르타에는 사업차 가세요?"

"그렇습니다."

"그럼, 무척 오래 계셨던 모양이군요."

햇볕에 그을린 효도의 얼굴을 보고 자카르타에 살고 있다고 여기는 모양이었다.

"네, 지금까지 중동에 있었기 때문에 이번엔 이쪽으로……"

효도가 애매하게 대답하자, 그녀는 다시 말을 붙였다.

"어머나 중동에다 인도네시아, 하필이면 더운 곳만 골라 다니시느라 고생이 말도 못하게 많으시겠네요."

"뭐, 그렇지만도 않습니다. 그런데 부인께선?"

"저도 자카르타예요. 결혼한 딸이 곧 아기를 낳거든요. 그래서 도와주러 가는 길이죠. 첫손자라서 그런지 가만히 있을 수가 없네요."

"아, 네, 그것 참 반가운 일이군요."

효도는 낯선 부인에게 축하인사를 하면서 공연히 재수가 좋겠다는 예감이 들었다.

이란석유공사의 국제입찰 정보수집과 LNG 프로젝트의 추진을 위해 최근 열흘 동안 테헤란을 비롯하여 베이루트, 파리로 비행한 뒤, 런던에서 북극항로로 일본에 귀국하기 전날, 도쿄 본사의 일본석유공사가 지도하는 그룹에는 최하위의 출자비율로 밖에는 참가할 수 없어 교섭의 여지가 없다는 것과 일이 이렇게 된 이상 인디펜던트와 제휴하여 사르베스탄 광구에 입찰할 방책을 강구하고 싶으니 그 가능성을 알아봐 달라는 씁쓸한 어조의 국제전화가 걸려왔던 것이다.

"인디펜던트의 선택은 자네에게 맡기겠네. 한 가지 알아둘 일은, 만약 외국의 석유회사와 제휴하여 일본의 공사그룹과 경합하게 되면 깅키상사의 기업 모럴이 지탄을 받을지도 몰라. 그래도 굳이 떳떳하게 응찰할 수 있으려면 우리와 손잡는 상대방 인디펜던트의 신뢰도가 확고해야만 한다네."

이키의 말을 되새기는 순간 번개처럼 스치는 생각이 있었다. 산전수전 다 겪은 옥시덴탈이나 헌트가 아니라 오리온오일이었다. 독립계 석유회사로서는 중상위 클래스로 본사는 로스앤젤레스에 있지만 베네수엘라, 이집트, 그리고 이라크에도 광구를 갖고 있으며, 깅키상사도 오리온의 원유를 사들이고 있었다.

효도는 혹시 하는 마음으로 런던의 석유 컨설턴트에 오리온오일의 경영내용 조사를 의뢰하러 갔다가 우연히 현재 인도네시아의 앞바다에서 시추중인 광구에 화재가 발생했다는 소식을 들었다.

급히 자카르타 지사에 확인해 본 결과, 화재가 일어난 것은 사실로서 오리온오일의 회장이 미국의 유전전문 소방대원과 현지에 와 있다는 전신이 들어왔다.

시추중의 화재가 어떠한 사고인지는 아직 파악되지 않았으나, 미국으로부터 전문소방원들이 달려왔다니 틀림없이 기름과 밀접한 관계가 있는 것으로, 좋게 해석한다면 유층을 찾아냈다는 결과가 된다.

한 대상을 목표로 하여 조사 중인 회사에 행운을 가져다줄지도 모를 화재, 그리고 옆자리에 앉은 낯선 일본 여인의 첫손자 탄생…… 어떠한 연관도 있을 수 없는 일들이지만 과학만으로는 설명할 수 없는, 어쩌면 운수 같은 것이 반드시 있는 것처럼 느껴졌다.

안전벨트를 매라는 신호에 이어 창 아래로 자카르타 거리의 불빛이 보였다. 런던에서 온 효도의 눈에는 쓸쓸해 보일 정도로 빈약한 불빛이었다.

자카르타 지사 에리 차장의 마중을 받은 효도는 자동차가 주차장에서 나오기를 기다리는 동안 머리가 깨지는 듯한 두통을 느꼈다. 불과 열흘 동안 37, 8도의 테헤란과 24, 5도의 파리, 22, 3도의 런던과 31, 2도의 자카르타에서 겪은 심한 기온 변화에 덧붙여 시차로 몸의 상태가 이상해졌을 뿐만 아니라 자카르타의 찌는 무더위와 피로가 겹쳐 억지로 서 있는 형편이었다.

"효도 씨, 안색이 좋지 않으신데, 괜찮겠습니까?"

자카르타에 주재한 지 7년이나 되는, 효도의 훌륭한 부하인 에리가 근심스럽다는 듯이 물었다.

효도는 간신히 대답하고는 좀처럼 오지 않는 자동차를 열풍에 휩싸인 채 기다리고 있었다.

그때 하얀 벤츠 하나가 미끄러지듯 들어와 효도 앞에서 멈췄다.

"시간에 맞춰 와서 다행이네요. 자카르타에 잘 오셨어요."

꽃과 새의 무늬가 있는 인도네시아 고유의 사라사 원피스 차림의 후앙 베니코가 차에서 내렸다.

"아니, 이건…… 하지만 지금은 지껄이지도 못할 만큼 머리가 아프니 나중에 다시……"

효도는 쑤시는 두통을 간신히 참으며 말했다.

그러자 에리가 끼어들었다.

"웬일인지 우리 자동차가 좀처럼 오지 않는군요. 좀 가서 알아봐야겠으니, 죄송하지만 효도 씨 곁에 좀 계셔주십시오."

"그럼 내 차로 호텔까지 모셔다드리죠. 프레지던트호텔인가요?"

베니코는 효도를 뒷 자석에 앉히고 자신은 조수석에 앉은 다음, 운전사에게 행선지를 일러주었다.

공항에서 자카르타 시내까지는 약 5킬로미터 거리였다. 자동차가 시가지로 접어들자 희끄무레한 외등 아래 어디서 이렇게 많은 사람들이 넘쳐 흘러나왔는가 싶을 정도로 남녀노소 할 것 없이 수많은 사람들이 양쪽 길가에 몰려 있는 게 보였다. 중동의 빈곤은 자연이 사람을 짓눌러버린 것 같았으나, 동남아시아의 빈곤은 사람이 사람 밑에서 허덕이는 빈곤이었다.

인력거와 리어카, 자전거를 피하며 차가 번화가인 타무리슈 거리에 있는 프레지던트호텔에 닿자 베니코의 자동차를 뒤따라온 에리가 수속을 마쳤다. 바로 옆에는 일본조계(日本租界)라 불리는, 자카르타에서 으뜸가는 15층 빌딩이 있었다. 그곳에 깅키상사를 포함한 일본의 상사, 은행, 건설회사, 전자기기 회사가 몰려 있었다.

"여기 진통제 있어요. 스위스제니까 마음 놓고 먹어도 돼요."

수속을 마치고 방안으로 들어가자, 베니코가 프런트에서 얻어온 듯 하얀 정제와 물컵을 내밀었다.

"고마워. 이런 두통이 나다니, 나이 탓일까?"

"무척 애를 쓰시는지 요즈음 흰머리가 눈에 띄네요. 우리는 아래 바에서 한잔 할 테니까 좀 주무시도록 하세요."

베니코는 에리와 함께 방을 나갔다.

그들이 나가고부터 얼마가 지났을까. 효도는 옆방 욕실의 샤워 소리에 눈을 떴다. 몸 한가운데에 납을 부어넣은 것처럼 전신이 무거웠으나, 그토록 쑤시며 핑핑거리던 두통은 거짓말처럼 사라지고 머릿속이 개운했다.

새 와이셔츠를 입고 1층의 바로 내려가자, 카운터에서 에리와 함께 마시고 있던 베니코는 곧 효도를 발견했다.

"어머나, 이젠 괜찮아요?"

"응, 아주 맑아졌어. 나도 위스키를 마셔야겠군."

"아까 싱가포르에 있는 후앙에게 전화를 걸어 효도 씨가 오리온오일의 리건 회장을 빨리 만날 수 있도록 수배해 달라고 부탁했어요. 그러고는 좀 전에 후앙의 대답이 왔는데, 화재사고의 상황은 일단락 지은 모양이니 내일 밤이라도 만날 수 있다더군요. 후앙은 그때까지 비즈니스를 마치고 이쪽으로 돌아올 모양이에요."

"고마워. 그럼 이키 씨에게도 연락을 해야지."

"어머, 이키 씨도 이리로 오시나요?"

"음, 그러기로 되어 있어."

효도는 위스키를 마시며 에리 쪽으로 얼굴을 돌렸다.

"오리온의 사고는 어떤가?"

"런던의 정보가 그처럼 빠르다니 정말 놀랐습니다. 우리도 이곳 오일맨의 사교 클럽에 자주 나가 열심히 정보를 듣고 있는 편입니다만 런던의 효도 씨 지시를 받을 때까지는 전혀 모르고 있었으니까요."

"그렇다면 아주 엄격하게 보도를 제한한 모양이군. 리건 회장이 정말 우리와 만날 시간이 있는지 모르겠군."

효도는 걱정스러운 빛을 띠었다.

"친하게 지내는 후앙 씨를 통해 승낙한 거니까 걱정 마세요."

"모처럼 온 것이니까 내일은 화재현장을 한번 보고 싶군. 어떻게 안 될까?"

"그건 어려울 겁니다. 화재발생 후 군에서 엄격하게 경비를 하여 푸르타리나의 헬리콥터에라도 편승하지 않는 한 도저히 그 지점까지 갈 수 없습니다."

"그래? 푸르타리나의 누군가에게 부탁해 볼 수는 없을까?"

리건 회장과의 회담을 앞두고 효도는 화재 현장을 꼭 봐두고 미리 준비하고 싶었다.

"도저히…… 잘 아시다시피 푸르타리나는 인도네시아 속의 또 하나의 제국이라는 말을 들을 만큼 굉장한 권력을 지닌 관청이거든요."

에리가 난처한 듯이 말하자, 베니코가 브랜디 글라스를 손으로 감싸고 말했다.

"내일 당장 보시겠다면 그 악명 높은 총재에게 부탁할 수밖에 없어요. 후앙이나 저도 그 사람을 싫어하지만, 언짢은 골프에 또 어울리겠다는 약속을 해서라도 푸르타리나의 헬리콥터를 얻어 탈 수 있도록 부탁해 보지요."

"당신한테 그렇게까지 신세를 지고 싶지는 않아."

효도가 머뭇거리자, 베니코의 커다란 눈동자가 반짝 빛났다.

"오리온과는 단순한 원유매매의 거래만으로 화재현장을 보려는 게 아닌 것 같은데요. 그러니까 어떻게든 해드리겠어요."

효도는 베니코의 후각에 적잖이 놀랐다. 진짜 이야기는 아직 에리에게도 말하지 않았던 것이다.

잠자코 있는 효도에게 베니코가 다시 말을 건넸다.

"저는 얼마 전까지 취리히에 있었어요. 그곳의 어떤 파티에서 이란의 전 왕비와 친교를 맺을 기회가 있었는데 그때 일본의 깅키상사가 이란에서의 석유개발에 무척 적극적이라면서 도대체 어떤 회사냐는 질문을 전 왕비의 대리인으로부터 받고 깜짝 놀랐어요."

베니코는 쿡쿡거리며 웃었다. 그러나 효도는 이란의 전 왕비와 베니코라는 뜻밖의 연결에 크게 놀랐다.

효도는 헬리콥터를 타고 자카르타에서 1백 마일이나 떨어진 자바 앞바다의 오리온 해상광구를 향해 날아가고 있었다.

푸르타리나의 헬리콥터가 화재진화상황을 시찰하러 가는 편에 베니코의 도움으로 편승할 수가 있었던 것이다. 4인승의 헬리콥터 내에는 탐사, 생산 담당의 두 기사와 효도가 타고 있었다.

날기 시작한 지 얼마 되지 않아 끈적한 남빛 물감을 흘린 것 같은 해면에 적도 바로 아래의 아침 해가 이글거리며 빛나기 시작했다.

바다에는 오렌지빛 불길이 일고 있었다. 점점이 흩어져 있는 유정의 기름을 바다 밑의 파이프라인으로 한군데 모아 원유를 채취할 때 나오는 가스를 태우는 불길이었다. 이란이나 리비아의 사막에서 타오르는 불길은 마치 대지가 타올라 하늘을 불태우는 듯했으나, 해상광구의 그것은 바다에 떠오르는 신비로운 불길처럼 보였다.

이윽고 오리온 해상광구의 상공에 접근하자, 해양 굴착기를 실은 선박처럼 커다란 플랫폼이 보이기 시작하며 그 둘레에 크고 작은 배가 둘러싸듯 정박하고 있었다.

"저겁니까, 화재를 일으킨 시추현장이?"

효도가 묻자, 생산담당 기사는 푸르타리나의 엘리트 관료답게 오만한 태도로 미국식 영어를 구사해 가며 대답했다.

"그렇소. 4일간 내내 불길이 타오르다가 오늘 아침에야 겨우 진화되었소."

"화재가 발생한 원인은 무엇입니까?"

"오리온에서 당국에 들어온 보고에 의하면, 시굴 도중 해저 2천 피트까지 굴착기를 들이밀었을 때 갑자기 가스가 솟구쳐 오르며 암석 찌꺼기가 가스와 함께 분출하더니 강철 철탑에 닿아 불꽃이 튀며 그것이 가스에 인화해서 불이 났다고 하오."

"그래, 불길이 심했습니까?"

효도는 조금이라도 생생한 정보를 끌어내려고 다시 물었다. 그러자 앞자리에 있는 젊은 기사가 헬리콥터의 높은 소음 속에서 잘 들리라는 듯 얼굴을 돌리고 말했다.

"나는 그때 마침 우연히 헬리콥터로 이 근방을 날고 있었는데, 정말 굉장하더군요. 갑자기 천지를 뒤흔드는 듯한 굉음과 함께 3, 40미터나 되는 불길이 하늘로 치솟았답니다. 작업원들은 얼른 배에 올라타 피했지요. 곧 오리온의 소화반이 달려와 펌프와 분무기로 물을 뿌리고, 다른 광구의 작업원들도 소화작업을 하는 게 이 세계의 의리니까 모두 몰려와 방수를 했지요. 그런데 기껏해야 연소를 막는 정도였을 뿐 더 이상 손댈 수가 없었지요. 그래서 로스앤젤레스 소화회사 킨레이에 전화로 구원 요청했더니 그들이 곧 전세비행기로 날아왔어요. 소문으로 알고 있지만 킨레이의 소화작업은 그야말로 서부개척정신을 발휘하듯 용감했소. 봐요, 저게 그들이 불을 끈 철탑이오!"

그는 검은 덩어리 같은 것을 가리켰다.

헬리콥터는 플랫폼 가까이까지 오자 덜덜거리는 소음을 내며 고도를 낮춰 전함의 갑판 같은 플랫폼에 내렸다.

"조사할 것이 있으니까 당신은 이 헬리콥터 옆에 있으시오. 함부로 갑판을 걸어다니는 것은 금지되어 있소."

두 기사는 새까맣게 그을린 현장의 스태프들과 인도네시아어로 지껄이며 플랫폼 위의 방으로 들어갔다. 효도는 혼자 갑판 끝에 섰다. 증기 같은 습기 찬 열풍이 불어왔으나 효도는 꿈쩍도 않고 눈앞의 철탑을 지켜보았다. 바다 밑 3, 40미터, 해상 6, 70미터나 되는 커다란 해양굴착기가 맹렬한 불길에 녹아버려 형체를 잃은 채 흐늘흐늘한 모습으로 바뀌었으며 그 무참한 잔해는 바다 속에 묻힐 것만 같았다. 그러나 엄청난 불길이 해면의 기름을 이미 불태워 버린 듯 바다위에 기름이 흐르지는 않았다.

"효도 씨……"

뒤돌아보자, 용건을 마친 기사가 다가왔다.

"유전의 화재현장을 처음 구경하시는가 보군요. 유전의 화재는 한 시간쯤 타오르면 쇠가 모두 녹아내릴 정도로 굉장하답니다. 아무튼 하루 1만 배럴의 기름이 몽땅 타버린 적도 있으니까요."

"시추 중에 가스폭발 화재가 일어난다는 것은 거기에 유층이 있다는 증거가 아닙니까?"

"시추 중에 가스가 솟구친 것은 확실히 거기에 기름이 있다는 증거이긴 하지만, 유전의 규모며 양까지는 판단할 수 없답니다."

탐사담당 기사는 지금까지의 경험으로 대답했다.

"그럼 이 시추작업을 다시 시작하려면 며칠이나 걸립니까?"

"그건 모르겠소. 오리온의 일이니 빠른 시일 내에 다시 시작하겠지요. 리건 회장은 진짜 토박이 석유꾼으로 실력이 뛰어나니까, 이 정도로 주저앉을 사람은 아니오."

생산담당 기사도 맞장구쳤다.

"더구나 오리온은 인디펜던트치고는 자본력이 아주 확고하고, 우리 푸르타리나와도 우호관계에 있기 때문에 재건이 빠를 거요."

두 기사의 말이 전적으로 근거가 있는 것이라면, 오리온오일의 광구는 꽤 유망한 유전이라고 할 수 있었다. 녹아서 흐늘흐늘 휘어져버린 눈앞의 철탑 밑 해저에는 정말로 기름이 있는 것일까. 효도는 새삼 석유의 불가사의함을 느낌과 동시에 현대과학의 힘으로도 파헤칠 수 없는 요소를 지닌 석유개발에 더욱더 매료되었다.

자카르타 중심가에서 남으로 10킬로미터 떨어진 쿠바요란 바르는, 네덜란드 통치시대의 모습을 방불케 하는, 빨간 지붕에 벽이 희고 널찍한 베란다가 튀어나온 저택들이 야자며 마호가니의 큰 나무 사이로 보일 듯 말 듯 들어앉아 있는 한적한 주택지였다.

이곳은 화교, 인도네시아 정부 고관, 군인, 푸르타리나 고급관료와 각국 대사, 인도네시아에 진출한 메이저의 간부들이 사는 곳으로, 자카르타 시가 중심지의 근대적인 빌딩과는 등을 맞대어 북쪽 항구 거리까지 이어진 빈민가와는 별천지 같은 느낌을 주었다.

인도네시아 화교의 5대 재벌로 꼽히는 후앙 깐천의 저택은 쿠바요란 바르의 언덕길 끝에 있어, 밖에서는 저택을 전혀 엿볼 수 없도록 높은 담장 안에 다시 울창한 수목이 우거져 있었다. 인도네시아 경제를 장악하여 그 부를 빨아들이는 화교에 대한 인도네시아 사람들의 반감을 사지 않기 위해서였다.

자카르타의 중국인 거리로 불리는 코타에 있는 후앙 공사는 다른 화교와 마찬가지로 입구를 최소한으로 작게 하여 재력을 위장하고 있었으나, 높은 담으로 외계와 차단된 저택 내부에는 중국식 대가족제도가 지켜지고 있었다. 정면의 본관은 객실과 후앙 깐천의 첫째 부인과 그 자녀의 숙소이며, 동쪽 별채에는 둘째 부인인 베니코와 깐천의 가까운 친척들, 서쪽 별채에는 셋째 부인이 살고 있다.

오늘은 첫째 부인과 그 자녀들이 발리 섬의 별장으로, 그밖의 먼 친척들과 셋째 부인도 반둥의 별장으로 가고 없어 넓은 저택 안은 한적하고 조용하기만 했다.

갑자기 억수 같은 스콜(남양에서 하루에 한 번씩 소나기와 함께 부는 급한 바람)이 내려 저택 안의 나무들은 가지가 부러질 듯한 거센 빗방울을 얻어맞았고, 탁하고 누런 흙탕물이 개울처럼 흘렀다. 그러나 5, 6분도 채 못 되어 거짓말처럼 그치고 시원한 바람이 불어왔다. 그때 대문이 열리며 한 대의 벤츠가 미끄러져 들어왔다. 효도와 몇 시간 전에 도쿄에 도착한 이키였다.

벤츠가 저택 안의 길을 천천히 다가가자 정면의 하얀 건물이 한눈에 들어왔다. 회랑처럼 둥근 기둥을 두른 베란다에 후앙 깐천과 베니코의 모습이 나타났다.

차에서 내리는 이키와 효도를 하인들이 공손히 맞아들였다. 자바사라사로 지은 편해 보이는 셔츠를 입은 후앙 깐천은 윤기 흐르는 볼에 미소를 띠며 말했다.

"이키 씨, 어서 오십시오. 무척 기다리고 있었습니다. 어제는 싱가포르에 가 있느라고 실례가 많았습니다."

"후앙 씨는 여전하시군요. 오늘은 자택까지 와서 폐를 끼쳐 죄송합니다."

이키는 3년 만에 만난 후앙과 인사하고는 베니코와 악수했다. 차이나 드레스를 입고 대담하게 파서 갈라놓은 슬릿 사이로 쇠잔할 줄 모르는 유연한 허벅지를 드러낸 모습이었다. 베니코는 단발머리 스타일로 짧게 깎아 가지런히 다듬은 머리를 쓸어 올리며 입을 열었다.

"오늘은 집안사람들이 발리 섬과 반둥의 별장으로 가 있어서 충분한 대접은 못해드립니다만 편히 계실 수는 있을 거예요. 아무쪼록 천천히 놀다 가세요."

둘째 부인의 입장이었으나 외부에서 만난 베니코와는 다른 사람처럼 보였다. 그녀는 빈틈없는 후앙의 아내답게 말하며 하인에게 인도네시아어로 무엇인가를 지시하고 나서 안으로 안내했다.

벽면에 용을 조각한 홀을 지나 천장이 높은 객실로 들어갔다. 천진에서 만든 융단을 깐 방 한구석에 길이 3미터나 되는 호랑이가 당장에라도 울부짖으며 덤벼들 것 같은 모습으로 이키와 효도 쪽을 향해 이빨을 드러내고 있었다. 흠칫 놀라 걸음을 멈추자, 후앙 깐천이 웃으며 말했다.

"호랑이 박제랍니다. 내 서재에 두고 보던 것을 오리온오일의 리건 회장이 전부터 한 번 보여 달라고 해서 옮겨다 놓았지요."

화재사고 발생으로 전문가들이 그 행동을 요모조모 지켜보고 있으므로, 오리온오일의 리건 회장과 이키 및 효도가 은밀히 만나도록 하기 위해서 후앙 깐천은 가족들이 피서여행을 떠난 틈을 이용하여 그들을 자기 집으로 초대한 것이다.

만찬 전에는 리건 회장도 오기로 되어 있었다.

줄무늬 있는 살론을 허리에 두르고 얇은 천의 윗옷을 입은 하녀가 베니코의 지시로 자스민 향기가 어린 홍차를 가져다 놓았다. 베니코는 그제야 후앙과 나란히 소파에 앉았다.

"일본 달력으로는 오늘이 추분이잖아요? 아침저녁으로 선선해졌어요."

일본을 그리워하듯이 잠시 그녀는 창밖으로 눈을 돌렸다.

"그러고 보니 일본은 벌써 히간(彼岸·춘분이나 추분의 전후 3일을 합친 7일간, 또는 그 무렵의 계절)이군. 시간 가는 게 참 빨라."

효도는 한동안 돌아가지 못한 일본을 그리워하듯 말하다가 후앙 쪽을 돌아보았다.

"푸르타리나의 편의를 봐주신 덕택에 오늘 아침에 오리온의 해상광구 화재현장을 보고 왔습니다. 푸르타리나의 기술자 말로는 철탑은 곧 미국에서 보내올 모양이더군요."

후앙은 네덜란드 여송연에 불을 당기고는 웃으며 말했다.

"유감입니다만, 푸르타리나는 제2의 정부라고 불릴 만큼 강력한 권력을 지니고 있어, 우리처럼 석유개발에 손을 대지 않는 화교는 거기까지 깊은 정보를 파악할 루트를 갖고 있지 못한답니다. 오리온오일의 리건 회장만 해도 광구 취득 때 개인적으로 친분 있는 푸르타리나의 총재를 소개해 준 인연으로 어딘지 배짱이 맞아, 그가 자카르타에 오면 하룻밤은 반드시 밤새워 마시지만, 현재로선 장사와는 아무런 관계가 없는 처지지요."

이키는 홍차 잔을 테이블 위에 놓고 후앙에게 물었다.

"효도에게 들으셨을 줄 압니다만, 이번에 우리 회사는 이란이 국제입찰에 내놓은 광구를 어떻게 해서든지 낙찰하고 싶습니다. 하지만 기술적으로나 인간적으로 어지간히 신뢰할 수 있는 파트너와 손잡지 않고서는 안 되기 때문에 어떻게 해야 좋을지 모르고 있었습니다. 그러던 중 우리 회사에서 석유를 가장 잘 아는 효도가 오리온오일과 손잡는 게 좋겠다고 진언했습니다. 후앙 씨가 리건 회장과 배짱이 맞는다는 것은 어떤 면에서입니까?"

이키는 리건의 사람됨을 묻고 있었다.

"리건 회장에게로 눈길을 돌린 건 과연 효도 씨답소. 인도네시아에서 석유를 캐는 메이저나 다른 인디펜던트의 평은 과히 좋지 않아요. 좀 별난 사람 같은 카리스마가 있어 정체를 파악하기 어렵기 때문에 투기꾼으로 불리지요. 하지만 내가 보기에는 잔재주를 부리지 않는 남자입니다. 말수가 적지만 술만 마시면 으레 석유를 파는 일이야말로 남자 중의 남자가 하는 사업이라고 입버릇처럼 말하고, 석유 외에는 아무런 흥미가 없는 사람이오. 그러니 이키 씨 자신이 직접 관찰해 보시지요."

후앙은 그렇게 말한 뒤 홍차 한 잔을 더 권했다. 그때 하인이 리건 회장이 도착했다고 알렸다.

후앙 깐천과 베니코가 곧 현관으로 나가자, 이윽고 서류가방을 든 늠름한 체구의 리건 회장이 모습을 나타냈다. 인디펜던트의 중상급 회사라고는 하지만 연간 1억 달러의 이익을 올리고 있는 회사의 주인이 전혀 뽐내는 기색도 없이, 후앙이 이키와 효도를 소개해도 관자놀이에서 턱까지 수염이 무성한 얼굴에 웃음 한번 떠올리지 않고서 자기 이름을 댔다. 그러더니 곧 박제 호랑이 쪽으로 고개를 돌리면서 감탄의 소리를 질렀다.

"그레이트!"

그러고는 후앙에게 박제 호랑이를 부디 자기에게 양보해 달라고 부탁하는 것이었다.

"안됐습니다만, 이건 아버님이 수마트라 광야를 사흘 동안 쫓아다닌 끝에 잡은 것으로 아버님이 몹시 사랑하는 것이라 드릴 수가 없습니다. 꼭 원하신다면 당신 광구에서 석유가 나왔을 때 이 박제보다 더 큰 것을 틀림없이 구해서 선물하겠습니다."

그러자 리건은 아쉽다는 듯 박제를 보며 이키와 효도 앞으로 와서 앉았다. 화재에 대한 심려와 사후처리로 말미암아 눈이 벌겋게 충혈돼 있었다.

"이번에 뜻밖의 사고를 당하신 데 대해 진심으로 위로의 말씀을 드립니다. 나흘 만에 수습되었으니, 참으로 불행 중 다행이었습니다."

이키가 인사말을 했다.

리건은 미국인답게 베니코가 가져온 양주 중에서 위스키를 골라 자기 손으로 잔에 따르며 말했다.

"로스앤젤레스의 본사에서 화재소식을 듣자마자 유전소화에서 세계 제일인 킨레이회사에 구원을 요청하여 전세 비행기로 곧 달려올 수가 있었던 게 운이 좋았죠. 아무튼 개발 중의 유전과 달리 겨우 2천 피트의 시굴정이기 때문에 지하의 구조를 알 수 없어 어떤 사고가 연쇄적으로 일어날지 걱정이었습니다. 다행히 훌륭하게 소화를 시켜 주었습니다. 불과 3명의 팀이 석면 방화복을 입고 석면 차열판을 방패로 쓰고는 맹렬한 불길 속을 뚫고나가더군요. 바로 뒤에서 두 남자가 호스로 물을 뿜어주긴 했지만. 방수복에서 하얀 김이 피어오를 만큼 맹렬한 불길 속을 전진해서 폭발방지 밸브를 완전히 죄는 과감함에 크게 감동했소."

리건은 한순간 말문이 막힌 듯 말을 끊었다.

"그 용감한 사람들에게도 괴로움은 있는 모양입니다. 위험한 일을 이어받을 후계자가 없다는 거지요."

그러고는 스트레이트 위스키를 단숨에 비웠다. 그것을 기회로 후앙과 베니코는 자리에서 일어나 객실을 나갔다.

세 사람만 남게 되자, 효도가 입을 열었다.

"저는 오늘 아침 후앙 씨의 배려로 화재현장을 보고 왔습니다. 해양 굴착기만 오면 곧 작업을 다시 시작하겠지요?"

그러자 리건은 철저한 석유꾼답게 갑자기 눈을 빛냈다.

"허어, 현장을 보셨습니까? 현장의 스태프들 말로는 하루에 약 11만 배럴 정도 타버리고 다른 기재들도 많이 타버려 막대한 손해가 났다고 합니다만, 다행히 플랫폼은 무사하니까 타버린 해양 굴착기며 그 밖의 다른 기재만 보충하면 다시 굴착을 시작하는 건 어렵지 않소. 타버린 기재는 다시 미국에서 가져와야겠지만, 석 달 뒤면 가능할 거요."

리건은 긴 다리를 바꾸어 꼬며 말했다.

"그런데 일본의 종합상사가 우리 회사에 긴급용건이 있다니 무슨 일입니까?"

이키는 기댔던 소파 등받이에서 몸을 일으키며 말했다.

"이란에서 광구 국제입찰이 있다는 건 이미 알고 계시겠죠?"

리건은 고개를 끄덕였다.

"오리온오일 회사에서는 입찰할 뜻이 없으십니까."

"그 가운데 손에 넣고 싶은 광구가 하나 있소. 매장량이 대유전의 랭킹에 들 규모이고 유질도 좋은 모양이더군요."

리건의 말에 재빨리 효도가 물었다.

"말씀하시는 곳은 육상의 사르베스탄 광구이겠지요?"

"그렇소. 그러나 우리는 이 자바 앞바다의 해상광구 때문에 자금의 여유가 없어 안타깝지만 단념하고 있소."

리건은 두 잔째의 위스키를 비웠다. 이키는 리건의 얼굴을 똑바로 보며 말을 꺼냈다.

"사실은 우리 회사에서도 벌써부터 사르베스탄 광구에 눈을 돌려 이란석유공사와 절충을 벌이고 있습니다. 그런데 자금조달 및 판매능력은 있으나, 가장 중요한 석유를 캘 기술이 없습니다. 그러니 귀사와 우리가 손을 잡고 입찰에 나서는 것이 어떨는지요?"

이키의 제의에 리건은 잠시 침묵을 지키고 있다가 말했다.

"파트너라면 일본이 개발회사를 비롯하여 메이저, 또는 우리 회사 이외의 인디펜던트도 많이 있는데, 어째서 우리 회사를 택했는지 그 이유를 듣고 싶소."

이키는 사르베스탄 광구에 일본의 석유공사가 주도하는 일본 그룹이 따로 나서고 있다는 것을 솔직하게 털어놓은 뒤, 또렷한 어조로 말했다.

"석유개발은 80퍼센트까지 기술이 좌우한다고 하더군요. 일본의 개발회사는 인도네시아에서 기름을 캐내어 성공하고 있습니다만, 중동 지역, 특히 이란의 사르베스탄 광구처럼 대규모 유전개발일 경우는 좀 무리일 것 같습니다. 그리고 메이저와 손을 잡기에는 그쪽이 너무나 거대하여 짓밟힐 우려가 있습니다. 그렇다면 우리 일본의 상사가 석유 개발에 나선 의의가 없으며, 무엇보다 메이저와 우리는 석유에 대한 철학이 전혀 다릅니다."

"허어, 어떻게 다른가요?"

"내가 아메리카 깅키상사에 주재할 때 만나본 엑슨, 모빌, 텍사코 등의 간부들로부터 공통적으로 느꼈던 것은…… 말하자면 기름을 자신의 손으로 확보하여 벌어들인다는 것, 그것이 메이저의 파워이고, 나아가서는 미국의 파워라는 것이었습니다. 그러나 일본처럼 자원이 없는 나라에선 기름 확보가 단순한 파워에 그치는 것이 아니라 국가 흥망에 직결됩니다. 그렇다면 꼼꼼하게 기름을 생산할 방법을 생각해내야 하고, 그 방법을 함께 생각해줄 만한 곳은 미국의 거대 권력을 배경으로 하지 않은 인디펜던트가 좋을 겁니다. 특히 계속 운이 좋은 회사라면 더욱 바람직하다는 것입니다."

"좋소, 당신이 하고자 하는 말은 잘 알아들었소. 1주일 이내에 이란 석유공사로부터 입찰자격서를 받아 로스앤젤레스나 도쿄에서 회합하여 서류를 작성토록 합시다."

리건은 큰 회사의 오너 회장답게 그 자리에서 결정을 내렸다.

"그것이라면 이미 갖고 왔습니다."

효도가 서류가방에서 입찰자격서를 꺼내자 리건은 다시 말했다.

"그럼 한 부를 복사해서 내일 오전 10시까지 내 호텔로 보내주시오. 내일 로스앤젤레스의 본사로 돌아갈 테니까 곧 이사회에 회부시켜 정식으로 결정하고 싶소. 서류작성은 우리가 일본으로 가도 좋고 중간지점인 호놀룰루쯤에서 만나도 좋소."

이야기를 마치고 리건은 소파에서 일어나 안뜰과 마주한 창을 열었다.

"비즈니스가 끝나셨으면 식당으로 오세요. 리건 회장께서 좋아하시는 파당요리를 준비해 두었어요."

베니코는 일동을 식당으로 안내했다.

후앙 깐천은 베니코와 나란히 앉아 초대손님인 리건과 이키와 효도를 보며 술잔을 높이 들었다.

"내 친구들의 위대한 사업 발족을 축하하며, 건배!"

만찬이 끝나자, 리건은 적당히 술기운이 도는 기분 좋은 얼굴로 후앙 내외에게 고맙다는 인사를 했다.

"오늘은 정말 뜻 깊은 밤이었습니다. 정성을 다한 인도네시아 요리도 훌륭했어요. 테리마카시(고맙소)."

이어 이키와 효도에게 인사를 했다.

"일본의 우수한 두뇌와 뜨거운 정열을 지닌 사람과 친구가 되어 무척 기쁩니다. 이란에서 함께 석유를 캘 수 있도록 빕시다!"

리건은 아플 정도로 힘차게 악수한 다음, 마중 나온 캐딜락을 타고 돌아갔다. 이키와 효도 후앙 저택에서 물러나와 희미한 별빛 속으로 호텔을 향해 차를 몰았다.

"파트너로 오리온을 택한 자네의 선구안은 아주 대단한 것이었네. 저 리건 회장은 서부개척정신을 가진, 좋은 의미에서의 투기성도 있고 신뢰할 수 있는 인물 같네."

이키는 오리온을 선택한 효도를 새삼스럽게 높이 평가했다.

"하지만 사내 회의를 거쳐야 하는 커다란 문제가 아직 남아 있지 않습니까?"

효도는 크게 한숨을 내쉬었다.

보통 3년에서 5년이 걸리는 석유개발을 빈틈없이 추진하기 위해서는 사내의 태세를 확고하게 구축해 두어야만 했다.

"그 일 때문에 도모토 전무에게 연락을 취했네. 싱가포르에서 만나기로 했어. 그리고 런던에는 재무본부장인 무사시가 출장 중이니까 후와에게 연락해서 싱가포르에 들러달라고 지시했네."

"그런데도 후와 녀석, 그런 비밀회의가 있다는 말은 전혀 않더군요. 더구나 무사시 이사는 괜찮겠습니까?"

"도쿄 본사에서라면 그도 상사인 다카라다 전무가 있어 곤란하겠지. 비밀이라고 말을 안 하면 입장이 거북할 테니까. 하지만 출장에서 돌아오는 길이라고 하면 마음이 편하지 않겠나. 자네가 뉴욕에 주재할 때 재무를 담당하던 이케다는 알고 있겠지?"

"네, '자라'라는 별명을 들어 다른 회사 채무관계자에게까지 경원당하는 이케다 말씀입니까?"

"그래, 그의 보스가 무사시야. 재작년 우리가 유럽에서 처음으로 전환사채를 발행했을 때, 다카라다 전무는 시기상조론을 주장했지. 그런데 무사시가 뉴욕의 금융계통 정보를 이케다와 함께 부지런히 수집하고 다녀 상사에선 처음으로 전환사채를 성공시켰다네. 런던의 후와가 관찰한 바로는 유전개발에 대한 그의 의욕이 여간 아닌 모양이야."

"그 말씀을 들으니 마음이 놓입니다. 오늘밤은 오랜만에 푹 잠들 수 있을 것 같습니다."

효도는 차창 밖으로 밤하늘을 우러러 보았다. 거무스름하게 우거져 있는 야자수 숲 너머로 남십자성이 희끄무레하게 빛나고 있었다.

싱가포르로 출발하는 황망한 일정 속에서 이키는 이쓰이물산의 북부 수마트라 농업개발에 종사하고 있는 아들 마코토와 자카르타의 일본 요리점에서 점심식사를 할 시간을 짜내고 있었다. 이쓰이물산의 북부 수마트라 관리사무소로 전화를 하자 마코토는 자카르타 지사로 출장을 갔다고 했다. 아비된 심정으로선 사무실이 깅키상사와 같은 빌딩이기도 하여 아들이 일하는 모습도 보고, 또 항상 신세를 지고 있는 동료며 지사장에게 인사라도 하고 싶었다.

그러나 워낙 극비 출장이니 그럴 수도 없는 노릇이었다. 겨우 연락된 아들에게 일본 요리를 먹여주는 정도가 고작이었다.

안뜰에 대나무 관상수가 있는 조그만 일본식 객실에 기다리고 있으려니까, 약속시간보다 30분 늦게 마코토가 나타났다. 체격은 자신과 비슷했으나 키는 5, 6센티미터가 더 커 무척 대견스러웠다.

"설마 이곳에 오시리라고는 생각지 못했기 때문에 아버지 목소리를 들었을 때는 일본에서 전화하신 줄로만 알았어요."

마코토는 좌석 앞에 앉으며 말했다.

"응, 좀 급한 용건이라서 그렇게 됐다. 일본 술로 하겠니?"

"맥주가 좋겠어요. 회사에 돌아가면 저도 한창 바쁘니까요."

"그렇게 바쁘냐? 지금이 수확기인가? 아니면 무슨 다른 시즌?"

이키는 눈화장을 짙게 한 접대부에게 맥주와 요리를 주문하면서 물었다.

"아닙니다. 도쿄 본사에서 전근지시가 나왔어요. 그 일로 꽤 바쁘군요."

마코토는 무뚝뚝하게 대답하고 물수건으로 얼굴을 닦았다.

"일본으로 돌아오는 거냐? 그거 잘 되었구나. 7월에 잠깐 귀국했을 때는 아무 말 없더니, 갑자기 그렇게 된 거냐?"

기쁘면서도 한편으로는 아들이 업무면에서 무슨 잘못이라도 저질렀나 싶어 다소 마음이 불안했다.

"조금은 알고 있었지만 썩 내키는 게 아니어서……"

마코토는 접대부가 따라주는 맥주를 벌컥벌컥 들이마셨다.

"말투가 어째 그러냐? 넓은 맨션은 아니지만 네가 돌아오면 쓸 방을 준비해야겠구나."

"돌아간다고 해도 가키노키사카의 누이집 2층이나 회사의 독신자 숙소로 들어갈까 합니다. 걱정 마세요."

"무슨 소리냐? 나오코는 사메지마 도모아쓰에게 시집간 사람이 아니냐. 더구나 아버지의 집이 있는데 회사 숙소라니, 그게 무슨 소리냐?"

언제까지나 거리를 두고 자기를 대하는 아들에 대해 은근히 화가 나 거친 어조로 말했다. 그러자 요시코를 그대로 빼닮아 눈초리가 길고 시원스러운 눈으로 마코토가 말했다.

"아버지도 언제까지나 혼자 사실 수는 없잖습니까?"

이키는 한순간 말문이 막혀 남양산 새우회를 젓가락으로 건드리며 슬쩍 아들의 일 쪽으로 화제를 바꿨다.

"그런 일은 아직 생각지 않고 있다. 결혼 같으면 지난번에도 말했듯이 네가 먼저 해야지."

"저는 아버지의 그러한 위선자 같은 데가 아무래도 마음 쓰입니다. 어머니가 돌아가신 후로 아버지가 완전히 독신의 성인군자 같은 생활을 한다는 유치한 생각은 하지 않습니다. 그렇다고 아버지의 성격으로 봐서 그때그때 돼가는 형편에 따라 상대를 바꾸는 일도 없을 것 같구요."

"대낮부터 그런 이야기는 그만두자."

이키는 아들의 말이 한층 더 노골적으로 울려왔다.

"대낮이든 밤이든 그게 무슨 상관입니까? 그게 필요하고 진지한 이야기라면……"

마코토는 거기서 잠시 입을 다물더니, 다시 말을 계속했다.

"저는 이 기회에 아버지의 속마음을 듣고 싶습니다. 새삼스럽게 날을 받아 어쩌니 하는 것은 듣기에 거북하니까요."

떨어져 살았기 때문인지 이키 마음속의 마코토는 대학시절 그대로의 모습으로 남아 있었다. 그렇지만 지금 이처럼 차분하게 다그쳐 묻는 마코토는 제 누이 나오코보다도 더 어른스럽게 비쳤다.

"아버지가 비록 결혼한다고 해도 그건 장남인 네가 결혼하고 나서의 일이다. 너에게 있어서나 어머니에 대해서도 그러는 편이 좋다고 생각한다."

젓가락을 놓고 정색하며 말하자, 마코토는 갑자기 야릇한 웃음을 입가에 띠며 냉담하게 말했다.

"저에 대한 배려는 아무래도 상관없습니다. 호적상으로야 어떻든 그 사람은 어차피 아버지의 두 번째 반려자에 지나지 않으니까요."

이키는 그 말에 대답하지 않고 쓰디쓴 느낌으로 맥주를 마셨다. 마코토는 여유 있게 아버지의 빈 잔에 맥주를 따르며 물었다.

"아버지의 재혼 상대는 제가 지난번 갔을 때 급히 돌아간 그 여성인가요?"

"너, 만났더냐?"

"아닙니다. 그런데 부엌에서 여자가 돌아간 직후인 듯한 흔적을 보았을 뿐입니다. 그런데 이제 와서 생각하니 도쿄 선의 다이칸야마에서 내려 누나가 가르쳐준 대로 뒤쪽 개찰구를 나와 어디로 가야 좋을지 몰라 망설이고 있을 때, 밤 10시가 넘은 시간인데 아름다운 여자분이 급한 걸음으로 오는 걸 본 기억이 나는군요. 머리가 길고 세련된 옷차림의, 젊은 부인이라기보다는 직업을 가진 여성이란 느낌이 들었죠. 그 사람이 아닐는지……"

이키는 속으로 아키츠 지사토임에 틀림없다고 생각했다. 그러나 그는 말머리를 돌렸다.

"아무튼 그런 문제는 출장지의 요릿집에서 이야기할 게 못 되는 것 같구나. 때가 오면 말하마."

"때가 오면이라구요? 정말 멋지게 피하시는군요. 하지만 아버지의 그 '때가 오면'이라는 변명은 석연치 않습니다. 시베리아에서 돌아오신 뒤 방위청 항공막료부의 가와마타 씨가 여러번 권했는데도 아버지는 옛 군대경력을 직업에 이용하고 싶지 않다고 거절했습니다. 그런데 상사의 섬유부에 들어간 지 1년도 채 못 돼 항공기부로 옮긴 뒤 각 상사가 치열한 경쟁을 하는 방위청의 제2차 주력전투기 도입 싸움에서 아버지는 과거의 군대경력을 한껏 이용해, 항공막료 간부와 접촉하여 기밀문서를 누설시키고, 결국은 가와마타 공군준장마저 자살로 몰아 버리지 않았던가요? 가와마타 씨는 책임감이 강한 분이므로 그런 식으로 책임을 지신 것입니다. 저는 그때 아버지도 마땅히 회사를 그만둬야 한다고 생각했었습니다. 그런데 사직은커녕 아버지는 깅키 상사가 떠맡은 록히드 도입 결정의 논공행상으로 순식간에 3계급 특진의 벼락출세를 해서 2인자니 3인자니 하는 지위까지 올라가셨죠. 가와마타 씨에 대한 것과 똑같은 비정함이 저 입술연지를 미처 닦지 못하고 급히 돌아간 여성에게도 일어나지 않을까 걱정됩니다."

아버지를 닮은 조용한 어조였지만, 한마디 한마디가 이키의 폐부를 찔러왔다.

"그만해 둬라! 오랜만에 너의 건강한 얼굴을 보며 식사나 하려던 아비의 기분을 너무 무시하는구나. 사람 마음을 갈기갈기 찢어놓고도 너는 그게 재미있느냐?"

이키가 맥주잔을 아들에게 집어던지려 할 때, 문이 열리며 접대부가 튀김을 갖고 들어왔다.

마코토는 아무 일도 없던 것처럼 아버지에게도 접대부에게도 아닌 투로 말했다.

"이거 붉은 고추 무즙이군요, 자카르타에서 이런 맛있는 일본 요리를 먹는 건 처음이에요."

접대부가 나가자 이키는,

"아버지는 이제 돌아갈 테니 천천히 식사하고 가거라. 자카르타에는 앞으로 두세 시간밖에 있지 않을 거니까 다시 연락할 수는 없을 거다. 도쿄 본사로의 전근 발령은 언제냐?"

하고 으스러져라 쥐고 있던 잔을 상 위에 올려놓으며 겨우 진정된 목소리로 물었다.

"수마트라 농업개발은 제가 자원하여 한 일이니, 몇 년 주재했다고 이제 도쿄로 불러들이는 따위의 장기판 말 같은 노릇은 하고 싶지 않습니다. 그러니 아버지도 저의 발령에 대해서 잊어버리십시오."

마코토는 아버지보다 더 차분한 목소리로 대답했다.

모략전

맨 먼저 닿은 이키와 효도에 이어 런던에서 도쿄 본사 재무부장인 무사시와 이케다가 싱가포르에 도착했다. 오스트레일리아에 출장 중이던 철강담당 도모토 전무와 철강부장 시로이시도 공항에 도착해 호텔에 체크인을 하고 있을 시간이었다.
　세 팀은 각각 평소 깅키상사의 중역들이나 사원이 사용하지 않는 호텔을 택했다.
　싱가포르 해협이 한눈에 내다보이는 마린 호텔의 방에서 이키는 항구에 계류되어 있는 선박수를 건성으로 세며 자카르타를 떠나기 전의 일을 생각했다. 폐부를 찌르는 마코토의 말들이 되살아나 이키는 허허벌판의 쓸쓸한 느낌을 떨쳐버릴 수가 없었다.
　노크소리가 나고 싱가포르 지사장인 이시하라 신지가 들어왔다. 그는 이키의 뜻을 받들어, 도쿄 본사나 이웃 해외지사의 주재원이 눈치 채지 못하도록 모든 수배를 떠맡아 세 팀 사이의 연락책 노릇을 다하고 있었다.
　"방금 도모토 전무와 시로이시 철강부장이 도착하셔서 싱가폴라호텔로 모셨습니다. 이제 전원이 모인 셈입니다. 옛날 전무님께서 오사카의 섬유부에 계실 때 오사카역 앞의 선술집에서 들려주셨던 싱가포르 공략 이야기가 생각나는군요."

"그 시절을 생각하니 그립군. 자네에게 '당신은 상사원으로서는 적합하지 못한 것 같군요. 상사에 들어온 건 불행입니다' 라는 말을 듣고 나 자신이 한심스러웠었지."

"아니, 그 말씀을 또 하시면 곤란하잖습니까. 설마 그 무렵의 이키 씨가 그 뒤 우리 회사의 탈섬유 중공업화 노선을 추진시켜 이쓰비시상사며 이쓰이물산에 육박하는 대상사로 약진시켜 회사의 이인자가 되시리라고는 생각지도 못했으니까요."

"이시하라, 이인자니 하는 말은 삼가게. 엄연히 사토이 부사장이 계시니까."

"하지만 사토이 부사장께서 그런 몸이 되시고 나니 누가 봐도……"

이시하라의 말이 채 끝나지 않았을 때 전화벨이 울렸다. 이시하라는 수화기를 들고 상대방의 말에 뚜렷한 어조로 응답했다.

"아, 도모토 전무님이십니까. 네, 그럼 이키 전무님께서는 언제든지 떠나실 수 있으니, 지금 곧."

전화를 끊고 그는 곧 무사시 재무부장이 묵고 있는 호텔로 연락을 취했다.

그들은 각자의 호텔에서 택시로 사우스브리지 거리와 뉴브리지 거리 사이에 낀 차이나타운의 중국요리점으로 향했다.

싱가포르의 차이나타운은 동남아시아에서 가장 크고 번화한 화교 거리로서 지저분한 뒷골목에 이르기까지 활기가 넘쳐흐르고 집집마다 2층에는 대나무 장대에 매단 만국기 같은 빨래가 펄럭이고 있었다.

태평양전쟁이 시작되던 당시와 조금도 변한 데가 없었다.

이키는 차창 너머로 차이나타운의 광경을 바라보며 착잡한 심정이 되었다. 그때 중국요리점 앞에서 차가 멎었다.

그리 크지 않은 현관으로 들어서니 안은 오히려 깊숙했다. 중국인 종업원은 이키를 막다른 방으로 안내했다.

진홍색 빌로드를 둘러친 방에 벌써 도모토 전무가 부하인 철강 부장과 함께 와서 붉은 색의 둥근 테이블에 앉아 중국차를 마시고 있었다.

"이키 씨가 이런 데를 알고 계시다니 놀랐습니다. 아무리 싱가포르에 일본인이 많다 해도 차이나타운의 이런 깊숙한 가게까지 오는 사람은 흔치 않은데……"

"여긴 내가 전쟁 전부터 아는 가게입니다. 지금은 아들이 이어받았지만, 신뢰해도 좋은 집입니다."

이키가 효도와 함께 의자에 앉자 재무부장 무사시가 국제금융실장인 이케다와 함께 급히 들어와 도모토와 이키에게 늦은 것에 대해 사과했다.

무사시라는 대단한 이름(武藏 · 일본 봉건시대의 유명한 검객의 이름)에 어울리지 않게 외교관처럼 세련된 옷차림과 태도였다. 그러나 외국자금의 조달에 관해서는 사내에서도 제일가는 민완가로 신중파인 다카라다와는 대조적인 타입이었다.

"이시하라의 말로는 이 가게의 선대 주인이 대본영 시절의 이키 참모 덕분에 목숨을 건진 일이 있다던데, 무슨 일이 있었습니까?"

호기심이 왕성한 이케다가 뉴욕 시절부터 허물없이 지내온 말투로 물었다.

"그건 터무니없이 부풀린 얘기라네. 전쟁이 막 시작될 무렵 싱가포르 작전을 세울 때, 그 1년쯤 전에 지형, 기상조건, 적군의 병력배치 및 현지민의 인심 등을 실제 내 눈으로 확인하기 위해 한두 달쯤 파견된 적이 있었지. 그때 군대의 정보원은 물론 민간 무역회사의 사원이며 항해사며 현지민들의 여러 이야기를 듣기 위해 이 가게를 이용했었네. 그때 이 집 주인이 말라리아에 걸렸는데, 내가 갖고 있던 키니네를 줘서 목숨을 건졌어. 그 일에 고마움을 느끼고 그 뒤로 일본군에게 많은 편의를 제공해 주었다네."

30여 년 전의 이야기를 하자 도모토 전무가 햇볕에 그을린 얼굴에 웃음을 띠며 말했다.

"전쟁 1년 전이라면 나는 면화부에서 프랑스령 인도차이나 주재를 명령받고 면화를 사들이느라 동분서주 뛰고 있을 때군요. 그 당시 육군 정보부원이 변장을 하고 싱가포르에 잠입하여 활약했단 이야기를 들은 적이 있습니다. 그때 싱가포르에도 이따금씩 왔었으니 이키 씨와 어느 호텔이나 거리에서 만났을지도 모르겠군요."

뜻하지 않은 회고담에 철강부장 시로이시가 물었다.

"전무님은 그 무렵 연세가 어떻게 되셨습니까?"

"스물여덟, 아홉이었나? 불어 좀 할 줄 안다는 여자와 사진으로 선을 보고 홍콩까지 마중 가서 결혼식을 올린 뒤 신혼여행을 다녀와서 나흘 만에 아내는 일본으로, 나는 프랑스령 인도차이나로 돌아갔지, 이키 씨는 개전 때 몇 살이었소?"

"27살이었을 겁니다."

이키가 대답하자 시로이시가 감탄한 듯이 말했다.

"27살이라…… 27살이라면 나는 철강부에서 데이코쿠제철의 상권 찌꺼기를 얻으려고 밤마다 대학 후배를 요정에 불러내어 남자 기생처럼 오로지 접대에만 힘쓰던 때입니다. 거기에 비해 이키 전무님은 27살에 이미 동반구의 색칠을 바꿔놓을 대작전의 입안에 참여하셨군요."

그러자 도모토가 싱긋 웃었다.

"그러고 보니 오늘은 석유자원 확보를 위한 대작전회의가 된 셈이로군. 사토이 부사장이나 다카라다 전무는 우리가 출장에서 돌아오는 길에 싱가포르에 모였으리라고는 꿈에도 모를걸."

석유개발은 성공만 하면 '철의 도깨비'라고 불릴 만큼 파이프라인을 비롯한 철제품 수출이 많아, 도모토는 석유 자체보다 석유를 계기로 한 새로운 상권 확대에 더 매력을 느끼는 듯했다.

"도모토 전무님의 찬동을 얻을 수 있어서 든든합니다. 문제는 사르베스탄 같은 대광구를 탐색, 시추하려면 약 2백억 엔이 필요한데, 반은 파트너가 담당한다 하더라도 나머지 절반을 과연 우리 회사 혼자 부담할 수가 있겠는가 하는 것입니다. 무사시, 자네의 직감은 어떤가?"

이키는 무사시쪽으로 시선을 돌렸다.

"원래 석유개발에 투자하는 돈은, 아무리 파도 나오지 않을 경우 사막에 버린다 각오하고 내놓아야 하기 때문에 자기 쌈짓돈, 말하자면 축적된 돈에서 충당하는 것이 원칙입니다. 그런 입장에서 국가가 세금으로 투입한다면 또 몰라도 영리기업으로서는 성공한 유정에서 막대한 이익을 올리고 있는 메이저에 필적할 만한 대회사밖에 없습니다. 그렇게 여유 있는 회사가 일본에는 없을 겁니다."

무사시 재무부장은 석유개발이라는 일찍이 없던 대사업에 눈을 번득이면서도 한편 재무담당자다운 냉정함을 잃지 않았다. 그때까지 벽에 걸려 있는 이백의 시를 바라보던 효도가 밀어붙이듯이 말했다.

"재무부장의 말씀은 당연합니다만, 우리가 필요로 하는 것은 2백억 엔의 절반입니다. 1백억의 자금조달은 곤란한 일이 아니겠죠."

"그야 지금의 우리 규모로선 불가능하지는 않지. 그러나 문제는 그 돈이 어디에 쓰이느냐 하는 걸세. 지금까지의 사업활동을 더욱 확대하기 위한 것이라면 또 모르지만, 석유개발을 위한 돈이라면 자본력과 기술력이 확고한 인디펜던트와 손잡는다 해도 융자해 준다고 나설 데가 없을 걸세."

"하지만 보통으로는 생각할 수 없는 것을 생각해서 사업확대를 해 온 것이 우리 깅키상사의 '무사시 재무부'가 아닙니까?"

그러자 무사시 곁에 앉아 있던 이케다가 끼어들었다.

"그거야 사실입니다만, 천에 셋이라는 확률의 석유개발만은 어렵습니다. 미국에서도 석유자금 조달방법만 열거해도 두께 3센티미터 정도의 책이 나온답니다. 제가 아메리카 깅키에 있을 때, 어떤 석유 회사가 탐광사업비를 염출하기 위해 별개 회사를 만들고, 그 별개 회사에 모회사가 일정 자본금으로서 얼마를 투자하고 나머지는 일반 투자가들이 전환사채와 의결권이 낮은 주식을 한데 묶어 만드는 것을 보았습니다. 그때 배부된 예상서를 보니 '위험부담을 충분히 이해하고, 실패하면 단념해 주시오, 대신 성공하면 엄청난 이익이 생깁니다'라고 적혀 있더군요."

그 말에 도모토가 웃으며 말했다.

"그건 마치 복권을 팔아먹는 것 같잖아."

"사실입니다. 실패해 보았자 본전, 그러니까 '밑져야 본전'의 자금조달법입니다. 우리같이 근대적인 조직의 재무담당자 입장에서 본다면 황당무계한 자금조달법입니다만, 리먼브라더슨지 지굴리든지 아무튼 일류 인수업자의 손으로 미국 시장서 팔아치웠다더군요."

"그런 식으로 상사의 자금조달 능력을 한껏 발휘하는 방법, 이를테면 외채발행은 안 될까? 우리는 상사로서는 최초로 유럽시장에서 전환사채를 발행해서 어느 정도 루트가 뚫려 있지 않습니까?"

효도는 이케다와 무사시에게 번갈아가며 매달렸다.

"루트는 있지. 미국의 막대한 적자로 달러가 평가절하되어 반년 이내에 360엔에서 3백 엔 정도까지 내려갈 전망이 크기 때문에, 그 차액 20퍼센트의 외환 위험률을 방지하기 위해 그런 금융사태를 앞질러 달러 표시로 조달해야겠지만……"

"현재 유럽엔 잉여 달러가 상당히 남아돌고 있는 모양이던데요?"

"음, 유럽의 금융시장은 미국을 제외한 외국 정부의 외화준비금, 소련 등의 금 매각금이나 그밖에 다국적 기업, 서독, 프랑스 등의 금융기관 자금의 잉여 운영 거래가 런던을 중심으로 하여 더욱 큰 마켓으로 성장하는 중이야. 그러나 아까도 말했듯이 자금 용도가 성공여부를 전혀 짐작도 못하는 석유개발이라면 투자가는 아무도 돈을 내놓지 않을 걸세. 외채 발행에 의한 자금조달은 석유가 펑펑 쏟아지고 기업화 전망이 선 다음에 이루어질 이야기라네."

무사시는 다시 말을 이었다.

"이케다 군이 아까 미국에서 석유개발의 자금조달 방법을 열거했는데, 그들이 공통적으로 가장 애먹고 있는 것은 실패할 경우 어떻게 하면 본사에 위험이 미치지 않게 하나 하는 것이야. 따라서 우리가 사르베스탄 광구의 개발에 착수하려면 우선 별개의 회사를 만들어야만 해."

무사시는 골똘히 생각에 잠기더니 다시 말을 이었다.

"그러나 신설 회사는 아무런 차입능력이 없기 때문에 첫째 방법은 모회사인 깅키상사가 임팩트론(수입물자를 특별히 정하지 않은 외화차관)으로 외자를 차입해 새 회사에 자본의 형태로 내놓는다는 거지."

"그러나 임팩트론은 대장성에 신청해야 되고 사용처가 엄격히 기록되기 때문에 공사 그룹과 대항할 자금이라면 허가를 받기 어려워지는 게 아닐까?"

이키가 우려하듯이 참견했다.

"물론 순조롭지만은 않을 것입니다. 그러나 인허가를 맡은 국제금융국장 정도에게 힘을 쓰면 불가능한 것도 아닙니다. 임팩트론이라 해도 외국은행에서 끌어온 달러를 국내에서 엔으로 바꾸려면 까다롭지만, 달러를 곧장 석유개발에 투자할 거니까요. 인허가가 골치 아프다면 또 다른 방법이 있습니다. 뭐냐 하면, 필요한 만큼의 자금을 은행단의 신디케이트론으로 모으는 것입니다. 새 회사가 발족할 때는 자본을 되도록 낮게 억제하고, 유정을 하나 팔 때마다 자본수요에 대응하는 타이밍으로 주간사인 매니지먼트 뱅크에 신디케이션을 만들어달라는 것입니다. 이 방법으로 하면 새 회사의 보증만 갖고도 새 회사 자체에서 가능합니다."

"그 경우의 간사은행은?"

거기에 무사시는 주저함이 없이 대답했다.

"글쎄요, 석유에 강하다고 이름난 체이스 맨해튼의 런던 지점 정도가 적당하겠죠. 체이스가 간사가 되고 영국의 로이드은행, 미국의 FNCB, 프랑스의 방크 드 나쇼날 드 파리, 일본의 해외진출에 아주 의욕적인 도토은행을 비롯하여 다이산, 오토모 등에서 신디케이트론을 만들도록 부탁하는 것입니다."

무사시는 차근차근 말을 마치고는 잠시 생각하는 눈치더니 다시 입을 열었다.

"임팩트론이 좋으냐, 신디케이트론이 좋으냐는 귀국해서 대장성의 움직임을 파악한 뒤가 아니면 뭐라고 말씀드리기가 어렵습니다. 그런데 다이몬 사장님께서 어떻게 판단하시느냐 하는 것도 중요하지 않겠습니까?"

그 말에 이키는,

"다이몬 사장은 회사의 체력에 대한 보증만 있다면 해보겠다는 의향이시네."

하고 장담을 했다.

"그럼 문제는 사토이 부사장과 다카라다 전무의 결단에 달렸군. 아니, 다른 영업부문에서도 하고 싶은 안건을 많이 갖고 있을 테니까 각 영업부 부장들이 반발하겠지. 그걸 무시하고 상무, 전무급만을 설득한대도 석유개발은 장기사업이기 때문에 1, 2년이 지나면 비난이 빗발치는 게릴라전이 되어 사내에서도 짓밟히고 말 거야. 오늘 싱가포르회담에서는 그 점의 대책도 아울러 생각해야 합니다."

도모토가 한 마디 거들었다. 그러자 시로이시도 끼어들었다.

"싱가포르에서 도쿄 마루노우치 본사의 공략작전을 생각해야 한다는 말씀이군요."

이어서 장기 지구전에 버틸 수 있는 인사포석 문제가 다음의 검토사항으로 오르게 되었다.

회담을 끝낸 일동은 서로 앞서거니 뒤서거니 하며 도쿄행 비행기를 택했는데, 이키는 오사카 직행편을 싱가포르 지사의 이시하라에게 부탁했다. 귀국하는 대로 다이몬 사장이 있는 오사카 본사로 가려는 계획에서였다.

차이나타운의 중국요리점에서 해안거리의 호텔로 돌아가 공항으로 출발할 때까지는 1시간 남짓 여유가 있었다.

이키는 싱가포르 회담을 도쿄 본사가 눈치 채지 못하도록 신경써준 이시하라를 위로하기 위해 일찌감치 방에서 나왔다. 그러나 막상 내려오긴 했으나 소파에 앉아 담배를 물고 해안거리를 바라보다가 훌쩍 거리로 나오고 말았다.

호텔 주변을 잠시 산책할 생각으로 나온 이키의 발걸음은 어느새 빨라지면서 몸 구석구석까지 뜨거운 피가 솟구침을 느낄 수 있다.

해안거리에서 북쪽으로 뻗은 삼거리까지 왔을 때 이키는 지나가던 택시를 세웠다.

"부키테마!"

왕복 1시간이면 충분하므로 비행기 시간에는 늦지 않을 것이다. 다만 호텔 프런트에 메모도 남기지 않고 나와버린 자기 때문에 이시하라가 당황하며 걱정할 것이다. 그러나 이성으로는 도저히 막을 길 없는 충동에 사로잡혀 이키는 부키테마 대지(臺地)로 향했다.

싱가포르 시가에서 부키테마 거리 북쪽으로 올라가자 이윽고 왼편 앞쪽 부키테마 언덕에 녹색마크가 그려진 포크사의 간판이 보였다.

지요다자동차와의 자본제휴로 비밀조사단까지 보냈는데도 불구하고, 막판에 교섭을 중단하고 도쿄상사의 사메지마가 개입한 로터리엔진의 도와자동차와의 제휴로 배신당한 상대였으나 지금의 이키에게는 별다른 감정이 일지 않았다.

포크사를 능가하는 세계 으뜸의 유나이티드 모터스와의 제휴로 다시 방향전환을 하고 있기 때문이라기보다는, 이키 자신이 항거할 수 없는 어떤 힘에 의해 대본영 작전참모이던 과거의 자기로 밀려나가고 있었던 것이다.

언덕을 오르기 위해 이키는 택시에서 내려 풀이 우거진 언덕길을 올라갔다. 부키테마 언덕은 태평양전쟁 때 육군이 말레이반도에 기습 상륙하여 2개월 반 만에 함락시킨 견고한 영국 진지로서, 상륙지점으로부터 1천 킬로미터나 되는 가늘고 긴 말레이 반도를 자전거를 탄 은륜부대가 남하하여 격전 끝에 점령함으로써 서전을 장식한 승전지였다.

이키는 감개무량한 기분이 되어 언덕 꼭대기에 섰다. 싱가포르 해협을 사이에 두고 건너편 기슭인 말레이시아가 한눈에 보였다. 바다의 파도는 잔잔했다.

이키는 손 안에서 담뱃불을 댕겨, 깊숙이 빨아들였다가 내뿜었다. 순간 개전을 앞두고 남지나해에 25만의 병력을 실은 4백 척의 수송선단이 적의 경계망을 뚫고 말레이 및 필리핀으로 향하던 상황이 지난날 대본영 작전실에 있었던 때처럼 선명하게 떠올랐다.

눈 아래로 조호울 해협을 말레이 연방 국기를 펄럭이며 순항선이 가로질러 지나갔다.

14세에 군인에 뜻을 두고, 대본영 작전참모로서 전쟁에 참가하여 패전을 겪은 이키로서는, 현재 상사원으로 살아가는 생활이 이따금씩 역겨웠다. 자카르타에서 아들 마코토에게 '제2차 방위계획 전투기도입을 둘러싼 경쟁에서 아버지와 육군사관학교 및 육군대학 동기생이었던 가와마타 준장이 희생되었는데도, 아버지는 사직도 않고 오히려 벼락출세를 해서 이제는 깅키상사의 2인자니 3인자니 하는 말을 듣고 계시는군요'라는 싸늘한 말을 들었을 때, 이키는 다이몬 사장에게 사표를 제출했으나 군대에서 사표가 없듯이 기업도 마찬가지라면서 반환되었다는 것을 말하지 않고 씁쓰름한 기분을 안고 헤어졌다.

마코토는 아무런 변명도 없는 아버지에게 더욱더 마음의 거리를 두게 되었을까…… 그러나 망설이면서도 아내와 아이들을 부양하기 위해 상사에 들어가 몸과 마음을 더럽히고 겨우 목만 내민 그런 처지에 놓였을 때, 한 기업의 이익을 위해서가 아니라 국가를 위해 이룩해야 할 석유확보의 문제와 직면하게 된 것은 우연이 아니라 하나의 의무로서 자기에게 부과되고 있는 것이라고 생각했다.

*

 오사카 성이 마주 보이는 깅키상사 본사 사장실에서 부사장 사토이는 다이몬 사장과 부동산 부문의 확충에 대한 이야기를 끝냈다. 그러고는 은근한 어조로 말머리를 돌렸다.

 "그런데 자카르타에 출장 간 이키 전무가 싱가포르에 들러 뭔가를 하고 있는 모양입니다만, 사장님은 알고 계시는 일입니까?"

 "나는 모르는 일일세."

 "철강 부장도 싱가포르에 가 있는 모양이던데요."

 "뭐 비행기를 갈아타기 위해서겠지."

 다이몬은 바로 조금 전까지 열을 올려 이야기하던 토지수매와는 전혀 딴판으로 무뚝뚝하게 말했다.

 "글쎄요, 그렇게 보기에는 뭔가 너무 착착 맞아 돌아가고 있는 것 같습니다. 본사에서는 할 수 없는 회의를 몰래 합류해서 열고 있는 건지나 아닌가 모르겠습니다."

 사토이가 탐색하려는 듯 조심스럽게 말했으나, 다이몬은 오사카 성의 기와지붕 쪽으로 따분하게 시선을 돌리며 전혀 무관심하게 대꾸했다.

 "본사에서 열 수 없는 회의라니 무슨 소리인가? 자네 그렇게 마음에 걸리면 싱가포르에 직접 전화해서 알아보면 되잖나."

 그렇잖아도 사토이는 싱가포르 지사에 전화를 걸었었다. 그런데 지사장 이시하라는 부재 중이었고 차장에게 이키나 도모토의 동정을 물어도 아무 말도 듣지 못했는지 이쪽에서 하는 말귀도 제대로 알아듣지 못했다. 지사장에게 곧 보고전화를 하라고 명령했는데도 감감무소식이었다. 이런 일은 지금까지 없던 상황이었다. 뿐만 아니라 시치미를 뗀다고 밖에는 여겨지지 않는 다이몬의 무관심…… 두 달 동안 병으로 정양하는 사이에 자기가 알지 못하는 곳에서 뭔가를 도모하여 진행하고 있는 눈치건만, 알려주지 않아 마음 깊숙이 쓸쓸함이 스며들었다. 입원 중에도, 가루이자와에서 정양하면서도 사토이의 생각은 오직 하나, 그대로 있는 업무 걱정뿐이었다. 그러나 두 달 만에 회사에 나와 보니, 회사는 아무 지장 없이 순조롭게 업적을 올리며 병든 중역 따위는 이제 필요 없다는 눈치여서 사토이는 진한 소외감을 느꼈다.

사토이는 새삼스럽게 조직의 비정함에 몸서리를 치면서도 내색하지 않고 돌려 말했다.

"그런데 이란의 석유광구 국제입찰문제입니다만, 그룹 가운데에서 우리 회사는 꼴찌며 출자비율이 겨우 10퍼센트라니 어떻게 된 겁니까? 효도 석유부장이 테헤란에서 활발하게 움직이고 있어 우리가 주도권을 잡으리라는 이야기를 듣던 중이었으므로 더욱 놀랐습니다. 사장님의 뜻인가요?"

그제야 다이몬은 한 방울의 물을 떨어뜨리듯 말을 꺼냈다.

"그 점에 관해서는 여러 가지 문제가 있어 자네에게 상의하려고 했네만, 회사에 나온 지 얼마 안 되는 자네에게 이야기했다가 또 스트레스 발작이라도 일으키면 안 될 것 같아 그만두었네."

"무슨 서운한 말씀이십니까? 재발을 우려해서 큰맘 먹고 2개월이나 정양했는데요. 덕택에 완전히 건강해져 골프만 해도 벌써 하프를 돈답니다. 전처럼 마음 쓰시지 말고 허물없이 대해 주십시오."

사토이는 희박해지려는 이인자로서의 자기 존재를 되찾으려는 듯 말하고는 다이몬이 입에 문 여송연에 재빨리 라이터를 들이댔다.

다이몬은 담배연기를 길게 뿜으며 약간 뒷맛이 쓴 애매한 어조로 말했다.

"이키 전무는 10퍼센트밖에 안 된다면 차라리 공사그룹에서 나오는 게 어떻겠느냐는 의견인데, 자네는 어떻게 생각하나?"

사토이는 다이몬의 태도가 불만스러웠으나 다이몬을 유도하듯이 말했다.

"갑작스런 말씀입니다만, 저로서는 10퍼센트로 잘린 경위를 뚜렷이 알기 전에는 말씀드릴 수가 없군요."

"재벌 그룹에게 한방 먹은 셈이지. 석유개발공사나 에너지청도 재벌들과는 그렇고 그런 사이니까."

"그런 그림은 어제 오늘 있어온 게 아니잖습니까. 업무본부장 쓰노다의 말을 들으니, 우리 회사는 사르베스탄 광구를 얻기 위해 LNG 도입계획안을 담당하여 이란석유공사와 가스공사에 날마다 찾아다녔다던데, 그리고서도 옆에서 불쑥 끼어든 도쿄상사보다 하위 할당을 받다니 이해하기 어렵습니다. 틀림없이 공사와의 교섭을 맡은 이키 전무를 얕잡아본 것입니다. 통산성이나 대장성이 행정지도를 하는 계획안은 씨름판에 오르기 전의 막후교섭, 즉 정치가 아니겠습니까. 이키 전무는 중동전쟁 같은 군비분석이나 외국자본 제휴 교섭조건 등의 분야에서는 뛰어나지만, 정치가나 관료 상대의 흥정을 필요로 하는 일에는 좀 부족한 것 같습니다. 저 같으면 이런 실수는 없었을 것입니다. 록히드와 그랜트의 FX싸움 때도 라이벌에 재벌회사가 있었지만 우리가 이겼잖습니까."

사토이는 좋은 기회를 만났다는 듯이 이키를 비방했다.

"확실히 이키에게는 시간이 아무리 흘러도 철저한 장사꾼이 되지 못하는 딱딱함이 있어, 석유공사의 반감을 샀을는지도 모르지. 그러나 우리가 10퍼센트라는 건 이미 결정된 일이니까 이제 와서 이러쿵저러쿵 하기에는 늦었네. 내가 자네와 의논하려는 건 공사그룹에서 이탈하여 다른 유력한 개발회사와 손을 잡고 사르베스탄 광구에 손대 보는 게 어떻겠느냐 하는 걸세."

다이몬은 이미 이키와 그 방향을 정했으면서도 한편으로는 사토이의 의견도 들어 쌍두마차를 다루는 것을 잊지 않았다. 사토이는 아연하여 물었다.

"그럼 상대방을 찾는 일을 이키가 하고 있다는 말입니까?"

"그런 셈이지. 그러나 일본의 공사그룹과 경합해서 하는 일이니까 상당히 좋은 상대와 손을 잡는 것이 최대의 조건일세. 공사그룹에서 나올 것인가 나오지 않을 것인가의 판단이 그 상대에 달렸는데 자네는 어떻게 생각하나?"

"미친 짓이라고 밖에 여겨지지 않는 몰상식한 생각입니다."

그처럼 중대한 문제를 어떻게 자기에게 한마디 말도 없이 결정했느냐고 소리치고 싶은 충동을 억누르며 사토이는 내뱉듯이 말을 이었다.

"애당초 다른 개발회사와 손을 잡아 그 결과 석유공사그룹과 경합하게 된다면 또 모르지만, 출자비율의 할당이 적다고 공사그룹을 이탈하여 국제입찰로 경쟁을 한다면 넌센스도 보통 넌센스가 아닙니다. 그 때문에 우리 회사 전체가 통산성과 대장성으로부터 제재 받을 경우의 손해를 이키는 어떻게 생각하고 있습니까?"

"하지만 사르베스탄 광구는 유망성이 높은 대유전으로, 성공하기만 하면 절반이 우리의 원유가 되는 걸세. 거기에 큰 매력이 있지."

"실례입니다만, 사장님께선 이키의 의견에 상당히 이끌리시는 모양이군요. 같은 자원이라 해도 석유는 석탄이나 철광석의 개발과는 달라 직접 파보지 않고서는 알 수 없습니다. 위험도가 높은 그 사업을 왜 우리 상사가 직접 해야만 합니까? 상사의 기본은 위험분산이며, 자기네 회사가 견뎌낼 수 있는 위험률을 항상 냉철하게 생각하여 대비책을 강구해 두어야만 합니다. 그런데도 석유개발에 착수하다니, 굳이 하겠다면 실패해도 부담 없는 석유공사 돈을 쓰지 않고 어쩔 생각이십니까? 그래야 할 것을 공사그룹에서 나와서 제휴할 다른 상대를 찾다니 당치도 않습니다. 그런 짓을 하면 아까도 말씀드렸듯이 통산성과 대장성의 미움을 사서 다른 영업부문이 일을 하기 어려워질 것은 명백한 사실입니다. 무엇보다 곤란한 건 국세청의 세금관계입니다."

세금에 관해 들먹이자 배짱 좋은 다이몬도 난처한 듯이 말했다.

"세금공세를 받을 일이 가장 쓰라리군. 외환문제라면 우리가 프로니까 선수를 칠 수 있겠지만, 세금이라면 손을 들 수밖에 없지."

"다시 말씀드리자면, 이키 전무는 우리같이 철저한 비즈니스맨이 아니기 때문에 기업 내부의 기본적이고 중요한 점을 그대로 보아 넘길 위험성이 있습니다. 자칫 잘못하면 킹키상사의 대들보가 흔들릴지도 모르는 일을 독단적으로 한다는 것은 지난날 군부의 독단과 다름없습니다. 국가가 아닌 기업의 흥망, 나아가서는 사장님의 진퇴와도 관련이 있습니다."

사토이가 다그치자 다이몬의 표정이 흠칫했다. 사토이는 그 동요를 놓칠세라 더욱 바짝 죄었다. 그는 쿵쿵거리는 심장의 고동소리를 들으며, 이키에게 침범당하기 시작한 이인자의 자리를 확고히 되찾으려는 듯이 말했다.

"사장님, 이토록 중대한 문제를 수수방관할 수만은 없습니다. 앞으로는 미력하나마 제게 맡겨주시는 게 여러 가지로 좋으리라고 생각합니다."

업무본부장 쓰노다 상무는 아까부터 안절부절못한 채 회전의자에 앉아 이리저리 몸을 뒤틀고 있었다.

바로 2주일 전의 밤이었다. 분명 뉴욕에 있어야 할 아메리카 깅키의 야쓰카 이사오가 남의 눈을 꺼리듯 엘리베이터에서 재빨리 내리더니 총총히 뒷문으로 나가는 모습을 보았다. 곧 뉴욕에 확인을 했으나 야쓰카는 일본에 출장가지 않았다는 대답이었다. 그러나 쓰노다가 본 건 분명히 특징 있는 야쓰카의 뒷모습이었다. 손님과 같이 있지만 않았어도 야쓰카를 불러 세웠을 텐데, 생각하니 짜증스러웠다.

게다가 오스트레일리아 출장 중에 있는 도모토 전무의 귀국 날짜가 갑자기 바뀌었고, 런던에 출장 중인 재무부장 무사시와 국제금융실장 이케다의 귀국도 예정보다 늦어지고 있다. 본래 업무본부는 국내의 회사 전반에 걸친 업무를 통괄하기 때문에 마땅히 보고가 있어야 하는데도 아무런 연락이 없다. 더구나 해외통괄담당인 이키 전무도 자카르타에 출장 중이다. 어쩌면 어딘가에서 자기가 모르는 무슨 일이 벌어지고, 자기 혼자 소외되고 있는 게 아닌가 생각하니 쓰노다는 이상한 공포심에 사로잡히는 것이다.

갑자기 노크 소리가 들렸다. 쓰노다는 자기도 모르게 깜짝 놀라며 뒤를 돌아다보았다. 여비서가 차를 가지고 들어오는 중이었다. 방에 틀어박혀 깊은 생각에 잠겨 있는 상관을 위해 마음 쓴 것이겠지만, 쓰노다는 벗겨진 이마를 꿈틀대며 소리쳤다.

"난 또 뭐라고! 내가 시키기 전에는 필요 없어!"

젊은 여비서는 쟁반 위의 차를 쏟을 듯이 도로 가지고 나갔다.

다시 혼자가 된 쓰노다는 요즘 회사 안의 움직임이 틀림없이 달라지고 있다고 생각했다. 지금까지는 사토이 부사장의 손에 장악되어 있던 통제력이 눈에 보이지 않는 힘에 의해서 이키 쪽으로 몰리고 있는 것이다.

 이번 이란 광구의 국제입찰 건만 해도 사토이가 정양 중이긴 했지만 그 중대한 문제가 업무본부장인 자기 의견도 제대로 받아들여지지 않고, 거의 다이몬 사장과 이키의 손에서 결정되어지는 듯했다. 자기뿐만 아니라 사토이 부사장까지 소외당하고 있다고 생각하자 쓰노다는 이키의 환심을 사서 어떤 보증을 받아두어야겠다고 초조해 했다.

 그러나 섬유분야 출신으로 업무부의 전신인 기획조사부를 거쳐 파리에 주재한 뒤, 런던 지사장이 되었다가 사토이 부사장에게 발탁되어 업무본부장에 임명된 일을 생각하니, 이제 와서 이키의 환심을 사려 한다는 것에 가책 같은 게 느껴졌다. 그러나 대학생을 비롯해서 셋이나 되는 딸들의 장래를 생각하면 앞으로 상무의 임기가 끝나는 대로 해임당하는 일이 있어서는 안 된다.

 쓰노다는 문득 손을 뻗어 집에 전화를 걸었다.

 "당신, 이 시간에 웬일이세요? 아직 회사인가요?"

 아내의 목소리가 들려왔다.

 "여보, 미안하지만 잡탕 종류의 요리 1인분을 6시 30분에 긴자의 아만트 찻집으로 가져오면 좋겠는데."

 "네? 잡탕요리를 만들어 긴자로 가져오라구요? 무슨 일이세요? 어디 불편한 데라도 있으면 일찍 집으로 돌아오시지……"

 "아니, 내가 먹을 게 아니야."

 "그럼 누구한테 가져가는 거지요?"

 갑자기 아내의 목소리가 험악스러워졌다.

 "전무, 이키 전무란 말이오. 홀아비살림인데, 오늘 출장에서 돌아오시기 때문에 일본 요리를 보내드리고 싶은 거요."

 "여보, 이키 씨라면 그전부터 사토이 부사장님을 훼방하는 비위 거슬리는 사람이라고 하시지 않았어요? 그런 사람의……"

쓰노다는 급히 아내의 말을 가로막았다.

"이봐, 아무리 직통전화라 해도 회사와 연결된 전화요. 이유는 돌아가서 얘기할 테니, 어쨌든 서둘러 해 가져오구려."

쓰노다의 절박한 어조를 눈치 챈 아내가 대답했다.

"그럼 뭔가 철에 맞는 걸…… 송이버섯은 아직 이르고, 차라리 우엉이나 야채절임, 달걀말이 같은 게 좋겠군요. 6시 30분에 갖고 가겠어요."

전화를 끊은 쓰노다는 한 짐 던 듯 숨을 내쉬었다. 이키의 비행기가 5시쯤에 하네다 공항에 도착하여 다이칸야마의 아파트로 돌아간다고 했다.

쓰노다는 진지한 얼굴로 이키의 아파트로 다이얼을 돌렸다. 네댓 번 신호가 울렸으나 좀처럼 받지 않았다. 아직 돌아오지 않았나 싶어 끊으려 할 때, 찰각 하더니 여자의 음성이 흘러나왔다.

"여보세요, 이키 전무님 댁인가요?"

확인을 하면서 쓰노다는 홀아비로 사는 이키와 은밀히 정을 나누는 여자의 존재를 상상했다.

"그렇습니다만 어디신가요?"

"쓰노다라고 합니다만."

그러자 갑자기 여자는 잘 안다는 듯이 반가워했다.

"어머나, 쓰노다 상무님, 오랜만이에요. 늘 신세만 지고 있습니다. 그때는 폐만 끼쳐서……"

쓰노다는 잠시 당황했다. 낯익은 호스티스인가 생각했지만, 도저히 감이 안 잡혀 선뜻 말문이 열리지 않았다.

"잊으셨군요. 저, 이시가와 하루에예요. 뉴욕의 이키 씨 아파트에

가정부로 있던……"

쓰노다는 한순간 맥이 빠졌다.

"아, 하루에 씨…… 정말 오랜만입니다. 설마 하니 당신이 전무님 댁의 전화를 받으리라곤 생각도 못해 정말 놀랐습니다. 일본에 언제 돌아오셨소?"

"실은 1주일 전에 돌아왔어요. 요코스카 언니가 갑자기 돌아가셨고, 또 와세다 대학에 유학하고 있는 아들도 만날 겸 해서요. 오늘은 이키 씨 댁에 인사를 드리려고 찾아온 거예요."

"그럼 전무님은 벌써 돌아오셨습니까?"

"네, 마침 조금 전에 돌아오셔서 지금 옷을 갈아입고 계세요. 잠깐 기다리세요."

쓰노다는 좀처럼 없는 남의 정사를 엿보는 듯한 음침한 즐거움은 없어졌으나 아내가 손수 만든 요리를 보내 이키에게 충성을 보여줄 기회가 살아난 것에 마음이 놓였다.

전화기를 드는 기척이 있더니 이키의 목소리가 들렸다.

"이키요, 기다리게 했네."

"아니, 아닙니다. 전무님, 잘 돌아오셨습니다. 그쪽은 날씨도 덥고 음식도 맵고 기름져 피로가 더하셨겠습니다. 실은 제 처가 전무님의 저녁식사를 마련하겠다며 고구마찜이며 달걀말이, 우엉요리 등을 만든 모양인데, 곧 그리로 보내드리도록 하겠습니다.

"달걀말이에 우엉요리? 그거 미안하군. 그런데 오늘밤은 하루에 씨가 준비해 주었고, 또 너무 피로해서 이대로 잠자리에 들고 싶네. 부인께는 미안하게 됐네만, 뜻은 고맙게 받겠다고 잘 전해주게나."

이키는 정중하게 고맙다는 인사를 했다.

"별말씀을 다…… 저희 멋대로 한 일이니 그런 걱정은 마십시오. 그럼, 안녕히 주무십시오."

전화를 끊으려는데 이키가 말했다.

"쓰노다 상무, 무슨 급한 용건이라도?"

"아닙니다. 용건은 별로……"

쓰노다가 우물거리자 이키는 무슨 일이 있거든 내일 아침에 이야기하라면서 전화를 끊었다.

쓰노다는 요리를 만들어 갖고 나와 긴자의 찻집에서 볼이 부어서 기다리고 있을 아내의 얼굴을 떠올렸다. 말로는 정중하지만 쉽사리 자기를 접근시키려 하지 않는 이키의 얼굴이 그 위에 겹쳐졌다.

이키가 수화기를 놓자 아메리카 깅키상사에서 출장 온 가이베 가나메가 메탈프레임의 안경 렌즈를 닦으며 물었다.

"쓰노다 상무가 무슨 급한 용건이라도 있답니까?"

"그게 이상하네. 우엉요리니 달걀말이니 하는 말을 불쑥 꺼내니 말일세."

이키는 고개를 갸우뚱했다.

20여년 만에 일본에 다니러 와서 가이베와 함께 인사하러 온 이시카와 하루에는, 뉴욕의 이키 아파트에서 가정부로 일하고 있을 때처럼 재빨리 오드볼을 만들고 위스키 잔을 갖추어 식탁에 차려놓더니 통통하게 살찐 몸을 우습다는 듯이 흔들며 물었다.

"그럼 쓰노다 상무가 그 우엉요리인가 뭔가를 갖고 이리로 오겠다는 건가요?"

"아니, 고맙지만 거절했어요. 아내가 요리를 했다느니 어쩌니, 지금까지 한 번도 들어본 적이 없는 말을 하니 찜찜해서 저녁식사는 하루에가 만들어준다고 실례되는 소리를 했소. 오늘은 손님이시니 천천히 놀다 가도록 해요. 딸아이를 부르면 올 텐데 손자가 홍역을 치르는 바람에 오지 못해서 미안해요."

이키가 앉기를 권하자 하루에는 정색을 했다.

"무슨 말씀을! 도쿄 본사로 돌아오셔서 전무로 승진하셨으니 저 같은 사람은 찾아뵐 주제도 못 되는데 이처럼 따뜻하게 맞아주시니 몸 둘 바를 모르겠어요."

하루에는 도톰하고 둥근 얼굴에 진정으로 기뻐하는 미소를 지었다.

"뉴욕에서는 신세만 졌는데, 그런 말을 하면 방금 받은 쓰노다의 전화처럼 어쩐지 등골이 근질근질해지는구려."

이키가 웃으며 다시 앉기를 권했으나 하루에는 극구 사양했다.

"그렇게 말씀하시면 저는 마나님도 안 계신 이키 씨에게 지금 생각하면 무척이나 건방진 말씀만 드려 쥐구멍이라도 찾고 싶은 심정이에요. 아까 마나님의 영전에 향을 피웠을 때 용서를 빌었어요."

이키와 하루에가 주고받는 말을 듣고 있던 가이베가 와이셔츠 차림의 상체를 장난스럽게 내밀며 말했다.

"전무님은 여자 쪽에서 보면 모성본능을 일깨워주는 분이니까 하루에 씨도 남의 일 같지 않게 여겨졌던 모양이군요. 그런데 비록 그렇다 해도 하루에 씨가 그토록 마음에 걸리는 일이 내가 모르는 데서 뭔가 있었던가요?"

"그야 이루 셀 수 없을 만큼 여러 가지가 있었지요."

하루에는 49세 나이답게 농담으로 받아넘기며 가이베의 호기심을 얼버무렸다. 그러나 이키는 속으로 당황했다. 말은 하지 않았으나, 아키즈 지사토가 뉴욕에 왔을 때 이스트 강변의 아파트에서 처음으로 자고 간 날 아침 하루에는 여자의 직감으로 눈치 챘던 것이다. 그 뒤로 갑자기 쌀쌀해지더니 무슨 말을 할 때도 비꼬기가 일쑤였다. 하루에가 일본에 잠시 다니러 온 김에 그 일을 사과하러 왔다는 것을 이키도 이심전심으로 알고 있었다.

"아니, 벌써 6시네요!"

하루에는 부엌으로 들어가더니 장바구니를 들고 나오며 말했다.

"요 앞에 생선가게며 채소가게가 있는 걸 봤어요, 제가 부지런히 다녀와서 간단한 저녁식사를 마련하지요."

이키는 당황하여 말렸다.

"아니, 그만둬요! 가까운 곳에 괜찮은 생선초밥집이 있으니까, 거기서 시켜다 먹도록 해요."

"괜찮아요. 요코스카의 친정집에선 20여 년 만에 돌아왔더니, 어찌나 손님 대접을 잘 해주는지, 끼니마다 상을 차려다줘서 몸이 게을러져 버렸어요."

하루에는 싹싹한 표정으로 나갔다.

"난처하군, 인사하러 온 사람에게 저녁준비를 시키다니……"

"저렇게 하고 싶어 하는데 그냥 두십시오. 그 편이 하루에 씨를 위하는 걸 거예요. 그보다도 아까 쓰노다 상무의 일입니다만, 혹 이번 일에 대해 눈치 챈 건 아닐까요?"

가이베는 쓰노다의 전화가 아무래도 마음에 걸리는 모양이었다.

"다이몬 사장이 입 밖에 내지 않는 한 아직 아무도 눈치 채지 못했을 거라고 생각하네."

"전무님은 싱가포르에서 오사카로 곧장 가셔서 다이몬 사장과 만난 느낌이 어떠십니까?"

"음, 파트너 개발회사로 오리온오일을 택한 것은 승낙을 받았네. 그런데 공사 그룹에서 이탈하여 같은 광구를 경합할 경우, 관청부문의 압력이나 앞으로 있을 국제적인 계획에서 따돌림을 받을지 모른다는 것을 우려하더군. 뿐만 아니라 상사가 석유개발에 착수하는 데 대한 위험도를 끈질기게 따지는게 이상하긴 해."

"그럼, 다이몬 사장은 전무님을 비롯한 회사 안의 석유파에게는 적극적인 활동을 벌이게 하면서, 사토이 부사장과 쓰노다 파에게는 석유 공사와 대항할 경우 일어날 반작용을 약삭빠르게 계산시키는 게 아닐까요?"

"경영자로서는 당연한 일일지도 모르지."

"그렇다면 싱가포르에서의 의사통일은 썩 잘하신 일이군요. 아무리 상사원으로서는 치명적인 심장병을 앓는다지만, 사토이 부사장이 저토록 멀쩡하면 본사에서는 역시 망설일 테니까요."

"인사담당중역은 그래도 세니까. 그런데 참, 유나이티드 모터스의 재무위원회는 일본 진출에 대한 결론을 아직 내리지 못했나?"

지요다자동차와 포크사의 제휴에 실패한 뒤, 야쓰카가 이대로는 너무 분하다며 친분 있는 뉴욕 철도회사 사장의 소개장을 갖고 단신으로 세계 제1의 기업인 유나이티드 모터스에 뛰어들어 순풍에 돛단 듯이 해외기업 담당인 부사장에게까지 일을 진행시켰다.

그러나 1백 퍼센트 출자주의란 기업의 벽은 역시 두터웠다.

"거기 재무위원회는 매주 월요일에 열리기 때문에 다음 주일이나 그다음 주일에 다시 한 번 검토하도록 로빈슨 회장이 재무위원들을 설득하기 시작한 모양입니다. 종업원 70만 명에 연간 총매상 6조 7천만 엔이라는 일본 국가예산의 8할과 맞먹는, 명실 공히 세계 제1의 기업 정도가 되면 회장이 아무리 소신을 갖고 있어도 일은 조직에서 결정되게 마련입니다. 때문에 우리가 생각하는 것처럼 쉽지가 않습니다."

"하지만 저번에 야쓰카가 극비리에 보고하러 귀국했을 때에도 강조해 두었듯이, 지요다자동차는 자주독립의 경영이 오래 계속되지 못할 거네. 주거래은행인 다이산은행은 닛신자동차와의 제휴를 매듭짓고 싶어 하지. 그렇지만 아무리 유나이티드 모터스가 세계에서 으뜸가는 기업이라 해도, 1백 퍼센트 출자의 주장은 절대로 일본에 먹혀들지 않는다는 점을 좀 더 어필할 방법을 강구하지 않으면 안 되네."

"유나이티드 모터스라면 당당히 1백 퍼센트 출자로 상대방을 꿀꺽 삼켜버리는 '회사 집어삼키기'란 대명사가 붙어 있습니다. 지요다자동차 쪽에서 그 점은 염려 없겠느냐고 거듭 다짐해 올 때마다 아무래도 나는 사람이 좋은 탓인지 무릎이 덜덜 떨려서 강하게 나갈 수가 없습니다."

가이베는 농담인지 진담인지 알 수 없는 표정을 지었다. 그러면서도 민감하게 이키의 속마음을 읽겠다는 듯이 물었다.

"전무님, 유나이티드모터스와의 제휴를 서두르는 건 지요다자동차의 경영악화 말고도 무언가 또 다른 것이 있지 않습니까."

"이란의 사르베스탄 광구 입찰에 임하기 위해서는 회사 안에서의 우리 입장이 강화돼야 함은 말할 나위가 없지. 또한 입찰경쟁에서 이란 정부에 대해 우리 회사의 국제적 지명도를 강력하게 인식시키고, 나아가서는 석유개발 자금조달에서 플러스가 되는 쪽으로 몰아가고 싶은 걸세."

"그랬군요. '세계 제1의 기업인 유나이티드 모터스의 자본제휴를 주선한 깅키상사' 하면 신용도는 우선 최고인 셈으로, 지요다의 자본제휴와 석유개발은 전무님의 기업전략이시군요. 뉴욕과 테헤란…… 저는 생각할 수 없는 전략입니다."

가이베는 세계를 상대로 펼치는 이키의 발상에 탄복했다.

다이칸야마 거리의 한 모퉁이에 몰린 상점가에서 물이 좋은 가자미와 연어, 야채 등을 산 하루에는 마지막으로 건너편 과일가게에 들어가 과일을 고르고 있었다.

그때 바로 뒤에서,

"여보세요, 이키 씨세요?"

하는 젊은 여자의 목소리가 들려왔다. 하루에는 깜짝 놀라 뒤돌아보았다. 그러나 그 목소리는 하루에를 보고 부른 것이 아니라 공중전화에 대고 말하는 목소리였다. 화장한 흔적이 별로 없는 이목구비가 시원스러운 미인이었다.

하루에는 사과를 고르는 체하면서 귀를 기울였다.

"저예요, 누가 계신 모양이죠? 방금 올라와서 전화 걸었어요."

주위를 꺼려 목소리를 낮춰 이야기했으나 등을 맞대다시피 한 하루에게 훤히 들려왔다.

"아녜요. 아무 말씀 안 하셔도 좋으니 대답만 하세요, 오늘 밤 찾아뵈어도 괜찮겠어요?"

"그럼 몇 시쯤이면 좋을까요? 7시, 8시, 9시, 그렇잖으면 10시 이후? 네? 세 번째와 네 번째 사이? 그럼 9시 반 지나서 가겠어요. 저녁 진지를 차려드리려 했는데…… 그럼 저는 이제부터 도예 전시실에서 시간을 보낼 테니까 아무 걱정 마시고…… 아녜요, 상관없어요. 그보다도 거기 누가 와 계시는가 모르지만, 연기가 아주 훌륭하시네요. 그럼, 나중에……"

여자는 입속으로 웃는 듯하더니 수화기를 놓고 거리로 나갔다. 하루에는 택시를 기다리는 여자의 뒷모습을 머리끝부터 발끝까지 노골적인 시선으로 훑어보았다.

원피스를 입은, 곧게 뻗은 등과 적당히 야무져 보이는 엉덩이는 20

대로 보일 만큼 탄력이 있었다. 그러나 허리 언저리의 도톰한 볼륨은, 전화를 엿들어 멋대로 상상한 때문인지 20대는커녕 스무 살이나 연상인 사내와 분방하게 섹스를 즐기는 30대 여자의 끈적끈적한 성숙함이 느껴졌다.

저런 새침데기 같은 얼굴을 하고…… 하루에는 그녀의 옆얼굴에 침을 뱉고 싶을 만큼 혐오감을 느꼈다. 그러다가 어깨까지 늘어뜨린 검은 생머리를 보고 소스라치게 놀랐다.

저 파마기 없는 긴 머리카락은 뉴욕 이키의 아파트에서 서재 겸 침실로 쓰던 방을 청소하다 발견한 검정 고무줄에 얽혀져 있던 한 올의 기다란 머리칼과 같았다. 바로 저 여자가 뉴욕까지 찾아와 이키 씨의 돌아가신 부인에 대한 마음을 더럽혀 놓았다는 생각을 하자, 하루에는 친정을 다니러온 기회에 이키에게 인사 겸 사과를 하러온 심정이 어느새 깨끗이 사라졌다. 오직 택시를 타고 사라져버린 여자에 대한 미움인지 질투인지 모를 끈적한 기분만이 느껴졌다.

디저트로 사과를 내놓고 부엌에서 설거지를 마친 하루에는 화장을 다시 고친 뒤 거실로 와서 말했다.

"벌써 9시 반이군요. 이젠 가봐야지요."

하루에는 9시 반이라는 데에 힘을 주었다.

"모처럼 왔는데 정말 미안하구려. 설거지까지 시키고……"

이키가 고맙다는 인사를 하자 하루에는 아직도 더 있을 작정인 가이베를 독촉하며 말했다.

"아니에요, 전 괜찮지만 너무 늦게까지 있으면 난처하시잖아요. 가이베 씨, 함께 가시지요."

"나야 호텔에 돌아가 봤자 이 시간엔 아무도 못 불러낼 테고, 여기 있으면서 술이나 얻어먹겠습니다. 택시를 불러드릴 테니 하루에 씨, 먼저 가시지요."

가이베는 이것저것 시중들어 준 하루에가 고맙다는 듯 술기운이 오른 얼굴로 일어섰다.

"아니에요, 가이베 씨도 이젠 돌아가셔야지…… 9시 반이 지나면 손님이 오시게 돼 있거든요."

하루에의 동그스름한 얼굴에서 입술이 일그러졌다.

"아아, 그랬었나? 이거 눈치도 없이…… 그런데 이 늦은 시간에 누가?"

술기운이 올라 있는 가이베의 얼굴은 당연히 업무상 손님인 줄로만 여기고 있는 듯했다.

"별로 신경 쓸 손님은…… 괜찮네, 아직 과일이 남아 있지 않은가."

이키가 당황하면서도 붙잡듯이 말하자, 가이베는 일어서다가 다시 앉으려고 했다. 그러자 하루에는 가이베의 윗옷을 뒤에서 입혀주며 말했다.

"눈치도 없으시군요, 가이베 씨. 이키 씨가……"

"눈치?"

가이베는 그 말을 듣자 몽롱히 취한 눈을 똑바로 떴다. 이키는 똑바로 쳐다보는 가이베의 시선에 당황하며 얼버무렸다.

"하루에 씨, 농담이 지나쳐요."

"어머나, 농담이라니요? 저는 다이칸야마 거리의 과일가게에서 시간을 약속하는 분의 전화를 정말 우연히 들었는 걸요."

하루에는 웃으면서 말했으나 볼이 굳어 있었다. 가이베는 먹다 남긴 과일접시를 급히 부엌으로 옮겨놓고는,

"그럼 전무님, 이만 물러가겠습니다."

하며 황급히 방에서 나갔다.

혼자 남은 이키는 하루에가 지사토와 어떤 식으로 만나고 또 어디까지 전화내용을 들었을까 여러 가지로 생각해 보았다. 나오코와 마코토는 어차피 알게 될 일이라 각오하고 있었지만. 자기에게 거는 지사토의 전화내용을 하필이면 하루에가 듣고 모습까지 뚜렷이 보게 되다니…… 지사토의 마음을 너무나 잘 알고 있으면서도 결혼하자는 말을 하루하루 미루고 있는 자기를 하늘이 나무라는 것은 아닐까 하는 생각이 들 만큼 이상스러운 우연이었다.

벨이 울렸다. 수화기를 들자 소음에 섞여 지사토의 목소리가 들렸다.

"손님은 가셨어요?"

"바로 조금 전에"

가이베가 있을 때 업무상의 전화인 척하며 응답했던 만큼, 이키는 부끄러운 생각이 들어 무뚝뚝하게 대답했다.

"안타깝게도 오늘밤은 찾아뵙지 못하게 됐어요."

"올 수 없다고요? 무슨 일이오?"

"아까 교토의 집으로 전화를 했더니, 가스 가마가 고장이 난 것 같다고 해요. 그래서 지금 곧 야간열차로 돌아가야만 해요."

"설마 가마 안에 작품을 넣어둔 채로 올라오진 않았을 테지."

"전람회에 출품할 만한 건 아니지만 들어 있기는 해요. 더구나 다음에 곧 넣을 중요한 작품이 있기 때문에 10시 50분 긴카(신칸센 특급 열차) 침대차 표를 사놨어요."

소란 속에서 지사토는 목청을 높였다.

"그런 일방적인 말이 어디 있소? 나는 찾아온 손님에게까지 뒷맛이 개운치 않게 해서 돌려보냈는데. 가스 가마의 고장 정도라면 직공에게 맡겨도 되잖소."

이키는 언짢아하며 말했다.

"당신은 자신의 일은 소중히 생각하면서 남의 일에는 이해가 없으시군요. 제게는 가스 가마의 고장이 여간 큰일이 아니에요."

또렷하게 잘라말하는 지사토의 목소리가 울렸다. 이키는 강요하듯 대꾸했다.

"내 일과 비교해서 이러니저러니 하는 식의 말투는 그만두오. 내일 아침 첫 비행기로 가고 지금 곧 이리로 오구려."

"하지만 첫 비행기 표를 못 살 경우도 있을 테고…… 아무튼 무슨 고장인지 걱정이 돼요. 또 친구가 자동차를 내주어 겨우 산 표라서 이번에는……"

"그럼 좋도록 해요."

이키는 전화를 끊었다.

이렇게 될 바에는 지사토가 전화하지 않았더라면 좋았을 걸. 그랬으면 하루에도 눈치 채지 못했을 테고, 가이베에게 묘한 자격지심 같은 것을 느끼지 않아도 되었을 것이다.

이키는 아무도 없는 방에서 울화를 참으며 짜증스러운 마음으로 혼자 연거푸 잔을 비웠다. 5일간의 출장이긴 했지만, 40대의 가이베와는 달라서 적도 바로 밑의 더운 지방의 출장에서 온 피로가 몸에 쌓여 있는지도 모른다. 그것은 곧 체력적으로도 온힘을 기울여서 일할 수 있는 것은 이번이 마지막이라는 데서 오는 기분이었다.

평소와는 달리 깊이 취하면서, 이키는 목소리만 남기고 가버린 지사토를 그리워했다. 사실은 이런 날이야말로 지사토를 만나 그 검은 머리를 풀어헤치고 그녀를 안고 싶었던 것이다.

도라노몬에 있는 일본석유공사 회의실에서는 이란 석유 공사에서 나온 공개광구에 관한 '사르베스탄 지역의 지질학적 개요'를 앞에 놓고 입찰에 참여한 그룹의 사람들이 모여 있었다.

공사측에서는 기라 총재와 기술담당 중역, 상사측에서는 이쓰비시상사와 이쓰이물산, 도쿄상사, 유전 개발기술을 담당하는 고쿠사이자원개발 등 4개 회사 중역들이 나와 있었으나 깅키상사는 참석하지 않고 있었다. 이란석유공사의 데이터는 몇 시간 전에 그룹의 리더인 이쓰비시상사의 테헤란 주재원인 우에스기가 일본으로 가지고 온 것뿐이었다. '석유의 귀신'으로 불리는 이쓰비시상사의 가미오 전무는 익숙한 어조로 말했다.

"이 사르베스탄의 지질학적 개요를 기록한 보고서와 50만분의 1짜리 지도 20장이 이란석유공사로부터 받은 자료의 전부입니다."

그는 테이블 위에 놓인 3센티미터 정도 두께의 다갈색 영문 인쇄물과 지도 20장을 눈으로 가리켰다.

"허어, 이게 20만 달러, 일본 돈으로 7천 2백만 엔의 자료란 말이지요?"

기라 총재가 숱이 적은 머리를 정성껏 빗어 넘긴 이마를 자료에 가까이 대면서 말했다. 그러자 이쓰이물산의 아리다 전무도 큼직한 체구를 앞으로 내밀며 한마디했다.

"이란석유공사가 공시한 조문에 따르면, 자료의 비용은 이란석유공사에 의해 신청자끼리 분담한다고 적혀 있더군요. 때문에 이 자료의 작성에 든 비용은 입찰에 참가하는 몇 개사가 분담하게 됩니다. 그런데 가미오 씨, 우리의 경쟁상대는 도대체 몇 개사 정도가 되어 20만 달러라는 액수가 나온 겁니까?"

"이란석유공사의 말로는 일본 그룹의 경쟁상대는 5 내지 6개사로서 일본 그룹의 자료 분담 액수가 20만 달러라고 합니다. 그런데 그런 나라가 하는 일이니 자세히 알 길이 없고, 일종의 응찰자격료라고 할까요?"

가미오가 담담하게 대답했다. 그러자 도쿄상사의 사메지마 상무가 상어처럼 가늘게 치켜올라간 눈을 빛내며 빈정거리듯 말했다.

"자격료? 2만 달러도 아니고 20만 달러란 말입니다. 원가가 얼마며, 그걸 몇 개 회사가 나누어 20만 달러가 되었는지, 상대가 아무리 페르시아 상법을 가진 지독한 이란석유공사라 해도 정말 우리 리더들이 정신 똑바로 차려야겠습니다. 당신네 회사의 테헤란 주재원은 뛰어난 오일맨이라고 들었습니다만, 생각보다 허약한 건 아닌지요?"

그러나 가미오는 조금도 내색하지 않고 대꾸했다.

"우리 주재원이 독자적으로 조사한 바에 따르면, 지금 경쟁상대로 간주되는 곳은 4개 사라고 합니다. 독일의 국영 석유회사인 AGIP, 거기에 미국의 인디펜던트 2개 회사로 보고 있습니다."

"그렇다면 5개사로부터 20만 달러씩 빨아들여 이 얄팍한 자료를 응찰자에게 팔아먹는 것으로도 대략 1백만 달러가 되는군요. 땅 짚고 헤엄치는 장사로군."

사메지마는 개발도상국에 엉터리 중고 선박을 팔아 엄청난 이득을 올린 자기 회사일은 염두에도 두지 않고 일본석유공사의 기술담당 중역에게 물었다.

"일본석유공사 쪽에서는 이 자료의 가치를 어떻게 보십니까?"

질문을 받은 석유공사의 기술담당 중역은 자료를 대강 훑어보고 나서 대답했다.

"솔직하게 말씀드려 상상했던 것보다는 세밀하지 못하군요. 아마 전쟁 전에 이 광구를 갖고 있던 BP의 자료와 전쟁이 끝난 뒤 국제적

석유개발의 한 멤버로 이곳을 재조사한 셸의 자료를 합쳐 적당히 만든 것 같습니다."

사메지마는 틈을 주지 않고 고쿠사이자원개발 상무에게 물었다.

"유정을 실제로 하고 계시는 아부라야 씨의 의견은 어떠십니까?"

바로 2개월 전까지만 해도 북수마트라의 유전개발을 맡고 있던 아부라야가 말했다.

"네, 방금 기술담당 중역께서 말씀하셨듯이 간단한 자료입니다. 그렇지만 1967년에 국제석유개발이 3년 시효 포기의무에 따라 내놓은 사르베스탄의 지질구조도나, 지질탐광을 해석한 등심선도, 곳에 따라서는 유정의 주상도 등이 기록되어 있지 않습니까? 이런 자료를 바탕으로 이 광구가 언제 어떤 방법으로 탐사되고 마지막에 어떤 판단으로 국제석유개발이 포기했는지 그 이유를 알아내어 그릇된 판단을 내리지 않았는지 재평가해야 합니다. 다행히 조사방법이 최근 급속히 발전하여 몇 년 전과 지금과는 엄청난 차이가 있는데, 일찍이 BP나 셸이 했던 데이터를 컴퓨터에 넣어 재검토해 보면, 6천 제곱킬로미터로 일본의 야마구치현에 해당하는 면적의 광구니까 뜻하지 않은 가능성을 찾아낼 수도 있겠지요."

모두들 잠자코 아부라야의 말에 귀를 기울였으나 사메지마만이 다그치듯이 물었다.

"그래, 아부라야 씨의 직감엔 나오겠습니까, 안 나오겠습니까?"

"미리 런던과 스위스에서 발행되고 있는 이란 관계 자료로 조사해두었던 지질구조며 배사구조 등도 같고, 더구나 이 자료를 본 순간의 인상으로는 한번 파보고 싶다는 기분이 들었습니다."

겸손한 대답이었으나, 그 말에는 커다란 유망성을 느끼게 하는 무언가가 있었다.

가미오 전무가 고개를 끄덕이며 말했다.

"지난달의 리비아 혁명정부가 옥시덴탈 인디펜던트에 배럴당 30센트씩 인상할 것을 강력히 요구하고, 응하지 않을 경우에는 하루 68만 배럴에서 50만 배럴로 생산을 줄이라는 명령을 내리자 내로라하는 옥시덴탈도 가격인상에 응했습니다. 어차피 이 가격인상은 메이저에게도 파급되어 중동의 기름값은 틀림없이 오를 겁니다. 더구나 수송비도 지금까지 이란에서 일본까지 국제가격이 1백 , 즉 톤당 5달러 50센트였던 것이 250달러까지 치솟고 있어, 기름가격에 포함되는 수송료의 비중을 생각해서도 이번 기회에 우리 손으로 유전을 장악하여 우리 손으로 캐는 기름을 확보해 두지 않으면 안 됩니다. 나중에 기름이 너무 비싸니, 수송비가 너무 비싸니 아무리 말해봐야 소용없습니다."

이쓰이물산의 아리다 전무가 커다란 몸집을 앞으로 내밀며 말했다.

"당장 이란석유공사의 지질학적인 데이터를 컴퓨터에 넣어 매장량은 어느 정도이며, 또 그것을 캐려면 탐광비는 어느 정도가 들며 설사 기름이 나온다 해도 경제성이 있으려면 어느 정도의 매장량이 되어야 하는지 냉철하게 계산해 봐야겠지요. 그러나 워낙 복잡하고 대단한 작업이어서 각 회사에서 몇 사람씩을 내보내지 않고는 시간에 못 댈 겁니다."

이윽고 각 회사에서 몇 사람씩 내보내느냐 하는 단계에 이르렀을 때에야 비로소 깅키상사가 참석하지 않은 일에 관심이 모아졌다.

도쿄상사의 사메지마가 후각을 곤두세우며 물었다.

"총재, 깅키상사가 오늘 불참한 이유는 무엇입니까?"

"나는 아무 말도 못 들었소. 당신은 뭔가 알고 있소?"

총재는 기술담당 중역을 돌아보았다.

"아니오, 전혀 모릅니다."

그러자 이쓰이물산의 아리다 전무가 말했다.

"지난번 회합에선 10퍼센트의 출자비율로는 부족한 듯했으니까 무슨 다른 속셈이 있는 게 아닐까요? 가미오 씨는 어떻게 생각하십니까?"

사메지마가 마음에 걸린다는 투로 말했다. 그러나 가미오는 신경 쓸 것 없다는 듯 시원스럽게 대답했다.

"글쎄요, 기업측의 출자율이 가장 적었기 때문에 이렇다 할 발언권도 없다고 보고 불참한 것 같습니다. 그러니 깅키상사에까지 인원을 내보내라고 하지 않아도 되지 않을까요?"

경영회의가 열리고 있는 중역회의실 문은 굳게 닫혀 있었다. 문에서 얼마 떨어진 대기실에 있는 효도 싱이치로에게까지 회사의 운명을 건 회의의 긴박감이 느껴지는 것 같았다.

얼마 전까지만 해도 대기실에는 기계부와 곡물부의 각 부장이 제안 안건에 대한 설명을 요구받았을 경우를 위해 자료를 갖추고 대기하고 있었다. 그런데 그 안건은 이미 처리되고 지금은 오늘 회의의 중요 안건인 이란 광구의 국제입찰에 관해 토의하고 있다. 석유담당의 아카자와 상무가 깅키상사가 오리온오일과 손을 잡고 응찰하는 것에 대해 잘 설명해 줄 수 있을까를 생각하니, 담력 있고 좀처럼 동요하지 않는 효도도 조금은 불안했다.

"효도 부장님, 어서……"

경영회의 사무를 맡고 있는 업무본부 직원이 그를 불렀다. 효도는 사르베스탄 광구의 지도와 자료를 가지고 회의실에 들어섰다. 다이몬 사장이 정면에 앉고, 사토이와 이치마루 두 부사장, 도모토 전무와 이키 전무 등 33명의 중역들이 나란히 앉아 있다가 일제히 효도에게 시선을 돌렸다.

효도는 안건 담당자의 자리에 앉으며 아카자와 상무를 보았다. 그러자 아카자와는 긴장을 푸는 얼굴이 되었다.

"광구에 관해서는 일단 내가 설명했네. 하지만 현지사정을 잘 아는 자네에게 몇 가지 질문이 있으신 모양이니까 상세히 말씀드리도록."

아카자와가 명령했다.

효도가 고개를 숙여 인사하자, 석유담당의 이치마루 부사장이 돋보기를 벗고는 맨 먼저 입을 열었다.

"나는 지난봄에 아프리카 각국을 다녀서 돌아오는 길에 베이루트에 들렀었네. 그런데 이란 국왕의 평이 나쁘더군. 석유개발처럼 막대한 위험자금과 오랜 시간이 필요한 사업에 손을 대는 경우, 우선 그 나라의 정치정세가 마음에 걸리는데, 자네는 그 점을 어떤 식으로 분석하고 있나?"

"지적하신 대로 이란 국왕에 대한 이웃 여러 나라의 평은 최근 들어 특히 찬반이 매우 분분합니다. 그렇지만 그것은 현 국왕의 독재체제가 그만큼 확고하게 되어 있다는 증거라고도 할 수 있습니다. 가장 크게 우려하시는 공산화에 대한 것은, 미국이 소련의 중동진출을 막기 위해 군사력이며 정보전 등 온갖 수단으로 현 왕정을 지지하고 자유진영의 권익확보에 온힘을 기울이고 있기 때문에 정치정세는 장기간 안정되리라 판단합니다."

효도는 자신 있게 대답했다. 그러자 이치마루가 거무튀튀한 큰 몸집을 앞으로 하며 물었다.

"그렇다면 좋네. 자네는 문제의 사르베스탄 광구를 실제로 보고 왔는데, 어떻던가? 이권료만 해도 2천만 달러쯤 된다는데, 가능하겠나?"

"그 점에 대해서 저로서는 뭐라 말씀드릴 수가 없습니다. 다만 제가 지금까지 실제로 보고 다닌 인도네시아의 해상광구나 리비아 사막의 광구는 그냥 바다가 보일 뿐이거나 끝없는 사막일 경우가 많아 어디가 광구인지 분간조차 할 수 없었는데, 사르베스탄 광구는 석유지질 특유의 지층이 땅 위에 노출되어 있어, 동행한 일본석유공사의 베이루트 주재 기술자의 말을 들으니 매우 흥미가 있다는 겁니다."

효도는 말을 마치고 아스마리 층이며 구르피 층이 노출되어 있는 사르베스탄 광구의 지질도와 채굴 가능 매장량과 이익회수율이 적힌 자료를 중역들에게 배부했다.

"채굴 가능 매장량이 2억 톤 내지 8억 톤이라니 너무 막연하군. 아무리 지하 속에 잠들어 있는 자원이라도 그렇지, 좀 더 정확히 조사하지 않으면 이익회수율 같은 것은 산출해 낼 수 없지 않겠나?"

"그것은 실제로 수천 미터의 시굴정을 몇 개나 파서 기름이 솟아나 온 뒤가 아니면 석유 전문가라 해도 모르는 모양입니다. 따라서 이익회수율은 낮은 채굴 가능 매장량을 기준으로 계산하고 있습니다."

"인간이 로켓으로 달에 가는 시대인데 이야기가 너무 느긋하군. 기껏해야 지하 수천 미터에 있는 기름량을 파악해 낼 수 없다니."

기계담당 상무는 여전히 못마땅한 듯이 말했다.

"그러나 지질학적으로 보아 이곳은 매우 유망한 광구라고 말할 수 있습니다."

다이몬 사장은 흥미롭다는 표정으로 효도의 설명에 귀를 기울이고 있었다.

그러나 사토이는,

"효도 부장, 그런 지질학자 흉내 내는 식의 전문적인 이야기로 얼버무리려고 하지만 그렇게는 잘 안 될 걸세. 그런 유망한 광구라면 이란

석유개발이 포기하지 않았을 테고, 우선 메이저가 흥미를 가질 게 아닌가."

하고 효도의 열변에 찬물을 끼얹듯이 말했다.

효도는 얼굴을 붉히며 설명했다.

"이란석유개발이 포기한 광구니 유망성이 없다는 논리는 지나친 비약입니다. 3년에 한 번 일정한 구획의 포기의무에 따라 포기한 차례로 본다면 상당히 오래 잡아두었던 광구의 하나로, 이란 최대의 유전인 가티살란과 아가쟈리 다음가는 구조계열에 속하며 지질학자들의 평가도 높습니다. 더구나 오늘 아침 베이루트에서 들어온 정보에 의하면, 모빌 회사가 입찰하기로 결정했답니다."

"아니, 모빌 오일이!"

중역들 사이에서 술렁임이 일었다. 세븐 시스터스로 불리는 7대 메이저 거물인 모빌에서 입찰에 응했다는 말은 석유에 깊은 지식이 없는 중역들에게, 사르베스탄 광구가 얼마나 유망한가를 설명하는 데 무엇보다도 유력한 자료가 되었다. 이제 광구의 유망성에 대한 의심은 사라졌다.

효도가 회의실에서 나가자 아카자와 상무가 적극적인 자세로 목소리를 높였다.

"여기서 오리온과 손을 잡고 1백억 정도를 투자한다는 것은 우리 회사로서 견디기 어려운 위험자본은 아니라고 생각합니다."

"아카자와 상무, 그건 좀 낙관적인 생각이 아닐까? 투자액 1백억 엔이라 해도 1년 동안의 장기간에 걸친 계획에서 자금이 배로 늘어나는 게 상식일세. 석유개발회사라면 모르지만, 열 손가락이 넘는 영업 부문을 거느린 상사의 경우, 다른 부문의 계획과 균형이 맞아야 하는 문제도 있네."

사토이가 다른 영업부문의 중역들을 선동하듯이 말했다.
그러자 사토이의 뜻을 따르듯이 건설부문 담당의 중역이 강한 반론을 펴고 나왔다.
"그 점은 크게 배려해 주시기 바랍니다. 우리 부문에서는 홋카이도 도청에서 짓고 있는 제3섹터로부터 삿포로 교외의 토지 80만 평을 우리 회사에서 사들여 공업단지와 주택의 종합개발을 의뢰받고 있습니다. 그 일에는 상당한 자금이 필요합니다: 사막에다 버릴지도 모를 석유에만 자금이 투입된다면 의욕이 없어집니다."
그 말에 사토이가 다시 기운차게 역설했다.
"회사의 운이 좌우되는 결정을 할 때는 그 사업의 한계를 판단할 수 있는 경우에 한합니다. 그 점에서 석유개발은 지질학상으로는 비록 유망하다 해도 캐봐야만 안다는 위험이 따릅니다. 그러므로 그런 사업일수록 위험부담을 분산할 수 있는 석유공사그룹에 들어가는 것이 상사로서는 이익이 됩니다."
이때 철강담당 도모토 전무가 나섰다.
"아까부터 계속 위험자금문제가 논의되고 있군요. 우리 상사의 사업으로서 완전한 위험부담이란 게 있을 수 있습니까? 철강의 입장에서 말씀드린다면, 흔히 '기름은 철의 도깨비'라고 할 만큼 석유개발을 위한 굴착용 기재에서부터 파이프라인, 탱크, 항만 설비 등 거기에 쓰이는 철의 분량이 막대합니다. 우리 회사처럼 철강부문이 뒤진 상사로서는 밤낮으로 피나는 노력을 거듭해도 획기적인 수가 없는 이상은 상권에 파고들 수가 없습니다. 이런 때 오리온과 손잡고 이란 광구를 낙찰할 수만 있다면 우리 회사의 중공업화를 확대시키는 더 없이 좋은 기회가 되리라고 봅니다."
도모토 전무가 중역들의 결단을 촉구하듯이 말하자 이키는 재무담당 다카라다와 무사시를 보며 바싹 죄듯이 물었다.

"우리 회사의 힘으로 어떻게 안 되겠습니까?"

그러자 재무부장 무사시가 이키와 호흡을 맞추기라도 한 듯 그의 뜻을 거들었다.

"저는 다카라다 전무님의 분부를 받고 소신껏 냉정하게 검토해 보았습니다. 그 결과 우선 첫째로 이란의 석유개발만을 위한 별도의 회사를 만들어, 깅키상사 본체가 직접적으로 위험을 뒤집어쓰는 일이 없도록 해야겠다는 것입니다. 그러나 이 새 회사에서는 고액의 융자를 받을 수 없기 때문에 모회사가 임팩트론이나 신디케이트론으로 출자하는 형식을 취해야 합니다. 그런데 임팩트론의 경우에는 국제금융국의 허가를 얻는 데 많은 시간이 걸립니다. 신디케이트론은 처음에는 자본금을 되도록 억제하여 구멍 하나 팔 때마다 신디케이션을 짜면 되기 때문에 자금수요의 손실이 적어 이 방법이 적당하다고 생각합니다. 또한 어느 경우에나 만약 실패했을 경우 세법상 특혜를 받는 해외투자 할당금을 적용합니다. 다행히 탐광비의 경우는 1백 퍼센트 인정되고 있으니까요."

무사시의 설명을 듣자 사토이의 안색이 확 바뀌었다.

재무부장이 중역회의에서 발언하는 것은 상관인 다카라다 전무의 승낙을 받은 것인지라, 사토이는 험악한 시선을 다카라다에게 돌렸다.

"다카라다 전무, 무사시 부장의 의견을 어떻게 생각하오?"

"솔직히 말씀드려 저는 약간 망설이고 있습니다. 그러나 재무부로서는 영업부문으로부터 자금조달을 의뢰받으면, 모든 관점에서 엄격히 검토한 뒤 가능성이 있는 안건에 대해서는 한번 해보고 싶은 마음이 드는 법입니다. 이번의 석유개발은 창업 이래 대도박이라 해도 지나치지 않습니다, 기업의 발전을 위해 필요하다면…… 위험부담은 신중하게 재검토하겠습니다만, 만약 가능성이 있다면 재무부로서는 결심해야 할 것입니다."

망설임을 깨끗이 떨쳐버리지 못하면서도 다카라다는 다이몬 사장의 표정을 살피며 찬성의견을 말했다.

사토이는 속으로 아찔한 현기증을 느꼈으나 내색하지 않고 말했다.

"우리 회사의 내부유보는 한국전쟁이 끝난 뒤 주가가 폭락한 이후 회사 존속의 위기 가운데에서 여러 선배가 꾸준히 쌓아온 피와 땀의 결정입니다. 아무리 회사를 따로 신설하여 위험부담의 방파제를 만든다 하더라도, 어째서 우리 회사가 그런 위험한 짓을 해야 하는지 모르겠습니다. 굳이 꼭 해보고 싶다면 철, 전력, 선박, 보험, 은행 등 각 회사로부터 출자를 받아 위험분산을 꾀해야만 합니다. 어디서나 그 방법으로 하고 있지요. 그 점에서 쓰노다 상무는 업무본부장으로 어떻게 생각하나?"

사토이는 마지막 쐐기 박는 것을 쓰노다에게 맡긴 것이다.

"부사장님의 의견은 지당하십니다. 그렇지만 그렇게 하면 유전이 성공했을 경우 취득분이 적어집니다만."

"취득분이 적으면 이란뿐만 아니라 여기저기의 석유개발에 자본 참가를 해서 적지만 안전하게 벌면 돼. 우리는 석유회사가 아니야. 상사란 본디 그런 식으로 하는 법일세!"

사토이는 내뱉듯이 말하고 이키를 향해 격노한 목소리로 말했다.

"이키 전무, 실패했을 경우 오늘날까지 깅키상사가 쌓아온 것을 한순간에 잃을지도 모르는데, 당신은 그래도 할 생각이오? 진주만 공격에서 일본을 전쟁으로 몰아넣은 그 폭거를 또다시 우리 회사에서도 시작할 작정이오?"

만약 여기서 이키가 석유개발에 착수하여 성공한다면 이인자를 겨누는 상대방으로 하여금 만루 홈런을 치게 해버리는 것이다.

"진주만 공격이니 하는 말은 온당치가 못하군요."

온후한 가네코 상무가 입을 열자 이키가 나섰다.

"아닙니다. 2차 대전은 분명히 석유로 시작되고 석유로 패했습니다. 그래서 나는 일찍이 무력으로 획득하려던 석유를 일본의 장래를 위해 평화로운 형태로 얻으려는 것입니다."

이키의 말에 중역회의장은 기침 소리 하나 없이 조용해졌다.

잠시 후 사토이가 그 정적을 깨뜨렸다.

"이처럼 회사의 운명을 거는 중요한 사항은 이 자리에서 결정할 일이 아니라 다시 한 번 회의를 거쳐 신중하게 결정해야 합니다."

그러자 이키가 사토이의 말을 가로채듯 말했다.

"사장님 생각은 어떠십니까?"

"이제 모든 이야기가 다 나온 모양이군. 위험부담이 없는 곳에는 이익도 번영도 없네. 우리 회사는 만약 실패한다고 해도 대들보에 금이 가지 않을 만큼의 힘도 있고, 또 국가 이익과 결부되는 일이니 만큼 한번 과감하게 회사의 운명을 걸고 해보세."

하고 최후의 결단을 내렸다.

사토이의 얼굴에 패배의 빛이 떠올랐다.

공작을 기르고 있는 시바시로가네의 다부치 간사장 저택에서 다이몬과 이키는 다부치가 공작에게 모이를 주는 것을 묵묵히 그저 지켜보고 있었다.

"선생님, 조심하십시오. 부리에 쪼이면 아픕니다."

곁에 서 있던 와이셔츠 차림의 중년 남자가 다부치로부터 플라스틱

양동이를 받아들었다. 다부치는 더러워진 손을 톡톡 털고 나서 말했다.

"어디, 이제 당신들 용건을 들어봅시다. 석유였지요?"

"예, 꼭 간사장님의 도움을 받으려고……"

다이몬이 말을 꺼내자 다부치는 이키를 보며 정원 한가운데서 목쉰 소리로 커다랗게 말을 걸었다.

"당신은 일본석유공사그룹에서 뛰쳐나와 외국자본과 손을 잡겠다고 했는데, 그렇게 맞서는 사람에게 비록 사채든 임팩트론이든 정부가 승인할 수는 없지 않겠소?"

이른 아침이라 다른 내방객은 없지만 혹시 누가 엿듣지나 않을까 하여 이키가,

"간사장님, 그 점에 대해서는 잠시 시간을 내주셔서 설명할 수 있도록 해주셨으면 합니다."

이렇게 조심스레 말하자 다부치는 중년 남자를 돌아보며 물었다.

"그 건설회사는 몇 시부터인가?"

"7시부터입니다."

"오거든 제2응접실에 안내하고 내게 알리게. 오늘은 어차피 받기만 할 뿐이니까."

돈 받는 이야기인 듯한데 아무렇지도 않게 내뱉은 다부치는 일본식 안채 쪽을 향해 디딤돌에 나막신을 울리며 앞장서 걸었다.

서양식으로 꾸민 응접실에 들어서자 머리를 빡빡 깎은 서생이 다이몬과 이키에게는 보리차와 마른 과자, 다부치에게는 병에 든 미네랄워터를 가져왔다. 다부치가 미네랄워터를 마시는 것은 지병인 당뇨병 때문이었다.

다부치는 병마개를 따면서 말했다.

"공사그룹에서 나오는 거야 어쨌든 간에, 이번 이란 공개광구는 다른 데도 있잖소? 차라리 그걸 하는 게 어떻겠소?"

"예, 지당하신 지적입니다. 그런데 다른 데는 모두 해상광구로서 규모가 작을 뿐만 아니라, 유질도 일본처럼 공해규제가 엄격한 나라에는 적당치 못하여 개발하더라도 이익이 별로 없습니다. 그렇기 때문에 그건 좀……"

다이몬이 겸손하게 설명했다.

"그렇다면 사우디아라비아 정도면 어떻겠소? 그곳은 이란을 능가하는 산유국이 아니오?"

다부치는 깅키상사를 사우디아라비아로 돌리려는 듯했다.

"사우디아라비아에도 확실히 광구공개 정보는 있습니다. 그러나 아라비아 만의 '석유 긴자(銀座·도쿄에서 으뜸가는 번화가)'로 불리는 해상광구는 미국 4대 메이저의 컨소시엄인 이람크가 모두 장악하고 있습니다. 공개정보가 나돌고 있는 곳은 홍해 쪽의 예멘과 국경이 가까운 정치정세가 불안한 지대, 아니면 수도 리야드에서 동남의 중앙지대 같은 내륙입니다. 그런 곳은 도저히 한둘의 기업이 개발할 수 있는 광구가 아닙니다. 뿐만 아니라 사우디아라비아의 국가 상황은 일본 도쿠가와시대처럼 폐쇄적이어서, 광구 공개에 관한 사우디아라비아 정부측의 진의도 아직 파악하지 못하고 있습니다. 때문에 현시점에서는 유망성, 규모, 유질에서 높이 평가받는 이란의 사르베스탄 광구에 전력투구해야 합니다. 따라서 만에 하나라도 공사그룹이 낙찰하지 못했을 경우의 안전판으로 깅키상사와 인디펜던트의 합자에 의한 입찰을 허락하여 주셨으면 합니다."

조용하지만 속이 알찬 이키의 말에 한순간 다부치의 날카로운 눈이 민감하게 반응했다.

"자네 상당히 말을 잘하는군. 아닌 게 아니라 공사그룹에서 총력을 기울인다 해도 국제입찰이고 보면 틀림없이 낙찰한다는 보장은 없으니까."

이키는 바짝 다가앉았다.

"바로 그 점입니다. 더구나 국왕의 의사가 크게 영향을 미치는 이란의 국제입찰은, 국왕과 가장 가까운 인맥을 쥐고서 경쟁상대의 속셈을 알아차려 그보다 앞서는 금액을 넣어야만 합니다."

"허어, 다른 건 모르지만 석유에 관한 한 이란석유공사 총재가 절대적인 힘을 갖고 있는 게 아니오?"

"총재도 과거의 예로 보건대 총리대신을 지낸 자가 맡습니다만, 실질상의 총재는 국왕입니다. 거기에 어떤 루트로 접근하느냐 하는 것이 승부의 갈림길이지요."

이키가 미동도 않는 자세로 말하자 다부치는 미네랄워터를 마시고 나서 중얼거렸다.

"으음, 이건 전쟁이로군."

"말씀 그대로입니다. 일본은 무기수출이라는 방법이 없기 때문에 오로지 정보와 모략전으로 싸워야 하는데, 그것 역시 일본으로서는 가장 취약한 점입니다."

일본의 약점을 강조함으로써 인디펜던트와의 제휴 승낙을 얻으려 하는데, 노크 소리가 나고 아까의 중년 사내가 들어와 눈짓을 했다.

"알겠네."

다부치가 자리를 뜨자 다이몬이 싱긋 웃으며 말했다.

"이키, 석유광구의 이권취득이 모략전이라니 과연 군인출신답게 말을 잘했네."

이키는 앞뜰을 바라보며 낮은 목소리로 말했다.

"말만이 아닙니다. 석유확보는 이제 무기 없는 싸움, 즉 모략전입니다."

공사그룹에서 떨어져 나오면서 다부치 간사장을 깅키상사의 배경으로 택한 것은 다름이 아니었다. 특유의 날카로운 후각으로, 지금부터는 '자원 외교'라고 떠들어대며 알제리 방문 때도 농축 우라늄 수입교섭을 한 다부치가, 석유에 관해서만은 인도네시아 배상시대부터 석유 이권에 눈독을 들이고 있던 이와오·사바시 형제 총리가 빈틈없이 장악하고 있어서 수수방관할 수밖에 없었던 점을 꿰뚫어보고 한 일이었다. 거기다 다부치 자신도 이 기회에 석유 이권에 파고들 기회를 노리고 있었던 것이다.

그런데 언제나 결단이 빠른 다부치가 대답을 피하고 이야기를 사우디아라비아를 비롯해 다른 광구로 돌린 것이 '인지료(認知料)'를 올리기 위해서인지 아니면 아직도 다부치 자신이 망설이고 있는 것인지 이키로서는 아까부터 그 점이 풀리지 않았다.

아침 이슬이 반짝이는 넓은 잔디밭 뜰에서 공작들이 다부치가 뿌려 놓은 모이를 쪼고 있었다. 그러더니 그중 한 마리가 응접실 앞뜰 가까이까지 와서 갑자기 몸을 부르르 추스르고는 날개를 활짝 펼쳤다. 다갈색의 볼품없는 새가 벼슬을 꼿꼿이 세워 하트 모양의 소용돌이무늬가 있는 날개를 펼치자, 순식간에 눈부시게 아름다운 모습이 되었다. 과연 '현대의 다이코(도요토미 히데요시를 가리킴)'라는 공작주인과 어딘가 통하는 데가 있었다.

5분도 채 못 되어, 돈의 수수를 끝냈는지 다부치가 돌아와 날개를 펼친 공작을 보고는 좋아했다.

"여엇, 신통하군! 이런 시간에."

"정말 볼 만합니다. 간사장님의 취미는 과연 아무나 흉내 내지 못할 호화찬란한 것이군요."

다이몬이 침이 마르도록 칭찬하는데 다시 노크 소리가 들리고 중년의 개인비서가 들어와 돌아가 주기를 은근히 바라는 투로 말했다.

"방금 모로구치 차관께서 오셨습니다. 약속된 시간이어서……"

"모로구치 같으면 마침 잘 됐네. 이리로 오도록 하게나."

다부치는 기다리고 있었던 것처럼 말했다. 다이몬과 이키는 난처했다. 통산성 차관인 모로구치를 제쳐놓고 간사장에게 직소하고 있는 모습을 보인다면, 관료의 습성으로서 반감을 품어 성사될 일도 안될 것이기 때문이다.

"간사장님, 이 문제는 아직 모로구치 차관님한테는 상의조차 하지 않았습니다. 그러니 다시 날을 받아 뵙고자 하는데요."

급히 일어서려는데 모로구치 차관이 들어왔다. 그는 다이몬과 이키를 보더니 이마가 넓은 잘생긴 얼굴을 찌푸리며 노골적으로 불쾌한 표정을 띠었다.

다이몬이 낭패함을 숨기며 요란스럽게 인사를 했다.

"아니, 차관님! 늘 폐사가 지도를 받고 있어 깊이 감사하고 있습니다."

이키도 절을 했다.

해외 주재의 경험도 있고 자타가 모두 통산성 '국제파' 보스로 인정하며 지난 9월에 '민족파'인 라이벌을 누르고 차관이 된 모로구치는 다이몬과 이키의 인사에 가볍게 고개를 숙여 보이고 나서 말했다.

"간사장님, 신국토개조론의 초고 가운데 마음에 걸리는 것을 체크하여 간사장님 사무실로 보냈으니 대강 훑어봐 주십시오. 부르신다기에 왔습니다만 아무래도 저와는 관계없을 성싶은 손님들이 계시니 저는 통산실을 들여다보고 오겠습니다."

깅키상사는 안중에도 없다는 듯이 그는 돌아가려고 했다. 통산실이란 다부치의 신임을 받는 통산성 엘리트 관료들이 아침저녁으로 모여 자기들이 세운 정책을 서로 논의하는 방이었다. 다부치 저택에는 그 외에도 대장실, 건설실, 우정실 등이 있어, 다부치는 그 방을 돌아보며 정보를 입수하곤 했다.

"잠깐 기다리게. 실은 이란의 석유개발로 좀 배려해 달라는 의뢰가 있다네."

다부치는 쉰 목소리로 모로구치를 불러 소파에 앉혔다. 그러고는 그의 얼굴을 살피면서 깅키상사의 공사그룹 이탈을 기관총처럼 빨리 지껄여댔다.

그런 뒤, 그의 반응이 자못 궁금하다는 듯 의견을 물었다.

"어떤가, 자네는 어떻게 생각하나?"

모로구치는 싱긋 미소 지으면서 야유하듯 받아넘겼다.

"그러니까 깅키상사는 미·일 합자로 일본의 에너지 확보에 온힘을 기울이겠다는 것이군요. 쉽게 믿어지지 않는 애국심인데요."

그 말하는 폼으로 보아 모로구치는 자기는 통산성 차관으로서 승낙하기 어려우니 간사장도 적당히 기분 내키는 대로 대답하지 못하도록 못을 박는 것 같았다.

이키는 바싹 당겨 앉으며 말했다.

"차관님, 이처럼 미리 인사드리러 온 이상 우리는 정부의 지도 아래 국가이익을 해치는 일은 절대 하지 않습니다. 미·일 합자이긴 해도 막상 문제가 있을 경우 일본 정부의 의견을 내세울 수 있도록 출자비율을 반씩 내지 않고 우리 회사가 경영권을 가지려고 현재 교섭하고 있는 중입니다."

그 말에 모로구치가 대꾸했다.

"개발기술을 갖지 못한 상사가 경영권을 장악해 보았자 실제 개발에 관한 문제를 결정하는 것은 오리온오일이니, 돈만 내놓고 그쪽에서 하자는 대로 끌려 다니는 게 고작이 아니겠소?"

"말씀대로입니다. 만일 우리 그룹이 낙찰 받았을 경우를 생각하면 명목상의 경영권이라도 잡아놓지 않으면 우리 회사가 공사그룹의 안전판 역할을 자진해서 맡고 나선 의미가 없어집니다. 부디 우리들의 참뜻을 알아주십시오."

만약 깅키·오리온 그룹이 낙찰한다 해도 통산성 차관의 체면을 반드시 세워 주겠다는 뜻을 비쳤다.

"깅키상사가 인디펜던트와 손잡은 몫만큼 기름이 일본에 들어오는 걸세. 공사그룹이 잡지 못했을 경우에는 일본의 이익이 되지 않겠나? 좀 생각해 보게나."

다부치가 짜증스러운 듯이 말했다.

"하지만 사바시 총리의 귀에 들어가면 여러 가지로 성가신 일이……."

모로구치는 사바시의 형인 이와오 전 총리도 잠자코 있지 않을 것이라는 뜻을 은근히 비쳤다.

"이봐, 모로구치! 자네 혼자의 힘으로 차관이 된 건 아닐 텐데."

다부치가 저력있는 목소리로 위협하듯 말하자 모로구치는 머쓱한 얼굴로 입을 다물고 말았다.

이키는 그때를 놓치지 않고 말했다.

"차관님, 일본석유공사의 기라 총재한테는 언제쯤 보고드리러 가면 좋겠습니까?"

가능하다면 모로구치가 한마디 해준 뒤에 인사하러 가고 싶었다.

"그거야 당신네들이 적당히 판단하면 되지 않겠소? 차관 스스로가 나라의 질서를 문란케 하는 말은 할 수 없으니까."
 말을 마치자마자 모로구치는 자리를 뜨고 말았다. 그러나 이키로서는 다부치의 입에서 인디펜던트와 손을 잡는다는 것이 승인된 게 무엇보다도 커다란 수확이었다.

 도라노몬의 일본석유공사 앞에서 자동차를 내린 쓰노다는 이키를 돌아보며 겁먹은 듯이 되풀이하여 물었다.
 "잘 될까요, 전무님?"
 "그야 상당히 당하겠지만 어쩔 수 없잖은가?"
 이키는 약속한 오전 10시에 늦지 않도록 엘리베이터를 향해 걸음을 재촉하며 대답했다.
 10층 총재실에 가까운 응접실로 안내되어 30분이 지나도록 기라 총재는 모습을 나타내지 않았다.
 그 사이 엽차가 나왔을 뿐 아무런 연락도 없었다.
 회의가 오래 계속되고 있는 걸까, 아니면 먼저 온 손님과 이야기가 길어지는 걸까 생각하며 40분이 지났을 때 문이 열렸다.
 "총재님, 바쁘신데 이렇게 시간을 내주셔서 고맙습니다."
 이키와 쓰노다는 일어나서 인사했으나, 기라 총재는 기다리게 해서 미안하다는 따위의 말도 없이 이키 앞에 앉았다.
 "뭡니까? 갑자기 시각을 다투는 급한 용건이란 게."
 "사실은 총재님의 양해를 받아야 할 일이 있어서……"
 이키는 깅키상사가 오리온오일과 손잡고 사르베스탄 광구 입찰에 나설 방침을 세웠는데, 여기에 대해 양해를 얻고자 한다고 이야기했다. 그러자 총재는 상대방의 얼굴을 거꾸로 훑어올리듯이 말했다.
 "허어, 이건 또 무슨 소리요! 내가 잘못 들었는지 모르니 다시 한 번 설명해 주시겠소?"

쓰노다의 얼굴에 땀이 배어나왔지만 이키는 태연하게 같은 설명을 되풀이했다.

"대단한 일을 생각하셨구려."

그는 마치 고양이가 쥐를 갖고 노는 듯한 눈길로 이키와 쓰노다를 보더니 한마디 내뱉었다. 그러고는 '마음대로 하시오!' 하면서 자리를 뜨려고 했다.

"저어 총재님……"

쓰노다가 매달리듯 말했다.

"아직 용무가 남았소?"

"아니, 그게…… 지금 설명으로는 충분히 이해하지 못 하셨으리라는 생각이 들어서 조금만 더 덧붙여 말씀드리고자 합니다만."

"이해요? 이리저리 둘러대지만 결국 그룹 안에서 10퍼센트의 출자비율로 참여하기보다는 인디펜던트와 손잡는 편이 이득이라고 계산한 거겠지요. 다시 말해 '나만 벌면 된다'는 속셈 아니오? 어떻게 염치도 좋게 그런 이야기를 하러 올 수 있소?"

기라 총재는 차츰 위압적으로 나왔다. 그 기세에 쓰노다는 기가 질렸으나 이키는 태연하게 이야기를 시작했다.

"총재님, 부디 우리 회사의 생각을 우선 들어 주십시오. 이번 이란 광구에 대해서는 우리 회사가 어느 회사보다 먼저 착수하여, 공사에는 그때마다 보고와 정보를 겸한 연락을 드리러 왔었습니다. 그럼에도 불구하고 쉽사리 만나 뵙지 못했습니다. 그 결과는 솔직히 말씀드려 도중에서 끼어든 도쿄상사보다 낮은 출자비율로 할당돼, 우리 회사로서는 안타까운 심정이었음이 사실입니다. 그러나 인디펜던트와 손을 잡고 입찰에 나서는 것은 결코 공사와 맞서려는 것이 아니라, 만약 일본그룹이 낙찰하지 못했을 경우의 안전판으로서 도움이 될 수 있으리라 생각합니다."

"제법 그럴듯한 구실이로군. 일본의 국가적인 계획안을 외국자본과 손잡고 다투는 게 아니라 만일을 위한 안전판이라니."

"결코 구실이 아닙니다. 잘 아시다시피 석유회사에서는 광구 취득이 결정적입니다. 극단적으로 말하면, 유망한 광구를 취득하기 위해서는 어디와 손을 잡든 우선 일본이 광구를 장악하는 데서부터 모든 일이 시작됩니다. 히노마루 특공정신의 위험을 저 자신이 세계대전으로 뼈저리게 느꼈습니다. 민족주의를 고집해서는 안 되리라 생각합니다. 그런 생각을 바탕으로 해서 폐사에서는 인디펜던트와 손을 잡아 만약의 경우에 안전판이 되고자 합니다."

"안전판이라니 우습군. 대체 광구 입찰에 따르는 조건은 어떻게 할 작정이오? 공사그룹은 정유소나 석유콤비나트 건설인데 당신네는 LNG 도입이잖소. 할 수 있겠소, 그걸?"

"총재님, 아무튼 이번 투자는 모두 우리 쪽에서 조달해야 하니 일본으로서도 가장 유리한 클린에너지 LNG 도입을 택해야 하지 않겠습니까? 정유소 및 석유콤비나트 건설은 일본업자를 압박하고 이란에 이득을 줄 뿐이므로 우리 회사의 LNG가 국가적으로 가장 큰 이익이 되리라고 생각합니다."

기라의 얼굴이 실룩거렸다.

"허어, 이건 굉장한 가르침이시군. 그런 투로 말해 놓고서 LNG로 골탕이나 먹이지 않도록 힘써 주시오."

깔아뭉개는 말투였다. 쓰노다는 얼굴이 해쓱해졌으나 이키는 물러나지 않았다.

"우리 쪽에서는 경우를 밝혀 양해해 주시기를 바랐을 뿐입니다. 그리고 외자와 손잡고 석유를 개발하는 것은 법에 저촉되지는 않으므로……"

"법에 저촉만 안 되면 무슨 짓을 해도 좋다는 거요? 당신들이 외자와 짜고 입찰가격을 끌어올린다면, 그 결과 국민의 세금을 쓰는 공사 그룹에 피해가 미칠 거요. 그런데도 법에 저촉되지 않는다는 거요! 모로구치 차관도 당신네 회사를 별로 좋게 보고 있지 않소."

관료의식을 노골적으로 드러내어 질책하는 데 대해선 이키도 말문이 막히고 말았다. 그러자 기라는 야멸스럽게 말했다.

"시바시로가네의 간사장 댁에서 묘하게 만나 마음이 편치 않은 걸 모르겠소? 시골선비란 바로 당신을 두고 하는 말이오."

이키는 솟구치는 분노를 가까스로 억눌렀다. 그리고 석유는 다부치 간사장이 아니라 이와오와 사바시 총리가 장악하고 있는 모양이라고 생각했다.

* 제 5부로 이어집니다.